QUANTUM RADIO

BEST 嚴選
奇幻基地出版

量子未來

QUANTUM RADIO

傑瑞・李鐸 著
陳岳辰 譯

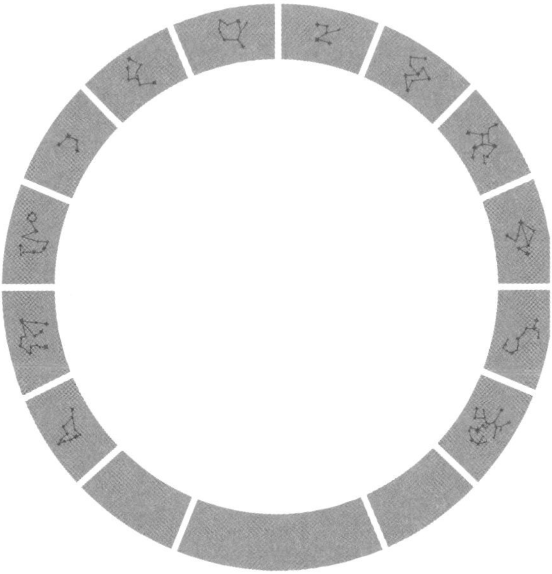

A. G. Riddle

本書獻給我因妻子而結識的各位親朋好友，
感謝你們在疫情期間幫忙照顧孩子並且協助我寫作。

PART I
起源計畫

作者注：這個故事裡有許多科學和歷史取自我們的世界，想確認何者為真實何者為虛構（還能順便看到其他參考資料）請至agriddle.com網站瀏覽。

1

泰森．克萊站在歐洲核子研究組織（CERN）[注1]一間演講廳的木製講桌後頭，底下的聽眾越來越多。還沒到假日，大部分人都工作整天，滿臉倦容，入場後便一屁股朝折疊椅坐下，後背包隨手放在腳邊，抬起頭以無神的雙眼瞪著他，彷彿正發出無聲警告：害這麼多人晚回家，若講不出個什麼東西，你就完了。

他並不擔心。

這次發表將會是他研究生涯的巔峰。

很可能也是在場所有人能觸碰到的最頂點。

他的投影片鉅細靡遺解釋了所有發現，正是所謂的萬有理論[注2]，也是泰森努力了十二年的心血結晶。儘管現代物理學分裂成許多流派，但他相信自己手上的資料將會成爲整合關鍵。如果數據正確，不僅能突破從愛因斯坦到霍金等眾多天才都無法回答的科學終極謎題，或許還能解開關於人類存在最深的困惑：

爲什麼人類在宇宙中似乎獨一無二？

我們究竟從何處來，往何處去？

人類的命運是什麼？

泰森從小就想探索這些問題，如今答案就在眼前。爲了走完最後一里路，他需要的和其他科學家其實沒兩樣：時間，還有金錢。

今天的發表也是爲了這目標。

倘若無法得到聽眾認同，泰森其實不確定自己能怎麼辦，只知道人類歷史說不定就在這個會場轉了個大彎。

小時候，他遇上這麼巨大的壓力會緊張過度。初中有一次因爲不想上臺做報告就裝病，卻被敏銳的母親識破了。幸運的是，她懂得用兒子能理解的方式溝通，那就是科學。

他很小就立志要走科學這條路，母親善用了這點——即使規勸的時候也不例外。

「小泰，每個人都會怕上臺講話這件事，至少一開始都會。」她低頭望著坐在床上的兒子。

畢竟只是個十二歲男孩，他垂頭喪氣地嘀咕說：「現在怕的是我，不是別人。」

「想要進步的話，唯一的辦法就是練習。做得越多，感覺就越自然。」

「我不想練習，不想進步，幹嘛這麼麻煩，長大以後找不必講話的工作當個啞巴就好。」

「長大了更沒辦法想不講話就不講話喔，小泰。」

「等著瞧。」

「我們換個角度，用科學來思考這件事情如何？」

小泰抬起頭。「我喜歡科學。」

「媽媽也喜歡，所以才會研究演化生物學。而且就是因爲我研究演化生物學，才可以從這個角度解釋爲什麼你會害怕上臺講話。」

小泰眼睛微瞇，一臉不信。

「很久很久以前，人類大多數都過著狩獵採集的生活。你知道對這些祖先來說，世界上最危險的是什麼東西嗎？」

小泰搖頭。

「是會吃人的猛獸，如果被野獸偷襲更恐怖。有好幾十萬年裡，人類生活中最恐懼的時刻就是發現有雙眼睛盯著自己，猛獸的眼睛尤其危險。你覺得，祖先們察覺自己被猛獸盯著看的時候，會怎麼辦？」

「逃跑。」

「沒錯，人會逃跑，不然就只好抵抗。無論逃走了還是打贏了，只有活下來的人才能繁衍後代，生出現在的我們。無論要逃還是要戰，你知道怎麼樣的人能存活嗎？」

「力氣大的，或者動作快的。」

「不對。很多強壯或靈活的人反而都死了，你懂爲什麼嗎？」

「不懂。」

注1：CERN成立於一九五四年九月二十九日，位於瑞士日內瓦法瑞邊境，享有法外治權，擁有世界上最大的粒子物理學實驗室，目前有二十三個成員國。

注2：Theory of Everything，又稱統一場論或最後理論。物理學界裡假定存在的一種能夠解釋宇宙的所有物理奧祕。目前有兩種理論框架：廣義相對論與量子場論。它們的總合，可以說是最接近想像中的萬有理論。

「因爲他們不曉得自己該害怕喔，小泰。那種人就算被眼睛盯住，也不會立刻逃跑或做好戰鬥準備。他們的腦袋沒發出警報，所以來不及反應，一下子就被猛獸壓制了。從演化角度來看，被眼睛盯住也不恐懼的人活不久，沒辦法流傳自己的基因。不會害怕不是好事，反而會害死自己，演化也就走進死胡同了。會害怕是好事，爲人類帶來生存優勢，不容易被天擇淘汰掉。久而久之，後來人類全都跟我們一樣，身上有著被眼睛盯就緊張的基因，這是正常的生理反應。那麼，你現在有什麼想法呢？」

「不知道。」

「你應該瞭解的是，就算上臺講話會害怕也沒關係喔，小泰。那是符合科學的自然現象，人類物種演化的結果。只要我們還活著、還是人類，就要面對身體有它先天的反應。另外再告訴你一件事：什麼都不怕不是眞的勇敢。勇敢的人會感受恐懼之後克服它。像你的情況，可以事先做好心理建設，告訴自己底下那些眼睛都是老師和同學，沒有生命危險，所以不必那麼緊張。」

「媽媽妳不懂啦。我跟別的同學差太多了，好像分別從不同星球來的那樣。」

母親偏過頭。「其實我懂喔，小泰。但是你要記住，和別人不一樣這件事，到了長大後會變成很棒的事情。大家喜歡的就是與眾不同、有特殊價值的人，到時你就明白了。」

「也要熬得到那個時候，我現在連上臺報告都過不去。」

「有個結合心理學和神經科學的辦法，可以控制上臺講話的恐懼感，想聽聽看嗎？」

「當然要，下次先講重點嘛！」

母親微笑。「好。我們的目標是抑制大腦杏仁核原有的恐懼反應，幸好這不會很難，關鍵在於善良和分享。善良會使意識處在不同狀態，是天然的抒壓管道，發揮愛心幫助別人的話，大腦的恐懼或戰鬥反應能得到舒緩。人類只要改變態度就能改變大腦反應，所以我們要化被動爲主動——不是主動攻擊，而是主動幫助別人，這是深藏在心底一股很強大的力量。」

她別有深意地望著兒子。「總而言之，善良可以蓋過恐懼。」

小泰森思考片刻。「有趣。」

「是吧？我覺得科學的力量就是能解答人生很多謎題，瞭解自己和世界。所以待會兒我希望你能轉換心態，用善良、分享的角度面對上臺報告這件事，出發點正確，一切就會簡單很多。你應該把報告當作是幫助同學的機會。」

「可是媽，我要講的是一八一二年的戰爭，根本沒人想聽這個。」

「怎麼會呢。」

「眞的啊。」

「那你自己研究一八一二年戰爭的時候開心嗎？」

「所以別人才覺得我怪啊。」

「那你到底開心不開心？」

「開心吧。」他嘟囔。

「那其他人一定也能得到樂趣。你們班上應該還有聰明好學的同學吧？」

「有啊。」

「那事情就更容易囉。小泰，心地善良是支持人們走完一輩子的動力，你以後一定會懂的。現在可能覺得辛苦，但將來你會發現自己的強項和眞正的興趣，將優勢與喜好結合就是成功和幸福的公式。只是怎麼結合，需要你努力去探索。」

母親說得對，探索的道路特別崎嶇。對泰森而言，瞭解自己是最大的挑戰，他也有過好幾次挫折，一些關卡直到現在還沒跨過去。幸好至少他找到熱情所在——量子物理學。他的腦袋對於這些難解的科學問題特別敏銳，於是從大學開始便投入其中，到如今即將開花結果。

泰森的沉思被打斷，有人正在喊他。

他抬頭看見上司瑪莉，她已經坐入前排，點頭示意他可以開始發表。

人都到齊了。四十位同事在臺下排排坐，微暗中的四十雙眼珠，勾起了恐懼這種古老本能。沉默瀰漫，令泰森的神經繃得更緊。

自從小時候聽了母親那席話，泰森在演講之前就會專注在心底一隅的善良與分享。他知道自己要說的事情對歐洲核子研究組織裡每個人、甚至是地球上每個人都很有意義、非常重要。他的努力是爲了幫助大家。

找到心中的寧靜角落之後，感受也隨之一變，泰森走向講桌時，情緒十分平和。

「感謝各位百忙之中抽空前來，我知道大家辛苦一整天很想回家了，所以報告會盡量簡要。」

他按下遙控器，螢幕上出現第一張投影片。

「我認爲這次的發現具有重大歷史意義，足以改變世界。請各位過來的理由也很明顯，是想請大家幫忙——我需要技術支援，也需要足夠的資金。因爲我想進行的實驗，是人類社會前所未有的規模，卻有可能解開人類從古至今最大的疑惑。」

2

泰森又按了按鈕，身後大螢幕跳出第二張投影片。演講廳內除了頭頂空調低鳴，再沒有其他聲響。

「由於今天有其他部門的同事在場，簡單的背景介紹還是有其必要，有些人可能會覺得枯燥，但請忍耐一下，精彩的在後頭。」

他用雷射筆指向螢幕，畫面上是法國與瑞士邊境的地圖，中心點位於日內瓦西側，一個紅色圓圈就放在兩國之間。

「各位都知道『大型強子對撞機』在二〇〇八年九月完工，二〇一〇年執行了第一次對撞。它是歐洲核子研究組織最新型、也是全世界體積最大的粒子加速器，加速環長達二十七公里。其實，大型強子對撞機亦是目前世界上以及人類歷史上最大的機器。」

泰森看得出來有些人已經心不在焉了，但他繼續說下去。「大型強子對撞機結構複雜，但顧名思義就是粒子專用的跑道。管線內部保持超高眞空狀態（注），與外太空環境差不多。超高眞空

注：真空狀態根據氣壓大小可以細分階層，超高真空之上還有極高真空。

降低了摩擦力，所以粒子移動能夠接近光速，而我們就讓粒子像汽車從兩個不同方向開過來以後相撞。核子研究組織除了建造對撞機和操作對撞機這兩項重要工程之外，最重要的其實是分析粒子互撞之後會發生什麼事。粒子碰撞後會彈出更基礎的形態，也就是構成宇宙的基本單位：『次原子粒子』。有些次原子粒子原本只存在理論中，例如大家討論很多年的希格斯玻色子。核子研究組織有了大型強子對撞機之後，就能開始探測這些粒子是不是真的存在。所以我們的工作好比揭開一層層紗簾，試圖看清楚世界究竟是用什麼做成的。我相信，這會是瞭解宇宙基本運作的關鍵，也是我個人的研究重心。」

既然有聽眾分心了，泰森衡量著還要不要在個人背景多著墨，最後決定相信直覺，繼續講下去。

「我來到日內瓦和歐洲核子研究組織的機緣就是大型強子對撞機。它對物理學、對人類瞭解宇宙以及自身存在的重要性難以估計。我希望透過對撞機回答物理學上的未解之謎，包括時空間的深層結構、量子物理和廣義相對論的關係、基礎粒子在宇宙中如何運作等等。」

他再次指著螢幕，畫面變成大型強子對撞機建造與升級的時程表。

「在座多數人應該都知道對撞經過兩次運作，在二〇一八年末暫時關閉，原因很簡單：第二次啟動以後運轉多年，我們能偵測到的東西大部分、甚至全部都已經看過了，因此經由對撞能取得的資訊越來越少。想要突破這個窠臼，唯一途徑就是升級硬體。設備越好，機器產生的對撞能量越大、亮度越高，偵測器也會更精密。對撞機的第三次運轉才開始不久，硬體與動力超越往昔，正因如此，我才有了這次發現。」

下一張投影片以表格列出次原子粒子及相關數據。

「我寫了一個演算法，分析第三次運轉至今得到的資料，主要目的是偵測學術界預期之外的規律，所以我也不知道自己會找出什麼。但反覆調整演算法以後，我確實找到了一套規律和其他線索，目前判斷是不在原始報告內的奇異次原子粒子（注）。」

財務部門一個主管舉手。「請問這句話是什麼意思？」

「意思是，之前幾次粒子對撞有超乎預期的發現。」

對方皺起眉頭。「這又是什麼意思？」

「大型強子對撞機進行實驗是為了讓粒子彼此衝撞、碎裂，我們才能觀察到它們由什麼東西組成，並找到物質的最小單位。可是我認為這幾次對撞並不僅僅撞碎了粒子，我懷疑撞擊對宇宙構造本身造成影響，但目前我們對這個作用的掌握不足。」

泰森拿起一張白紙。「科學上有個大哉問：宇宙究竟是不是封閉系統？說得更白話一點，宇宙中所有物質和能量從何處來，又歸向何方？現在學術界共識是物質能量都始於大霹靂（Big Bang）。問題是大霹靂之前呢？宇宙終結以後呢？我覺得自己可能找到了答案的其中一環。」

他拿起講桌上的鉛筆，朝白紙戳出一個洞。「現階段我的假設是，大型強子對撞機內的撞擊不只撞碎粒子，同時還在宇宙構造上鑿出開孔，雖然時間僅是微乎其微一瞬間。我推測目前核子研究組織找到的一些次原子粒子，根本不是從互相撞擊的粒子中彈出的。之前大家那樣會認為是因為機器和偵測系統都不夠靈敏，運算網格也無法承載足夠數據，而這些限制都已經消失。我認為真相是，一部分偵測到的粒子並非來自這個世界，而是源於別處。」

「是哪裡？」

注：「奇異」（exotic）一詞在物理學中有幾種可能含義：性質不符合已知定律，僅有理論但尚未確認，狀態極端，或者學界所知極少。

「這就是問題所在了。」泰森沉吟一陣。「嚴格來說，要問的不只是『何處』，還有『何時』。人類對時空間本質的理解還不完整，因此我只能判斷我觀察到的奇異次原子粒子來自時空上的另一點，源頭或許是宇宙其他角落，但也有可能就在我們眼前，只不過是這個坐標的過去或未來。」

講廳內一片寂靜。

泰森深呼吸，準備說出他心目中人類史上最重大的科學發現。

「最驚人的還不在此。眞正的謎團是，這些粒子居然呈現出規律，不是隨機雜訊。它們有組織性，換言之，我們偵測到的其實是資料串流。」

他望向底下聽眾。「我認爲歐洲核子研究組織在這裡建造的機器不只是單純的粒子對撞機。埋在各位腳下的巨大圓環，可以接收量子訊號，播送範圍跨越時間與空間，這種通訊機制彷彿就是……量子無線電。」

3

泰森原本預期說完以後會遭受激烈審問。

他準備好在臺上連續好幾小時回答問題、辯護立場、解釋自己的理論爲什麼可信。

但事情發展不符合預料。

來到講廳的科學家皆不打算發言，不想討論他的觀點，只在乎分析資料。

畢竟科學界有句話是：非比尋常的主張就需要非比尋常的證據。或者說，學界同儕眞正的打算是直接複製實驗及演算法，試試看能否得到相同結論，能夠驗證與重現的發現才值得信賴。

演講結束以後，聽眾魚貫而出，有些人回家、有些人值夜班。瑪莉走到臺上伸手擁抱他。她與泰森母親年齡相仿，也同樣對這孩子照顧有加。

「很順利喔，泰。」

「他們應該不相信吧。」

「過陣子就會信了。」

他點點頭。

「這是很不得了的發現啊，泰，說不定能讓你拿座諾貝爾獎回去。」瑪莉微笑。「一定很多人感慨找到這現象的人怎麼不是自己，他們會眼紅也是在所難免。你別太介意了。」

⚛

太陽快速地朝著侏羅山後方落下，空氣中瀰漫著笑語和烤肉香——歐洲核子研究組織每次下班時間的非正式集會都順便舉辦餐會，博士後研究員與工作人員定期能與諾貝爾得主齊聚一堂，交換理論和實驗心得，並且締結友誼。這也是泰森很喜歡的一點。以前他會四處走走，找些熟面孔，和大家聊聊天，但是今晚他心裡已經被人訂了位。

他拿出手機，撥給德國籍研究生潘妮，兩人半年前在小咖啡廳認識。上臺講話前那種恐慌感又回來了，只不過這次夾雜了一種興奮。泰森的戀愛運很差，長大之後索性逃避，就像騎車摔傷受到驚嚇的孩子一樣變得戰戰兢兢，深怕會再經歷那種痛楚。幸好潘妮很有耐心。

「嗨。」她接聽的聲音有點訝異。

「嗨。」

「還以爲你應該在忙。」

「我原先也那樣以爲，」泰森轉頭望向大樓。「但事情結束得比預期快很多。」

「情況還好？」

「嗯，應該吧。其實今天算是大日子。」

「喔？那快點跟我說說。」潘妮語氣很輕快，泰森想像著她面帶微笑、放下教科書，拿著手機窩到小套房的小床上，另一手不停撥弄褐色長髮。

「好啊，等會兒一起晚餐，順便告訴妳，如何？」

「我可以。」

「好極了。那我先賣個關子，剛才發表的主題是『量子無線電』。」

電話另一頭忽然沉默。沉默得太久，令泰森擔心是不是她掛掉了，還特地查看螢幕，但通話秒數持續累積，訊號也正常，通話應該沒中斷。

「哈囉？妳還在嗎？」

潘妮再有回應時的語調莫名平淡。「還在。你剛才說什麼？」

「一起晚餐？」

「不是，我是說你那個發現。你叫它什麼？」

「『量子無線電』？我知道有點怪啦，但這樣子取名比較容易理解。」

「應該是吧。」泰森聽見背景有物體快速挪動的聲音，感覺潘妮是不是在整理東西。「我剛剛忽然想起來今天晚上還有書得看完，晚餐還是改天吧。」

「唔，沒關係。」但泰森忍不住覺得她話中有話。「妳沒事吧？」

「嗯，沒事。抱歉，泰森，我先掛電話了。」

通話結束。

泰森站在原地複習剛才事情經過。

量子無線電。

感覺從這句話開始出差錯。恐怕潘妮並不想吃個晚餐還得聽自己絮絮叨叨解釋實驗內容，那種事情誰會有興趣？

溫暖的八月傍晚，他卻只能戴上安全帽，獨自騎著單車離開園區。

平常騎單車回家這段路是他一天裡最喜歡的時段，感覺心靈特別澄澈。然而今天這段路異常艱難，綠地、矮樓、公寓自眼角掠過，他的思緒始終停留在方才那通電話上。說不出的古怪。

騎了五分鐘，遇上軌道車進入園區。他剛到這兒時在青年旅社住了幾個月，出入主要都靠大眾運輸，只要入住各種旅館或露營區的人都能免費搭乘。即使到了現在，泰森在冬天也會搭電車上班，但其他季節就喜歡騎單車。

歐洲核子研究組織很鼓勵內部人員騎單車通勤，泰森倒覺得對自己挺有助益的，畢竟除了通勤之外，他沒別的運動機會，而且騎騎車似乎對心理健康也很正面。住法國的同事大部分開車上班，汽車在國境那一側比較方便，到了日內瓦路況便舉步維艱，停車則是惡夢一場。最後他決定靠單車和一張Unireso卡解決問題，這張卡能使用日內瓦所有公共交通（包括電車、火車、巴士，甚至日內瓦湖上被稱爲『海鷗』的黃色接駁船）。基本上只要靠單車和卡片，就能快速方便到達日內瓦任何地點。

回到四層公寓，泰森下了單車慢慢往裡面走。發表前激增的腎上腺素已褪去，騎完這段路有種精疲力盡的感覺。

這棟樓與日內瓦多數民房一樣住滿了人。一九七〇年代建造的，後來基本上沒有再裝修，雖然老舊但還好很乾淨。屋主似乎完全沒有翻新的打算，但對遷出時的檢查十分嚴苛（泰森聽說任何一丁點微乎其微的損壞都會被他求償）。

無論如何，泰森能找到這個住處已心滿意足，租屋市場競爭激烈又供不應求（多數仲介連物件的內部照片都懶得刊登，帶看常常由前任住戶直接處理，好地方一般而言幾個鐘頭就被接手，能留到幾天的都很少見）。

搬到日內瓦之前，泰森就聽說這裡生活支出極高，幸好他在美國華盛頓特區長大，兩邊物價差距沒有太離譜。從日用到醫療，所有東西都貴，但畢竟是在歐洲核子研究組織上班，薪水還夠用。

不過收支平衡的重點或許在於生活方式。泰森不小氣，只是除了工作之外幾乎就是蹲在家裡讀文獻。前陣子還會和潘妮出去吃飯、爬山，但從剛才電話狀況判斷，或許往後沒什麼機會了。所以眞正的大開銷只有長假時買機票回美國。即使如此，他還是能一筆一筆存下不少積蓄。

進了公寓一樓大廳，泰森看見有個鄰居按著按鈕等電梯，滿臉不耐。尹德菈．譚敦是無國界醫生組織總部的旅行協調人員，她丈夫阿吉特身爲聯合國口譯員，常常因爲晚宴或夜間會議回不了家。兩人的獨子拉梅什現在坐在一旁的電動輪椅上。之前泰森去他們家裡晚餐過，得知譚敦夫婦能夠負擔更好的住處，但想要多存點錢在身邊，兩個理由都很重要：首先是腦性麻痺的兒子未來或許有機會接受治療，再者則是要支援留在印度的親戚。

「譚敦太太，妳好。」

對方轉頭，笑得有點疲憊。「泰森！你好啊，今天如何？」

「還可以，你們呢？」

「也還好，」她轉頭指著遲遲不打開的電梯門。「只是好像又壞了。」

譚敦太太取出手機看時間，然後朝著緊盯地板的兒子嘆氣。「阿吉特應該很快就到家。」

聽起來是自欺欺人的語氣。何況泰森明白譚敦太太不方便打給丈夫，阿吉特眞的會跑回家幫忙，但勢必造成工作排程問題，她當然會過意不去。泰森會這麼清楚，是因爲大概八個月之前就有過同樣事件。

「不如我來吧？」泰森開口。見對方表情爲難，他補上一句：「反正也要運動啊。」

譚敦太太這才點了頭。「如果不會太麻煩……」

「沒問題的。」泰森蹲下來朝男孩笑著說。「拉梅什，你覺得呢？陪我做一下運動吧？」

拉梅什也笑了，回答的時候聲音很輕：「好啊。」

泰森解開輪椅束帶抱起男孩，讓他牢牢靠在自己身上，一步一步慢慢爬樓梯。抵達四樓時，他的兩條腿感覺好像快要起火，整個人汗流浹背。

走進譚敦家，他溫柔地將男孩放在沙發以後小聲說：「好玩吧？」

拉梅什馬上點頭。「嗯。」

「泰森，你要不要一起吃飯？」

「謝謝，但今天還得趕工。」

「那我包點雞肉香飯（注）給你帶回去。」

「不必啦——」

「別客氣了，泰森，你本來就太瘦了。」

注：香飯（biryani）是南亞和中東常見料理，摻入多種香料和優格烘烤菜、肉、米飯製成。

4

自己的套房門口地板上竟然有個小包裹。雖然蓋了瑞士郵政的郵戳，但寄件人卻只寫了「貨運中心」，地址在瑞士鄉村地帶的賴納赫鎮。

泰森並沒有網購什麼東西，也不知道原來自己不在家的時間裡，瑞士郵政還有辦法將東西送到門前。

他將紙箱拿進去擺在餐桌，再將譚敦太太做的香飯放進微波爐。其實他早就餓壞了。片刻後，米飯、雞肉與各種香料的氣味瀰漫開來。

泰森的房間一言以蔽之就是狗窩。門口旁邊ＩＫＥＡ書櫃塞得滿滿的，都不是閒書。多出來放不進去的就直接堆地上，結果堆得像是幾道牆，客廳活生生變成小迷宮。咖啡桌上專業期刊七零八落，還有兩個外帶餐盒忘記丟。

牆壁貼滿他撕下來的文章和黃色便利貼筆記。

廚房的狀況沒有比較好，碗盤都擱在水槽（洗碗機壞了），架子上瓶瓶罐罐的營養品和藥丸擺得像西洋棋。

會有這麼多保健食品和藥物，其實是泰森拿自己的身體做實驗。他一直想找辦法增加自身活力、促進頭腦明晰，有種破解身體密碼的意思在裡頭。

最外面那排瓶罐就是目前的配方。

旁邊筆記本是觀察紀錄，每一行都是符合實驗標準的日期與數據。泰森對自身健康狀態採取科學化管理。

微波爐還在加熱，他照計畫開了幾個瓶罐、服下預訂劑量，同時心想自己這套房眞的太亂，超乎尋常的亂。上次想整理大概是一個月之前，潘妮過來那次。泰森自以爲做得可以了……但從潘妮的反應很明顯看得出效果不彰。

「這兒出過事？」當時她這樣問。

泰森東張西望。「出了什麼事？」

「泰森，你房間亂七八糟，好像被警察翻過一樣啊。」

「眞的這麼亂？」

「嚴格來說，應該是連續殺人魔假扮成警察跑進來搜查，而且他不知道其實自己被關在精神病院的安全病房……就是這麼亂。去我家吧。」

「這麼嚴重？」

「大家說『看Netflix放鬆』是眞的要放鬆啊，在這種環境裡怎麼放鬆。」潘妮忽然又把包包放下。「不對，還是現在就整理一下——就算回自己家，想到你住在這種環境，我好難放鬆。」

然後她就狂風掃落葉般收拾了泰森的住處。

泰森回想起來忍不住泛起笑意。微波率又嗶嗶叫，他一如往常熱太久，結果連塑膠容器都太燙手，一打開冒出的蒸汽差點沒毀了他半張臉。

好不容易將餐盒挪到餐桌，他拿叉子攪了攪讓溫度均勻，等到雖然燙但能夠入口後才開動，也和以前一樣狼吞虎嚥。

照慣例拿起手機查看，沒看到潘妮傳訊息過來。泰森馬上後悔了。不看或許不會想太多，但其實他就是在意。粒子物理學比約會簡單多了，科學有邏輯可循，人沒有。

再來檢查郵件，本以爲多少會有聽眾對他發表的內容提出疑問，想不到一封來信也沒有。有點奇怪。

一口接一口將東西塞進嘴巴也會有塞滿了需要喘息的空檔，泰森趁這機會打開方才門口的包裹。

小紙箱裡是個鬧鐘，看起來很廉價，完全不知道哪兒來的。鬧鐘已經裝上電池卻沒調好時間，螢幕顯示上午十二點，還一直閃爍。泰森看得很心煩，立刻設定成當下的晚間七點〇九分。

是不是媽媽或姊姊寄來的禮物？因爲泰森常遲到，她們很受不了，所以挑這東西提醒自己？或者大學同學開玩笑，暗示他人生已經過了一大半？這種玩笑就算是他也覺得挺白癡的。

他本想打電話回家問問，但考慮到華盛頓特區目前是下午一點〇九分，媽和姊應該都在上班，爲了個鬧鐘打擾不太好意思，可以等週六再說。

他把塑膠餐盒裡的東西吃得精光，再拿去水槽清洗的時候，才意識到自己有多累。或許是發表的壓力太大，又或者是連續幾週累積的疲勞，總之忽然間，他的腦袋只剩下一個念頭，要去躺下休息。

平常睡前他習慣找本小說讀一讀，今天連這點力氣也沒了，鞋子踹開就大字形躺在床上，被子都懶得拉。戴上無線耳機以後，泰森按了手機，播放有聲書。

他靜靜躺著，在故事裡越陷越深，彷彿墜入一口井。明知道應該起來刷個牙洗個臉，最後他與自己做了妥協：就刷牙吧，其他事情沒力氣了。再躺幾分鐘就起來刷牙，幾分鐘就好……

聽見很長的嗡嗚聲，泰森才醒過來。又聽見了，而且就在耳朵裡。

原來是耳機，有人打電話來。

想要轉身卻覺得身體很遲緩，彷彿手腳被壓著太久循環不良。

外頭很黑漆很安靜。他到底睡了多久？

泰森終於摸到手機，是潘妮打來的。

時間凌晨兩點半。

出事了——泰森直覺這樣反應。「哈囉？」他的聲音沙啞。

「快出去！」

「啊？」

「泰森，快點離開公寓！」

「什麼啊？」

「別問什麼了，快醒醒，然後往外跑！」

泰森動起來，翻下床竄進客廳、拉開正門、進入走道，轉到樓梯口時，只和臥房隔著一堵牆。

他身上只穿著襪子，依然兩級兩級快步往下跳。「潘妮，這到底怎麼——」

瞬間爆炸將泰森震向另一側牆壁。

事情發生得太快，他來不及扶任何東西便眼前一黑。

5

第一個感覺是疼痛。

泰森的背、肘、頭都好痛。

然後是耳鳴與眼花，彷彿聲音從耳朵鑽入眼球。

牆面石膏板化作粉塵碎屑散落在他身上，像細沙與礫石的一陣小雨。泰森才睜開眼睛，立刻被刺痛得趕緊閉上。

他知道自己還在樓梯間，只是倒在牆角。

慢慢翻了個身之後，他用手掌與膝蓋撐起身體，右手臂痛得讓人眉頭緊蹙。臉朝著地面，他才敢睜開眼睛，瞥到月光自窗戶射入——窗戶玻璃也裂了。

很危險。泰森雖然能意識到這件事，卻一下子沒辦法清楚理解爲什麼自己頭上有一扇破掉的窗戶會構成威脅。大腦和身體一樣驚嚇過度。

幾呎外的煙塵中閃過一道光束，如同海霧裡的燈塔。

問題是，磚瓦會發光？不合理。

泰森張開嘴巴想試試能不能舒緩耳鳴。

他沒想太多，朝著那道光伸出右手，觸碰到地板的瞬間又痛得將手抽回來。就著月光，泰森瞇起眼睛，從掌心拔出玻璃渣。因此窗戶破掉很危險，現在滿地都是玻璃碎屑。

於是再想起身時，泰森也忽然停住。要是不小心，待會兒兩腿就會血痕遍佈。

他用左手稍微拍開煙塵好看清四周，摸到發亮物體才會意過來——是自己的手機。

又有來電，而且聯絡人是潘妮．紐曼。

泰森接聽之後發覺耳鳴蓋過對方講話。「我聽不見。」他連自己的大叫都覺得模糊。

潘妮掛斷電話立刻發了訊息：

立刻到我們認識的地點碰面。

泰森將手機塞進口袋，開始觀察平臺和階梯，只能靠月光反射判斷地面有沒有玻璃。

他不能走，要先確認住戶平安撤離，或等待救援抵達。

接著他就在走廊煙霧中瞧見阿吉特．譚敦抱著兒子的蹣跚身影。泰森上前想幫忙但對方直接擦身而過，尾隨的尹德菈看到泰森便上前抱了一下，這一抱卻抱得他渾身又痛起來。

譚敦太太的聲音聽起來也矇矇朧朧。「你沒事吧？」

他點點頭，跌跌撞撞轉頭走向自己套房，見狀一呆。

顯而易見爆炸中心點就是自己家，牆壁全焦了，原本餐桌位置只剩下地板大洞，樓下鄰居公寓也烏漆墨黑，而且沒有任何動靜。

書本炸碎四散，乍看好像節慶用的彩色紙屑緩緩飄落。他家裡隔開廚房、餐桌、客廳與臥室的那面牆徹底消失。

聽力一點一滴漸漸回復。最先聽見的是遠方夜色中的消防車警笛快速駛近，有三輛、或許四輛，應該是第一批緊急出動。

比較近的範圍裡，大樓內叫聲此起彼落，有法語、德語、英語。

小心玻璃——

門卡住了。

跟我來！

泰森口袋有震動，手機又收到文字簡訊。可是他的視線停在公寓遲遲挪不開，因爲爆炸源頭再明白不過，就是那個突如其來的鬧鐘包裹。

但爲什麼呢？

怎麼會出這種事？

有沒有鄰居受傷？

不知道什麼人想暗殺自己，而且，潘妮事前知情。

這又是怎麼回事？

筆電毀了，殘骸就是客廳裡幾片灰色塑膠。

筆記付之一炬，頂多剩下焦炭。

他伸手探進口袋，USB隨身碟還在，針對大型強子對撞機的演算法儲存在裡面。他的心血結晶還沒搞丟。

該不會是爲了這個要取他性命？

指尖還停在隨身碟時，手機又震動起來。

泰森取出一看，潘妮連續傳了兩次訊息。

快逃。

快！

他還錯愕的時候，又冒出第三行：

你多待一秒鐘，身邊的人就多一分危險。他們的目標只有你，拜託快點走。

泰森心臟撲通撲通跳著，好像踩在跑步機忽然被調高速度。

他彎腰穿好鞋子，再回去外頭走廊時已經空無一人。

下樓發現眾人集中在大門，很多家庭抱在一塊兒滿面驚恐又睡眼惺忪，有幾個人嚇得呆滯。附近其他大樓的人也聚集過來，彷彿遊行般排在街道兩側，等待消防車、警車、救護車抵達。

也差不多要到了，警笛聲非常靠近。泰森跳上單車，朝著暗夜用力踩踏。

6

日內瓦的深夜馬路空空蕩蕩，商家早就關門，連酒吧之類也沒開那麼晚。

泰森踩踏板的時候，手腳背都覺得痛起來，但他無暇顧及。

看來自己的科學發現對某些人構成了威脅。會是誰？

又是爲什麼？

他有預感人生即將大轉彎。剛才的爆炸就是分界點，孤單平靜的生活恐怕再難繼續。

上了隆河橋，泰森用力踩著踏板挺起身子。前面就是日內瓦舊城區。

他和潘妮認識的咖啡店無論當地人、學生還是觀光客都很喜歡，距離日內瓦大學一個路口而已。半年前那個星期六，裡頭也是坐滿了人，泰森比較早到所以能在角落佔到桌子讀書，當他迷失在自己思緒之時，潘妮出現了，伸手搭著他對面那張椅子。

「嗨。」

「嗨。」泰森回答時覺得喉嚨好乾。

潘妮微笑望著落地窗外大雨傾盆而下。「眞不好意思，能讓我在這裡坐一會兒嗎？」

店裡好幾十個客人買了咖啡或茶卻只能站著等待，希望雨勢稍歇就能趕快離開人滿爲患的咖啡廳。

泰森望向站在面前的潘妮，覺得像是掉進只有兩個人的小世界。這張小桌子是人海中的孤島，他與這名女子脫離了原本的時空。

「請。」泰森朝椅子揮揮手。

潘妮放下包包，取出一本看來翻了很多次的平裝本小說開始讀。泰森以爲她會開口聊點什麼，結果人家沒講話，就只是邊喝茶邊翻書。

從小泰森就害羞到可憐的地步，這樣和陌生人坐在公開場合，通常會十分不自在，然而那天卻不同。與潘妮同桌，他竟然覺得平靜自然，彷彿與對方在幾百萬次生命中經歷過幾百萬次這樣的場景。

「你是學生嗎？」潘妮終於抬頭出聲。

「不是，我在核子研究組織工作。妳呢，還在念書？」

「嗯。」

「日內瓦大學？」

「沒錯。」

「主修什麼？」

「國際事務。」

「聽起來是有趣的科目。」

她笑了。「一點也不，書單太長，上臺報告太多。」

「喜歡嗎？」

「喜歡。」

「怎麼產生興趣的？」

潘妮目光飄向窗外，雨繼續下著，但有公車停在街邊，一些客人走出了門。泰森以為她也打算去搭車，但她又喝一口茶才回答：「『處境』吧。」

泰森皺起眉頭望著她，以為潘妮會繼續解釋，但她什麼也沒說。「是指什麼樣的處境？」

「無可避免、命中注定，姑且稱之為『命運』。但我喜歡自己現在做的事。」

「妳都做些什麼？」

「瞭解這個世界和它變成現在這狀態的原因。我想這是促進不同世界的人攜手合作的關鍵。」她放下小說。「你呢？在核子研究組織研究什麼？」

「嗯，就老套的東西，什麼把粒子加快到接近光速，然後撞撞看會撞出什麼，觀察那些只存在幾千萬分之一秒的東西，說是要認識宇宙。」

她笑了。「就這樣嗎？」

「就這樣。什麼時間和空間的大謎團、物理學上的不解之謎等等。」

「進度如何，我是說時空間啦、粒子謎團這方面？」

「其實有不錯的發現喔。」他故意長嘆一口氣，其實是想說笑話。「不過有時候會覺得自己只是繞圈圈而已。」

泰森望向窗外，免得自己先笑。

潘妮放下書。「嗯？那個是粒子物理界的笑話對不對？」

他還是笑出來了。

潘妮微微仰頭。「我記得是因為……那個什麼環來著？」

「對撞機，大型強子對撞機。一個埋在法國和瑞士地底的圓環，不過有二十七公里長。」

「那你們還眞的都是在繞圈圈呢。」

「繞個不停。」

「好像很無聊，又好像很有趣？」

他也覺得潘妮很有趣，已經很久沒對別人產生興趣了。他相處起來能這樣自在舒服的女性以前只有一個，而她離開了很久，只留下了心傷。

然而與潘妮相處的每一秒，傷口好像都在癒合。

今夜他重返和潘妮相逢的咖啡廳，店內早已熄了燈火，四下無人。泰森將單車靠著牆壁，停在那天座位的窗外。

舊城區狹窄街道冷清寂靜，商店餐廳咖啡館都歇息了，只剩住宅高處還有幾戶透出光線，除了夜貓子應該就是跨時區工作的人。

咖啡店旁邊巷子不寬，三人並肩就很勉強。越朝裡面走，身後古老街燈的光線越是暗淡。泰森只能聽見自己踩在石子地的腳步聲。

幾乎沒有光線時，他聽見有人在對話的聲音，一男一女。女的是潘妮，語調尖銳，泰森立刻跟著緊繃，還沒聽見交談內容就能判斷她很害怕。

「相信我，他一定會過來。」

男子是德國口音，聲音很粗。「妳不該多管閒事。」

「是你們讓我別無選擇。」

「胡說，我們已經變更強子對撞機的數據網格，現在就只剩下他一個威脅。」

「不對，他的ＵＳＢ碟裡還有備份資料，有些筆記沒放在工作用的電腦和雲端。」

「會跟著爆炸一起毀掉。」

「那只是你的假設而已。」潘妮語氣激動起來。「你的問題就是太先入爲主，什麼時候會出紕漏都不曉得。我們必須掌握他的研究進度到什麼地方，而且隨身碟這種東西有可能爆炸之後也沒壞，隨便什麼人先到達現場都可以拿走，所以我當然得打電話叫他來。我們需要那些檔案。」

這段話像刀子在泰森心上來來回回。而且還是把沒磨利的刀，割得毫無效率、宛如酷刑。所幸它刨開表面之後，終於能看到底下的眞相。

原來潘妮毫不在乎自己。從一開始就不在乎，全都是演戲。

爲了什麼呢？他的研究嗎？

泰森明白自己該轉身逃跑，但太恐慌太憤怒，反而呆在原地不知所措。

身後警車鳴笛越來越響亮。就在警車經過的短短幾秒內，車頂警燈有如探照燈一般將光束打進巷子裡。光線中，泰森看見了德國男子的面孔——對方從建築物後探頭出來朝警車瞥了一眼。

兩人目光對上，事情一發不可收拾。

7

泰森掉頭拔腿狂奔。

人高馬大的德國人緊追在後，鞋跟踏著石子地咔噠作響，彷彿夜裡疾馳的駿馬，拉近距離立刻就飛撲。泰森跌倒後趕快翻滾，靠手掌膝蓋撐起身但已經來不及，巷子口被對方擋得嚴實，而且男子手中有槍，握槍動作講究，即使巷子外有人經過也看不到那個角度。槍口微微向上，瞄準泰森胸膛。

潘妮跑過來以後，舉著雙掌安撫，口中不停喘氣。「別亂動。」

男子槍口撇了兩下，示意繞到咖啡廳後方不會被路人注意的位置。「過去。」

泰森站起來高舉雙手側身移動，視線不敢從男子身上離開。對方鬍子刮得乾淨、留著平頭，淡褐色眼珠好像完全不必眨眼，渾身冒著一股壓抑的怒氣。

潘妮保持在兩人之間，到了咖啡廳後方又開口。「泰森，你先別緊張，我們找你只是想聊點事。」她朝德國人看一眼。「海因里希，東西收起來，會嚇著人家。」

海因里希冷笑。「還演什麼演，他都聽見了。」說完槍口朝泰森一比。「隨身碟交出來。」

泰森本能地說出連自己都嚇了一跳的答案。「藏起來了。」

「騙誰呢。」海因里希啐了口口水，轉頭吩咐潘妮。「搜他的身。」

但潘妮沒動作。

「去搜他，不然你們兩個一起吃子彈。」

潘妮這才上前，高舉著雙手，緊盯泰森的眼睛，兩人臉孔只距離幾公分時，才將手探向他上衣口袋，手掌平貼著心窩，

然後緩緩往下，滑過胸膛、腹部到了褲子——隨身碟在那邊。

她的眼神沒透露任何情緒，就只是一直注視泰森，雙手遊走同時也在他臉上呼出溫暖鼻息。

潘妮的右手伸進泰森左邊口袋，隔著薄薄褲子布料就是腿與鼠蹊，她的指尖擦過手機，摸到了隨身碟。泰森感覺得到她掐住、確認了幾秒，想必能夠判斷那物體是不是目標。

可是潘妮繼續凝視著他的眼睛，另一手在泰森右邊口袋摸到錢包與鑰匙之後故意搖晃，叮噹聲在夜色下特別清脆。

出乎意料，潘妮抽回雙手卻什麼也沒有拿走。她盯著泰森，沒有轉頭。

「東西不在他身上。」

海因里希槍口轉向泰森的腳。「鞋子脫掉。」

泰森踮腳以後踢掉一隻鞋，另一腳如法炮製。

「退後。」海因里希又吩咐。「兩個都退後。」

槍口依舊指著泰森，他彎腰拎起鞋，翻過來搖了搖。

「妳讓開。」海因里希朝潘妮說。

「不信我？」

海因里希臉上第一次浮現笑意，卻是陰沉惡毒且夾雜鄙視的獰笑。「傻子才會著妳的道。」

泰森察覺潘妮本來無動於衷的面孔忽然神色驟變，但轉瞬即逝，不確定海因里希是否也留意到，或者說是否在意這種事。

潘妮退開一步。

「我叫妳讓開。」

她再退一步。

海因里希逼近，目光好似要在泰森身上鑿個洞。「別動，就算只是眨個眼，我都會開槍。」

話雖如此，泰森還是忍不住用力吞了口水，心跳愈發劇烈，震幅大得好像大雨落在鐵皮屋頂上蓋過其他聲音。要是海因里希找到隨身碟就完蛋了，泰森心裡很清楚屆時自己必死無疑，還偏偏死在這間咖啡廳後面髒兮兮的小巷子，從這兒開始的戀情只是一樁騙局罷了。

活到這把年紀，泰森還沒用拳頭揍過陌生人。他有個雙胞胎哥哥，兩個人偶爾會打架，但不會打到見血。此刻的情況完全不同，他懷疑這是人生第一次得動眞格，爲了活下去必須用盡全力一搏。海因里希發現隨身碟那瞬間恐怕就會下殺手。

對方一手持槍一手探向泰森領口，檢查衣服底下是否藏了東西。

不出幾秒他就會找到褲子口袋裡頭，泰森低頭瞪著槍口，做好發難的心理準備。

然而，一道影子從泰森眼角餘光閃過——潘妮突然扣住海因里希持槍的手，朝他的臉部發出肘擊，重重落在顴骨下方。他隨著悶響往後躺倒，潘妮立刻撲上前追打。

槍脫手飛出，滑過石子地。

海因里希朝潘妮揮出手臂，她被狠狠推開時發出尖叫。

尖叫聲彷彿觸動泰森心底某個開關。這次換他撲了過去，拳頭往海因里希已經發腫的臉頰不停痛毆，觸感就像在硬檯面上敲打薄肉排。可是這麼動手以後，泰森自己反而劇痛起來，痛感從手掌蔓延到手臂，再擴散到被炸飛後身上扭傷拉傷的各個部位，痛得他的動作一下子停頓下來。

海因里希逮到空檔，右手臂架在身前，將泰森整個彈飛，緊接著一個翻身就跳起來。

但，太遲了。

槍響劃破寧靜夜幕。

海因里希頭一扭，整個人癱在地面。

8

潘妮兩手握槍，渾身顫抖，瞪大的眼睛直勾勾盯著地上的死人。

泰森喘息一陣以後，兩腿發軟地站起來。海因里希屍體下方的血池逐漸擴大，有如黑紅色野獸的觸手，緩緩塡滿石子地縫隙。

「你得快點走。」潘妮將手槍收進防風外套內。

泰森也將手探進自己口袋，想取出藏有研究資料的ＵＳＢ隨身碟。

潘妮明白他的意思。「我不要你的研究。」

成千上萬的疑惑在泰森的腦袋裡轉呀轉，但他終究只說出受傷最深的那一點。「妳騙我。」

「嗯。」

「爲什麼？」

「不得已。」

「爲什麼不得已？」

「沒辦法解釋清楚。」

「至少說說看啊！」

「泰森，你得快逃，警察應該出發了，海因里希背後的人也一樣。」

「不就是妳自己背後的人嗎？」

「對。」

「是誰？什麼目的？這一切究竟怎麼回事，潘妮，妳說清楚！」

她湊近扣住泰森的肩膀，令他疼得皺起眉頭。

「上頭只要我盯著你，我不知道會發生這種事。請你相信我。」

「所以全都是謊言。」

「一開始的確是，後來並不是……我自己也沒料到。」

「還想要騙我。」泰森低聲咒罵。

潘妮聽了，身子一震，顯然很受傷。「泰森，我剛剛為你殺了人。如果這都不能證明我愛你，那我想說服你是不可能的事情了。」

一瞬間，那條巷子和地上還在蔓延的血水再也不重要了，泰森的世界裡只剩下潘妮。之前她從未開口說過：我愛你。

兩人互望許久，彷彿一切從這句話重新開始。海因里希、公寓爆炸、下班之後那通電話，都當作沒發生過，讓這段關係回到原點，回到這一夜之前的純粹美好。

潘妮雙手從他肩膀往下滑到口袋。泰森怔了怔，以為她終究想要隨身碟。

結果潘妮掏出他的手機，蹲下之後快速拔出ＳＩＭ卡放在地面、用槍托敲碎。

「別換手機了，連預付型的也別用，語音有可能被辨識出來，也不要登入任何公眾服務或手機軟體。」

「對方到底是誰？」

「已經沒時間解釋了，你發現的東西會改變一切，所以對他們構成了威脅，危害到他們想創造的世界。」

「那要去報警——」

「報警的話，你壽命就只剩下一、兩個小時，大概會死在拘留所。你還不明白自己對抗的是什麼樣的勢力。」

遠方傳來警笛，一聲接著一聲。

「你該走了。」潘妮催促。

「去哪？」

「首先，離我越遠越好。」

「爲什麼？」

「他們能夠追蹤我，我也是今天晚上才發現這件事。」潘妮低頭瞥了海因里希一眼。「所以你得快點逃。」

「該去什麼地方？」

「不會被人追蹤到，你能求援的地點。」

「那妳怎麼辦？」

「不重要。」

「對我很重要。」

潘妮湊過來用力一吻、緊緊擁抱他。泰森不顧背上的傷，閉著眼睛將她摟入懷中。再睜開眼睛，血水已經順著石子地縫隙留到兩人腳邊，潘妮的網球鞋被染紅，接下來就會輪到他的腳。

她鬆手以後，凝視泰森的眼睛。「我不知道接下來會怎樣，但我很肯定你心裡住著一個非常非常堅強的人，連你自己都沒辦法想像。可是，別讓自己徹底變成那樣的人，一不小心就回不了頭了。」

潘妮又吻了他臉頰。「別忘記今天之前的自己，那才是我愛的泰森。」

警笛越來越接近，潘妮最後又抱他一次，耳語吩咐：「快走吧，泰森，否則就太遲了。」

9

泰森騎著單車衝入夜色中，穿越日內瓦的空寂街道，遠離咖啡廳與陌生男子的屍體。也遠離了潘妮。

再度穿越隆河，日內瓦湖往右手邊延伸。警車越來越多，無數嘈雜聲響劃破湖面的靜謐。到了橋的另一頭，他避開大路鑽入巷弄，避免警方或商家的監視攝影捕捉到自己的身影。

必須找人幫忙，而且要快。潘妮提起這件事的時候，泰森心裡閃過一個德文名字：葛赫德．李克特。

他已經三十年沒和對方聯絡，或許見到面，人家還認不出自己。不過泰森相信這個人會願意出手相救，甚至不惜以身犯險。事到如今，只能希望自己沒料錯。

而且應該沒有人猜得到泰森會去找他。世界上只有四個人知道泰森和李克特認識。

兩人的關係是泰森一輩子的傷痛。他偶爾會在網路查詢對方，純粹就是好奇，從未眞的嘗試接觸。

最後一次搜尋李克特約莫是一個月之前，那時候看來對方還住在蘇黎世。蘇黎世就在日內瓦東北方，汽車車程三個半小時。

走A1公路最快。火車不行，買票就是風險，在車廂出事的話插翅也難飛。更何況下一班前往蘇黎世的列車要天亮才出發。

必須連夜趕到蘇黎世最保險。

換言之，他必須找到車。泰森自己沒車，租車不可行，計程車或共享服務全都非常危險。核子研究組織那邊的同事朋友有車的不算少，可是泰森意識到沒辦法找他們幫忙的兩個理由。首先找上誰，誰就跟著有生命危險；再者，這種處境自己都不清不楚，要怎麼和別人交代清楚？（總不能說：麥克，我知道現在凌晨三點，但能不能麻煩你載我去蘇黎世？有人把我租的公寓炸掉了，潘妮還槍殺了一個人，我得趕快逃離是非之地！）

睡眠不足、驚慌過度的他能想到的出路只有一條，就是搭便車。在歐洲搭便車的人比美國還多，泰森自己大學畢業以後當背包客時也嘗試過幾次。

這種時間點路上小客車不會太多，但應該有機會找到業務車輛，也就是貨運卡車。順著A1公路找到加油站，果然有些司機仍在。

他從馬路對面觀察環境，特別注意屋簷上的監視器。盯上自己的人有可能莫名其妙調到路邊加油站的錄影嗎？雖然泰森很懷疑，但也清楚最保險的方法就是別入鏡，不留痕跡就不可能被追蹤到。

從鏡頭死角切入後，泰森將單車藏在加油站辦公室外頭的灌木叢，小跑步到離最遠的一輛卡車等著。等司機從商店出來，泰森便上前高舉雙手。「你好，可以讓我搭便車去蘇黎世嗎？」

司機低頭大步向前衝，後來用力搖頭不想回應。

泰森用法語、德語說一遍，義大利語雖然只學了一半，但搭便車也還說得出口，可是對方口中操的是某種斯拉夫語，真的沒辦法溝通。

下一個出商店的司機不但會說英語也很願意幫忙，只可惜人家要南下去法國。

第三個也是最後一個司機準備開車了，情急之下泰森走到車頭前面擋住，不過也留了足夠的緩衝空間，人家眞的不停車還是得閃開。

他高舉雙手，大車緩緩停下。司機仰頭瞥了眼，然後才開車窗探頭出來。

泰森考慮過是不是該改變策略，儘管身上沒現金也不敢刷卡買東西當籌碼，倒是還有高中畢業時母親送的手錶勉強値些錢。他猶豫了一下是否該拔下來當作誘因，最後覺得還是算了，將希望寄託在陌生人的善意上。

他走到駕駛座旁邊抬起頭。「先生，我需要幫忙，有急事得趕去蘇黎世。」

司機瞇起眼睛打量他。從外貌看起來，這人已經六十多歲，一頭短髮但鬍子有點亂，黑色中夾雜幾許花白。車廂裡正播放有聲書。

「好吧，上來。」

10

大車沿著A1公路北行，穿過日內瓦機場，進入瑞士的鄉村地區。

泰森爬進車子以後，司機只說了八個字：「我叫拉斯，先別講話。」

他不敢出聲。

前四十分鐘裡，車子唯一能聽到的就是法語有聲書。從情節判斷，應該快要大結局了，是個間諜故事，主角正在逃亡，快要走投無路。

小說終於收尾，拉斯點了香菸，微微放下車窗。他朝泰森遞了菸盒，泰森搖頭婉拒。

菸抽到一半，司機直視前方道路卻開了口：「你幹嘛大半夜搭便車去蘇黎世？」

泰森聽不出這口音是哪裡人，非得猜的話大概會說比利時。見他沒回答，拉斯望了過來，彷彿催促著。

「事情有點……複雜。」

「怎麼個複雜法？」

泰森從小不擅長說謊，被母親盯個幾秒就會一五一十全都招出來。

現在他也決定老實說。而且老實說，他沒多少能說的。

「我發現一件事情，給別人造成了威脅，所以要趕快躲遠點。」

「惹禍上身。」司機掐著香菸往他比劃。「看你那種坐姿，受傷了？」

「沒有，還好，擦傷而已。」

「打架？」

「唔，可以這樣說。」

拉斯在菸灰缸熄了菸以後又點一根。泰森開窗戶透透氣，司機見狀索性不抽了。

「你知道爲什麼我要開夜車嗎？」

泰森聳肩。「不塞車？速度快？」

「實際上你說的也對，不過眞正理由是我習慣了一個人。白天睡覺、晚上開車。有人以爲獨處能自在叫作堅強，在這個行業是有用，但其實會拖住整個人生。我在這幾條路上送貨送了將近四十年，有很多時間可以好好思考。結論是，人生意義主要就兩件事：一個是你做的選擇，另一個是你認識的人。年輕的時候不覺得，年紀大一些遲早會明白，人的生命就是每天不斷做抉擇，就算不知道路況也得挑一條，然後總有走錯路的日子。」

拉斯又伸手要拿菸，忽然想起泰森的反應又收手。

「你走錯路了。事情對錯不一定，在這世界上做好事做壞事都會被人看不順眼，不想成爲別人眼中釘，只能什麼要緊事都別做，不和別人扯什麼關係。」

泰森認眞思考時，拉斯再說：「以前我想當哲學家。」說著說著他自己笑了起來。「還想過一個叫作『心靈是生物機器』的哲學理論架構呢。好高騖遠。問題就是哲學啦、點子啦這種東西沒辦法拿來付帳單，偏偏我背了不少債，爸爸走了媽媽病了，只能叫妹妹照顧家裡，自己出來開車。以前當司機和現在不一樣，收入算高的，可是被人看不起，只能同行在路上互相照應。」

他放下香菸，搔搔稀疏的頭髮。「對人生最大的誤解就是期待它會一成不變。唯一不會變的，只有改變。初期我以為自己開幾年車、存夠錢就能回去念大學，可惜事與願違，應該一開始就半工半讀，麵包和理想要兼顧。辦得到的。開車這份工作也是一直在變，只有我就一直開一直開都沒變。我以為反正這世界永遠需要有人開車送貨，只要能好好把東西從這裡送到那裡，就會有人給我不錯的薪水。」

拉斯深呼吸一口。「結果呢，物流公司怎麼省錢？靠兩件事，一個是油錢，一個是司機錢。以前公司敢動手腳的只有油錢，現在不同囉，我們的錢也敢砍。公司不在意了啊，為什麼？因為有東歐人跑來搶我們飯碗。我是不怪他們啦，人家一樣要養家糊口，為了弄駕照還得先花筆錢，對他們可不是小數目……然後跑來這邊，薪水連自己都快吃不飽，我們以前的三分之一而已。但這些企業不在乎。陷進坑裡只會越賺越少，一輩子爬不出去。」

說著他又搖搖頭。「別聽我囉嗦，我只是老了話多，身子骨快不行了，這輩子又有一大堆遺憾。總而言之，我的意思是既然你碰上麻煩就好好想清楚，別越陷越深，仔細看清楚面前那條路通到什麼地方。」

司機說完以後又逕自播放起有聲書，這次是二次世界大戰的歷史小說。故事與引擎聲相伴，泰森的疲累開始發散，睡著前最後看見的路牌是伯恩市。

他是被球棒戳醒的。

卡車停在路邊，但沒看見休息站加油站之類，只有月光底下一片綠野，周圍沒有別人。拉斯手持球棒，眼神變得凶惡。

「你是恐怖份子吧！」司機的口水幾乎噴出來。

「啊？」泰森還沒完全清醒，不明白現在什麼情況。

「你炸掉了自己住的公寓！」拉斯拿出手機，瑞士廣播公司經營的瑞士資訊網首頁緊急更新，新聞標題是「核子研究組織人員在家中引爆炸彈」。

泰森趕快讀了內文：

日內瓦市警局請求民眾協助追緝爆炸案嫌犯。任職於核子研究組織的美國籍物理學家泰森・克萊涉嫌於凌晨兩點，引爆居住的日內瓦公寓大樓，爆炸導致一人死亡。死者為六十八歲退休公民，住在嫌犯樓下。此外有十數人輕重傷。

他感覺糟透了，眞的有人被波及、被這份研究害得非死即傷。不知道那些人傷勢如何，會不會有人因此失明或殘廢，儘管原本要炸的只有自己一個人。報導完全沒提到潘妮或她在暗巷殺死的人，泰森急著往下讀。可是拉斯將手機抽走。

「等等！拜託讓我看完，我必須知道發生了什麼事！」

老司機打量片刻後，一手緊抓球棒，另一手亮出手機螢幕上的文章。

事發經過與嫌犯動機目前尚未查明。消息來源指出，卡萊近期曾在研究組織發表成果，雖聲稱取得突破卻遭受質疑。其同僚主動受訪，匿名表示她不認為嫌犯具有爆裂物專長及犯案意圖，但現年三十五歲的克萊工時過長，最近表現出人際疏離狀態。反恐小組協同市警局發出通緝令，推測嫌犯持有武器，可能危害公衆安全。世界衛生組織、世界貿易組織、紅十字會等多處地點都已提高戒備。

拉斯收起手機，球棒抵著泰森。「爲什麼犯案——」

「我沒有！」

「滾下車！」

泰森只能高舉雙手離開車廂。「放炸彈的不是我，是別人，他們爲了那個研究想殺我。」

「胡說八道。」

「我說的都是實話。」

拉斯手持球棒瞄了手機，準備按下通話。「我要叫警察把你抓起來，不然人家還以爲我藏匿逃犯，到時候我白忙四十年連退休金都沒了！」

泰森保持雙手過頭，走上前一步。「你不是說自己人生走了很多彎路嗎？現在你報警抓我只是再添一筆罷了。我跟你保證，你打電話以後，我會就此蒸發，誰也找不到，因爲他們不可能留下證據。我研究出來的東西會改變全世界，雖然不敢百分之百保證，但我認爲應該是往好的方向走。我能肯定它很重要，重要到那些人不惜大開殺戒。至於我，我只希望現在有人能夠幫幫忙。」

11

司機揮舞球棒將泰森逼退到卡車前方。

他用前臂擋住頭燈光束，瞇著眼睛繼續說：「拉斯，我相信自己現在走在正確的路上，但是需要別人推一把才能到達目的地。」

老人低頭看看手機。泰森只知道有個訊息跳出來，沒辦法讀到內容。

「怎麼了？」

「道路封鎖，」司機嘀咕。「奧夫特林根周邊。其他司機說順著A1往東的所有車輛都得接受盤查。」

「你把我交出去跟殺死我沒兩樣。」

拉斯搖搖頭，但沒有撥號。泰森放下手臂，雖然光線刺眼，可是這麼做才能露出整張臉讓對方看清楚。「我明白以前有些決定讓你後悔了，但是請相信我，這次不一樣。我現在也沒辦法回報什麼，只能說聲謝謝。不過如果可以，我往後會找方法報答你的恩情。」

他等了等沒有反應，只好自己繼續，希望能說動司機。「你說人生最重要的是抉擇，是認識的人。或許我們今天會碰面並不是巧合，換作其他司機剛才就偷偷報警了吧？但你看到報導卻決定先叫醒我，因為你心裡察覺了——這案情有蹊蹺。我是物理學家，研究科學是為了改善世界，就像你當年對哲學懷抱的理想。」

拉斯還是不出聲。

「更何況我根本不懂怎麼做炸彈。話說回來，就算我要炸，幹嘛炸掉自己住的地方呢？完全不合邏輯。」

「誰知道是不是意外。」

「意外引爆的話，我怎麼會沒事？」

拉斯重重嘆息。「被逮到的話就一無所有了。我們素昧平生，你想叫我冒這種險？」

「我是希望你相信直覺。你知道我是無辜的。保護無辜的人對你而言值得冒險嗎？」

司機將手機塞進口袋，同時球棒終於指向地面。「早知道就把你丟在加油站。」

「遇上你，我倒是很慶幸。要是能活久一點，我保證會想辦法補償。」

「我總覺得會後悔。」

「那我只能盡量讓你不至於後悔。」

拉斯朝車子一比。「後頭小床下面可以打開。窄是窄，你應該擠得進去。不過不知道會不會被發現。」

「只能賭一把了。謝謝你，拉斯。」

⚛

接下來車程並不輕鬆，暗櫃又窄又臭，不過人家肯提供藏匿處已謝天謝地。若能跨越封鎖線得救，泰森知道關鍵在於這位陌生人的善心。

他也明白自己運氣眞的很好，正好堵到有臥舖的卡車（其實在歐洲並不常見）。

車身顛簸，本就疲痛的肢體被震得更難受，就算緊綳的神經能放鬆也睡不著（何況他的心一直懸著）。

卡車忽然停了，氣刹在夜裡特別吵。車子每隔一段時間前進一點點，每回停下來，泰森就忍不住閉氣，想像外頭忽然警犬狂吠、一隻手掀開暗櫃將他拖到外頭，手電筒照得他眼睛睜不開，然後有人會大叫：「抓到了！」

晚上躺床前還意氣風發地想成爲實現夢想、改變世界的偉大科學家，現在竟然爲了自己的研究亡命天涯，像個逃犯躲躲藏藏。不知道媽媽、姊姊以及同事朋友會不會已經看到新聞？

泰森沒和樓下那位老太太打過招呼，對方除了查看信箱幾乎足不出戶。因爲自己的研究，他們還沒認識就天人永隔。

拉斯的聲音打斷思緒。「溫特圖爾。」

溫特圖爾位於蘇黎世東北。看來警員正在盤問目的地。

「Nein（有）。」拉斯繼續說著德語。應該是問他有沒有見過嫌疑犯。

安靜片刻。

「Sicher（當然）。」拉斯語氣很敷衍。

很響亮的一聲咔，然後鉸鏈嘎嘎叫。拉斯下了車？想通報警察？

沒救了嗎？

也有可能是客座車門被打開。

又一聲咔，距離更靠近，而且比開車門短促。

像是手電筒開關？

「Sind Sie allein（就你一個人）？」是女警，而且與泰森非常接近。

他吞了吞口水，覺得能聽見自己的呼吸聲。外頭聽得到嗎？

「Ja（對）。」

從位置判斷，司機沒下車。

泰森胸膛起伏劇烈得像是機器活塞。

小床上面被人用力拍打，想必是警員檢查坐墊與駕駛室後側。到處拍了拍之後，女警說：

「Vielen Dank（謝謝）。」

客座車門關上。

泰森渾身一軟，別過臉發出長吁，感覺這輩子不會有更長的一口氣。

卡車駛離，繼續前進，速度越來越快，引擎再次呼嘯。距離夠遠時，拉斯轉頭大叫，叫聲在暗櫃裡聽起來還是模糊。「我知道裡頭不舒服，但你乖乖躲好比較不會出差錯。」

通過警察攔檢，泰森心想自己累壞了應該多少能睡著，結果思緒霸佔身體不讓他休息，腦海反反覆覆想像到了蘇黎世，與葛赫德·李克特見面會是什麼光景。他會說什麼？認得出自己、記得自己名字嗎？還在完全不在意？會不會認出來了反而立刻通知警方，或更糟糕的大概是冷笑之後掉頭就走。

況且不只李克特的反應值得擔憂，要是警察已經佈線了怎麼辦？

卡車緩緩減速停車，氣剎與引擎一陣巨響。

不知道是又遇上警方盤查，還是拉斯改變主意不肯再幫了。

但一會兒車子又緩緩前進了些，幾分鐘之後再次靜止。拉斯來到後面打開櫃子，晨光像消防水柱湧進來，閃瞎了泰森的眼睛。

「還好嗎？」拉斯低聲問，口中飄出咖啡香。

「還可以，謝謝。」泰森慢慢睜開眼睛。「到哪裡了？」

「蘇黎世郊區。」

泰森鑽出來坐直身子。

「你要去的地點是？」拉斯問。

「可以借手機用一下嗎？」

接過手機，泰森開啓瀏覽器的無痕隱私模式，因爲擔心自己查的資料都有可能導致當權者注意到拉斯。現在也沒有別的辦法了。他用搜尋找到那間名爲「李克特－布蘭特」的投資銀行，除了總部位於蘇黎世之外，網站幾乎什麼也沒說，聯絡方式是網路表單（一個郵件地址都沒有），幸好還有標示地址是貝多芬路與三王路交叉口。上班時間、電話號碼都不給，幾個網頁傳遞的訊息非常清楚：我們存在，但請不要打擾。

泰森經過蘇黎世的次數不多，也從未特地前往李克特－布蘭特銀行所在位置，只知道那個地段都是跨國銀行和金融業。高樓大廈門禁森嚴，沒事先預約要闖進去難上加難。

看看時間，早上六點二十四分。

他只想得出一個辦法，就是趁李克特進入大樓前攔截他。不過泰森心裡清楚自己預設太多前提，例如李克特未必還在蘇黎世（如果出遠門或遠端工作就根本不會露面）、也未必是大清早進辦公室的人。

能肯定的是，拉斯幫的已夠多了，與自己的事情牽扯更深的話，恐怕會害了他。

部。

「方便把我放在湖邊那個植物園嗎？」

拉斯點頭。「可以。」

大卡車停在威爾將軍路的時候將近七點半，旁邊的開闊公園居高臨下眺望蘇黎世快艇俱樂部。

泰森抓住車門把手。「真的很感激。」

「你自己保重。祝好運。」

下車之後，泰森一溜煙鑽進公園樹叢間穿梭，從人行步道盡頭水濱左轉切到貝多芬路。找到李克特那棟大樓，他躲在面朝馬路的矮牆低頭觀察。轎車一輛輛地靠邊停，下車來的人都西裝筆挺，名牌墨鏡和手錶在晨光下閃閃發亮。

每次有車開門，泰森就趕快看看是不是李克特。過去三十年裡，兩人面對面的光景他不知道想像過多少次，最重要的是兩個人終於又講上話。他有好多話想罵、好多傷人的問題想得到答案，埋在心底已經這麼多年。

黑色賓士休旅車停下來，司機繞了半圈打開後座車門。泰森雖然找過照片，但葛赫德．李克特本人自然是老了許多。然而他絕對不會認錯，畢竟從對方臉上能夠找到自己的影子。

年邁德國人越來越靠近，泰森起身衝到他面前以後，卻愣了一下，不知道該用什麼稱呼才好。「李克特先生」總覺得生硬，「爸」又說不出口。最後他索性只喊了「先生——」，李克特聽見以後，駐足原地板起了臉。

「我是泰森——」

「小泰，」李克特開口。「你怎麼會在這兒？」

很濃的德國腔。重點是那句話好像賞了他一耳光。泰森換了口氣，鎮定情緒。

「我……需要人幫忙。」

李克特只是盯著他不講話。

「我現在在歐洲核子研究組織工作。」

「我知道。」

「有人追殺我，我住的公寓被炸了。」

李克特先是石像般靜止了幾秒，頭部沒動只靠眼睛掃視了泰森背後的區域，接著才轉頭確認馬路左右的狀況。他小聲吩咐：「小泰，先別說話，直接上車。」

12

進了休旅車，李克特身子前傾指示司機。「Walküre（女武神）。」

泰森無法理解，但司機顯然一聽就懂，立刻發動引擎在蘇黎世大街小巷間穿梭，時常切換路線避開車流，開得很快卻從未超速。

李克特取出手機以後拚命打字，完全沒理會兒子。

「要去哪兒？」

「機場。」李克特回答時也沒抬頭。

「這不妥當吧，警察正在通緝我。」

「我知道。」

「唔……所以你是什麼打算？」

李克特瞟了他一眼，視線挪到司機那邊。「小泰，先別吵。」

泰森聽得滿腔怒火，不只因爲被對方當小孩看待，還牽扯到三十年來的疏離隔閡，以及他這輩子都很難忘記的某個午後。但現在除了按捺不滿別無選擇，他還需要對方幫忙。

車子離開蘇黎世以後，李克特朝兒子湊過去。「受傷了？」

泰森還以爲父親是指方才叫自己別吵的事情。「啊？哼，沒事。」

李克特下巴卻朝他肋骨處比了一下。泰森正下意識揉著那兒，自己都沒注意到。「身體有沒有受傷，需要看醫生嗎？」

「沒大礙。」

之後又是沉默。車子高速行進，轉進一條私人道路才放慢，旁邊有單跑道小機場。停車以後，李克特走出去並示意泰森跟上，兩人穿過粗鐵絲網時，制服警衛只是揮揮手沒多言。

停機坪有位身著褲裝、戴著時髦墨鏡的女性，看上去二十多歲，腳邊擱著旅行包。李克特走到她面前，女子從口袋掏出一個藥罐交付，同樣沒有講話。

「謝謝，伊爾莎。」李克特將藥罐收好，彎腰提起旅行包就繼續前進。

噴射機機身沒有任何符號或標誌，只有一個引擎上漆了數字，兩名駕駛在登機梯前點頭致意。進去以後，李克特將包包隨手放在座位就用英文指示。「請兩位以最快速度出發。」

泰森在李克特對面坐下，父親還是盯著手機不抬頭，除了打字之外只偶爾停下來讀訊息。

「那個——」

李克特終於抬頭。

「我有事情要問。」

「我也有。」

「現在要去哪兒？」

「特區。」

「特區？華盛頓特區嗎？」

「正確。」

「為什麼？」

「求援。」

「找誰求援？」

「有實力干預的人都在美國政府裡。」

泰森忍不住雙手一攤。「這麼簡單？我跑來找你，你就直接用飛機載我去美國搬救兵？」

「除此之外沒有辦法。」

「所以、到底、怎麼、回事？」

「小泰，這個狀況非常複雜。」

「首先，現在大家都叫我『泰森』。再來，既然事情複雜反而代表總有什麼可以說。看你想從哪裡說起都好，反正飛去華盛頓特區要很久，我洗耳恭聽。」他自己點著頭催促。「開始吧。」

李克特臉上第一次有了笑意。「你從小到大都是這副繃緊神經的樣子——」

泰森舉起手。「停，別用那種很瞭解我的口吻說話。你丟著媽一個人養大我，這些年裡的事情，你什麼都不知道。」

「那你就錯了，小泰——」李克特吸了口氣。「『泰森』。但你說得沒錯，現在不適合敘舊，尤其你對往事好像有很多情緒，可是接下來要全神貫注在眼前的問題上。」

「眼前的問題是指？」

「我剛剛看了你用來發表的投影片。」

「啊？等等，你為什麼會有檔案？」

李克特顧左右而言他。「內容很精彩。我不敢說自己都懂，倒是很確定明白這對所謂的『大局』造成什麼影響，也就是研究代表的意義以及能夠引發的波瀾。」

「怎麼可能？你的專長不是投顧嗎？」

李克特嘴角微微上揚。

「所以你不是銀行家。」

「我是，但不只如此。」

「那還有什麼？」

「現在你還不必知道。」

「那我該知道什麼？」

「很多，就先從我認爲能保命的部分說起。」

李克特說到兒子死亡的口吻如此稀鬆平常、不帶情緒，聽得泰森心頭一涼。

「嗯。」他盡量保持鎮定。

李克特探身。「你有沒有過一種感覺——這世界不對勁，有些事情的發展毫無道理，彷彿歷史幕後被什麼人控制著？」

突如其來的一問，完全出乎泰森的預料。不知爲何他卻自然而然立刻回答。「嗯，有，常常這樣覺得，尤其這幾年好多現象感覺不合邏輯。爲什麼這樣問？你究竟想要說什麼？」

「有沒有聽過一個叫作『盟約』的組織？」

「沒有。誰？」

「『起源計畫』呢？」

「也沒有，那又是什麼？」

李克特的手機跳出訊息，他讀完飛快打字，說話時沒看兒子。「你的研究還有什麼人知道？」

泰森問不出所以然，只能嘆息。「你到底要不要解釋什麼『盟約』、什麼『起源計畫』？」

「待會兒就告訴你，現在必須爭取時間，得先確認條件。小泰──」他又改口。「泰森，你的研究有多少人知道？」

「發表會的聽眾，大概四十人。他們沒出事吧？」

「嗯，沒收到消息。」

「還有兩個人勉強算是聽說了一點？有個交換學生叫作潘妮．紐曼，她在──」

「日內瓦大學，我知道這個人。還有呢？」

「一個叫作拉斯的卡車司機，姓氏我沒問，晚上是他載我走A1公路從日內瓦到蘇黎世，所以應該不難查到身分。印象中目的地是溫特圖爾。其實拉斯算局外人，看我惹禍上身順手幫忙而已，但我這條命說不定是他保住的，要是他被逮到，最少也得吃牢飯吧。」

李克特點點頭繼續打字。

「能不能幫我補償他？除了保障人身安全，他應該挺需要錢的，家裡狀況不太好。」

「我會試試。」

李克特打字告一段落，手機擱在椅子扶手。「你的研究資料還在嗎？」

「還在。」

「很好，」李克特從座位上的旅行包取出筆電。「現在就傳到美國。」

「爲什麼？」

「一來只要傳開了，追殺你的動機就少了很多。對方成功將核子研究組織那邊的資料刪除了，但只要美國人手中也有一份，遊戲規則就起了變化，對我們有利，讓他們處於劣勢。」

「『他們』是誰？你說的『盟約』組織嗎？」

「嗯。根據我目前掌握到的消息，送炸彈去你住處的，應該也是他們。」

「潘妮是他們的人。」

「我也這樣猜測，但她自己知不知道、知道多少還不一定。」

李克特按了筆電鍵盤之後，遞到泰森面前。「插上隨身碟。」

泰森遲疑片刻，但心想顧不得那麼多了，否則變成誰也不能信。話雖如此，他還是很怕後悔。

插入USB槽，螢幕上閃出訊息：上傳中……

他將筆電交還父親，李克特放在旁邊座位，螢幕一直亮著可以追蹤進度。

「量子纏結對你而言代表什麼？」

話題轉得太快，泰森又嚇了一跳。

「唔，」他整頓思緒。「量子纏結是量子物理與古典物理之間的矛盾，被愛因斯坦形容成『像幽靈的超距作用』。纏結之中的粒子像是彼此的鏡像，最奇特的地方是似乎無論多遠都能觀察到，例如成對的粒子一個放在地球，另一個就算放在別的星系，也會有同樣性質。換句話說，纏結讓粒子跨越幾百萬光年溝通了彼此的量子態，這明顯違反了狹義相對論裡光速是宇宙極限的限制。愛因斯坦還認爲根據定域實在論的因果觀點，量子纏結根本不可能存在，所以一九三五年他協同鮑里斯．波多爾斯基、納森．羅森一起提出反駁，後來基於三人的名字稱之爲EPR悖論。問題是，我們確實觀察到各種粒子都有纏結現象，光子、電子、中微子都不例外，也就是本該不可能但的的確確發生在眼前。」

泰森微微攤手。「量子纏結也呈現了物理學研究很大的問題。人類所見所聞的部分是宏觀世界，但宏觀規則到了次原子層級便無法運作。大於原子的層級內，整個宇宙似乎井然有序、符合邏輯，一切都能分析出因果，時間單方向前進，任何事物只要能觀察就能測量，更重要的是能預測。到了次原子層級，許許多多不符合現有理論的現象則開始發生，量子纏結只是那些不應該的現象其中之一。」

李克特點頭。「你解釋了量子纏結是什麼，但它代表什麼呢？」

泰森聳肩。「我剛才不就說了，是物理學各個學派之間的矛盾。」

「你這種思維太科學家了，先跳脫原本的想法。如果我們可以控制粒子纏結，實現超長距離的連結，能有什麼應用？」

「嗯……有些人認為能做到超光速通訊，但實際機制不是那樣。量子纏結裡決定粒子狀態的是觀測這個行為，必須對纏結的其中一側做觀測，另一側才會出現對應的狀態，而且我們也沒辦法強制某個粒子進入某個狀態，藉此對另一邊做出修正。」

「要是可以呢？假如有人開發出纏結粒子和控制狀態的技術會如何？而且遠距離也能實行，觀測後還可以更改？」

「能做到的話，那就要天翻地覆了。實現超光速通訊不僅能夠跨越星系，或許還能超越時間。」

「搭配你先前的研究結果試試看。」

泰森微微瞇起眼睛。「什麼意思？」

「說說看你覺得自己那個……『量子無線電』究竟是什麼。」

「我還不能完全確定。」

「怎麼說？」

「唔，那個發現本身的性質有點奇特。對撞機讓粒子互撞是為了觀察結構，我寫了演算法分析撞擊結果報告，卻發現撞擊產生的次原子輸出總和大於用於撞擊的粒子。不只如此，撞擊殘餘裡頭有不應該存在的奇異粒子，而且它們有規律，就像數據串流一樣。」

「重點來了，你覺得這個現象代表什麼？」

「我個人認爲是初次觀察到次原子層級更大現象的冰山一角。」

「例如？」

「這我不知道，但我認爲量子無線電背後的理論，或許能解開量子力學的很多謎題，說不定足以統整原先矛盾的各門各派，晉升爲所謂的『萬有理論』。」

「你把量子纏結跟自己的研究結果擺在一起看，再想像我剛剛說的，如果有人在觀測之後還能控制粒子狀態。」

泰森搖搖頭。「不太懂你的意思。」

「我的意思很簡單：如果你研究中觀察的粒子其實都有纏結呢？」

「怎麼纏結……？」

「與很遙遠很遙遠其他地方的粒子纏結？與宇宙另一個角落、甚至另一個宇宙或另一個時空的粒子纏結？」李克特身子又傾過去。「如果你觀察到的現象、分析出的規律，實際上不是自然產生呢？」

「你覺得量子無線電是這樣子運作的？粒子對撞在宇宙鑿出微乎其微的小洞，不知道誰將經過纏結的粒子發送到我們這邊進行通訊？是這個意思嗎？」

「我只是提出猜想，眞正的問題在於：假如這個猜想命中，你認爲代表什麼？」

「那就是有史以來最偉大的發現，科學進展的里程碑還不足以形容。畢竟是第一次接觸，對人類在宇宙中的定位是全新的認知。」

李克特微笑。「你還是用科學家角度思考。想想看，另一個地方、甚至另一個時間上，有人能夠改變這個世界的次原子粒子狀態。這種能力可以達成什麼？」

「呃，這還不清楚。對目前的人類而言，連粒子對撞需要的能量都還太過巨大，只能實現微乎其微一瞬間而已。要做到長距離、或者長時間的量子纏結，還不知道條件到底是什麼。」

李克特向前擺擺手。「泰森，發揮一下想像力。想像你有辦法製造大規模的纏結，影響全世界的物質。人類大腦主要是神經元，神經元同樣是由原子及次原子粒子組成，對它們做纏結和修改的話，能達到什麼結果？」

「假如照你這種角度去設想，改變神經元狀態與發送的電氣訊號……實質上就是控制了目標的思想。而且這算是低階運用，進一步還可以修改受精卵ＤＮＡ塑造新生兒。簡單來說——幾乎無所不能？」

「無所不能，對你而言是什麼？」

「科學突破？」

李克特搖搖頭。「可惜我接觸的人大部分會視爲威脅。」

「就是現在我的處境嗎？」

「還不確定。」

「能確定的有什麼？」

「一定程度上，這個世界不講道理。用你們物理學爲例，某些人事物井然有序符合預期，其他的卻不合邏輯、前後矛盾。」

李克特起身走到機艙角落小吧檯，開了一瓶水遞給兒子。泰森搖搖頭。

「一九六〇年代我住在西德，當時很多人想得很深遠，比方說我們是否眞的能理解世界、某此事物是否在根本層次上已經混亂崩潰，還有這世界背後是否受到更高階力量干預操縱，有隻隱形的手把持著人類未來。想解答種種疑惑，唯一合乎邏輯的方向，只有科學。」

他坐下之後望向窗外。

「就是你說的『起源計畫』？」泰森追問。

「沒錯。」

李克特又喝了一口水。「你的發現恐怕是目前為止最接近真相的線索。我想你應該聽說過，一九八〇年代的阿蘭．阿斯佩的實驗才對。」

「當然。阿蘭．阿斯佩是法國科學家，以斯圖爾特．弗里德曼和約翰．克勞澤的理論為基礎研究量子纏結。他的實驗第一次直接推翻貝爾不等式，等於證實了量子纏結確實成立。」

「其實阿斯佩的實驗也在八〇年代初期對全球的軍事工業複合體造成極大衝擊。不過幾十年前原子彈才改變過世界，很多人合理預期量子技術的突破會是下一步，而且會是更戲劇性的一大步。非常多身居高位的人都認為，後續的戰場不是飛機大炮甚至核彈，而是量子技術。他們的想法對不對，要日後才會揭曉，但你發現的量子無線電很可能不僅僅是理解過去的工具，也是控制未來的關鍵。所以他們為此不惜殺人，只要能夠獨佔技術，有多大犧牲都不為過。」

「那我們該怎麼辦，下一步怎麼走？」

「再來很簡單，就是競賽。」

「什麼競賽？」

「你的發現、你這個量子無線電，可能是一份密碼，用奇異次原子粒子編寫的訊息。來源說不定脫離這個宇宙，在那裡纏結之後，有次序地朝我們這個世界發送，但沒有超級對撞機根本無法接收。從這一點，你察覺了什麼沒有？」

「得到訊息本身的難度就非常高。」

「正確。更精準地說，只有科技水準達到某個程度的物種才能收到訊息。人類經過這麼漫長的歷史才走到今天這一步。無論訊息內容是什麼，都象徵了人類文明的新紀元。誰先解開密碼，誰就掌控未來。」

13

起飛後兩小時，李克特扣住椅背，將自己順著走道推向噴射機後側，自己在小廚房內忙了幾分鐘。

烘肉捲和馬鈴薯泥的香氣在機艙裡飄散，泰森聞到了才發覺自己好餓，開始擔心李克特準備的不夠吃。

微波爐叮一聲叫了。李克特回到座位時，端著兩盤熱好的餐點。

父子倆二話不說開始吃，吃相也極其神似。

「有件事我沒想通。」泰森咬了第二口肉捲，味道比他預期好得多。（還是餓過頭了呢？）

李克特嚥下食物，挑了挑眉。「居然只有一件事想不通？」

「好吧，想不通的點可能有兩百五十多萬個，不過這件事特別明顯。」

「是？」

「巧合。」

李克特彷彿知情地點了點頭。「我也想過這點。」

「你跟這件事情有關，我也發現量子無線電訊號。事發當下，我在日內瓦，你也還在蘇黎世。看似兩個巧合，但未免太剛好了點。」

「我同意。」

「這有意義嗎？」

「還不能說。」

「意思是你知道。」

「心裡有個底。」

「所以是？」

李克特嚼著薯泥望向窗外。「現在瞎猜還太早。」

「我是科學家，對臆測很習慣。」

「我是投資顧問，也對臆測很習慣，但還是不要亂臆測比較好。我傾向找出事實根據，想必你也是。」

「那你認爲現在究竟怎麼回事？」泰森追問。

「我覺得跟你們那個『希格斯玻色子』差不多。大家叫它什麼來著……『上帝粒子』對吧？」

泰森一臉尷尬。「那是媒體騙點擊用的標題，我們才不這麼說。」

「總而言之，主要考慮它代表的意義。一個你們猜想過、提出過理論，雖然看不見但是對宇宙結構有重大意義的要素。我想大致如此，現在以管窺天看不清全貌，等掌握更多資訊以後應該就能豁然開朗。線索收集齊了自然就懂。」

泰森一邊思考一邊把東西吃光，接著提心吊膽地講出懸在心上幾小時的另一個話題。

「我得跟媽說一聲。」

李克特牢牢盯著他，泰森覺得自己被逼著解釋。「說不定她會看到報導，包括日內瓦警方正在通緝我，一定擔心死了。」

「你不必聯絡她。」

「爲什麼？」

「因爲我聯絡過了。」

「啊？」

這句話和他的研究成果一樣——顚覆了原本的世界。在泰森的認知中，父母過去三十年沒講過半次話，要他想像這兩個人互通聲息，還眞想不出那畫面。成長過程中，母親甚至不願意他再提起面前這男人。

「她會在特區等我們。」李克特繼續說。

泰森張嘴想講話，但又不知該講什麼地閉起嘴巴，片刻後才擠出一句。「你……怎麼跟她說的？」

「說眞話。你平安無事，媒體報導不是眞的。」

「唔，那就好。」

「她會在國防高研署等我們。」

「國防高研署？你是說DARPA，『國防高等研究計畫署』？」

「正確。」

泰森身子往椅背靠。「這……出乎意料，我的疑問更多了。首先，你把我的研究內容發給高研署了嗎？」

「對。」

「爲什麼？」

「他們有類似研究。先前提過，我也算是有參與，已經很長時間了。」

「就是『起源計畫』。」

「對。」

泰森這才反應過來，明白爲什麼母親會在高研署。「媽也是起源計畫的成員？」

李克特抬頭打量兒子一陣。泰森心想，他是不是有點訝異？

「正確。」父親回答。「她的演化生物學研究由高研署出資。」

泰森意識到其關聯性。「所以她眞正的研究目標放在量子演化對嗎？就是量子無線電訊號對物種發展的影響。」

「對，那才是你母親眞正的工作重心。想想看，如果有人能操作遙遠過去某些ＤＮＡ的鹼基對，整個世界的未來都會改變。她找到了很多線索，指向我說的事情確實發生過，像是人類在演化上忽然大大躍進一步，或者明明處於滅絕邊緣卻奇蹟般起死回生，還因此得到更多能力，而且都是從原本演化路線預測不到的優勢。簡而言之，如果你覺得歷史有很多地方不合理，人類演化與其相比恐怕毫不遜色。」

「起源計畫的結論是人類演化已經受到量子干預？」

「還只是假設。雖然有一些證據，但你母親認爲不足以下定論。」

泰森感覺自己好像戴上了3D眼鏡——以前的世界是平面的，現在忽然多了整整一個維度。不只對人類歷史有了新的認識，連自己的家庭史也要改寫好多部分。

「起源計畫打算怎樣處理我的研究？」

「做完。」

「怎麼做？」

「簡單的說法就是他們有資源有人力，而且已經領先一步。」

「領先？」

「高研署底下還有幾個專案與你的研究有關。你聽過QuEST嗎？」

「沒有。」

「正式名稱是『量子纏結理論與技術』。這項專案由年高研署微系統技術辦公室在二〇〇八年啓動，前身QuIST針對的是量子資訊處理。他們關注的面向很多，像是量子通訊、量子機器學習、量子力學下的博弈理論、量子影像處理、量子雷達與測量，甚至還有量子纏結輔助重力電磁干涉術的研究，或者將量子纏結運用在以前中情局的遙測能力計畫上。無論如何，『量子纏結理論與技術』這個專案只是冰山一角。」

李克特雙手一攤。「還有一個叫作QuBE的是『生物環境中的量子效應』。」

「這和媽的研究就有關了吧？」

「一點點而已。另一個Quiness計畫想要打造新型量子中繼器，希望成爲往後新量子網路的骨幹。」

「很有趣。」泰森不知道原來軍方在量子技術投入這麼多。

「然後你機緣巧合發現的東西，正是很多人尋求已久的最後一塊拼圖，訊號規律就是關鍵。之前大家手上有其他圖塊，但不知道怎樣拼起來才有意義，現在終於能窺見全貌。」

「所謂全貌長什麼樣子？」

「很快就知道了。」

「什麼意思？」

「高研署旗下小組已經開始用你的演算法去破解大型強子對撞機網格儲存的數據。」

「我想參加，而且應該能幫上忙。畢竟是我的研究，當初我在歐洲核子研究組織做發表，其實就是爲了找贊助。」

「我懂，那是你的權利，也是我們趕去特區的另一個理由。」

泰森點點頭，心裡放下一塊大石。奇妙的是以前明明滿心怨懟父親，現在卻忽然有點感激他了。或許因爲他回到生命中，自己也正好爬上科學生涯的巔峰。

兩人沉默好一陣子以後，李克特忽然開口：「聽說你哥哥惹了點麻煩。」

泰森望著他，心想不知父親聽說了什麼、自己該透露多少。「嗯，對啊。」

「他人在哪兒？」

「北卡羅萊納州布特納試的聯邦監獄。」

「你會因此自責？」

「每天都會。」

又一陣沉默後，李克特指了指他的餐盤。「吃完了？」

泰森點點頭，父親將東西收走之後沒回到原位，而是拉上窗戶布簾，機艙一下子幾乎全黑。

「昨晚你幾乎沒睡吧？要消化的資訊也很多，你還是先休息一下比較好。」

說完以後，李克特拿著筆電退到後面另一排。心中千頭萬緒的泰森也察覺自己確實累壞了，畢竟沒睡覺又經歷了腎上腺素爆發，肉捲與薯泥塡飽肚子之後的睡意湧出，沒兩分鐘，他就倒在座位上不省人事。

他是被李克特搖醒的。「快降落了。」

泰森坐直之後吞了吞口水，喉嚨乾得像吞沙子一樣。渾身嚴重痠痛，比睡前還厲害。

李克特在走道另一側拉開布簾。光線射入機艙，刺得泰森舉起手臂遮住眼睛，身子往後一縮。

閉著眼睛的時候，他聽見父親聲音靠近。「他們那邊跑完了。」

「跑什麼？」

「你的演算法有效，量子無線電確實夾帶訊息，高研署已經編碼成檔案。」

14

窗戶透進的陽光太刺目，泰森忍不住仍然瞇起眼睛。李克特還在掀簾子，小小機艙被照得異常明亮。

他感覺噴射機正在下降，準備落地。「高研署發現什麼？」泰森文。「檔案內容是？」

「對方沒說，不願意隔著網路解釋，要當面談才能知道。」

飛機降落在被維吉尼亞州某處私人機場。泰森跟著李克特走過停機坪，進入等候他們的黑色休旅車，車子以特區為目的地穿越鄉間、疾馳北上。

泰森看了手錶，自動對時顯示當地時間早上十點三十四分。

有種時間旅行的感覺。因為離開蘇黎世的時候還不到早上八點，航程明明將近九個鐘頭，卻因為華盛頓特區與蘇黎世有六小時時差，結果現在還是早上，彷彿噴射機追著太陽飛行。泰森慶幸方才有歇息一會兒，但仍多多少少頭昏腦脹，加上受了點輕傷，而且回神以後意識到，短短幾小時裡竟已發生那麼多驚濤駭浪。即便如此，他心裡仍充滿期待，馬上就能知道自己發現的量子無線電究竟傳輸了什麼訊息。他相信訊息內容會改變整個世界，或許超越自己所能想像。

「我們現在要去的明確地點是？」他問。

究設施。」

「高研署行政總部位在維吉尼亞州阿靈頓市北蘭道夫街，但我們不去那邊，直接過去量子研

泰森眉頭一蹙。「美國高研署成立專門的量子研究設施應該是個大新聞，我會聽說過才對，怎麼完全沒印象。」

李克特微笑。「其實你可能知道，但又不知道。」

「什麼意思。」

李克特取出手機稍微按了幾下。「現在這種年代，什麼資訊都會在網路曝光。在媒體和一輩子鑽研陰謀論的人面前沒有機密可言，他們想挖一定能挖到。那麼，如果你有事情不想讓外界發現，知道怎麼處理才有效嗎？」

泰森聳聳肩。「不知道。」

「答案就是公開，如果直接對公眾求助更有效。」

李克特將手機遞過去。螢幕上是高研署官方推特，二〇一九年八月二十八日一則文章內容：

都市人請幫幫忙！我們急需研究實驗所需的隧道或設施，需位於市區地下，爲大學或商用土地。請聯絡 https:go.usa.gov/xVWCn。

時間急迫，美東時間八月三十日下午五點截止。

底下附了三張照片，展示偌大地底空間裡有鋼板門和巨大支柱。

泰森抬頭問：「這是眞的？」

李克特指著螢幕。「是。往下看。」

泰森往下捲動螢幕，發現高研署帳號發了補充資訊：

理想條件為人造地底環境，數個街區面積，空間經過切割或分層，具備中庭、隧道、樓梯井，近期對外封閉或可暫時供研究測試使用。

又有兩張照片，一張是廢棄地鐵，另一張是洞頂露出管線的地底通道。

泰森搖搖頭。「對外封閉，位於地底，面積有好幾個街區，感覺是小型對撞機或其他量子研究的理想環境。」

李克特將手機取回去。「的確如此。」

之後兩人沒再交談，車子一路從維吉尼亞開到特區邊界，沿途風景在泰森眼裡模模糊糊的，因為他全副心思放在量子無線電串流資料和背後的意義。後來他也想起了潘妮，不知道她人在哪裡，是否安全？

距離飛機降落才三十分鐘，車子已經停在華盛頓特區東南方一處海軍造船廠內。泰森與李克特被帶進大樓，白色牆壁毫無裝飾，水電管線直接暴露於外，數據纜線沿著天花板流竄。

每次轉彎，泰森都期待會瞧見母親海倫的身影。但還沒一家團圓，帶路的人已收走他的手機（說是基於安全考量），並將父子安置在沒有窗戶的小會議室，裡頭只有一張長桌、幾張附輪的椅子，前面牆壁掛著大布幕。

幾分鐘後，有人過來請李克特出去，泰森一個人只能在原地踱步數時間。算到二十分鐘過去，房門才再度開啓，貌似五十多歲的男人進來以後又將門輕輕闔上。對方身上的休閒外套皺皺的，似乎穿著睡覺過，牛仔褲也因洗太多次有些褪色。他隔著黑框厚重眼鏡看了看泰森。

「克萊博士，我是桑佛德．畢夏，這兒的宅人頭目。」

泰森聽了一笑。「叫我泰森就好了。我在歐洲核子研究組織也是個宅。」

畢夏點點頭。「久仰大名。」

「你們有什麼發現？」

「唔，這是我過來的主要目的。我們非常感激你的貢獻，也知道你爲此經歷不少風波，還特地跑這一趟，所以覺得當面告知比較妥當。接下來的事情請交給我們處理，暫時會安排你入住阿靈頓的旅館，等時機成熟再轉到一般住家——」

「我不走。」

畢夏斂起笑意。「恐怕由不得你，這邊要處理的事情並不是個人興趣的等級。」

「要不是我和我的個人興趣，你們根本沒有那套演算法。」

畢夏起身握住門把，準備離開。「這點我很遺憾。」

「等等，至少告訴我究竟發現什麼。」

「我不能說。」

「那你能說什麼？」

「只能說謝謝，這也是想親自見面的另一個理由。多保重。」

說完他就走了，留下泰森一個人呆站在會議桌邊。

居然就這樣全被奪走，他的研究成了別人的東西，一切畫下句點。泰森氣得抓起椅子亂砸。

門又打開，李克特進來，隨後是他的母親。

母親二話不說過來將兒子拉進懷中。

好一會兒沒人講話。三個人已經三十年沒像這樣共處一室，而三十年前那天，仍是泰森心上的痛。傷口彷彿中了詛咒，從未隨著時間癒合。

母親抱得更緊了些，他忍不住苦著臉呻吟。海倫趕快鬆手，退後一步拉著他觀察，表情很緊張。

「你受傷了？」

「還好。」

「葛赫德說你住的地方被炸了對吧？」母親還在上下打量。「還是去醫院檢查一下。」

「不必啦，媽。只是有些地方會痠而已。」

「會痠可能是內出血。」

「沒有內出血那麼誇張，媽！妳放輕鬆。」

「知道有人要炸死自己兒子，誰輕鬆得起來？」

「知道自己的研究被搶走，也一樣輕鬆不起來。」

海倫瞇起眼睛。「什麼意思？」

李克特微微別過臉，泰森確定父親明白全況，於是朝他開口：「你要不要自己說？」

「不要。」李克特也答得乾脆。

「說什麼？」

「他們把我排除在外，」泰森解釋。「拿了我的研究之後翻臉不認人。」

海倫卻呼了一口氣。「嗯，這樣也好，比較安全。」

「我要的又不是安全。」

「泰森——」

「我只是想有始有終。小時候妳嘮叨過我不知道幾百萬次，『起了頭就要堅持到底』，現在不是一樣嗎？我就是堅持下來才做出成果，現在他們全拿去就不認帳。」

「泰森，我知道你有情緒，但是你累了，得先休息，吃點東西——」

「媽，那是我一輩子的心血，我想堅持到最後，需要的只是個機會。」

海倫端詳兒子，片刻之後，似乎打定了主意。

她轉頭望向李克特，同時泰森感覺整個房間氣溫下降了。以前有過同樣經驗，就是父母與他，三人最後一次的相處——父親母親明明都老了那麼多，互瞪起來的神情仍一模一樣，像兩尊雕像、眼睛眨也不眨，也像兩個西部神槍手凝神屏息，等待對手露出破綻。接下來兩人的話語，在泰森腦海中好像槍林彈雨。

海倫先發難。「所以你知情？」

「剛剛才聽說。」

「還是剛剛才決定？」

「不是我作主。」

「那你就去作主。」

「妳太高估我。」

「沒有這種可能。」

李克特轉身在角落踱步，他先動搖了。

「葛赫德，你不去是要我去的意思囉？」

「這樣做只會置他於險境。」話雖如此，李克特卻不肯正面迎向海倫的目光。

「無論如何，他都已經置身險境了吧。至少給他參與的機會。」

泰森終於雙手一攤，開口說：「你們能不能不要一副我不在場的語氣？我不是小孩子了，和我說明一下現在是什麼情況。」

李克特搖頭，又開始在房間來來回回，顯然不太喜歡這種情勢發展。他到了門板前面將門鎖上，先頂著角落的監視攝影機，後來眼睛又緊盯著泰森，視線如雷射般貫穿兒子。

再開口時，李克特的語氣變了，緩慢悠長，彷彿吟誦咒語。「小泰，聽清楚我接下來說的話。專注，思考，理解背後的意義。」

聽父親說話這段時間，泰森像是進入了另一個時空。

「你發現的數據串流裡面有明確的七個字符。其中一個亞原子粒子很明顯用來分段，可以找到四個主要斷點，所以總共有五個大檔案。」

門把搖晃，外頭傳來朦朧人聲。「鎖上了。」

另一個人說：「撞開。」

李克特毫無懼色繼續說：「第一個檔案只包含兩個字符，斷點前以八個字符為一組，共計八組。」實木門晃動一次又一次，幾乎要震落金屬門框，也將周圍牆面震出石灰粉末，塵埃自天花板飄落如同初雪紛飛。

「初始檔案的兩個字符不再出現於後續四個檔案。這四個檔案的元素包括其餘四個字符和分段記號。四字一節，每節包含四個不同字符，四節一組，循環構成二十四個超集合。共計三十億八千八百二十八萬六千四百零一節。」

木門被轟開，穿著陸戰隊制服的人撞了進來，伸手扶住會議桌最前面的椅背。

李克特眼中只有泰森。「你知道是什麼吧？」

「嗯。」泰森吐了一口氣，感覺現實也被震碎，腦袋彷彿起火燃燒。

15

又有兩名陸戰隊衝入會議室。

海倫嚇得往後一退。

李克特站在原地凝視兒子，臉上浮現笑意。泰森從中看出父親的得意。

聲稱自己是這兒頭子的桑佛德·畢夏小跑步到達現場，上氣不接下氣瞪著李克特。「你幹了什麼好事？」

「不得已而為之。」

「要這樣我們就得將他關進空實驗室——」

海倫聞言怒斥。「老桑，你敢關我兒子試試看！」

李克特則朝兒子撇了下頭。「你告訴大家剛才那是什麼意思。」

泰森深呼吸。「第一個檔案是標準資料格式，兩個字符是二進位的零和一，代表開和關。每個字符是一個位元，八個位元形成一個位元組。這是簡單的電腦檔案格式，我們有能力讀取。」

「顯而易見。」畢夏喃喃自語以後吩咐陸戰隊。「你們出去，」接著又盯著角落的攝影機。「別錄了。現在就停。監控一起關掉。」

房門重新關好，泰森繼續回答：「後面四個檔案比較有趣，四字一節、四節一組並劃分爲二十四個超集合。四個字符大概是鹼基對的ACTG，也就是DNA字串。超集合之所以是二十四個，應該有二十二個成對的染色體，或者說常染色體，第二十三個則是性染色體，也就是XX或XY。第二十四個超集合應該特別短，只包含粒線體DNA。總計三十億八千八百二十八萬六千四百零一節，代表是人類基因組。」

畢夏打量他一陣以後，嗤之以鼻。「這我們也知道。」

「當然，」李克特慢條斯理說。「不過，你們是半秒鐘就知道了嗎？」

畢夏點頭。「我知道他聰明，但這兒不乏聰明人。」

李克特背對畢夏走了一、兩步。「沒聰明到派人看住泰森。被盟約那邊搶先一步。」

「你想說什麼？」

「我想說的很簡單：對方知道必須監視泰森。爲什麼？人家早就知道他會發現量子無線電裡的密碼嗎？那他們還掌握了什麼，用什麼方法掌握到的？很明顯對方搶得先機，而且研究資料他們也有一份，想必亦理解了其中含義。那他們還有什麼進展？」

李克特轉頭望向機構負責人。「老桑，我們居於下風，說不定已經太遲了。」

「那你的意見是？」

「就讓他進來吧，能用的資源都用上。面對現實——接下來這幾天的發展，會改變全世界。他的參與對我們有好處沒壞處。」

畢夏搖頭。「我覺得不妥，這個階段忽然人事異動不是明智之舉。你應該懂的，不可預料因素太多，我們連他是不是盟約的人都無法確定——」

「我兒子，」李克特語調強硬起來。「不會是盟約的奸細。」

沉默蔓延。

李克特再開口時，語氣平復。「老桑，跟他說說，你覺得檔案內容是什麼東西。」

畢夏瞄了他一眼，還在猶豫。

「說吧，」李克特催促。「還有什麼好顧忌的？」

畢夏盯著地板。「目前假設第一個檔案是某種機器的設計圖。數據量非常龐大，我們正在試圖構築。」

泰森點點頭。「合理。」

「四個基因組檔案，」畢夏繼續說。「比較讓人傷腦筋。我們懷疑基因組屬於發送量子訊息的人，或他們的代表。」

泰森微微歪頭。「怎麼說？」

「我們推測機器是印表機。」

「印什麼？」

「人類。做出機器，提供基因材料，就會列印出四個人類，代表嘗試通訊的人。」

16

泰森認眞地將他說的話想了一遍。

「不對。」他沉思時嘀咕。

「你說什麼？」畢夏問。

「你們對檔案代表什麼的猜測沒有錯，但對檔案的功能應該沒猜中。剛才說到，我覺得第一個檔案是某種機器很合理，再來的檔案是基因組也沒問題；可是我不認爲機器是用來列印基因組，沒道理從接收到的訊息去製作人類。」

「你這種臆測又有什麼根據？」畢夏問。

「直覺。能用量子無線電聯繫我們的對象顯然科技水準高出許多，何必用傳眞機的方式要我們這邊自己製作代表？尤其最大的問題是：列印出來的人類並不具有原本的記憶——」

「這倒未必。」海倫忽然開口，泰森望過去。「我們發現ＤＮＡ將記憶也編碼進去了，至少對記憶具有形塑的功能。歐洲那邊有個計畫叫作MemoTV，從表徵遺傳學、神經醫學、認知科學三個層面去研究創傷記憶與暴力行爲，結果是母親的創傷經驗會影響子嗣的早期發展，而且是從ＤＮＡ層面就產生變化，所以會經過編碼流傳給後代。既然創傷能夠改變後代的ＤＮＡ，推論起來，其他特定記憶或許也能進行編碼。」

泰森還來不及回應，畢夏又繼續說：「還有一個明顯考量是列印出來的人類或許比我們優秀，這不是看過基因組就能判斷的事情。拿尼安德塔人的基因組和現代智人做比較，差異也不過就……」他轉頭問海倫。「差多少？」

「現代智人和尼安德塔人的基因大約百分之九十九點七相同。其實黑猩猩也與我們有九十八點八的DNA重疊。」

「沒錯。」畢夏說。「如果這麼小的基因差異就能導致這麼大的分歧，對方要我們列印的人類或許是完全不同的亞種，具有我們想都想不到的能力。」

「對，」泰森聽了點點頭。「所以反而更不應該列印出來，畢竟我們也無法確定是不是入侵者。即使只有四個，照你那種說法，他們的威脅性夠大了。」

「我們考慮過了，要在太平洋某個角落的航空母艦進行列印，核子潛艇包圍四周，核彈瞄準好，隨時可以發射。」

泰森往後一仰。「這是基於錯誤假設的糟糕計畫。」

「那你有何高見，說來聽聽？」

「對方目前是嘗試通訊。既然只能廣播，合乎邏輯的第一步，當然是告訴我們怎樣製造能夠回應的機器。」

畢夏指著他。「這一點我們有共識，因此我們才推論列印出來的人類會異乎尋常。現階段假設他們天生就能接收量子無線電訊號，換言之，歐洲那邊大型強子對撞機撞出來的次原子粒子能直接作用於新人類的腦部神經元。或許他們大腦的粒子經過纏結，先天就具備收發訊號的動能，所以才能成爲對方的代表，或者說，雙方的溝通管道。」

泰森還是搖頭。「不對。方向正確，但細節偏了。」

畢夏哼了聲。「你不能反駁別人又說不出哪裡不對。」他掉頭質問李克特。「你看看，我剛剛說的就是這意思。現在的重點是要前進、要行動，不是學術研討會可以讓大家辯論半天、毫無進展的場合。」

李克特注視兒子。「跟他解釋你認爲檔案是什麼。」

「剛才共識是第一個檔案是某種機器，然後我也認爲應該是能夠與對方取得聯繫的裝置，兩個條件加起來，答案是什麼應該很明顯。」

畢夏聳聳肩，一臉不耐煩。「那就說啊。」

「對撞機。因爲發現訊號也是靠對撞機。不過我猜測檔案裡的對撞機設計會非常先進，尤其體積小很多。」

畢夏聽了冷笑。「是是是——」

「你爲什麼認爲體積會縮小？」海倫問。

「邏輯推論。機體縮小幾乎是科技進展必然的結果。」

泰森一直對計算機發展史和運算速度演進很著迷，歷史資訊全部烙印在腦海，此刻連珠炮似湧現。「回顧歷史，第一臺可編程的電子數位電腦ENIAC佔地大約一千八百平方英尺，使用的眞空管也在一萬八千條左右，重量達到六萬磅，每秒只能做到大概三百八十五次乘法計算。畢竟都一九四六年的東西了。而現在一般智慧型手機重量不到一磅，處理器每秒運算次數卻是以兆爲單位。簡單來說，創新的自然曲線就是裝置縮小，而且裝置變小另一個好處是便於運輸與隱藏，無法移動的物體本質上比較難保護周全。」

畢夏還是不太相信。「縮小電腦是一回事，縮小粒子加速器？我很難接受。」

「其實現在就有相關技術。」泰森回答。

「什麼意思？」畢夏問。

「幾年前，倫敦帝國學院一個研究團隊提出，如何以普通物理實驗室就有的配備達成粒子加速，需要的空間當然很小。這裡說的小，是指系統長度在幾公分之內。」

「做出原型機了嗎？」畢夏追問。

「我沒聽說。目前是以電腦模型做模擬，不過理論已經完備。他們的設計還需要大型雷射，這部分可能達到三百平方英尺，可是這種對撞機造成奇異粒子的效率比大型強子對撞機更高。」

「唔，」畢夏說。「你說的都只是假設。反正機器是什麼，很快就會有答案。」

「基因組呢？」李克特朝兒子點點頭。

「如果我沒猜錯的話，」泰森字斟句酌。「那幾組基因並非對方派遣的使者，而是現存於地球的人。」

17

會議室內陷入一片沉默。泰森打算繼續解釋想法的時候，被畢夏搶先一步。

「太荒謬了。」

「怎麼說？」海倫問。

「這不是明擺著的嗎？」畢夏回答。「不管發送訊號的是誰，對方爲什麼會知道地球上某個人的基因組？」泰森張開嘴巴想回答的時候，又被敲門聲打斷。

畢夏扭門把開了條縫。「在忙。」陸戰隊員將手伸進來，遞上密合的信封。

泰森這才清楚意識到起源計畫的保密功夫多嚴實，完全禁止數位或語音通訊，只能透過書面文字。會議桌上明明有電話機，聯繫畢夏的人卻不敢撥打。

畢夏收了信，默默關上門，撕開信封以後，他的眼珠子像老式打字機那樣迅速來回，讀完隨手將紙放在桌上，所以泰森也能看到上面只有兩行字。畢夏似乎陷入了長考。

「什麼情況？」海倫問。

「第一個檔案，設計圖，已經建好了。」畢夏盯著牆壁，有點心不在焉。「泰森沒猜錯，的確是對撞機，而且非常小，小到可以放在手掌。」他抬起頭，望向泰森。「你怎麼知道的？」

「嗯……我只是覺得理所當然。」

李克特朝畢夏走近一步。「他能料中裝置的部分，基因組的部分很可能也沒猜錯。」

「或許吧。」畢夏將紙條塞進口袋。

「老桑，」海倫說。「即使你不信，泰森的說法很容易驗證。」

他抬起頭。「不容易。妳兒子的想法包含很多層面，要說驚人確實十分驚人，要說聰明應該也是很聰明，但驗證？一點也不容易。我的意思是，現在連解析強子對撞機的量子數據都是浩瀚工程。」畢夏視線在李克特和海倫之間來回。「你們兩個不知道我們這邊碰壁了多少次，需要的運算能力實在太龐大。國防部、國安局，再加上中情局資源才勉強足夠，後來不得已還將數據分批外包給商用網格，像Amazon網路服務、Google雲端、Microsoft Azure這些。」

他說著說著又站起來踱步。「你們現在的提案又截然不同了。將量子無線電傳來的基因組與既存人類做對照？這規模無法相提並論，何況得先有基因組資料不是嗎？但地球上將近八十億人，哪來的完整資料庫？我們——我說的是美國政府，包括國家衛生院和一些別的來源，加起來或許能有個幾百萬排序完成的基因組，充其量也就是全球人口十分之一，所以這是大海撈針，配對成功率實在太低。不過，剛才另一項報告是已經對總統做過簡報，決議會先從總統、副總統、內閣和國會議員的基因開始比對。」

「為什麼——」泰森才開口就反應過來。「噢，他們以為基因組屬於世界領袖，或者未來的世界領袖。」

「顯而易見。」畢夏回答。

「機器要做出來嗎？」李克特問。

「還在商議。」畢夏說。

泰森有點詫異。「爲什麼不？」

「顯而易見。」李克特回答他。

泰森聽不懂。「什麼東西顯而易見？」

「你還是用科學家的腦袋在思考。」

泰森覺得這話像是挖苦自己。「職業傷害吧。」他嘀咕。

「那我倒是希望你別康復。」李克特開始解釋。「小泰，你仔細想想應該就能明白。高層最初以爲是基因印表機，實際上收到的卻是對撞機。還記不記得大型強子對撞機當初啓動前有多少爭議？有人擔心世界會滅亡不是嗎？」

「有印象。」

「所以現在大家看到又是個對撞機，而且還更小，只會加深疑慮。」

「又是爲什麼？」

「想讓一樣東西顯得不具威脅、使人放心，最簡單的方法是？」

「弄得小一點。」

「正確。檔案裡的機器是什麼在你看來顯而易見，但這機器代表什麼，看在國防部眼裡也是顯而易見。至少他們這麼認爲。」

泰森恍然大悟。「炸彈。」

「沒錯。如果你是外星文明，打算消滅時空或宇宙另一端的威脅，最有效的手段是什麼？用星艦載運槍炮和軍隊前去入侵？當然不是，電視拍起來很刺激，放在現實生活則毫無效率可言，不僅浪費時間，還有科技落入目標手中的巨大風險。既然文明高度先進，會利用什麼？」李克特繼續問。

「科學，」泰森點點頭。「和人性。好奇心。把足以毀滅敵人的東西送過去，等對方親手摧毀自己的星球。所以，國防部懷疑藍圖上的對撞機是量子版本的特洛伊木馬，我們製造運轉了反而會炸掉整個地球？」

「對。」

「我覺得不是。」泰森說。

「為什麼那樣覺得？」畢夏問。

「直覺。」

畢夏翻了個白眼。「很可惜我們不能將人類存亡寄託在你的直覺上。」

「但是，」泰森說。「比對幾百或幾千份基因組，對你們而言應該還是挺容易的才對。」

「這話是什麼意思？」

「你們有沒有起源計畫所有人員的基因定序？」

畢夏瞟他一眼。「有。」

「比對看看。」

「為什麼？你知道什麼內情嗎？」

「只是感覺而已。」

沉默許久之後，畢夏才回應。「好，我去聯絡。」

等他離開，李克特湊到泰森身旁耳語。「你是不是知道基因組究竟屬於誰？」

「不，不確定。」

「不確定就是有頭緒。」

「有個大致方向。」

18

高研署設施內，會議室安安靜靜的，氣氛越來越不自在，緊繃得令人快要無法喘息。

泰森坐在會議桌末端，母親與生父李克特站在左右兩側，裝得若無其事。可是沒有用，房間裡的尷尬簡直伸手就能摸得到。

他好想舉雙手投降，大叫一聲：「你們兩個到底怎麼回事？」

也希望畢夏趕快告知進度，如果能讓他參與就更好了。

他提出要求，想看看對撞機設計圖，但被拒絕了，說法是事涉國家機密。從泰森的立場自然覺得莫名其妙，這設計圖就是因爲自己才能解密出來，他發現的東西結果不給他本人過目。

令他心煩的還有潘妮。不知道她躲去了哪兒，是生是死，會不會被盟約抓起來？而且爲什麼要騙自己，是不是有什麼把柄落在對方手中？

泰森有了個想法，他覺得至少可以針對現況得到多一點情報，甚至解開基因組之謎。

「我想到一件事。」他開口後立刻得到海倫與李克特所有關注，兩人似乎也很慶幸能轉換氣氛。「有沒有辦法取得潘妮．紐曼的ＤＮＡ做比對？」

母親皺眉。「潘妮．紐曼是誰？」

泰森仰著頭，注視白色天花板。「唔……說起來有點複雜。」

李克特點頭。「找特務去她日內瓦住處取得樣本應該不難。」

「住在日內瓦？」海倫問。「是你女朋友嗎？」

「媽——」

李克特走到泰森身旁。「你爲什麼覺得她有可能是四人之一？」

「邏輯推論。她和盟約有關，也和我有關。」

海倫手插腰。「泰森，人家和你是怎麼個有關？」

「就……」他東張西望一陣。「我和她……約會過——」

「多久？而且你說約會過，意思是結束了嗎？」

泰森朝李克特看過去，顯然父親並未將咖啡廳小巷那一段事件也告訴海倫。也好，母親知道的話一定擔心得要命。

李克特拿起桌上話筒按了幾個號碼，同時海倫還是盯著兒子，要他給個解釋。泰森趕快朝父親那邊撇撇頭，意思是別人講電話先別吵，實際上只是緩兵之計罷了。

「我是李克特。需要盟約間諜ＤＮＡ，對方自稱潘妮．紐曼。」

泰森聽了猛然轉頭。「自稱潘妮．紐曼？這話什麼意思？」

李克特耳朵貼著話筒，聆聽片刻後回答：「嗯，就這麼辦吧。另外麻煩一件事，幫忙找到叫作Rhein-Neckar-Zeitung（萊茵—內卡報）的德文報紙，影印大概一年前的報導——」

他又聽了一會兒以後迅速回答：「嗯，只要搜尋她的名字，應該會是最後一篇，翻譯後送到這間會議室。」

李克特一掛電話，泰森立刻站起來問：「什麼報導？」

海倫盯著兒子。「所以你和盟約的間諜約會？」說完轉頭望向李克特。「而且你知情？」

「當然不知情。」

「她不是盟約間諜。」泰森雙手一攤。「嗯……一開始是吧，最後倒戈了。」

「什麼的最後？」海倫問。「分手前？所以眞的分手了？」

房門打開，畢夏一進來立刻覺得現場氣氛不對勁而停下腳步。「發生什麼事了嗎？」

「沒事。」李克特嘟噥。「你們那邊如何？有配對成功的人？」

畢夏回頭打量守在門外的兩名陸戰隊員，緩緩闔上門走到三人附近。「總統、副總統、內閣都不符合，國會也一樣。」

李克特冷笑。「想必一個個都很落寞吧。」

畢夏的表情也像是忍著竊笑。「他們得知之後什麼反應，我是不知道啦，但我們這邊找到了部分吻合的人選。」

「部分？」李克特問。

「誰？」海倫跟著問。

「其實有兩個，」畢夏打量這對夫妻。「就是你們兩個。」

泰森仰起頭。「意思不就是……」

「意思是，」畢夏態度很謹愼。「有極高可能性，訊息裡的基因組之一會是葛赫德・李克特與海倫・克萊的後代。」

李克特毫不遲疑立即反問：「男或女？」

「男。」畢夏朝泰森點頭。「就是你，泰森。你的基因組出現在訊息內。」

「未必。」海倫低聲打斷。

「啊？」畢夏不解。

「我有個雙胞胎哥哥，」泰森解釋。「而且是同卵雙生，所以基因組相同。」

「還是未必。」海倫別過臉，看向一旁。

「這又是什麼意思？」連泰森也非常訝異。

海倫陷入思緒一會兒以後才回頭。「意思是，沒錯，所謂同卵雙生在一開始確實有同樣基因，因爲是一個受精卵分裂爲兩個胚胎，分裂當下完全複製基因組。之前很長一段時間，就連生物學家也以爲同卵雙生在出生時，基因幾乎或者完全沒有差異，所以很多針對環境影響基因、先天與後天孰輕孰重的實驗，都會找同卵雙生當作樣本。但是冰島deCODE基因公司的研究推翻了這種說法，其實同卵雙生相似度沒有大家以爲的那麼高。這當然是說基因層面。總之，雙胞胎出生當下，兩個人的基因就已經產生歧異。」

「怎麼會這樣？」畢夏問。

「突變。」李克特說。

「對。」海倫解釋。「受精卵分裂之後，細胞藉著新的DNA鏈化分出更多細胞，但是細胞每次分裂都有機會出現複製錯誤。現在我們得知複製錯誤在子宮內就有機會發生了，導致雙胞胎出生時，平均已經經歷五點二次變異。大約每七對雙胞胎會有一對的變異次數更多，在十到十五次之間。受精卵分裂時間點是關鍵因素，一般而言，受精卵是在受精後一到七天內分裂，這個早期階段能分裂的細胞少，偶爾會有細胞分裂不均的現象。受精卵分裂最多會在受精後十三天內，晚分裂的話細胞已較多，通常雙胞胎的變異就比較少。」

畢夏伸手揉揉額頭。「所以……」

「葛赫德和我有兩個兒子，」海倫回答。「訊息裡的序列只會是他們其中之一。」

「好，另一位在哪兒？」

「他叫湯瑪斯，」海倫微微抬頭向上看。「人在北卡羅萊納州布特納市……的監獄裡。」

「監獄？」

「趕快通知聯邦監獄局，先移送單人房，然後請法警局最快速度將人帶來。他有危險。」

19

會議室內，畢夏忙著打電話要監獄局保護湯瑪斯．克萊，並且等待法警護送。掛電話以後他說：「好了，大約四小時能到。」

有人敲門，四人同時望過去。李克特與畢夏異口同聲。「進來。」接著兩人交換了個眼神。穿著手術室刷手服的年輕女子走進來，手中塑膠袋有透明管和特別長的棉花棒。

「先生，」她對泰森說。「我需要——」

「採樣，」他想化解尷尬。「我知道，來吧。」

從口腔取得樣本之後，年輕女子走出房間。泰森心想，大概又要把自己和父母丟在會議室裡了吧，心中很不服氣。

沒想到畢夏卻示意一行人跟他走，看來基因組吻合量子無線電訊息，使得一家人得到深入設施與內情的權限。

畢夏頷頭，他們穿過好幾條走道，一路上陸戰隊守在左右，天花板上日光燈管發出微弱滋滋聲。

進入電梯，畢夏按了B3，泰森猜想應該就是地下三樓。

「我想拿手機回來。」李克特盯著不鏽鋼廂門說。

「就算他們答應，到下面也沒訊號。」畢夏回答。

電梯門打開，一個骨瘦如柴而且看上去不到十八歲的陸戰隊員杵在外頭，手裡有裝訂好的一份文件。看到李克特，他立刻遞上。

「先生，您要的文件在這兒。」

泰森想偷看內容，但父親從陸戰隊員手中抽走就對折，遮住了文字。「謝謝。」

雖然很想開口問，但環境太混亂，恐怕沒辦法好好講話。最裡面是一道螢幕牆，泰森聯想到NASA任務指揮中心。畫面上有許多圖像和文字不斷捲動，二十多人在工作站上對著鍵盤操作，還有幾個人走來走去對著耳麥大呼小叫。

「國家衛生局表示技術上資料庫是存在的，但其實東西都在領補助款的單位那邊。要調閱沒問題，可是就得等那些人交出來，而且這種事情沒辦法催，一催就會引發外界疑慮，不小心鬧到媒體的話……」

「錢是聯邦醫療保險中心給的吧，理論上所有權就在我們這兒啊？別管那麼多——」

「就說無論什麼費用我們都會支付……不是，掰個理由就好了。說是身分安全的統合分析研究——啊？什麼？不必，誰在乎那種事情，隨便糊弄過去問到號碼就……」

據說競選時幕後都有電話募款，若有法規期限或選舉在即，工作人員就得沒日沒夜加班，不停打電話給金主或民眾籌措經費，衝刺最後一波宣傳。泰森心想大概也就是眼前這種光景了吧，差異在於這兒的人拚命想要的不是錢而是資料，更精確地說是基因資料，用盡一切手段取得。

畢夏將一家三口帶到能夠眺望大房間的辦公室內。裡頭角落工作站還有三個人在忙，聽見有人進來，才放下鍵盤回頭張望。

「這房間給我們用。」畢夏吩咐，等三人出去就把門關緊。「看見這場面，你們大概也能猜得到：上頭授權我們擴大基因組搜尋。」他靠著辦公桌說。「高層接受了，泰森。他們也相信基因組是現存的人類。」

「規模能擴大到什麼程度？」海倫問。

「目前仍然只有美國為主的資料，然後看看能買到的有多少——」

「要加把勁。」李克特望向玻璃外不停講電話的人。「找到那四個人就等於控制全人類未來。我們已經落後了，老桑。盟約手上配對成功或許不只一個，也可能已經將機器做出來。動作不快不行。」

20

小辦公室內，泰森聽著母親、李克特、畢夏三人也拿起電話幫忙收集基因資料。

母親掛了電話以後走到他身旁，說了句小時候就常聽見的諺語。「一分錢（注）買你的心事。」

但海倫立刻意識到自己無意間眞的說中兒子心事——他心裡沒放下的那個人。「給你五毛好了，」她聳肩。「畢竟通貨膨脹太厲害。」

「哈、哈。」他苦笑。

「你之前放了不少感情進去？」

「現在還是。」

「命中注定的話就會在一起。」

「是啊是啊，我該覺得好過一點嗎？」

「注意態度。」她語氣堅定又帶著鼓勵。「爲什麼態度很重要？」

「媽，我都幾歲了——」

注：「一分錢」和「潘妮」在英語中都是penny。此句諺語在現代英語中意思單純是「聊聊你在想什麼」。

「跟我說說。」

「態度決定高度。」他嘆氣。「但是……這二十四小時發生了太多事情。」

「壓力太大。」

「還不足以形容。」

「從演化角度來看，要怎麼做才會改善呢？」

「善良。」

「對，專注在善念，然後保持信心。」

「該對什麼有信心？」

「對未來，對我們無從得知的奧祕。相信水到渠成，也相信時間會治癒傷痛。」

李克特走近，卻似乎沉溺在自己的思緒，沒聽見母子對話。「幾間大學都同意了。」

海倫回他話的時候語調就沒那麼溫柔。「你用了什麼幌子？」

李克特雙手抱胸。「樣本會用在全球癌症治療計畫，專案名稱『二十四小時治癒癌症』。」

「眞是能言善道。」

「最終目的也是救命，善意的謊言罷了。」

「不正是你的專長嗎，花言巧語包裝眞正動機。」

泰森忍不住高舉雙手。「停，你們兩個別吵了。」他望向母親。「不是說要心存善念嗎？」

海倫冷笑。「一針見血，說得對極了。」

他原本還想著要不要再提醒一句：時間會治癒傷痛。可是總覺得時機不對，父母之間的問題似乎再多歲月也無法磨滅。

泰森轉頭對李克特說：「我想看看提到潘妮的那篇新聞。」

李克特遲疑一陣，才從口袋取出對折的文件交給他。接著不只李克特，連海倫也一起走遠，留兒子自己咀嚼《萊茵—內卡報》的報導。

標題是「海德堡居民死於肇事逃逸」。

內文第一句就讓泰森覺得天旋地轉。

日前深夜肇逃事故死者，經海德堡警方確認身分為現年二十八歲女性潘妮洛普．霍華．紐曼……

太奇怪了，確實是潘妮的全名，年齡也沒錯，而且她的故鄉是海德堡。但事故時間比她出現在日內瓦還早了兩個月。

泰森繼續往下讀，翻到後面兩頁，結論還是難以置信，尤其報導沒有附照片。

他走到父親面前。「沒有照片，不是我認識的潘妮，應該認錯人了吧？」

李克特帶他走向一旁工作站並登入系統，他的身分果然在高研署內也吃得開。輸入搜尋以後，螢幕跳出另一篇關於車禍的報導，這次有照片了。

潘妮的照片。

正是泰森認識的那個潘妮。泰森在日內瓦遇見的那個潘妮。

圖片上她的表情還是那抹會心一笑，眼角流露淡淡哀愁，彷彿從前受傷過。

泰森用力搖頭。「沒道理。」

「確實沒道理。」

「她爲什麼要假死？」

李克特的神情很特別，看在兒子眼裡似乎是同情。「我覺得你問錯了問題。」

泰森還沒能想通，高個子陸戰隊員打開房門衝進來向畢夏報告。「抱歉打擾，不過我們發現——」話沒說完，他忽然察覺房裡還有另外三人。

「直說無妨，」畢夏表示。「他們有權限。」

「發現另一個基因吻合的對象。男性。」

「誰？」

「海軍軍官，海豹部隊上尉田中嘉藤。」

「人在哪兒？」

陸戰隊員臉一垮。「報告長官，我們不確定。」

「不是現役？」

「是，不過……恐怕有麻煩了，長官。」

21

奈及利亞叢林深處，田中嘉藤坐在單間破舊小屋地板上閉目冥想。

他已經在小屋等待了五天，只有如廁或煮水才外出。

睡袋擱在屋子一隅，靠著大背包，桌子上方唯一一扇窗戶被嘉藤用木板擋住以策安全。

桌面上擺放了軍用筆電，螢幕在黑暗中閃爍。電腦和嘉藤一樣習慣嚴苛環境，包括高海拔與極端溫度，而且極度耐撞耐摔。它和嘉藤一樣的還有傷痕累累，留下許多紋路缺口，背面有一長條裂縫。

嘉藤身上最明顯的傷疤是從鼻子右側劃到下巴。六年前，海豹部隊在亞丁灣與索馬利亞海盜發生激戰時的戰果。

至於最慘烈的傷則是看不見的那一種。他花了很多年試圖療癒自己，然而就像臉上的疤，即使傷口癒合，影響仍在。

臉上那條疤每天提醒他：僅僅一個動作，一個視角的些微差異，就可能改變生命。

他很有經驗了。好幾次他站在暗處或側身，別人起初只看見沒受傷那邊臉孔。但他只要稍微挪動角度露出疤痕，對方的笑容瞬即消失，對自己的觀感驟變。不公平的人生，不公平的際遇，他只能接受現實。

但少數情況下，正義可以迅速且持久。因此他才會獨自坐在奈及利亞雨林深處、廢棄多年的煤礦礦區小屋內。另一個理由比較自私：他要藉由殺死壞人來宣洩心中的憤怒。

筆電發出叮一聲，螢幕彈出通知。嘉藤睜開眼睛，繼續坐在木頭地板上，視線從十呎外掃過電腦。

有人觸動警報器。

螢幕跳出即時影像。三輛車在泥巴路上顛簸前進時避不開樹枝。此地荒廢太久，茂密叢林的各種植物早就侵蝕了道路。

車隊最前面是日本製休旅車，車窗漆黑不透光。中間是高機動性全地形多功能卡車，駕駛廂坐著兩個男人，車斗裡另外有十人手中的半自動步槍槍口朝天，大都還在冒煙。他們伏低身子免得撞上枝椏。

最後那輛竟是老舊校車，車身側面本該有的字樣全磨光了只剩底漆。現在車上空空如也，不過嘉藤很清楚匪徒打的是什麼如意算盤——回程時，車上就會載滿擄來的年輕女孩。

只可惜歹徒有個很大的誤會。

以他的客戶爲目標，這群人活不到下次犯錯的時候。

假設休旅車上還有五個人，校車司機也參戰，全部總計十八，對上他一個。和預期差不多，也就沒理由修正計畫。

嘉藤起身走向筆電，盯著螢幕上車隊離開鏡頭。但路線上的攝影機都已連接到他自己建立的無線網路，對方很快就又回到監控範圍內。

他取出地圖，分析了然於心的地形路線，以及目標抵達廢礦所需時間。

車隊停了。人口走私集團成員走出休旅車，打手們紛紛跳下車斗，朝小屋接近。嘉藤最後一次確認地圖，手錶定時設定七分鐘。

他動作迅速確實，捲起睡袋連同沒吃完的野戰口糧一起塞進背包，又瞬間回到桌子前面，拉出圓形折凳，開啓筆電的郵件軟體。

衛星電話擺在軍規筆電旁邊，連接網路時螢幕亮起。

嘉藤掃過郵件列表，其中一封引起注意，來自妻子的律師，標題是「有關共同財產分配與有限探視權我方最終提議」。郵件內容充斥嘉藤有生之年不可能接受的法律術語。

他按下回覆並將妻子也加入收件人名單，簡單打上一句話：

親愛的瓊安：

過去就讓它過去。犯了錯我很抱歉，給我彌補的機會。等我回去找妳和曉仁。

嘉藤

看看手錶，剩下四分三十九秒。

下一封值得讀的信來自法務官，標題只寫著「認罪協商」。

嘉藤點開內容，只注意重點：

法官拒絕我們提出的駁回動議，我再次建議你與主管機關協商，避免進入軍事法庭。

法務官不知道建議協商建議了多少次。他千遍一律只回應：

不。

再確認時間。三分鐘十七秒。

嘉藤有條不紊地關閉電腦上其他文件。對他而言，最重要的是花了十年時間考證起草的作品文稿，書名取作《人類的行進：人類眞正的歷史》。

這本書是他的業餘興趣。嘉藤熱愛歷史，希望能呈現具統一性且不偏頗的歷史記述，藉此看出人類發展的軌跡——過去如何累積爲當下，當下如何發展成未來。

全部存檔且和雲端同步，就算他本人無法離開這片叢林，至少檔案不會消失。

闔上筆電連同衛星電話裝進背包，換上防彈衣以後，他迅速檢查手槍和步槍。

收拾好一切只剩不到兩分鐘。儘管預演過無數遍，此刻的嘉藤依舊心跳加速、情緒緊張。不過他希望自己永遠不會失去這種感受——恐懼。能夠克制的恐懼不僅有實用價值，更是他這種工作領域的必要條件。失去恐懼的話，活不了這麼多年。

嘉藤把背包拎到屋子前側的牆角下，從外面沒辦法直接看見。他推開搖晃的木門，若無其事踏進午後陽光下，外頭的溫熱讓身體像是裹了層電毯。

聲音不多。茂密雨林間鳥囀不絕，鄰棟木屋傳出孩童嬉笑；教師講課很大聲，但時不時被女孩兒們的笑聲或提問打斷。

他從門廊走到空地，劫匪一定能夠清楚看見。打開拉鏈撒尿的時候，他心裡還在計算秒數，雖然對方有可能還在樹林內就忽然開槍擊中他，但風險程度尙可接受。

結果沒有子彈飛來，耳邊依舊只有學童喧鬧。

解決生理問題以後，嘉藤微微低著頭轉身走回小屋。關好吱吱叫的木門，他掀開地面中央木板，下面藏了個大洞。屋子地底有一條密道。

說是密道有點過譽，本質是時間壓力下挖掘的壕溝，頂端蓋上木板、防水布再撒沙土掩飾而已。如果有人接近、觀察就會立刻露餡，不過嘉藤認爲對手根本不會接近到觀察範圍，更何況他們能靠這麼近的話也來不及了。

嘉藤跳進洞內，拉下木板遮住入口，在地道內匍匐前進。即使背著步槍、推著背包，他的動作依舊靈敏。地道狹窄、瀰漫霉味，還能感覺到泥水慢慢浸透、沾黏衣物。片刻後，嘉藤竄上出口、進入礦坑，從小屋的角度已經找不到他的蹤影。身上髒兮兮的，而且上氣不接下氣，可是嘉藤無暇清理，趕快深入礦坑，找到射入光束的垂直礦井。

嘉藤沿著礦井往上爬，心知時間所剩不多。沒料錯的話，對方已經離開森林外圍、持著武器朝村落逼近，所以自己必須搶先到達地面。另一端出口在礦坑上方山丘，是個角度剛好的制高點——前提是他及時趕到。

然而今早下過雨，井壁泥濘、石頭鬆動，與前兩次演練相比溼滑得多。嘉藤一度手滑，立刻整隻手插進鬆軟泥土，用背部抵住井壁，穩住身形之後再次找到足部施力點。

腕錶震動，時間到了。不過陽光也就在頭頂上幾呎之外。

他加快速度，彷彿溺水後急著回到水面。

嘉藤的手伸出洞口，爪子般嵌進泥地，將身子向上撐。他拿出手機，連接下面大房子內的監視器。

這棟建築物所有窗戶都已釘上木板、窗戶緊閉，二十四張書桌在房間內排列整齊，每個位置上都坐了人。但，全不是眞人，只是學童衣物內塞滿稻草；與壕溝一樣，若有人近距離查看就會穿幫。關鍵在於不會拖到那麼久，稍微欺敵爭取時間足矣。

教室前方，假人張開雙手，乍看就像老師在講課。這是從露天市場搬來的。監視器不附帶收音，沒有將教室那頭的聲音傳來，可是嘉藤在這距離能夠聽見：孩子們嬉鬧穿插教師苛責。這是拜訪客戶時特地錄的。

從口袋掏出引爆器後壓住按鈕。螢幕上，假學堂唯一一扇門被人踹開，六個大男人衝進去，步槍左右搖擺，大容量彈匣自槍托垂下。

那群人叫得太大聲了，嘉藤這兒都能聽得一清二楚，還看見又有幾個人跟進屋內。最先進去的人察覺異樣便放下武器，有個人上前推倒假人。

嘉藤放開拇指，三連爆收掉那幾個人的命。

他扛著步槍起身，壓低身形朝下面移動。煙塵自兩座木屋廢墟瀰漫至周圍寧靜叢林。到達合適制高點，他蹲下觀察情況，煙霧中一有動靜就開槍。兩個彈匣空了，裝上第三個的同時，塵埃大致落定，已經能看見地上散落的屍體。

嘉藤爬下丘陵潛入廢墟，見到敵人就賞顆子彈，確保他們沒機會起來，槍響彷彿進行曲伴隨著他找到最後的倖存者。這人身形肥胖、穿著染血的運動裝，脖子掛著一條粗金鏈，大墨鏡遮住半張臉，爆炸時離得最遠所以保住了性命，很可能一直躲在樹林邊緣看著手下替他冒險幹髒活，不過他兩條腿現在也扎滿了木屋散射的碎片。

看見嘉藤之後，對方高舉一隻手，操著他聽不懂的語言求饒。訊息倒是十分清楚：別殺我。

嘉藤的信念是任何人都有為自己辯解的機會，不該未審先判。然而活了這麼久，他也瞭解到公平正義並非無所不在，某些情境底下只是奢求，例如此時此刻，唯有叢林的正義才是王道。

嘉藤上前一步，步槍架在肩頭，給了那男人應有的報應。

入夜之後，嘉藤才抵達村莊。

到了客戶家門前，他默不作聲先從網格門看看裡面情況。女教師在躺椅上搖來搖去，一手搧風另一手拿著手機。

他敲門，女教師嚇了一跳，朝外望的神情好像見到鬼。

「還以爲你跑掉了。」她起身緩緩走到門前。

「比我預計的多耗了點時間。」

教師開門走到門廊上。「和他們談過了？」

「不會再來騷擾妳們。」

教師打量他。「就這樣？」

「我接受委託就會保證結果。」

對方噗嗤一笑。「那就好，稍等。」正門又關上，她自己走進裡頭，片刻後拿著裝滿鈔票的信封出來。「來。」交付酬勞後，她似乎想起什麼。「對了，有人來打聽過你，想知道你在哪兒、待了多久之類。」

「什麼時候的事？」

「大概一小時之前。」

「是誰？走私犯，還是黑道——」

「看起來不是那種類型，比較像你。」

「像我？」

「嗯，感覺是美國人。他們沒穿制服，只有T恤和短褲，但氣質一樣，尤其髮型和說話方式很明顯，開口閉口都是『女士』，然後交代說看到你就打電話聯絡，會給我不少獎金之類。」教師從口袋掏出紙條，上面寫了電話號碼。

「那妳……」

「我說不認識。」

嘉藤露出微笑。「謝謝。」

身後夜色中傳來休旅車的聲音，一小隊人馬高速朝村落這頭疾馳而來。他心裡有底。

「待在室內，」他小聲吩咐。「別靠近窗戶。」

女教師趕快關上門，嘉藤自己走到馬路中間。

帶頭那輛車向他逼近，第二輛車緊跟在後，月光下塵土飛揚。到了一百英尺，車隊急剎，一左一右。

嘉藤從槍套取出武器但收在背後。他緊盯休旅車但開始橫向移動，試圖避開女教師住處，想利用旁邊破屋做爲掩護，已經做好槍戰的準備。

車輪捲起的沙塵如風滾草般隨著氣流撲面而來。

嘉藤聽見車門開開關關，然後是靴子踏上路面礫石。

街道兩旁住戶紛紛拉緊窗簾、熄滅燈光。

「田中上尉！」塵雲中傳來男子叫聲，是美國南方口音。

「你晚了一步。」

從朦朧中的笑聲能判斷對面有四人。如女教師所言，都是平頭、平民服飾，但眼神像軍人。發話那人的體型可以在美式足球聯盟當中後衛。「上尉，請別緊張，不是來打架的。我叫納森．羅斯，階級是中校。」

「有什麼事？」

「來帶你走。」

「法官說開庭前我可以自由行動。」

「開什麼庭？」

「軍事法庭。」

「這件事情我不清楚，指揮我們的單位比那高得多了……是五角大廈直接下令。」

「空口無憑。」

魁梧男子嘆口氣，之後雙手插腰。「說老實話，我也只知道五角大廈昨天開始找你，然後派我來接你回去。」他點點頭。「直升機已經在一公里外待命，感覺我們最好別拖拖拉拉……我是說，我不知道上尉怎麼想的，但我不太喜歡天黑，非常非常擔心天黑以後的情況。再來說眞的，跑了半個奈及利亞才找到你，我們實在累壞了。所以，能不能麻煩你就配合一下，趕緊上車，我們準備了衛星電話，你想打給誰問清楚都沒問題，可以嗎？」

22

華盛頓特區的高研署設施就在阿納卡斯蒂亞河河畔。泰森從辦公室大窗望向開放式團隊空間，畢夏正在和他兩個穿著樸素的同事爭辯著什麼。

「好像出問題了。」他這麼一說，李克特和母親都很在意，跟著湊到窗戶前面。

彷彿察覺到視線般，畢夏忽然轉身盯著三人，片刻後朝辦公室走過來。

他一推開門就先呼了一大口氣，情緒似乎很煩躁。「好，搞定了，要訂午餐。」他比了兩根手指。「不想再吵這個，給你們兩個選擇就好，奇波雷還是潘娜拉（注）？」

「我都可以。」海倫回答。

「一樣。」泰森低聲說著，心想看上去吵得激烈，結果居然是這種事。

「李克特呢？」畢夏擺手問。

「我也無所謂。」

「所以訂潘娜拉，」畢夏說。「大家都沒意見吧？」

「潘娜拉到底是什麼？」李克特問。「類似披薩？」

「潘娜拉麵包。你們蘇黎世沒有嗎？」

「你們午餐只吃麵包？」

畢夏忍不住闔上眼睛。「不是，就類似咖啡店，有很多可以點：湯、沙拉、義大利帕尼尼、三明治，烘焙糕點那些。問題就在這兒——比爾說吃起來像醫院餐，什麼都有但什麼都不是眞的好吃，尤其吃多了的時候。我們最近是點了很多次，所以他一直嚷嚷說『潘娜拉就是很貴的醫院餐，幹嘛吃那家』。」

「唔，」海倫語重心長。「我上班就在喬治城大學醫學院那邊，常常去隔壁附設醫院的自助餐，對醫院餐點倒是沒什麼特別反感。」

畢夏仰著頭看她。「這意思是眞的很像醫院餐？」

「我沒這樣說——」

「都沒提到奇波雷，」畢夏越來越不耐煩。「看來不考慮。」

「奇波雷我也可以啊。」泰森回答。

「我也是。」海倫跟著說。

「不不不不……」畢夏嘀咕。「好，決定了，澤西麥克潛艇堡。上星期二之後就沒叫過，可以叫了。」

說完之後，畢夏自己一溜煙跑出去，留下三人面面相覷。

李克特微微側身，開口時視線仍望著大窗。「太浮躁了。」

「沒那麼嚴重。」艾倫回應。

注：「奇波雷」墨西哥燒烤是遍及美、加、英、德、法的休閒快餐連鎖，以夾餅、捲餅類為主。「潘娜拉」僅限美加地區，以各類麵包、三明治、沙拉為主。

「接下來情勢嚴峻，」李克特緩緩說。「他這種性子難當大任。」

海倫搖搖頭。「葛赫德，世界上沒幾個人像你那麼能忍，多數人只是盡力而爲。」

「必須考慮他無力負荷的情況。」

「他只是壓力大。」海倫說。「太緊繃的時候，人會透過例行公事平復情緒，要是這些例行公事出差錯情緒就會更不穩定。而且他應該血糖也低，導致皮質醇、腎上腺素之類內分泌增加，誘發身體或戰或逃的反應，進一步影響決策能力。」

泰森按按額頭，今天可算是見到父母另一面了，很新鮮但有點惱人。「媽，他只是餓到發脾氣。」

「嗯，餓了容易生氣。」

午餐過後，畢夏再次露面，情緒確實好了很多。

「你們也想伸展一下筋骨了吧？」他帶三人從辦公室走向電梯。

電梯停在底下四樓，出去以後是個小門廳，牆壁與方格天花板是白色，亞麻地板是灰色，前面一扇門旁邊有手掌啓動的生物識別裝置。

畢夏將手放上去，門咔嚓一聲打開。因爲門廳很小，泰森沒料到門後走廊竟然挺寬敞的。路上除了三個放在旁邊的手推車沒其他東西，推車上擺了些容器，裡面堆著像是機械或電子零件的小玩意兒。走廊另一端能看見緊閉的雙開門。

三人被帶到中間一扇大窗。玻璃另一邊是無塵室，裡頭也是三個人，身穿以螺旋膠管連接天花板的太空裝，站在金屬桌周圍彎腰，正透過顯微鏡觀察某樣東西。他們手中遙控著類似精密手術使用的機械手臂，每隔幾秒鐘就會微微挪動並閃一次燈號。

無塵室後方有一臺3D印表機正在製造泰森從未見過的東西。

就他所見，這光景眞的很像手術房，三位「醫師」正專心對那小小物體開刀。

「上頭決定把裝置做出來？」李克特問。

「對。」畢夏回答。

「什麼原因回心轉意？」泰森也跟著問。

畢夏聳肩。「就跟做原子彈、搶著登陸月球一樣。他們擔心有人會更快一步，害怕後果不可收拾。現在『盟約』可能也在製作自己的裝置了，然後行動準則就是誰先完工，誰就有可能掌控未來。」

至少最後這一點，泰森也同意。

畢夏背對玻璃望向他。「我又問了上頭一次，到底可不可以給你看設計圖。」

「問誰？」

「白宮。這件事情太重要，所以由他們接手了。」

「我想你會提起這件事，意思就是又被打回票。」

「抱歉，泰森。眞的不是我能決定。」

「明明沒我的話根本連裝置也沒有。」

「我懂。」

「結果卻不信任我。」

畢夏擠著苦瓜臉。「這我不能——」

「是因爲潘妮？因爲我和盟約間諜約會過，所以覺得我可能也是對面的人。」

「泰森，有些事情也是無可奈何。」

李克特開口時，眼睛仍看著無塵室內那群人。「爲什麼這個時間點說這些？」

泰森覺得父親直搗黃龍問得非常好。

「因爲，」畢夏嘆口氣。「他們要我問你裝置的事情。詳細來說是……啓動裝置需要密碼。」

泰森試著放下憤怒，仔細思考這情況。不得不說其實很意外，他以爲裝置做出來直接按開關之類就好。「爲什麼會這樣問？是裝置上有某種介面？」

畢夏眼珠子往上盯著天花板。

「看來應該是。」

畢夏又注視他。

「有介面的話，是什麼種類？你們要我猜密碼，結果連密碼的格式、長度這些條件都不肯告訴我。什麼都要瞞著我，卻又想要什麼都不知道的我來解決問題，這不公平吧。」

「是啊，」畢夏回答。「的確是。不過，這就是華盛頓特區風格。其實呢，只要參與了機密計畫，遲早要遇上這種事。」

「所以究竟是什麼介面？總得給我一丁點線索。是選擇讓什麼粒子加速嗎？」

「我們認爲單純是對量子無線電進行調頻。」

「調頻……」泰森思考著。「類似β加速器調整垂直和水平磁場？透過控制四極磁鐵強度——」

畢夏舉起一隻手。「等等，不是那種。我們想找的是個序列，一組符號的排列順序。」

「要輸入幾碼？」

「不知道。」

「符號總共有幾種？」

畢夏咬嘴唇。「十二。」

「你們怎麼判斷那是密碼？」

「從介面格式推論。」

「要讓我親眼看看才行。」

「沒辦法。」

「那我也無能爲力。」

「你就……試著想想看這裝置可能會用什麼做爲密碼。萬一盟約也做出量子無線電，換句話說，兩邊競賽正式展開，我們必須準備好隨時啓動裝置。」

23

午後一到，泰森極度疲憊，隨之而來的是腦霧現象，彷彿烏雲蔽日暴雨滂沱般不可抗力的自然現象，發作時就只想躺平睡上好幾個鐘頭。

他坐在畢夏那間辦公室正打算休息時，李克特忽然走進來。

「你哥哥很快就到。」

泰森只是點點頭。

「你身體不舒服？」李克特問。

「沒事。」

「你不是為了這症狀有吃藥嗎？」

泰森聞言一驚，猛然抬頭，不知道該回答什麼。

李克特面無表情自顧自地說：「這麼多年下來，你開發了自己的雞尾酒療法，用網路上能買到的處方藥搭配非處方的營養補給品。」

「你怎麼知道的？」泰森低聲問。

「我有追蹤你的狀況。」

「怎麼追蹤？」

「付錢就行。」

「爲什麼要追蹤？」

「你明白的。」

泰森覺得頭開始痛起來，忍不住伸手揉眉心。越和親生父親說話，越覺得對方充滿謎團。

「我那些藥都擺在公寓裡，爆炸的時候全沒了，要重新買。」

「不必。」李克特從外套口袋掏出白色藥罐，就是蘇黎世郊外登機之前，他從女助理手中接過的東西。然而他卻將藥罐朝泰森遞了過去。泰森看看藥罐，罐子上沒有標籤，接過來打開，裡頭的膠囊裝滿灰白色粉末。

「這是什麼？」

「你需要的東西。」

「你得再多點神祕感。」

「你說話再酸一點，我就會配合。」

「說眞的，這可是我自己的身體，來路不明的藥我怎麼敢亂吃。」

「並非來路不明的藥物。」

「不然是什麼？」

「我出資多年的研究成果。」

「研究什麼？」

「你的症狀。所以你手裡的東西應該有效。」李克特轉身作勢走出房間。「我幫你倒杯水。」

「等等。」

李克特又回頭。

「你對我的症狀到底知道些什麼，知道多少？」泰森拿起藥罐。「這是什麼成分？」

「時機成熟我可以說的時候，就會告訴你。」

海倫也回來了，泰森趕緊先將罐子收進口袋。他沒告訴母親自己身體有恙，主要怕海倫擔心，加上海倫一定會問個沒完沒了又叫他把所有的檢驗全做了，即使如此可能還會鎮日憂心忡忡，深怕兒子有個什麼差錯。

她看見父子倆面對面。「你們在幹嘛？」

泰森聳聳肩。「討論一種神奇藥物。」

海倫聽了微微蹙眉，輕笑一聲，走到窗前伸手指著外頭。「畢夏要我來叫你們過去，看樣子要爲我們簡報了。」

她轉身走出房間，李克特朝兒子點點頭。泰森掏出藥罐直接吞一顆，心裡還是很不踏實。

簡報地點類似泰森一行人最初待過的會議室，只是空間更寬敞。房間中央的長條會議桌提供電源與網路給每個座位，一進門就能在對面牆上看到巨大投影幕。

前方站著一個身材高眺的陸戰隊員，身上制服乾淨無瑕，胸口掛著好幾排勛章。他背後螢幕顯示非洲地圖，一個紅點看起來正要從奈及利亞海岸出境。

畢夏爲三人介紹：陸戰隊員是崔維斯中校，代表五角大廈參與起源計畫。四人就座後，中校立刻開口。

「先生、女士，首先報告壞消息。國防部及其他政府可控資源針對基因組數據進行比對後，目前除田中上尉之外，仍舊沒有進一步結果。」

「田中上尉到底在哪兒？」畢夏問。

「報告長官，這部分是好消息，快速應變小組一小時前已經找到田中，正在護送前來的路上。」

「怎麼花了這麼久？」畢夏追問。

「這是由於他前往戰地，而且是在非洲，追蹤下落需要時間。」

「印象中不是說沒有派他出任務嗎？」

「的確沒有。消息來源表示他是私下接案。」

「接案？是指……？」

「維安工作。」

「什麼類型的維安？」

「據說是K＆R反制行動。」

「K＆R？」海倫問。

「哦，報告女士，就是擄人勒贖（注）的意思，通常將財務勒索也囊括在內。」

畢夏眉頭一皺。「所以是營救被綁票的人？」

「唔，報告長官，這次不是。」

「那他到底在幹嘛？」

「我們不確定詳細情況。」

注：kidnap and ransom，孩童綁票與勒贖。

泰森一聽就覺得軍方有所保留。李克特似乎也得到同樣結論，於是緩緩開口，語調鎮定。

「中校，我們認為田中上尉與設施內正在研究的緊急計畫有密切關聯，或許他的近期活動是線索之一，所以任何情報、包括你們的臆測在內，都會有幫助。」

崔維斯點頭。「明白了。我們能掌握的是田中接下奈及利亞『鹵素燈集團』發包的任務。」

「『鹵素燈集團』又是誰？」畢夏問。

「報告長官，是私人維安公司，規模很大，類似黑水或神盾。」

「他們僱用了田中先生嗎？」海倫問。

崔維斯遲疑片刻。「女士，我認為比較可能的情況是鹵素燈將工作轉介給他，因為那種公司不太願意花時間在小型衝突上。」

「所謂小型衝突到底是什麼？」李克特問。

「根據我們在鹵素燈的聯絡人表示，客戶是遭受威脅的學校教師，當地歹徒要求保護費。就是一般勒索活動。」

「田中怎麼處理？」畢夏身子前傾。

「報告長官，應變小組報告時表示無法確定田中在當地的實際活動概況。按照慣例推斷，這是因為詳細描述會導致需要在官方文件回答的問題過多。」

李克特清清喉嚨。「中校，我們對那些繁文縟節沒興趣，請你以個人見解說明田中上尉在奈及利亞的活動情況就好。」

「遵命。根據目擊報告，我們推論田中釋放消息，誤導外界認為被歹徒盯上的學校為了自保，遷徙到偏遠廢礦坑附近。礦坑周圍的實際事件經過無法清楚判斷，但無人機影像拍攝到大爆炸和十到十二名非法份子陣亡的畫面。」崔維斯歪了歪頭。「照片模糊，無法百分之百肯定，但我們認爲死者就是鹵素燈案件資料中那群劫匪。」

李克特蹙眉。「應變小組都去了現場，爲什麼還無法精確掌握死者人數？」

「我想是因爲他們死無全屍。」

大家都沉默了幾秒。

畢夏閉著眼睛揉揉額頭。「接案子是吧。」他咕噥。「我外甥在Fiverr（注）上幫人做平面設計……那個才叫作接案子吧？田中這不就是收錢殺人的傭兵嗎？」

中校沒有多做評論。

「田中上尉的檔案呢？」畢夏問。「完整履歷？」

崔維斯伸手從公事包取出厚厚的牛皮紙袋遞上。畢夏翻了翻忽然抬頭。「他要接受軍事審判？」

「是的。」

「居然是個罪犯。」畢夏邊咕噥邊繼續讀。

「報告長官，他只是被起訴，還沒有開庭或宣判。」

還沒讀完，畢夏忽然開口說：「應該聯絡監獄局對國內所有囚犯做基因比對。州立監獄和其他國家的部分也得協調一下，請州政府協助、找中情局賄賂無妨，什麼陰招都無所謂，手段想必多的是。」

這番話令泰森頗爲震驚，而且他還沒想通怎麼回事。

李克特倒是已經看穿。「同感。」

注：Fiverr是二〇一〇年於特拉維夫成立的自由接案工作平臺。

泰森忍不住問：「怎麼回事？」

「有個規律浮現。」李克特回答。

畢夏讀完以後遞給海倫，轉頭向崔維斯問：「中校，還有其他事情嗎？」

「目前告一段落了，長官。」

「那麻煩你幫忙把剛才我說的轉告白宮，由他們協調監獄局、州政府和中情局。」畢夏看看手錶。「今天時間晚了，各級官員應該就要下班回家，動作得快點。」

「遵命。」

陸戰隊離開以後，泰森回到剛才話題。「什麼規律？」

「都是罪犯。」李克特解釋。

「其實一半一半而已。」畢夏說。「因爲還不知道配對成功的是你或你哥哥。假設是你哥哥湯瑪斯，那就是經過宣判的重罪犯。現在我們發現田中上尉也要接受軍法審判，而且花錢就能僱用他殺人。」

泰森搖頭。「這種推論不精準。」

畢夏聳肩。「哪部分？」

「我聽起來倒覺得田中上尉是受僱保護人，還是一個學校。感覺殺人只是他不得不的手段，被殺的並不是好人。」

畢夏表情皺了起來。「你的重點偏了。」

「重點是？」

「重點在於我們有裝置設計圖，裝置看起來是十分先進的粒子對撞機，但正式啓動之前無法確定。再來是，我們收到四個人的基因組，其中或許有兩人曾經違法，一個已經在監獄，另一個準備上軍事法庭、找到的時候剛殺掉十到十二人。連特種部隊都無法正確估計現場死者人數是個重要指標。此外最重要的一點或許更簡單易懂——兩個人都這麼剛好受到政府直接管轄。」

「我不懂為什麼這點很重要？」

泰森等了幾秒鐘，卻沒人想要解釋。另外三個人似乎陷入沉思。良久之後，李克特才開口：「你換個角度思考。」

「用什麼角度？」

「發送量子無線電訊息的誰、或什麼東西。」

泰森皺眉。「還是不懂。」

「對方傳來設計圖，對不對？」李克特問。

「嗯。」

「裝置設計圖。」

「對，有個裝置給我們。」

「如果是你，會預期接收設計圖的對象有什麼行為？」李克特繼續問。

「做出來？」泰森實在掩藏不住煩躁感，這種問答太單調了，好像把他當成三歲小孩。當然更令他煩躁則是自己眞正的孩提時代，李克特並未留在身旁耐心教導過。

「做出來以後呢？」

泰森嘆氣。「啓動。」

「啓動原型機或者新裝置，會如何處理？」

「進行測試——」泰森這才理解。「等等。」他起身在會議室內踱步搖頭。「不行。」

「這是最顯然的結論。」李克特注視會議桌。

泰森說出自己猜想的結論，即使他希望自己猜錯了。「你們認為基因組代表實驗樣本，所以都是罪犯。發送訊息的人知道我們能調度，也願意用他們做實驗。」

三人默不作聲，印證了他的猜測。

「所以你們覺得，那個裝置可能對人體有害。」

「只是以防萬一。」李克特回答。「裝置啓動時，四個樣本需要接受觀察，或許得安排在裝置周圍，畢竟距離或許有影響。」

「我不太喜歡這個，」泰森低聲說。「很不喜歡。」

「我也是。」海倫彷彿發出嘆息。

「這樣做不對。」泰森繼續說。

「我同意，」海倫小聲接話。「是未經同意的測試。」

泰森搖頭。「嗯，未經同意就對人進行實驗本身不對，可是我不同意的另一個理由是，你們得到的結論有問題。我不認為基因組代表測試樣本。」

「那只是你個人好惡。」畢夏說是這麼說，但沒抬起頭。

「的確，我不喜歡這種安排，就算我喜歡也不代表結論正確。」

「你想說什麼？」李克特問。

「我覺得切入角度一開始就錯了，只是從手頭現有資訊擅自推論。」

畢夏身子後仰。「我聽不出這有什麼錯？」

「錯得很直截了當——我們排除其他資訊，卻根本還沒善盡調查義務。」

「意思是？」李克特追問。

「現在需要的是更多資料、更多基因序列，關鍵在於進行全球規模的比對，必須將對象擴大到世界各國所有人。」

畢夏嗤之以鼻。「我眞是個傻子，這麼簡單都沒想到？」他拍拍口袋。「可是仙女的魔法棒怎麼不見啦？」

「嗯哼，很好笑。」泰森的語氣也藏不住無奈與焦躁。

「我說啊，」畢夏回應。「連總統都已經知道這件事情，動用了美國上下所有資源在調查，但還是有極限的。」

「不對，極限在於我們的想像力。」

「很棒的口號，」畢夏嘀咕。「適合印在T恤上。」

「我是認眞的。當務之急是找到那四個人，而且要快。既然如此，就不能只靠打電話解決。」沒人願意抬頭，泰森就說了下去。「話說你們把我找來，卻又不肯聽我的意見。明明到目前爲止裝置是什麼我說中了、基因組是活人我也說中了，然後你們還是要把我當成耳邊風？」

海倫笑了。「兩位，他說得有道理。今天除了他，還沒人提出過有用的建議。」

畢夏攤手。「洗耳恭聽。要怎樣讓全球人短時間內自願提供基因樣本？」

「很簡單，」泰森說。「提供所有人都想要的東西。」

「嗯哼，我有興趣，」畢夏明顯不相信。「那麼所有人都想要的是什麼呢？」

「中樂透。」

畢夏蹙眉。「嗯，可是大家不會爲了買樂透就讓人採樣。」

李克特靠著椅背注視兒子，笑意逐漸浮現。「那可未必，老桑。」他開始點起頭。「很多人會答應的，只要誘因正確。這主意確實不錯。」

畢夏聳肩。「所以，是什麼主意？」

「基因樂透，」泰森解釋。「高額遺產。」

「繼續說。」畢夏催促。

「在社交媒體和新聞頻道放消息，就說有個不出風頭、旅居各地的億萬富豪過世了，名下沒有繼承人，但他在遺囑中要求家族辦公室（注）搜尋自己的血親，無論手足甚至叔叔阿姨之類的都可以，追溯到好幾代之前也無所謂，這麼一來網子就能撒很遠，遍及全球各地。不要解釋富豪的個人背景、出生地點、族裔和經歷這些東西，只要強調任何提交ＤＮＡ樣本的人，都有機會得到幾十億。另外最好加碼：只要參加就能領取一百美元做爲補貼。」

畢夏身子往後一靠，仰天長嘆。「茲事體大，沒那麼簡單——」

「讓葛赫德處理吧。」海倫說。「說到隱居神祕的億萬富豪，他可是業內好手。」

注：此指專為富裕家族提供投資及財富管理的公司。

24

【美國聯合通訊社】最新消息——

白宮發佈行政命令，要求監獄局聯合國家衛生院對全國聯邦監獄囚犯採取DNA樣本進行定序。此舉遭美國公民自由聯盟、國際特設組織反對，私人監獄營運者美國矯正公司以及GEO集團亦表示強制檢驗危害客戶權益。發佈此命令並快速執行的理由至截稿時間，政府仍未解釋，若有進一步詳情會隨時更新。

25

高研署設施內，泰森去過洗手間，回到鬧哄哄的工作區，看見李克特和畢夏站在電梯附近，似乎正在爭辯什麼。

兩人性格迥然不同。畢夏容易激動，罵人會拐彎抹角，有攤手搖頭翻白眼等等很多小動作。李克特則彷彿一尊雕像，就算反駁也就幾個字而已。

泰森很好奇他們吵什麼，感覺很有可能是哥哥的事，尤其是湯瑪斯到了以後該怎麼安排。

打開畢夏辦公室房門，母親還站在大玻璃窗前，凝望著底下一排排忙碌的工作站。

「機會難得。」她朝李克特和畢夏瞟了一眼，兩個男人還在電梯那頭吵架。「我們聊聊。」

「聊什麼？」

「你哥哥。」

「怎麼了嗎？」

「如果基因組吻合的是他……得想想該怎麼辦才好。」

「嗯。」泰森不確定母親有什麼打算，先將身後房門關好。

「我開始思考怎麼樣把他帶走。」

「是指……」

「癱瘓押送的法警，帶他離開這棟建築物——」

「媽，妳認眞的？」

「要是那個裝置對人體有害，就不能讓他們啓動。至少不能在你哥哥身邊啓動，除此之外沒有其他辦法。」

「我們根本連那個機器是什麼功能都不知道。」

「沒錯，但不能冒險——這是拿你哥哥的命去賭博。」

「或許吧，可是妳眞的認爲我們有機會帶走他？」泰森兩手一攤。「我們是做科學研究的，又不是特務。」

「我們是家人。」

泰森點頭。「也是科學家呀。」

「你有小孩的話就會懂。爲了保護孩子，父母什麼都辦得到。」

「媽，妳先別鑽牛角尖，我們務實一點。」

「務實的說法就是沒有母親會眼睜睜看著兒女受害。換作是你或莎拉，我也不會放任不管。」

「就算出得去，也會被通緝。」

「當然，可是重心會放在另外三個人選上。」

「媽，妳聽聽自己說的這是什麼話。」

「我知道。我懂。這樣當然不好，但我不能不管你哥哥啊。」

泰森很清楚母親對阿湯的際遇深感痛心。儘管她沒說過，但恐怕一直深深自責，於是將當前這情況看作自己能稍微彌補的機會了。或許爲人父母都是這樣吧。泰森還沒經驗，問題是母親的輕舉妄動有可能讓阿湯、讓他們全家的處境更糟糕。

他揉揉太陽穴。「妳……有沒有先和李克特談過？」

「沒有。也沒這打算。」

「他可以幫得上忙。」

「我不信任他。」

「爲什麼？在蘇黎世的時候，他已經幫了我。」

「泰森，關於他，有些事情你不清楚。」

「說眞的，媽，他身上沒有半件事是我清楚的吧？」

房門開了，母子倆嚇得一齊瞪過去。

李克特停在門口。「我打擾到你們？」

泰森和母親同時開口，但是海倫說「對」，他卻說「沒有」。

「唔，」李克特也不當一回事。「我明白了。然後，湯瑪斯到了。」

海倫朝兒子瞥一眼，暗自提醒他方才討論的話題。

李克特繼續說：「畢夏在電梯前面等著帶妳過去。」他停頓一下又補充。「我猜妳不會希望我在場。」

海倫沒正眼瞧他，逕自走出房間。「猜得沒錯。」

⚛

進電梯以後，畢夏按了地下一樓。門再打開，他帶著母子二人穿過一大片無人聞問的辦公隔間，桌面堆了厚厚一層灰、地板也髒得離譜。泰森覺得像是什麼災難片裡浩劫過後的場景。

畢夏似乎從他臉上看出心思。

「通常都用地上樓層，需要保密才會動到地下室。」

走到裡面，畢夏停在一扇雙開門前，伸手讓機器辨識。門嗶嗶叫，他出手推開，裡頭像是溼實驗室（注），有三排櫃檯高度的不鏽鋼桌固定於地面。泰森想像科學家在桌子上架設顯微鏡拿樣本觀察的畫面，不過現場並沒有類似設備。

左側靠牆有一列玻璃門不鏽鋼櫃，也是空的。

正前方有位黑色套裝女性說話同時，雙手在半空揮來揮去，兩個西裝男子聽得專注。泰森心想應該都是法警。女子可能說了笑話，一個男的哈哈大笑，雙手正好放在腰際撥開外套，露出藏在底下的槍套。

還有一道不鏽鋼大門，前方有兩名陸戰隊看守，似乎是大型冷凍庫。

「老桑。」海倫才開口就被打斷。

「好、好，我知道，海倫。但上頭要求最安全的房間，妳覺得我還能——」

「別把他關在冰箱。」

「我想想辦法。」

泰森偷偷打量，現場五個軍警都有武器，不知道母親到底有什麼盤算，但失敗機率太高了。

「媽？」

「嗯？」海倫的語氣鎮定。

注：與專注儀器計算的「乾實驗室」相對，溼實驗室進行使用化學物質的實驗，因此場地需要安全設計。

「我想好了。事情結束以後先不度假，就留在特區這邊放空一陣子。」

畢夏看看他們。「這是什麼家人之間的暗語？」

「到時候再說吧。」海倫沒理畢夏。

走近冷凍庫，一個陸戰隊拔出門上的金屬插梢，握住把手開始拉，另一人退後幾步，手擱在武器上待命。三個法警都有留意這頭情況但不太在意，隨便瞥了幾眼繼續聊天。

畢夏留在門外，讓他們母子自己進去。接觸到裡頭空氣以後，泰森倒是安心了，只比外頭涼一點點，換言之機器沒啓動，應該很久了。冷凍庫內排滿了金屬格架，坐在上頭的人就像泰森的鏡中倒影。看見雙胞胎弟弟和母親走進來，湯瑪斯也跟著起身。

26

泰森看著母親張開雙臂奔上前，將哥哥摟進懷中。

「沒事吧？」她低語。

「沒事。」阿湯回答時也緊緊回抱。鬆手以後，他看看雙胞胎弟弟又看看母親。「到底怎麼了？他們忽然說要移送我。」說到這兒，阿湯指著空蕩蕩的冷凍庫與銀色金屬層架。「和我預期的不太一樣。」

海倫轉頭望向泰森。「我們也還在研究。」

阿湯的眉毛皺得快連起來了。「這話什麼意思？」

「意思就是，」海倫語氣很謹慎。「狀況有點複雜。」

「怎麼個複雜法？」

「唔，你知道弟弟在歐洲核子研究組織做物理學實驗對吧？他們使用一個叫作大型強子對撞機的東西來——」

「媽，那些我都懂。我是關在聯邦監獄，不是地底洞穴。」

海倫揮著手。「我知道，我知道，我只是也在整理自己思緒。總之重點是，你弟弟有個重大發現。」

「什麼樣的發現？」

「不能說。現在還不行。很重要就是了。」

「那為什麼把我給找來？」

「這個……呃，也還不能說。」

阿湯點點頭，似乎很氣餒，看得泰森也心疼起來。哥哥的氣質變了很多，像是失去了鬥志，換作一起長大的那個哥哥，絕對會打破砂鍋問到底。是被牢獄還是時間磨成這樣？漫長歲月中，他是否持續質疑自己的選擇？

選擇——這是兄弟二人最大的分別。泰森不禁想起貨車司機拉斯曾說過，人生就是一次又一次分歧，選了這條路就沒有那條路，無數路線交錯縱橫編織出生命軌跡。泰森和阿湯在轉捩點上分道揚鑣，此刻所處境地也就大不相同。

奇妙的是，兄弟倆的道路在今時今日再度交會相遇。泰森很好奇事情將如何發展、是否有機會修正過去，為誤入歧途的哥哥寫出新的人生故事。

母子三人有來有往，看似聊得熱絡卻又言不及義，家人團聚時總是這樣問起彼此近況、相互聆聽，其實都默默觀察言語底下沒有說出的部分。泰森察覺到母親累了，也留意到雖然哥哥性格的稜角磨平，骨子裡那股韌性還沒被擊垮。

海倫先出去了，阿湯盯著闔上的門。「她應該還好吧？」

「嗯，應該吧，就很擔心而已。擔心我們兩個。」

「那你呢？」

泰森聳聳肩故作鎮定。

「跟平常上班差不多，嗯？」

他聽了一笑，果然有些事情不會改變。即使兩人分開那麼久，哥哥還是一眼就能看穿自己的心事。

阿湯搖搖頭。「這種爾虞我詐的玩意兒挺煩人的。」他望向雙胞胎弟弟。「感覺應該不是你當初進去核子研究組織的計畫才對。」

「的確不是。這二十四小時……很驚心動魄。」

泰森心上懸了另一件事，聽說哥哥會過來就想著要聊，畢竟這個問題只有他們兄弟能相互理解、彼此傾訴，是共有的創傷與空洞，與自己的抉擇沒有關聯。「爸也在。」

阿湯猛然抬頭，顯然十分訝異。「在華盛頓特區？」

「在這棟樓裡。」

「你們見過面？有講到話？」

「是他帶我來的，從蘇黎世。我算是……讓他救了一命吧。」

湯瑪斯從架子起身以後在冷藏庫裡來回踱步，片刻後忽然轉頭望向泰森。

「救你一命是什麼情況？」

泰森這才意識到自己漏了口風。「沒什麼啦。」

「別一副沒事樣。」他朝雙胞胎弟弟上下打量。「原本以爲該擔心的是媽，看來我搞錯了。」

「你爲我做的夠多了。」

「你是這樣想的啊？」

「我是這樣想。」

「覺得是你的問題？」

「對。」

「沒必要。」

「沒辦法。」

「當然有辦法，只要你願意。而且你必須放下這種念頭，否則累積久了會生病。這個我有切身體會。」泰森盯著地板。他希望和哥哥聊開這件事已經很多年，也在腦海裡排演過上百次、上千次，但事到臨頭，卻又什麼都說不出口。

「你知道蹲苦窯的人都在幹嘛嗎？」

泰森傻傻地看著哥哥。

「想當年啊。」阿湯說。「反覆回憶不肯放下，看到什麼都能勾起一段往事，變得跟獄警、跟困住我們的高牆圍欄一樣眞實。其實眞正能困住人的，是往事。」

「很難不去想。」泰森回答。

「無論有你沒你，我都會那麼做。你執著在那件事對我們誰都沒好處，只是造成自己身心衰竭。往事對某些人來說就像船錨一樣很難擺脫。」

「對媽和爸也差不多。」

「嗯。父母也是人，和我們一樣。」

「我做不到說放手就放手。」

「也不是要你不當一回事，每個人都得從自己的經歷學到點什麼，這同樣是我在裡頭的體悟。什麼都沒學到，人就不會成長，無法認清自己究竟是個什麼模樣。不過呢，泰森，聽我說一句——學到了之後就放手，因爲不放手對自己沒好處。重點得放在未來。」湯瑪斯環顧冷凍櫃。

「更何況，從我看到的跡象推敲，接下來的事情需要你全神貫注、全力以赴。」

27

英格蘭牛津一處小公寓內，諾菈．布朗一邊翻閱心理學教科書，一邊攪拌茶杯。杯子冒出的蒸汽飄過打開的窗戶，隨風掠過灌木圍籬之後，猶如一縷遊魂消散在古老建築群的夜色下。

她伸手將便利貼拿近，寫下筆記後撕了黃色紙條黏在書頁。這本書是學界同儕最新力作，諾菈答應人家會好好看完再提出批評指教。

可是她答應的時候以爲對方會用電子郵件寄給她，想不到居然是快遞將包裹放在擁擠辦公室門口，甚至附了助教的備注，請諾菈以書面表格提交意見，只因爲那位教授年紀大了改不掉四十年累積的習慣。

要說諾菈在牛津這些年的體悟，其中之一便是資歷帶來地位與特權、新觀念和舊傳統一樣受到敬重。她倒是挺欣賞牛津這一面。

諾菈最初因爲實驗心理學研究來到了牛津。這裡有世界頂尖的設備，對研究者的支援也非常充分。但後來一直沒離開則是因爲人，她需要能挑戰和完善自己想法的人，需要歡迎自己而且理解最新心理學知識的人，需要能透過研究發現世界的人。

牛津這些年有時候很辛苦，不過諾菈認爲痛苦是成長的代價，所以值得。

此外，她選擇牛津並非因爲能夠得到什麼，而是能夠給予什麼。除了一輩子努力的研究，諾菈與學生的關係也是關鍵，她希望自己能一直在這所名校教學。

若是理想中的世界，諾菈覺得自己大概會成爲與手上教科書作者一樣的人：有著卓越學術地位但依舊辛勤努力的老太太，也會因爲年長而表現出一點點古怪，對學界新知抱持開放心態，同時又有很多習慣改不過來。她覺得自己確實逐漸朝那個方向發展，越來越聽不進別人的話了——包括母親耳提面命問自己爲什麼沒約會、什麼時候才要搬回美國華盛頓特區擁有小孩等等。

三十五歲的諾菈無法完全反駁母親。事實是，她想生孩子的話，快要沒有時間了，至少不考慮代理孕母或凍卵這些手段的前提確實如此。然而她不確定的是：生兒育女是自己想要的嗎？二十幾歲起，她攻讀研究所、投身學術研究，如今在學術界的目標已經達成大半，成了名校教授、著手將一生心血化爲文字出書，這些對諾菈而言同樣很重要。無論如何，她知道自己很快得做出生命中重要的抉擇。

身後微波爐發出嗶嗶聲。她起身取出熱湯吹了吹，又翻過一頁。碗上冒出熱氣，與茶杯上的煙霧繚繞交纏，彷彿幽靈般在窗外街燈流入的昏黃光線下跳起一支超自然的舞蹈。

又讀了二十頁，寫了五張便利貼，諾菈終於闔上書本，將空杯空碗放進水槽後，背起背包。十分鐘後，她抵達目的地，古老石砌建築的凸窗和石灰岩門楣是牛津建築典型特徵（也是諾菈喜愛牛津的另一點）。

單車架旁邊，夜色下搭了兩個帳篷立著旗幟。旗子上大寫字母說的是「二十四小時治癒癌症」。旁邊還有小招牌注明「人類基因中心與CRUK合作活動」。

諾菈知道ＣＲＵＫ是「英國癌症研究」的縮寫，她一直非常支持相關研究。

帳篷底下除了兩條長桌，還有六個學生，看年紀應該是大學部，有的在門口招徠路人、有的採取樣本、有的努力在筆電上建檔。

一個年輕人朝諾菈揮手。「您好！可以麻煩爲我們提供樣本嗎？不需抽血，在口腔抹一下就可以了！」

她看看手錶，距離自己上臺還有二十分鐘，志工前方隊伍的移動速度挺快的。「嗯，可以啊。」

沒過多久，諾菈就站在帳篷底下張開嘴巴，一個莓金色頭髮的女孩子拿著長棉棒，自她頰內取了一點細胞。

隔壁男孩子說話帶著微微加拿大口音，沒抬頭一直盯著電腦看。「只要證件號碼就好。」

諾菈亮出自己的牛津校園卡，對方掃了一下，忍不住確認螢幕顯示的項目。

「醫學士，又同時是博士？」

「三心二意。」諾菈回答。

「一定很多人問吧？」

「的確不少。」諾菈笑著說。

「女士，您登記完畢了。還是該尊稱一聲doctor-doctor（注）才對？」

「還是不要吧。」

男孩也笑了。「謝謝您的協助，祝您順心。」

諾菈進了校舍走向講堂，在講桌上接好筆電，點開投影片。入場聽眾越來越多，她的身體開始出現種種緊張反應，幸好已經學到了技巧因應，這是高中時一個童年玩伴的母親傳授的。

注：此處是「醫生」和「博士」在英語都可以用doctor表示的玩笑話。

她在美國華盛頓特區喬治城一帶長大，隔壁家裡有個同年齡、非常聰明的男孩，不過對方常常沉浸在自己思緒之中，愛說笑話但又都是些老套。幸好那男孩的笑容很暖，兩人後來關係越來越親近，成了彼此初吻的對象。即使諾菈起初不太樂意，後來還是曾經喜歡上對方。

然而，對諾菈影響深刻的其實是男孩的母親，一位演化生物學家，堪稱她成長過程中的楷模人物。海倫．克萊或許也是諾菈投身科學界的原因之一。時至今日，諾菈依舊記得海倫公開演講如何從演化角度解釋人類與生俱來的恐懼、善良如何爲心靈帶來寧靜並抑制或戰或逃的本能反應。這套技巧她學起來很快，可能因爲諾菈也一直相信人該保持善念。

座位漸漸坐滿，她將注意力放在心中的善意，認知到自己今天目的是助人，透過分享觀念改善人的生活。諾菈要藉由這些觀念，指引大家更透澈認識這個世界。

她站上講臺，拿起麥克風。「用一個簡單的問題開場。應該沒人猜得到我要問什麼。古典名校將近一千年歷史，那麼多博學多聞的人上臺演講，誰會問這種問題呢……」

諾菈注意到很多聽眾目光從筆電或手機挪到講臺上，成功勾起注意了。

「我要問的是：大家買家電的時候，產品都會附帶什麼東西？」

說完她露出微笑，底下有些人笑出聲、有些人蹙眉，現場充斥困惑好奇的氣氛，但最重要的是講者得到了大家的全神貫注。

講廳最後面，穿著粗花呢外套的聖約翰學院院長雙手抱胸靠牆站，臉上也是一抹苦笑。

諾菈自己舉手示意。「有人知道嗎？冰箱、洗碗機、還是帶烘乾功能的洗衣機——在我們這種淳樸鄉下地方眞的很需要哦……有沒有人要猜猜看？」

「頭痛！」後排有人叫著，引發幾聲竊笑。

「分期付款，」前面第二排一個女子說。諾菈笑著回應。「嗯哼，買家電可能覺得困擾、可能會擔心價格，不過這不是這個問題的重點。題外話，認眞念書、保持信心，苦日子一定會過去……」她微微仰頭。「時間早晚而已。」

諾菈離開講桌。「所以，買家電會附什麼？想一下，買微波爐、買手機、買電視都有的。」

「配送？」又一個學生高聲說。

「這不一定吧？」諾菈柔聲回答。「包裝裡面有什麼？都會裝在紙箱裡。」

前排終於有個她認識的學生說出答案。「說明書。」

諾菈指著她。「對。使用手冊。當然我們不一定用得到。雖然我這樣說可能會引起校園性別意識團體不滿，但個人經驗裡，現場應該就有很多男性十分抗拒閱讀家電說明書，就算急著排除故障，還是不肯找出來看。」

哄堂大笑，喧鬧得像是棒球比賽。

諾菈又伸出手指指向半空。「而且，電子物理學系那邊應該有實驗數據證明我的說法。」笑聲又持續好幾秒。

「總之，絕大多數家電用品都會附上使用手冊，解釋如何操作、包養、維修，需要求助時可以聯絡誰。」

她按下按鍵切換投影片。

「我覺得很奇怪的地方是，冰箱、微波爐、手機當然對生活品質影響很大，可是我們如何觀察世界、過得幸不幸福、人生成不成功最大的關鍵，應該還是在自己的心靈才對。然而，人類從來沒有給心靈寫一本使用手冊。」諾菈自己點著頭。「當然不是完全空白，古往今來有很多片段資訊說明了心智如何運作，外界如何影響心智。意思就是，我們雖然拿到了說明書，但裝訂得很差，不是缺頁就是順序錯誤，又或者以我們看不懂的語言書寫。」

她走回講桌，叫出下一張投影片。「所以我的畢生職志，就是改變這個現象。今晚的主題也就是這項計畫——爲心靈寫一本說明手冊，解釋人類心智如何達到更大的幸福和成就。我認爲所有人都該擁有幸福快樂，只要活著就不例外，因此這本心靈說明書取名爲《與生俱來的權利》（注）。在我想像裡，這本說明書有潛力改善全世界生活，不只是現在的人類，也包括未來的世世代代。」

注：作者雖未言明但此書名貫穿其數本作品，之前譯為《基本權利》，本次基於故事脈絡調整名稱。

28

【WRAL新聞臺影片腳本】

影片標題：你或許是億萬富翁。認真的！

〔攝影棚開場，兩位主播坐在播報臺前〕

主播塔琳．史考特：想要換口味來點好消息的觀眾終於等到了。

主播拜倫．聶爾森：沒錯，塔琳。這幾年發生很多出乎意料的災難，都是大家所不樂見的，但現在就好像地平線上露出了一線曙光。我們來聽聽特派記者佩姬．倫道爾有什麼要告訴觀眾。

〔影片切換到女記者，二十來歲、一頭黑髮，站在藥局諮詢櫃檯前方，一位白袍男性正在替女顧客做口腔採樣。〕

記者佩姬．倫道爾：早安，拜倫。這裡是克里德莫爾路上的沃爾格林連鎖藥局，當地民眾正在接受DNA採樣，做完竟然可以領錢——你沒聽錯，三角區民眾前往沃爾格林或CVS提供唾液樣本，就能領取一百美元。更棒的是，某一個或更多個幸運兒，有可能因此得到好幾十億，因為這個活動目的其實是為剛過世的億萬富豪尋找繼承人。主辦單位沒有公開這位富翁的個人背景，目前只知道他過世時年紀很大，生前旅居世界各地，所以搜尋活動也擴及許多國家。

主播塔琳．史考特：佩姬，我得代替很多觀眾問一句，很多人應該正在思考這裡頭有沒有什麼玄機？

記者佩姬．倫道爾：塔琳，這問題問得非常好，而且就是整件事情有趣的地方——這個活動並不是詐騙，採樣完成時，沃爾格林或CVS便當場提供獎金，可以從商店禮券或VISA預付卡二擇一，參與者不需負擔任何成本或責任。有一位哈佛法學院教授研究過活動合約，他表示樣本資料無法用於法庭也不能提供給公家單位。唯一條件是提供聯絡方法，找到繼承人時才有辦法通知。

記者微笑後繼續說：不過想要參與的觀眾得加快腳步了，活動預計在找到一名繼承人之後立刻結束，當然就連一百美元的參加獎也不再提供。

主播拜倫．聶爾森：佩姬，這個活動聽起來應該會大排長龍，免費參加、人人有獎，還有機會變身大富翁！

記者佩姬．倫道爾：沒錯，拜倫。活動訊息已經在網路上傳開，現在才四點鐘，克里德莫爾路這間沃爾格林藥局停車場已經全停滿了，然後大家可以看到——〔鏡頭掃過店內營養食品貨架前方的排隊人潮〕——排隊的人很多，但是移動速度很快。而且剛才發佈了最新消息，接近閉店時間才到達的顧客可以領取檢驗包，回家自行採樣隔天交回也符合資格。

【影片下方網友意見】

NCSU82：「不可能，一定是整人活動。」

墨菲斯的藍色藥丸：「我也這樣想，還看了一下日曆，確定不是四月一號愚人節。」

JayZDax：「有懷疑的人不去最好。我拿到的禮物卡可以用，就趕快幫室友領了三個檢驗組。希望他們不會太快找到繼承人，我還打算明天早上換一間試試看，就算重複做，他們大概也不知道吧？」

瘋狂比爾・卡西迪：「一群愚民，這很可能是FBI緝拿連續殺人魔的計畫。你們到時候都會因為莫須有的罪名入獄！」

29

泰森與父母在簡報室內一起用晚餐。他感覺非常累，前一晚睡了兩、三個小時，之後也只有在飛機補眠，都不是很安穩放鬆。他看得出來爸媽也同樣疲憊，原本以為一家人整天相處下來，總該能化解那份緊繃，結果大錯特錯。現在大家都累了反而更有劍拔弩張的感覺，像是東西丟到海裡又一直被沖上岸。

所以陸戰隊員帶他們去寢室時，他大大鬆了一口氣。沒人說明能不能離開這棟建築物，泰森懷疑不申請是出不去的，然而陸戰隊員帶他們去的地方實在有點像監牢，令他心中的恐懼變得更深。那房間不僅小也沒窗戶，之前應該是地下層的辦公室。裡面只在牆角擺了一張小雙人床，床單薄得彷彿透明，看得見下面的廉價床墊，床鋪內側擱著深褐色毯子非常粗糙。在泰森的眼裡，這些東西就好像電視上老西部主題的劇組道具，應該都是軍用品，快過期那種。

房間內一邊牆壁還有水槽與便宜洗臉臺，一張書桌附了有輪的工作椅，角落則是飲水機、大水壺和好幾個乾淨的小杯子。

房門關上獨處時，泰森躺床閉眼，任由疲憊在身體蔓延。最後一次有床睡還是在日內瓦自己租的公寓裡，現在恍如隔世，什麼都沒了。

不過也因此與生父、雙胞胎哥哥見到面，還即將看見自己的研究開花結果。簡直是將正常人一輩子的遭遇濃縮在一天解決。

他的思緒不由自主飄向潘妮，不知道她是否同樣平安？（雖然他並不確定自己的現況能稱之爲平安）。

別的念頭像停不下來的列車一個個衝進腦海，吵得他根本睡不著。泰森很好奇畢夏提到可以啓動量子無線電的密碼究竟怎麼回事，更好奇那個裝置實際功能是什麼。會有危險嗎？自己該不會無意間招致地球人滅亡？

另一個煩心的問題是：另外兩個基因組對應者是誰？四人之間存在什麼關聯？照道理來說，他們一定有某種共通點。這是非常大的謎團，但目前泰森看不見整個輪廓。

有人敲門——迅速三下。他訝異地起身，勞累像蟲群瞬間散開。

「請進。」他聲音沙啞。

聽那種敲門方式，泰森以爲是陸戰隊員，但走進來的是李克特。他將房門關好。「打擾你了嗎？」

泰森苦笑之後，看了看斯巴達風格房間一下。「能打擾什麼？」

「打擾你思考。」李克特坐在工作椅上，滑到他前面。「我常常覺得人獨處時最重要的就是思考。」

泰森打量眼前這個男人。他給了自己生命，兩人如此相似卻又如此陌生。「嗯，我也這樣覺得。」

「我可能知道你在想什麼。」

「那，我在想什麼？」

「剛剛你大概在想關於潘妮的事，尤其是她平安與否。再來則是尚未配對成功的基因組，以及人選的意義。最後，你還有一個很危險的念頭。」

泰森不由得注視著他，驚嘆自己怎麼就被摸透了。

「你在懷疑自己。」李克特繼續說。

泰森還來不及反應，他已站起來轉身。「你擔心自己的發現對人類沒有幫助，甚至可能導致滅亡。或者說，你懷疑我們根本不應該將那個裝置做出來。」

這一番話說得泰森目瞪口呆，心想對方是否有讀心術一類特殊能力，還是其實掌握了什麼掃描思考的技術，可以像翻報紙那樣子輕輕鬆鬆瀏覽他人內心所想。

他只能傻傻反問：「你沒有在心裡這樣問過自己嗎？」

「沒有。」

「爲什麼？」

「因爲問也沒有用。即使我們這邊不將裝置做出來，也會有別人動手做。」

「你怎麼知道？」

「因爲這是歷史必然的軌跡，就像人類文明注定會發現原子一樣。找到有規律的量子訊號絕非偶然。」稍微停頓過後，李克特說了下去。「眞正的問題是誰會先駕馭那股力量？以原子而言，理論早就存在了，直到一九四〇年代各個強權爭相研發原子彈，爲了結束戰爭的需求才導致技術突破。現在我們面對的競賽也是相同性質，只是發明項目改成量子無線電。跟當年一樣，事情發展會改變地球的權力平衡，想像當初如果不是我們這邊先發明原子彈會有什麼結果，就能明白了。」

泰森對他的用字遣詞有點不可思議。「『我們這邊』？」

李克特稍稍仰起頭。「沒錯，就是『我們這邊』。追求和平、相信邪不勝正、以善消弭仇恨的那一邊。永遠都有一個超越國籍、超越一切瑣事的陣營存在。」

接著兩人沉默了很長一陣。

泰森不確定是疲勞讓人放下戒備，抑或只是好奇心太過強烈。他提出自己早就想知道的問題。「你父親有參戰嗎？」

對於祖父，泰森一無所知，而且他並非沒嘗試過尋找答案。網路搜尋葛赫德・李克特家族歷史能挖掘到的非常少，內容完全沒提到祖父。

「應該有吧。」

泰森盯著李克特，以爲會有進一步解釋，但李克特面無表情。「你不知道？」

「無法確定。」

「他沒提過？」

「我沒和他對話過。」

泰森心中忽然將父親與自己重疊了，隨即又感到震驚——明明李克特經歷過沒有父親的童年，爲什麼還會讓親生孩子重複這種際遇？

「沒見到面過？」泰森試著問。

「沒見過。我成長過程一直在想他是怎樣的人，也試著找出答案，過程很辛苦。後來我才發覺，更辛苦的是明知道兒子女兒也在好奇自己是怎樣的人，卻又無能爲力。」

這話說得泰森心中冒出成千上萬個疑惑。

但他來不及開口，李克特逕自說下去。「我父親應該是俄國軍官，其餘的我所知不多。我出生的年代簡而言之就是太動蕩，保存下來的文件很少，大家也習慣對自己的生活保密。」

「那你——」泰森試著拼湊言語，組合出正確的問題。

卻馬上被李克特打斷，他拿出一本厚資料夾說：「說到文件，這是田中的檔案。」

泰森接過放在床上沒打開。「你父親——」

「恐怕埋沒在消逝的歲月之中了。」李克特平鋪直敘地回答。「關於他沒有什麼值得多說，這份檔案裡頭則有我必須告訴你的事情。你先拿出來大概讀一遍。」

泰森只能搖搖頭，拿起資料夾翻開，心裡卻盤算著怎樣將話題帶回原本的方向。從照片判斷，田中比自己稍微年長，從鼻子到下巴有條疤痕，眼神其實堅毅而溫柔。

他翻到後面，卻看到很多文字被塗黑。

「一半都蓋掉了，審查得也太嚴格。」

「他有很多任務都是機密。」

「要我們協助計畫，又不肯分享資訊？」

「他們習慣了。我是不怪他們，這檔案裡大部分細節恐怕確實沒必要讓我們知道。」

「避人耳目，這種事情你確實很瞭解。」

「我瞭解這麼做的必要性。」

泰森繼續翻閱的時候，心裡又累又煩。

李克特靠著椅背。「你確定自己沒有與他接觸過嗎？」

「至少我不知情，而且不可能是面對面。透過網路之類的就很難說。」泰森又將資料夾放在床上。「你不是爲了給我看檔案才過來的吧？資料夾找陸戰隊員就能拿來了。」

「對。」

「所以？」

「有其他消息，我認爲你會……應該不會想從陌生人口中得知。」

泰森悶哼一聲。二十四小時前，這個所謂的親生父親其實也是陌生人。現在兩人是什麼關係很難說清楚，但無論如何他已經猜到。「DNA比對結果出來了？」

「正確。」

「潘妮？」他還是覺得緊張。

「不是四人之一。」

「我呢？」

「你是。湯瑪斯不是。」

泰森摸索著心裡到底是什麼感受。究竟是太累，或者這處境就是太怪異，他也說不上來，總之一下子居然無法確定自己怎麼想的。

某種……存在播送出他的基因組訊息。然而從何處、何時，爲了何種目的？太不可思議。

他是四人之一，是整件事情的中心。

而且直至此時，他才察覺眞相——其實他一直希望訊息的基因組就是自己。希望無論接下來會發生什麼事，他都能參與在內，即使會因此捲入危險也無所謂。他直覺認爲這條路通向一片新天地，値得自己付出一切。

「阿湯怎麼辦？」他小聲問。

「暫時留下來。」

「爲什麼？既然基因組不對，不就不需要他了嗎？」

「你說的單純就字面來看沒有錯。」

「所以留著他是當作人質？控制我們，你、我，還有媽。利用阿湯讓我們聽話。」

李克特沉默不語，泰森就當他默認。「我們也成了人犯。」

「每個人都活在某種牢籠中，只有少部分人意識到。」李克特注視兒子。「阻礙你的很單純就只是視野。」

「這語氣和媽可眞像，她覺得一切都是態度問題。」

「態度和視野是一體兩面。她的忠告很有智慧。而我要說的重點是：思考自己沒有的並沒有意義。思考自己擁有什麼，才能擁有力量，以至於得到自由。」

「我什麼也沒。」

「你至少有糟糕的態度和差勁的視野。睡眠或許可以矯正這兩個問題，提供機會。」

「什麼的機會？」

「湯瑪斯入獄那天起，你一直希望的是什麼？」

「他能重獲自由。」泰森幾乎不假思索就回答。

「現在就某種程度上你也是囚犯，但只要你好好研判局勢，或許會發現命運給了你工具，你能達成一直以來的心願。只要你轉換自己的視野。」

泰森很想問清楚這番話究竟什麼意思，但李克特直接起身離去，走到門口又轉身望向兒子，再開口時語調帶著柔軟韻律，彷彿哼唱著他記憶中的某首詩歌。

早上李克特也曾經這樣子講話。那時候他對泰森解釋了量子訊息的本質、檔案與基因組的內容，也等於給了他留在團隊內的籌碼。

「仔細思考我說過的話，好好讀完田中的檔案。」李克特朝資料夾點頭。「你能從中得到的比想像更多。認清這份檔案到底是什麼。裡面有很多報告、很多分析、很多績效評估，但不只如此而已。它是一段人生的總和，將點與點、頁與頁串連起來，只要你夠深入，就會看見最重要的關鍵。生命的輪廓。不僅限於一個人在地球上做過什麼，還包括他留下什麼。那並不是指建築物、人造物之類會被光陰埋葬的東西，而是眞正的意義所在，也就是『人』。就我所見，生命眞正的價值反映在如何影響周遭其他人，乃至於素昧謀面的陌生人。是否幫別人過得更好？是否幫下一代過得更好？我從上尉的檔案看見了那是一個想改善世界的人，一個爲此付出巨大代價的人。」

李克特凝視泰森的雙眼中彷彿燃起火焰。「我想田中本人很希望翻頁重來、展開新的人生。他才三十七歲，還有時間，但所剩不多。或許這就是關鍵。時候到了就會明白。」

李克特握住門把。「小泰，好好休息，好好讀完檔案，前後來回讀個清楚。」門重新關上，泰森看著資料夾，幾乎篤定父親方才說話夾帶了暗語，提示自己應該找出的訊息。就在這份檔案內。

30

高研署設施深處，盟約間諜潛入浴室、躲進隔間以後鎖上門，迅速從外套暗袋取出七個塑膠和玻璃構成的零件組裝成高安全型衛星電話，啓動之後開啓應用程式，高速輸入加密訊息：

基因樣本保護一，移送一。量子無線電製造中，準備奪取。詳情後述，維持待命。

送出訊息以後，間諜拆掉電話，拿衛生紙徹底擦拭每個零件，最後將東西藏在置放備用紙捲的金屬盒內。

間諜預期訊號會被偵測到，屆時情勢轉變、會有人進行搜索。然而無傷大雅，因爲很快就要結束了。

31

泰森入睡後兩小時，田中嘉藤坐在上一層樓的會議室內，努力試著理解自己聽到的消息。

房間內另一個人是在國防部工作的平民。他說的話在嘉藤耳裡像是另一種語言。

「意思是，我被納入了某種實驗？」嘉藤問。「而且是你們無法控制的實驗？」

戴著厚重眼睛的男人微微仰起頭，眼珠子被透鏡放大。「唔……技術層面而言，你說得沒錯。」

「畢夏博士，我爲什麼會被帶來這裡？對你們有什麼用？」

「只是想請你履行軍人的職責，捍衛美國的利益。可能需要一些犧牲。」

「請問這句話確實的意思是？」

博士往椅背靠。「這……」

房門打開，走進來的男人個頭很高、面部線條剛硬。他的視線毫無退讓，嘉藤第一反應覺得是軍方人士。

對方一直注視他，說話帶著德國口音。「老桑，接下來交給我。」

戴眼鏡那位離開以後，高大男子手插進口袋，再開口時的語速緩慢彷彿唸著一首詩。「上尉，你是業餘歷史學家，對嗎？」

「可以這麼說吧。」

「你爲什麼喜歡歷史？」

「我認爲理解過去能夠創造美好未來。」

「很有智慧。」對方低聲嘆道。「想知道你爲什麼在這裡，對不對？」

「是的。」

「你來這裡書寫歷史。」

「意思是？」

「你會出現在這裡，和你加入海軍、接受基礎水下爆破訓練是一樣的道理。你學習歷史，所以明白某些關鍵時刻決定世界走向，永久改變世界面貌。你想參與那些時刻，但追求的不是功績，而是願意肩負責任，在危急時刻擔任力挽狂瀾的人。」

嘉藤覺得自己的靈魂被對方看穿，思緒像一本書任他翻閱。即使這些念頭藏了一輩子，直到此時此刻才變得明晰。

很長的沉默過後，嘉藤開口問：「請問您是？」

「葛赫德．李克特。」

「能請教您的單位和階級嗎？」

「沒有單位或階級之類的，只有扮演的角色。」

「那麼李克特先生，請問您的角色是？」

「姑且說是管理者。」

「請問管理的是？」

「歷史。」

嘉藤忍不住想再追問，但被李克特打斷。「上尉，你想要的是什麼？」

「請問意思是？」

「如果你現在可以離開，去世界上任何一個地方，做任何你想做的事，你會怎麼做？」

嘉藤毫不猶豫。「回家找妻子和孩子。」

「軍事法庭那邊呢？想不想處理掉，這可以安排。」

「不，我願意出庭接受審判。」

德國口音的男人進來以後第一次展露笑意，但充其量只是嘴角微微揚起，而且轉瞬即逝。

「很可惜沒辦法讓你回家，但見妻子與曉仁倒是沒問題，可以派人接過來。」

「謝謝。容我請教該如何回報？」

「不需要。」

嘉藤點頭。「無意冒犯，但我希望瞭解詳情。」

「狀況很簡單。我想一旦走到歷史轉捩點，上尉這樣的人能夠做出正確選擇。你需要的不是命令，而是有人提醒你爲何而戰。這點每個人都一樣。」

32

諾菈晨間淋浴時，聽見有人敲門。她伸手抹去洗髮精，暗自希望外頭別再敲了。大概是隔壁惠康太太的糖又用光了沒辦法泡茶。分點糖給退休寡婦鄰居這種小事，諾菈很樂意，要多少都無所謂，不過她習慣在晨間淋浴好好思考，今天思路正順暢，得到的結論還打算寫進《與生俱來的權利》書稿內。

但敲門聲又來了，還更大聲，諾菈忍不住睜開眼睛不到一秒鐘，結果洗髮精流進去又趕緊閉上，眉頭跟著蹙了起來。敲門的人非常堅持，這不像惠康太太，傳達的訊息很清楚：我們不會走。

像是警察或消防隊。

她趕快沖洗頭髮，牆上開關轉動時吱吱嘎嘎叫著，水停了以後她踏出陶瓷浴缸，正好趕上下一波敲門，叩叩叩的聲音在小公寓裡迴蕩。

「布朗博士！」

「等一下！」她叫著，心想不管外頭是誰可能都吵醒大樓裡一半的人了——嚷嚷的還是自己的名字，這下子大家都知道是誰害牛津一角如此不平靜。

她小跑步出浴室、進入臥房，頭髮上水珠滴滴答答落在地毯。

火災？大清早擾民又堅持到這種地步，火災是唯一的解釋。

她一開門卻看見兩男一女，身著警察制服。

從對方臉上表情，諾菈意識到吵醒鄰居相對起來可能只是小事了。

33

美國田納西州納許維爾市拉法葉街上的遊民之家內，坐在行政主管辦公室裡的瑪利亞・尚托斯努力壓抑情緒，不想讓內心堆積的恐懼表現在臉上。

辦公桌後面的男人五十好幾，臉孔因爲曬傷和皺紋更顯老。瑪利亞在團體治療時聽過他分享，與自己的故事很相似：年輕時玩樂團一帆風順，彷彿點石成金，單飛後更是平步青雲前途大好，最終卻被私生活因素拖垮。瑪利亞也差不多，撇開個人因素還有一連串霉運，於是她無家可歸、流落至此，連保持外表乾淨都不是很容易。

即便如此，她日夜努力，希望重新站穩腳步。

瑪利亞不求重返昔日的地位和光彩，只希望能感受自己是個完整的人、日子過得開心，每天起床能做自己喜歡的事情，生活充滿意義。再來就是戒除毒癮，晚上有個安全之處可以遮風避雨。

她已經朝目標大步邁進，但路途漫漫，自己的時間似乎不夠了。遊民之家主任的表情印證猜想，說出的話也不意外。

「瑪利亞，規矩不是我訂的。妳今天再找不到工作就得離開。這我無能爲力，很抱歉。」

「我認眞找過。」

「我知道。」

「外頭沒有能做的。」

「妳得更仔細點找，什麼工作無所謂，洗碗盤或清潔工——」

「都試過，清潔公司會做身家調查，而且要有住址……看到是這邊就不會答應。」

主任點頭，一直盯著桌面。「我懂，眞的。」

「我能不能在這裡工作？」

「妳明知道這條路行不通。」

「爲什麼？」

「違反規則。」

「規則不是你訂的嗎？」

「不是的，瑪利亞。如果我能決定就好辦了，但我也只是領薪水的呀。」

「可是這裡都聽你的。」

「乍看是這樣，但我動不了規矩，音樂城扶貧團也是受人贊助才能運作。上頭說給妳兩星期，要是妳找不到工作就得離開。」

瑪利亞長嘆，不斷思考出路，但眞的想不到辦法。「外頭沒有工作機會。」她低聲說。「人家不肯用我這樣的人。擺攤的人自身難保，一家溫飽就極限了。我沒電腦、沒汽車，接不了什麼現場演出，連預付卡電話都快沒錢了。」

「妳歌喉好，不如——」

她將臉埋進手掌。「不行！」

「我聽過妳唱呀。」

「不是不會唱，是不能回去那個環境，誘惑太大了。現在的我承受不了，還不夠堅強。」瑪利亞抬起頭。「你知道的吧？」

「嗯，我懂。」但主任還是起身指著門口。「瑪利亞……妳就趕快出門，隨便找份工作吧？越快越好。」

主任不肯再看她，臉上充滿遺憾。他也是咬著牙，瑪利亞看得出主任很無奈。她起身走到門口卻沒有出去。還有話得說。很重要。「我想說……」

主任身子緊繃，做好心理準備。

「謝謝。」她試著望進對方眼底。「謝謝你還願意幫我，你真的幫了我很多。」

主任還沒能回話，瑪利亞已逕自下去了一樓房間，裡頭排著二十架雙層床。她找到自己待了兩週的位置，拿起背包拉開拉鏈，確定筆記本還在裡頭。

線圈裝訂的舊簿子並非瑪利亞唯一財產（多少還有幾樣別的），卻是她最珍惜的寶貝。當初她從一元商店買回來，可能一大堆東西加起來才一美元又二十五分。之後連續寫了六年，記錄想法、曲譜、歌詞、場景，是融合音樂、故事與擴增實境的新藝術形態。她將自己的作品稱之爲〈世界&時間〉。有時候瑪利亞覺得這不是創作而是發現，彷彿這些內容一直存在自己心中，只是等著她挖掘出來。從她的角度來看，筆記本和被咬出痕跡的墨水筆其實像是鏟子刷子之類考古工具，每下一筆就多清楚一點隱藏著的藝術品，若能完整呈現，必定能夠揭露出人類這個種族最深層的眞相，幫助所有人將世界看得更清楚，進而以想像不到的方式改變周圍環境。即使在其他人眼中只是破破爛爛畫滿塗鴉的筆記本，瑪利亞卻從中看見潛力和意義。那是她的未來。或者說唯一走向幸福未來的機會。

小時候，母親的一段話烙印在瑪利亞心中，從未磨滅。「世界可以奪走妳的一切，但奪不走妳的心。妳能守護自己的思想。或許將來某一天，除了心以外，妳一無所有。」

本子裡滿滿都是她的思想。她也打算盡全力守護。

瑪利亞從背包掏出塑膠夾鏈袋、裝好筆記本，免得外面正好下雨。還要考慮入夜後的天氣，畢竟露宿街頭看起來免不了了。

出了遊民之家，混凝土門廊下髒污階梯佈滿裂痕，拉法葉街一早就熙來攘往，十分熱鬧。

平頭白T恤男人的兩條手臂都是刺青，站在階梯最下面靠著護欄，口中叼了一根菸。

「嘿，」見她走下來男人便開口。瑪利亞沒搭理。「想不想賺錢？」對方又問，講話帶著俄國口音。

換作其他日子，瑪利亞不會停下腳步。但今天例外，她背對那人站在原地。

「不到一分鐘就有二十美元。」

心裡湧出怒火。她深呼吸，一次又一次，等待怒氣平復。瑪利亞覺得那股憤怒是心魔，放著不管自然會消散、會熄滅，也就不至於惹麻煩。放任心魔的話會失控，後果沒辦法收拾。她反覆地告誡自己要克制心魔，關鍵是時間。時間是它的弱點，能夠撲滅火焰。

問題是對方接下來說的話，如同提油滅火。

「只要張嘴就成了。」

她轉身以後眼裡看見的不是那男人。應該說她誰也看不見了，只是循著聲音上前，連對方說了什麼也沒聽進去，拳頭一握緊就朝對方招呼過去。不過對方的動作更快，揚起的前臂不只架住這拳還重擊她手腕，痛感如閃電劈落。男人直接扣住她另一手開始嚷嚷。「喂喂喂！妳搞什麼？」

瑪利亞想朝他臉上吐口水，卻被對方扭了半圈箝制。男人一手押著她，另一手探進口袋。她前後搖擺、不停掙扎，沒料到對方力氣遠比外表大。瑪利亞以爲掏出來的一定是刀子，正要尖叫的時候，男人卻拿著一個透明塑膠包裝出來，上面有CVS藥局標籤，裡頭是小管子和長棉棒，說明書上三張圖片示範如何用棉棒在口腔採樣、將棉棒塞入小管子，最後加以密封。

「只要用這個在嘴裡抹一下就有二十美元！」

「放開我。」

男人鬆手，瑪利亞往後跳三步。

「妳發什麼神經啊！」對方嘀咕。

瑪利亞端詳對方面孔。在街頭討生活這麼久，累積不少看人經驗，好幾次是靠這份敏銳才活下來，對談判也很有幫助。她感覺這人說的二十美元一定不老實。

「五十。」她說話時眞的噴了口水。

「四十。」

「五十。」

男人將塑膠包裝丟在她腳邊。「四十五，妳已經很走運了好嗎！」

瑪利亞很懂這種類型，畢竟大半輩子都在應付他們。有些男人寧可得不到也不接受別人開價，他們當成尊嚴問題來思考，一定要有最後的發言權、營造一切在他們控制之中的假象，才肯善罷甘休。

可以的話，瑪利亞也想不理他掉頭就走。但如果身上有個四十五美元、夜裡有個地方能好好睡覺，她早就無視男人離開現場了。只可惜她沒錢。

所以她彎腰撿起了那包東西。

34

嘉藤站在沒有窗戶的小房間角落，盯著厚實木板門，焦急地期待它趕緊打開，耳朵留意任何一丁點動靜，想知道瓊安和曉仁是不是抵達了。他的想像中，兒子會一路笑鬧、問母親問題，聲音在狹長走廊上迴蕩然後鑽進房間內，畢竟這棟樓幾近荒廢沒有別人。但目前爲止，外頭一片死寂，他不免擔心是否安排除了什麼問題，又或者瓊安不肯見面，也不肯給父子團聚的機會。

房間裡擺了些便宜家具，都蒙了灰塵，有布沙發、空蕩咖啡桌和成對的椅子。裝潢風格讓他想起醫生診間，或者應該說政府機關的等候室。仔細想想，家具可能就從其他單位調過來的，原本可能要報銷然後送去掩埋場，卻像是掉進黑洞般來到這個不見天日的鬼地方，埋在與世隔絕甚至也和時間脫軌的陵寢內。

門外終於傳來他期盼已久的聲音——曉仁的語音還很稚嫩。「媽咪，怎麼都沒人？」

沉默片刻，孩子忍不住再問一次：「怎麼都不見了？」

「曉仁，先別講話。」瓊安壓低了音量。

可是曉仁原本就是很有好奇心的孩子，隨便一個新發現都能提出十幾個問題。嘉藤覺得這份好奇對孩子的成長很有幫助，雖然也可能因此惹麻煩，但所謂熱情就是這樣的東西。

房門打開，穿著制服的陸戰隊員按著門板，等母子入內立刻關上。

妻子瞪著嘉藤，眼神混合了憤怒、恐懼，還有他覺得應該是安心的情緒。或許看見他眞的在這兒、而且至少還活著，多多少少就鬆了口氣（其實嘉藤也不知道上頭的人會用什麼說詞要她配合）。

瓊安將曉仁拉在身前，手掌按在兒子胸口。

將近七個月，嘉藤沒與兩人見到面。兒子差不多四歲了，長大得好快，比上次高了、長相也成熟些——撇開鼻子到下巴那條疤痕，父子十分肖似。

對嘉藤而言，爲人父最欣喜的地方就是兒子望向自己的神情。世界上不會有別人那樣子看他。孩子出生前兩年他就留了疤，所以曉仁從來不知道沒疤痕的父親是什麼模樣。然而在曉仁眼中，父親不是怪物。恰好相反，他會保護大家、會陪自己玩、會撐起家裡所需的一切。

以前小曉仁曾經用手指撫過那條疤說：「爹地有疤疤。」對孩子而言，僅此而已。

等曉仁長大，或許就會不同。至少現在他看著父親的目光依舊純眞可愛，興奮得整張臉都亮起來。男孩掙脫母親的手，衝進父親懷中。「爹地！爹地！」

嘉藤抱緊他晃呀晃，視線則停在妻子身上。瓊安站在門口一動不動。

之前出勤時兩人透過視訊對話，嘉藤還能保持聯繫。上次任務開始，瓊安就不願意了，所以嘉藤心情沉重，或許也就導致後來一連串麻煩。

「爹地，爲什麼外面都沒人？」曉仁問。

「他們都回家了呀，小不點。」

「爲什麼回家？」

「工作做完了呀。」

「什麼工作呀？」

嘉藤抱起曉仁笑著坐上沙發。

瓊安也入座，卻是坐在斜對角最遠的位置。

「很多喔，有些是巫師，可以讓電腦做很多事情。」

「巫師！」

「對呀，他們會用機器人和電腦，就像魔法一樣。例如，可以讓東西都出現在應該出現的地方。」

「跟爹地一樣。」

「嗯，差不多，他們也想保護我們和我們的家人安全。」嘉藤望向瓊安。「什麼都願意。」

瓊安別過臉淡淡說：「他們要我們上車，車子沒有窗戶，坐在後面好像貨運箱，故意放音樂不讓我們聽到路線上的聲音。」她停頓一下。「雖然沒有直接朝我們頭頂罩一個黑色布袋，我還是很好奇——你這次又幹了什麼好事？」

「我什麼也沒做。」

「跟軍事法庭無關？」

「無關。」

曉仁回頭看著母親。「媽咪，怎麼了？」

「沒事。」

房門忽然打開，走進來的是葛赫德・李克特。他開口時竟然不是濃厚德國腔，而是無法分辨背景的標準美國口音。更神奇的是，他臉上堆著溫暖笑意，與夜裡嘉藤見到那張冷淡無表情的面孔判若兩人。

「抱歉打擾了，女士。」李克特伸出手。「我們很少和計畫人員的家屬面對面，所以想趁這個機會好好說一句……」

他凝視瓊安一秒。「謝謝。」

瓊安點點頭，顯得很訝異。

「嘉藤在這裡的任務很可能改變整個世界。不是我誇大其詞，這是事實。他現在的工作就是這麼重要。我們知道工作壓力很大，這陣子特別明顯，所以更要代表內部傳達我們的心意——我們理解承受重擔的並不只是穿著制服的人，軍人眷屬也一樣，因此想當面告訴妳：我們不僅明白、也很敬佩妳爲此做出的犧牲奉獻，眞的非常感激。」他微微點頭。「嗯，想說的就這個而已。抱歉你們一家難得團聚還來打擾，謝謝妳。」

李克特離開時似乎帶走了瓊安一部分的怒氣。她的目光柔和了些，夫妻視線交會時，嘉藤好像能看到事態急轉直下前自己認識、熟悉的那個妻子。

35

夜裡，泰森將田中嘉藤的檔案全部讀完，一個字也沒漏掉。問題是頁數很多，字數卻不算多。最大癥結是太多部分被塗黑，好多頁根本就只是巨大黑色方塊。所以即使讀完了，田中嘉藤在泰森的認識裡依舊像個黑盒子。唯一能肯定的似乎就是兩人的基因組都出現在量子無線電訊號內。

彼此之間應該有連結，但到底是什麼？

他開始在房間裡踱步，希望活動筋骨能打通思路。

可惜沒有用。

後來他坐在床邊重新打開資料夾，讀到視線模糊、字都混在一塊兒。在睡眠不足注意力渙散的情況下，黑色字體像螞蟻列隊爬圓木似地走在黑色長方形的邊緣。

這樣下去也沒有結果。他太累了，無法思考。

泰森將資料夾丟在旁邊，躺在床上心想：讓我闔眼一會兒就好。

他醒來時衣服都沒換。

天花板上燈管滋滋作響，刺目光束有如醫院檢查室。泰森也真的覺得自己好像經歷一場手術，渾身痠痛，頭昏腦脹。

小房間沒有窗戶，連幾點鐘也無法判斷。

他想起身，身體卻不聽使喚，才起來幾吋就又躺回去。

躺著的時候忽然意識到肢體麻木但精神清楚了，也赫然憶起李克特離開前的吩咐。泰森怎麼想都覺得是暗號。

那幾句話竄過腦海，如密碼鎖不停轉動，只要排列正確，就能解開其中奧妙。

好好讀完田中的檔案。李克特是這樣說的，你能從中得到的比想像更多。

……將點與點、頁與頁串連起來……

……只要你夠深入，就會看見最重要的關鍵……

……田中本人很希望翻頁重來、展開新的人生。他才三十七歲，還有時間，但所剩不多。

……好好讀完檔案，前後來回讀個清楚。

睡過一覺腦袋清楚了，泰森終於想通父親這幾句話夾帶什麼訊息。

也就是檔案內的暗號。

他試著起身，身子終於能動，不過背還是好痛。泰森再次翻開資料夾，在每一頁尋找與時間有關的記載，例如田中嘉藤每次任務的年份——

然後泰森就懂了。

李克特說田中嘉藤三十七，但差太多了，人家才二十九。這怎麼回事？相差八歲，數字相加會得到六十六。泰森重新翻閱一邊，尋找這四個數字，確實有出現，但都不太重要。

他揉揉眼睛，想喝水、想上廁所，還想再睡一整年。

盯著檔案，他試圖從別的角度——別的視野重新觀察，分析出父親想透露給自己的祕密。泰森很肯定有個祕密存在，就藏在這份檔案。他感覺自己接近了，只差那麼一步。

但泰森隨即笑了起來，意識到思維已經產生奇妙變化，三十六小時前無法想像——剛剛他在心中將李克特視為父親，不再只是名為葛赫德·李克特的神祕陌生人。

也算是跨出很大一步。

從小到大他一直怨恨李克特，覺得自己心靈受到創傷。父親拋棄了他，不願參與他的生命。此時此地則不同了，李克特成了一盞明燈。空白的三十年以後，他終於開始扮演父親的角色，關心他、幫助他、關鍵時刻會守在身旁。

泰森的思考方式也默默轉變，對李克特有了不同認知。這就是新的視野，新的態度。這種變化會帶來更多傷痛嗎？要是李克特重蹈覆轍，再次拋妻棄子轉身離去的話……會更痛，泰森心裡明白這個可能性。

沒想到在這麼詭異的場合、這麼驚悚的兩天時間裡，他尋回了此生最期盼的事物，儘管以前不願面對——他一直渴望有個父親。

量子無線電完成那一刻，這段父子情分還會存續嗎？屆時李克特是否就不需要他來解開謎團了？

除此之外，泰森也好奇裝置會不會改變自己。倘若與自己無關，訊號內為何會夾帶自己的基因組？

現在需要的是答案。但泰森也能肯定另一點——窩在這個小房間、繼續鑽研這份已經讀過四次的檔案，並不會得到結論。他需要新的視野。

他起身開門，看見兩個陸戰隊員坐在折疊桌邊玩紙牌，話似乎聊到一半。其中一人留意到他。

「先生——」

「抱歉打擾一下，可以告訴我時間嗎？」

年輕陸戰隊員朝廉價手錶瞟一眼。「差不多十二點。」

泰森一聽睡意全無，因爲已經要中午了，自己睡了大半天。

五分鐘後，他小跑步進入畢夏辦公室，父母已經坐在圓桌邊。這次兩人竟然靠在一塊兒，不是故意一左一右針鋒相對，而且母親面帶微笑，是那種發自內心笑過後留下的餘韻。父親話語輕柔，嘴角同樣微微上揚。

那一瞬間，泰森覺得自己是不是進入了另一個時空，在這條時間線上父母從未離異，自己家裡持續了三十年的冷戰、三十年的割裂，根本沒有發生過。

然而兩人察覺泰森在場的瞬間就氣氛驟變。

母親轉頭過來，笑意不但消失還似乎有種尷尬，彷彿兒子將她和李克特的聯繫斷開，不得不像以往那樣對三個孩子的父親表露出強烈敵意。

泰森覺得，難道海倫和李克特是一對纏結粒子，原本時空距離再遠，也能違反已知物理法則相互吸引連結，可是自己進入房間就造成觀測者效應，使得兩人一正一反。

他希望能倒轉時間，回到房間外默默觀察，聽聽方才父親究竟說了些什麼。

只可惜不能重來。

母親起身上前抱了抱他。泰森不太確定原因——是爲了與李克特保持距離？還是這兩天發生太多事，每次見面都會感慨？他自己確實有這種感受，還能活著、還能見到母親就很慶幸。

海倫鬆手，泰森的眼睛在兩人間梭巡。「你們就這樣放著我睡了半天啊。」

母親微微嘆息。「你需要休息。」

「我需要的是鬧鐘。」但才說完，泰森想到自己在日內瓦公寓收到的便宜黑色鬧鐘。「唔，還是算了，只要有人叫我就好。」

母親笑了笑。「那我說個提神的吧——找到第三個配對了。」

泰森感覺自己屏息以待。

「是諾菈。」母親說完，雖然笑得親切卻又有點哀愁。

「諾菈……」

「諾菈・布朗。」

泰森忍不住轉身，思緒好亂，一下子反應不過來。

他並沒有針對第三和第四人選做過太多推敲。顯而易見，因為染色體是XX，所以必然是兩位女性，僅此而已。萬萬沒想到居然會是小時候的鄰家玩伴，無論如何，這絕非巧合。

目前還沒看出自己與田中嘉藤的關聯，但與諾菈就簡單了，而且可以追溯到三歲。他和諾菈就像父母那樣纏結著，斷斷續續出沒在彼此生命，如同劃過歲月的兩條河，時而匯聚時而分流，但在諾菈經歷一段特別黑暗的日子之後，似乎再也無法相交。

泰森不怪她漸行漸遠。即使當初很想幫諾菈度過難關，但他辦不到，對方也躲進內心世界，將他擋在門外。

那年十八歲，他非常傷心，還以爲心碎了就再也無法修補——直到半年前遇見潘妮。

就泰森的立場，諾菈和父親很像，都是傷過他的人。可是那並非諾菈的錯，單純是造化弄人，分開非她所願。話說回來，現在他也懷疑父親究竟是怎麼想的，而且直覺認爲這一切互相拉扯、交織成巨大紊亂的網，將自己團團包圍。

「她現在如何？」泰森低聲問。

「搭了私人飛機正要過來。」

「不是，我意思是……她過得怎麼樣？工作狀況？住哪兒？上次我和她聊天……那是高中畢業十年的同學會。事前發了郵件問彼此會不會出席，我是衝著她去的……但結果她沒來，只是道歉說臨時有事。」

「諾菈在牛津做實驗心理學方面研究。」李克特從桌上拿了一本檔案遞給泰森，泰森趕快翻開看內容。讀一個自己認識的人的資料總覺得怪怪的，兩人失聯的十七年在別人筆下只是客觀到冰冷的文字，可是他想知道的不只如此。

泰森坐到房間角落的電腦。「這裡有網路嗎？」

「有限制，」李克特回答。「不能發送郵件或在論壇發表文章，會被防火牆和篩選器擋掉。」

泰森開了瀏覽器搜尋諾菈．布朗博士。第一條結果是影片，幾小時前牛津大學實驗心理學系發佈的。

影片背景是講廳，諾菈站在講臺背對螢幕面露微笑。投影片的深綠色背景上打著幾個大字：《與生俱來的權利》。

諾菈開始演講，小時候深具渲染力的熱情還在，如同急流將泰森捲進汪洋之中。

「請大家想像自己的心靈是一把鑰匙。我們剛出生鑰匙是空的沒有鋸齒，只是一塊未經雕琢的金屬。每個人都能對自己的鑰匙做加工，刻出各式各樣的凹槽和線條。鑰匙形狀對了能夠打開很神奇的東西，也就是我們真正的潛能，幸福與成功會泉湧而出。」

螢幕上，諾菈露出微笑。

「可是，鑰匙究竟應該是什麼形狀？我們怎麼找到這個形狀？《與生俱來的權利》有一部分就在討論如何找到自身潛能的鑰匙。簡單來說，鑰匙的形狀就是你心靈的形狀，會隨著每個人的優缺點有所不同。好消息是，想找到這個形狀比想像簡單，潛力卻不因此受限。」

辦公室門又打開，三人轉頭望向畢夏，他喘著氣。「找到第四個了。」

李克特起身。「在哪兒？」

「田納西州，納許維爾。」

「名字？」

「謝爾蓋·伊萬諾夫。」

李克特一聽皺起眉頭。「男的？」

「對。」畢夏翻開手中那疊東西。

「原本生理女性，後來變性？」海倫問。

「不是喔。」畢夏回答。

「那就是詐騙。」李克特嘀咕。

「詐騙？」泰森沒聽明白。

「嗯。」李克特說。「早該料到。」

「怎麼回事？」泰森還是沒搞懂。

李克特雙手抱胸。「很簡單，只要有新的方法能賺錢，來的人分成兩種，一種守規矩，另一種專走旁門左道、不擇手段，能撈多少撈多少，直到再也沒機會才停手。」他望向畢夏。「我猜這個伊萬諾夫繳交了很多份樣本換現金吧？」

「似乎是。」畢夏回答。「ＦＢＩ已經在調查了，目前追查到他在納許維爾各個不同藥局丟了幾百份樣本。現在不確定是組織行動還是他一個人，不過二十四小時內就賺到三萬美元現金……雖說是ＶＩＳＡ禮物卡形式。」

「我們對伊萬諾夫知道多少？」李克特追問。

「不多，只有國稅局資料。他是保釋代理人，還做小額貸款。已經要求當地警局提供資料，看看這人會不會有案在身。國家犯罪資訊中心的資料庫倒是沒他的事。」

「接下來怎麼辦？」泰森開口。「這樣還有辦法追蹤到那個樣本眞正的來源嗎？」

「要靠外勤人員。」畢夏回答。「ＦＢＩ把那一帶所有人員派出去了，審問伊萬諾夫之後就開始追查，應該幾個鐘頭內就能把人帶來。」

36

嘉藤在小臥室內來來回回，心裡反覆回憶與妻子兒子的會晤。對他而言，與家人的每個瞬間都彌足珍貴。孩子望著父親的目光能治癒他心底深處一切傷痛，每隔一陣子見一次兒子，也足夠他擁有走下去的動力。

而且瓊安眼裡也閃過一抹光，嘉藤覺得兩個人可能還有機會。不算特別樂觀，但只要有機會，他就要牢牢抓住。

只是還有件煩心的事。抓他來（還是該說請他來？）的人把筆記型電腦也給收走了，所以嘉藤沒辦法繼續爲《人類的行進》寫草稿。

偏偏他是閒不下來的人，有事做才開心。出任務遇上現在這種沒事做的空檔，他就動手寫稿。

不過，眞的沒事做嗎？

不對。其實他還有該做的事情，而且很重要。

嘉藤推開門窺看這層樓，密密麻麻地有許多辦公隔間。靠近房門有一張長方形折疊桌，四個穿著制服的陸戰隊員在玩牌，看起來是德州撲克。

一看見嘉藤，四個人同時起身，手搭在槍套，神情凶狠得彷彿要用眼睛瞪死他。

「請留步。」最靠近的陸戰隊員開口。

嘉藤高舉雙手。「別緊張，我只是想活動活動筋骨。」

另一個階級爲中士的陸戰隊員回應：「抱歉，得請你在房間裡活動。」

「中士，不是要爲難你們，但繼續待在裡面，我就準備換去精神病院住了。房間那麼小，除了憶當年還能做什麼，滿腦子過去那些狗屁倒灶的東西。」他朝桌上紙牌撇了撇下巴。「能不能算我一個？」他聳肩。「讓我打發一下時間。」

一個士兵轉頭望向中士。嘉藤又聳肩。「你們是四對一啊。」

中士盯著他，手沒離開槍。

「再不然，」嘉藤繼續說。「我是右撇子，但左手玩牌無所謂。你們把我一條手臂綁背後好了。」

中士嘆氣。「布里格斯，你守在電梯口。他就算只是放屁也開槍。」

被指名的大兵一臉落寞，畢竟他就沒辦法玩牌了，但也只能乖乖走到電梯前面。換嘉藤坐下，一個准下士將紙牌收集起來開始洗牌。

「你們都是打哪兒來的？」嘉藤開始眞正的計畫——他要先收集情報，才能制定必要時的脫困方案。未雨綢繆總比需要了卻沒主意來得好。

⚛

兩千英里外飛越大西洋的私人噴射機上，諾菈望著窗外雲海和陽光，好奇降落之後等待自己的究竟是什麼。她試過休息一下，但睡不著，整個人都很緊張。

那些人只告訴她一件事：目的地是華盛頓特區。

也就是她的故鄉。

她很想打個電話給母親、安排一下回去探望，可是手機被那些人收走了。在諾菈看來，這不是什麼好兆頭。

納許維爾市區，瑪利亞停在路旁小咖啡廳前面，櫥窗掛著牌子。「**徵才中**」。

她推開玻璃門，風鈴搖晃發出清脆聲響，裡頭一些正在吃早午餐客人轉頭望過來。

「一個人嗎？」女侍者很活潑，菜單已經拿在胸前。

「不是，」瑪利亞朝櫥窗上的牌子看了看。「我想應徵。」

十分鐘後，她坐在餐廳後方的廚房外一張空桌前填著履歷。

填到一半，老闆走出廚房，一屁股坐在她對面。她個頭很大、眼袋也很大，雖然開了空調還有懸吊風扇，他依舊滿身大汗。

「有車嗎？」他掏出手帕抹抹額頭。

「沒有，」瑪利亞搶在老闆回應前補上一句。「我走過來就好。」

「住哪兒？」

「拉法葉街附近。」

「公寓？」

「差不多。」

老闆瞇起眼睛往履歷表掃了眼，想必留意到她在住址欄留白，於是伸出粗短手指朝那邊比了比。「留個地址，有可能要寄支票。」

瑪利亞嘆口氣，無可奈何寫下唯一能用的地址，但眼角餘光看見老闆臉色驟變，顯然他知道那裡是遊民之家，或許每個月都有人過來碰運氣。

她索性停筆。「我是不是白費工夫？」

老闆沒直視她眼睛，大手一揮抽走沒塡好的履歷表。「這樣就夠了，錄用的話會通知。」

高研署設施的會議室內，畢夏打開資料夾抽出文件遞到桌子對面給泰森看。上面有十二個圖形。乍看之下，他以爲是改動過的星座符號。

「認得嗎？」畢夏問。

泰森仔細研究符號的同時，白宮和高研署中間聯絡人崔維斯中校站在畢夏身旁也盯著符號，表情彷彿認爲那是某種陌生語言。泰森也這樣覺得。

「這就是量子無線電上的符號？」

「對。」畢夏回答。

泰森點頭。「這些符號有調頻作用？」

「我們是這樣想的。知道怎麼排列嗎，或者輸入順序？」

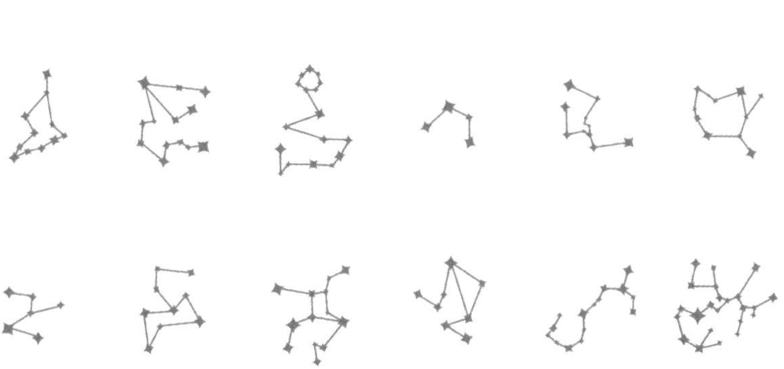

泰森的父母也圍著會議桌，兩人沒講話，感覺就算知道符號代表什麼也不打算透露。幾天前的泰森會直截了當回答：不認得，但覺得是星座。現在他明白高研署團隊不可能沒調查過，若眞是星座符號根本不會來問他。找上自己的理由很簡單，就是高研署內部想不出主意。對泰森而言，這就是機會。

他先看看母親，再看看父親。李克特回望他，表情沒透露半點心思，可是此時此刻泰森就是能理解，彷彿三十年的父子相處被濃縮成三十小時，兩人已經建立出默契。

腦海浮現昨天晚上的對話：

「湯瑪斯入獄那天起，你一直希望的是什麼？」

「他能重獲自由。」泰森幾乎不假思索就回答。

「現在就某種程度上，你也是囚犯，但只要你好好研判局勢，或許會發現命運給了你工具，你能達成一直以來的心願。」

泰森拿起文件打量，假裝心裡有數。「要我幫你們，你們也得幫我。」

「怎麼幫？」畢夏問。

泰森將東西放回桌上。「請總統特赦我哥。」

畢夏眉心緊蹙。「什麼？」

「你沒聽錯。」

「現在哪有空！」

「說得對，所以請盡快。」

畢夏攤手。「這裡又不是什麼益智節目會問你換不換？你必須幫我們，而且就我所見，泰森，你自己是想幫忙的。」

「我想，我也願意，但得等我拿到特赦令。」

「那拉倒。這地方可不是你作主。」

泰森身子前傾。「你確定？」

畢夏發出悶哼聲。

泰森聳聳肩，裝出自信滿滿的模樣。「老桑，現實是起源計畫需要我多過需要你。想想看，要是你再拿不出東西怎麼交代？我想裝置應該快做出來了吧？」

畢夏沒講話，泰森就當他默認了。「距離啓動還有多少時間？明天早上？」

畢夏瞪著他。

「今天晚上？」泰森停頓，從對方臉上得到答案。「今天晚上是吧，但你還不知道怎麼操作。」他指著那份文件。「你需要密碼，需要符號排列順序。可是你不知道，所以即使做出人類歷史上最重要的機器也沒用。接下來怎麼辦？我不肯合作，但上頭不可能甩開我，訊號裡面是我的基因組。你就不同了，換掉你沒什麼影響。」泰森朝李克特瞥了眼。「誰作主這種事情，果然和視野角度有很大的關係？」

畢夏緩緩搖著頭，一臉惱怒。

「除了特赦，」泰森說。「我還要和田中見面對話。諾菈也是，她一抵達我就要見到人。說得更精確一點，我要當第一個和她說話的人。面對這種狀況，她一定很緊張，看到熟悉的面孔會比較鎮定，我的目的僅此而已。最後一點，我要知道現在的詳細情況，包括裝置的完整設計圖，而且現在就要。」

他察覺父親嘴角微乎其微地揚起。畢夏無奈嘆息，轉頭望向崔維斯，中校身前擺著一個皮革資料夾。畢夏指了指。「給他看吧。」

崔維斯取出幾張文件遞到會議桌對面。

泰森拿起之後，終於看見了自己找到的量子無線電設計圖。圓形，邊緣排列著十二個符號，中央是空的，有點像是掛在脖子的獎章。弓圖面最下方還能看到能穿過鏈子的開孔。

心裡湧出很多情緒。好奇、對自己成就的驕傲，當然還有恐懼——裝置很小，卻左右了這個世界的未來。

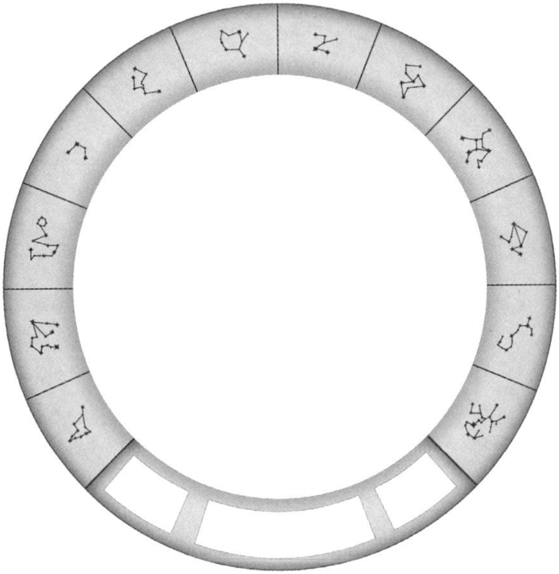

37

廁所隔間內，盟約間諜打開衛生紙金屬盒，重新組好衛星電話，輸入一條訊息：

量子無線電今晚完成。基因對象尋獲兩人，一人路上，一人配對成功還在找。準備快速撤離。

38

在畢夏辦公室快速用過午餐，泰森回到自己房間，坐在小書桌前面重新閱讀田中的檔案。父親在裡面藏了訊息，但他還沒有找到。

泰森起來走動一會兒，又躺在小床盯著一格格礦物纖維天花板，試著讓心思在紊亂中理出頭緒。研究田中檔案好幾次都沒有結果，索性回去桌子前面看起諾菈的檔案，又看了看量子無線電這組圖，特別留意圓環邊緣的十二個符號。

到底什麼意思呢？

星座？泰森覺得不無可能，只是無法對應到目前地球可見的夜空，至少不是這個年代的星象圖。

所以有兩種可能：或許是地球古代能看見的星座，又或者是從另一個星球看到的天空。

泰森靠著椅子開始評估兩種可能性。另一個星球、另一個年代，問題的關鍵或許在於時空差異。但同時他直覺認爲自己還漏了什麼線索。

圓環上這些符號藏有更深一層意義。

尤其高研署一定有能力對照地球古代和未來可見的星象，應該也調查過了。

量子無線電今天晚上完成，泰森必須搶先理解符號功能。

另一個心上的梗是幾個人名：諾菈、田中、泰森，加上還不知道名字的某人。

他們四個怎樣串起來？泰森下意識覺得，這同樣是解開量子無線電之謎的關鍵。

只有四個人，圓環卻有十二個符號。

四與十二，兩個數字對不起來，就像父親故意說錯田中的年紀。會不會這條線索指向量子無線電的符號，而不是田中本人？

泰森閉起眼睛，想得快發瘋了。

視線飄到田中的檔案。這個人有什麼特別？現在知道上尉有個個人計畫是寫書，命名為《人類的行進：人類眞正的歷史》，預計是好幾部合成完整的一套，宗旨爲呈現完整且不偏頗的世界史。雖然只是業餘嗜好，但田中視之爲畢生心血結晶，希望人類能理解自己走過怎樣的旅程，並且更理解自身定位。

泰森亦有類似志向，只是不放在歷史而是科學，特別是物理學。他的萬有理論很可能足以統整物理學不同分支，解釋人類存在的深層謎團，量子無線電就是由此而生。

他留意到諾菈也一樣。《與生俱來的權利》是人類心理學的革命，她的熱情在於心理學與自我發展，融合醫學及心理學知識形成人類幸福與潛能的新框架。

似乎又出現一種規律：三人都想替未來打下改變的基礎，希望人類對世界、對過去、對文明能有不同觀點。他們分別在不同領域努力，那第四個人會專注在什麼方面？

如果由泰森來猜測，現在缺失的那一片是——藝術。

他起身踱步，試著將點串連起來。

自己的目標是「萬有理論」。

田中是《人類的行進》。

諾菈是《與生俱來的權利》。

量子無線電周圍有十二個符號。曆法有十二個月。不知是否有關。

人類行進、與生俱來的權利、萬有理論……

幾個詞彙與線索在腦袋裡糾結，有如積木般組合堆疊越來越高。

泰森沒花過多少時間研究占星，但知道占星學嘗試觸及世間萬物，也是預測未來、解釋過去的理論框架。占星符號以星座為基礎，裝置上的符號或許是滅亡文明的星座標示，能分析的脈絡早已不復存在。

有人敲門打斷思緒。泰森起身還沒碰到門，門板已朝內打開，崔維斯中校帶著六個陸戰隊員闖了進來。

他一開始以為是不是自己提出想見田中，所以要這麼大陣仗在外頭戒備。可是崔維斯跨過門檻，沒有讓他出去的意思。

「外洩了。」

「外洩？」泰森盯著對方。「什麼東西？建築物破損？」

「情報。有人在管制區域對外發送訊號，而且未經授權。」

泰森聳肩。「不是我。」

「我也認為不是你，克萊博士。」崔維斯轉身對骨瘦如柴的陸戰隊員點頭示意。「但很抱歉，我們收到命令要搜索你的房間，以及你本人。」

中校當著他的面先拿走那幾本檔案，很留意沒讓旁邊士兵看見內容。隊員進來在原本就很小的空間內亂翻，然後將泰森的身體從上到下全拍過一遍，什麼能藏東西的角落都沒漏掉。

搜完以後，崔維斯朝部下點點頭，就要走出房間關門。

泰森伸手叫住他。「檔案還我呀。」

崔維斯遞過來。「抱歉。」

「沒關係。你們知道洩漏的是什麼內容嗎？」

「嗯。」

「所以？」

看得出來崔維斯斟酌著自己能透露多少。「姑且說……碰上麻煩了，但我們已經著手處理。」

「嗯哼，眞是令人安心的答案呢。」

崔維斯推開房門。「另外，已經安排好讓你和田中上尉見面。」

39

兩人見面的地點是沒有窗戶的小房間，裡面有小沙發、咖啡桌和兩張椅子。

門一打開，這位海豹部隊軍官立刻起身，模樣看似不帶攻擊性，但泰森感覺那是個以不變應萬變的防禦架勢。重點是見到本人以後，他對田中改觀了，對方雖然一動不動地凝視自己，身上卻沒散發任何暴戾之氣，彷彿秉持著無限耐性靜靜等候，有股渾然天成的寧和。

檔案不夠完整。雖然敘述了任務表現甚至精神評估，卻對這個特質隻字未提。

另外面對面時臉上那條疤比較明顯。也或許正因爲他氣質靜得離譜，反而凸顯了傷疤，畢竟兩者好比水火般不協調。

泰森伸出手。「你好，我叫泰森．克萊。」

田中握手的力道紮實但不壓迫。「我是田中嘉藤，美國海軍上尉。」

「叫我泰森就好，我們同一邊的。」

「那也請叫我嘉藤就好，不過我想知道『同一邊』是指？」

「現在就是要聊這個。」

泰森走進去坐下，示意嘉藤一起。

「我讀過你的檔案。」

嘉藤點點頭，從面部微表情能察覺他內心躊躇，似乎很清楚意識到別人對那些過往會抱持什麼偏見。

然而，泰森卻對嘉藤有種莫名其妙的親切感，總覺得像是認識了很久，兩人處在同一個空間十分自在。或許因爲讀過他的檔案，又或許因爲嘉藤那份靜謐氣質具有感染力，也說不定只因爲兩人都是量子無線電的基因人選，所以泰森才覺得不孤單。

「檔案很多地方被遮住了，但大致狀況我瞭解。身爲美國人，我很感激你的付出，這種經歷一定不容易，會對你造成很大負擔。」

嘉藤打量他一陣。「你和李克特先生是親戚嗎？」

泰森愣了愣。「對。他……是我父親。」

「果然。你們五官和表情很神似，而且他也一開口就先讚許我在軍隊那些事情，還幫我安排和家人見面。若你們還會見面的話，請代替我向他道謝，我還沒來得及說。」

泰森聽了心裡有點吃驚，但不想表現出來。「好的。」

「這次任務是？」

嘉藤直接進入重點，泰森也就跟著直白起來。「老實說，我也不確定。想跟你見面是覺得我們知道的也該讓你知道，畢竟接下來可能會有危險，也會對世界造成很大的影響。」

「怎麼說？」

「還不知道。」

「你在高研署負責的是？」

「其實我不是高研署的人。我原本是歐洲核子研究組織的物理學家，幾天前從大型強子對撞機的次原子粒子碰撞中找到一種規律，破解之後發現其實是資料串流，類似廣播的概念。」

「訊息內容是？」

「分爲兩部分，第一個檔案是裝置設計圖。」

「什麼裝置？」

「大家都還不確定，推測是小型粒子對撞機，小到可以放在手掌。」

嘉藤思考片刻。「很有趣。」

「目前就姑且稱之爲量子無線電。另一個檔案經過解析，是四份完整的人類基因組，包括你、我和另外兩位女性。」

「另外兩位是？」

「一個取得醫師資格以後去牛津教心理學，另外一個目前還在調查。」

「下一步是？」

「裝置再過幾個鐘頭就能完成，到時候基因組符合的另外兩人應該也到了。我想先找你聊一聊，是因爲想從我這裡得到研究資料與裝置的並不只是高研署，還有個叫作『盟約』的祕密組織。不知道你之前出任務時，有沒有與他們交手過？」

「沒有。你怎麼知道對方在打研究的主意？」

「他們從歐洲核子研究組織竊取資料，還想暗殺我。」

「怎麼暗殺？」

「炸彈。他們把我租的公寓給炸了。」

「那你怎麼沒事？」

「不是我吹牛，也完全不是我有什麼本領。只是因爲一個關係不錯的女性冒著生命危險對我示警，我才躲過一劫。」

「她的情況如何？」

「我不知道。我猜盟約那邊正在追殺她，應該也在找我們。另外，這邊出現了安全漏洞，有內應對外發送訊號。」

「應該要轉移陣地。」

「是應該，但恐怕沒辦法。製造裝置的地點就在幾層樓底下，所以高層不會放人。」

「無處可躲。」

「暫時如此。」

泰森和嘉藤會面的房間外，畢夏捧著厚厚一疊文件。

「特赦令。」他取出來。

泰森接過一看，文件最上面確實寫著「司法部特赦證明書」。內容很短，但有總統署名與司法部的浮雕金印。

「謝謝，」泰森低聲說。「我想親自交給我哥。」

畢夏嘆口氣翻白眼。「先交代你知道的事情。無線電密碼。」

「等我見過我哥和諾菈就會說。」

五分鐘後，泰森被帶進小房間，內部與自己睡覺那兒差不多。他將文件交給阿湯。

「這是在跟我開玩笑嗎？」

「不是玩笑喔。」泰森嘴角上揚。

阿湯盯著特赦令。「太不眞實了。」

「即刻生效，」泰森說完遲疑一下。「不過可能要等到能出去才算數。」

「那，什麼時候能出去？」

「這我就不確定了。但無論如何都快了。」

阿湯一聽抬起頭。「你這話什麼意思？」

「意思是……我想很快就會出事。」

「那你千萬小心。」

「我會的。」

40

瑪利亞回到納許維爾市拉法葉街上的遊民之家時，口袋裡還有三十八元十七分，〈世界&時間〉多了一頁歌詞，但她還是沒工作。

看不到未來。

無處可去。

她想在日落前找到棲身之處。這年頭床位一下子就被佔滿，儘管正常來說不能住到第十五晚，瑪利亞知道若要找個遮風避雨的屋頂，終究是這兒的希望最大，至少待在這裡，人身平安不成問題。

抬頭一看，烏雲滿天，已經醞釀整個下午，隨時就要大雨滂沱。她爬上混凝土階梯時，第一滴雨水落在身上。

早上還在辦公室的主任，此刻卻坐在入口櫃檯。

「瑪利亞啊。」他放下名單抬起頭，手中還握著鉛筆。「有好消息嗎？」主任臉上沒有笑容。「找到工作沒？」

「現在身上只有三十八，我知道還差十二塊，會想辦法的。」

主任嘆息。

「我會做事，」她用力點頭。「看是廚房還是打掃，什麼事情都可以。」

「那些工作都給出去了——給有需要的人，沒辦法做其他事的那一群。」

「我還可以去申請食物券，全部給你們。」她聳肩。「被小報發現了要讓我出醜也罷，隨便他們。」

「規定就是一個月五十啊，瑪利亞。扶貧團不接受分期或借貸。」

她張嘴還想努力說動對方，卻見主任往旁邊挪了一下，從後頭口袋掏出兩張五元兩張一元。

「個人名義無所謂就是了。我只能幫妳這一次，瑪利亞，但要有借有還。說眞的，我的狀況不比妳好多少，日子也過得很勉強。」

五年音樂生涯中，瑪利亞學到了很多，其中一點是，她發現不同人的創意出現在不同環境。有些人喜歡吵鬧的地方，像咖啡店、巴士後面或者擁擠的地鐵。有些人需要絕對安靜，所以得去圖書館、躲在衣櫃，或者等樂團其他人走了以後自己跑去小旅館。

但她最近學到另一點：飢餓的時候，所有規則都能改寫，一下子原本做不到的都做得到了。餓肚子的人在哪兒都能做事，而且做得很快。

通鋪大房間人多嘴雜，有的吵架有的打牌。瑪利亞趴在床上盯著筆記本，咬著白色筆桿末端，任旋律流過腦海。

有時候，歌詞會從模糊的畫面或感受中浮現。有時候，靈感則像一棵朝著天際延伸的樹，樹枝恣意分叉難以預料。也有時候，這些樹枝朝左朝右展開、凋萎、垂下、鑽進地底、彼此交會以後，再度衝破土壤，化作新的樹幹。

那是沒有起點也沒有終點的生命樹。瑪利亞在心中反覆觀察，看到的卻不只是一棵樹。兩側樹枝往下彎曲以後，與樹幹之間出現兩塊形似雞蛋的空間，彷彿胚胎從中央一分爲二，兩邊乍看完全相等，但實際上因爲樹枝走向而有了微妙的差距。

她翻到新一頁寫下標題：〈鏡樹〉。

瑪利亞覺得這次下標下得不錯。這首歌的主題是開始與結束、是如何挺直身子接受歲月考驗，以及時間如何分叉蔓延，每個終點都是新的起點。

周圍忽然安靜下來，但瑪利亞沒有抬頭。

她沒辦法，因爲已進入到歌曲之中。靈感來了，像是挖掘時看見白光閃爍，即將發現埋藏在下面的骸骨。在紙上飛舞的筆桿有如考古學家的刷子一樣，撥開沙土就能找到更多歌詞。

最後是主任的聲音將她帶回了現實。床鋪上的瑪利亞還撐著手肘、腳掌在半空搖晃，兩個納許維爾市的制服員警隨主任進來，後頭三個西裝男子圍著早上給錢、要她提供樣本給ＣＶＳ藥局的那個怪人。

情況不太妙。

那怪人的手一比。「對，就是她。」

41

從哥哥那邊出來，泰森回到畢夏辦公室發現父親在裡面，對著一張小圓桌撐著雙手十指相觸。

「我見過嘉藤了。」他開口對父親說。

「然後？」李克特沒有望向兒子。

「他託我向你道謝，說你安排了他們家人會面。」

「和家人分開對心靈的影響很大，時間越久，傷痛越深。」李克特還是沒抬頭。

聽了這句話，泰森有滿腦袋的問題想得到答案，但同時他又明白時間不夠了。大局爲重，私生活問題等正事解決了再處理。

「我還讀了嘉藤的檔案。」

李克特這才望向他。「然後？」

「好像……很直白。沒看到什麼特殊的地方。」

「只看前面當然直白。小泰，你應該重新讀一次，不只瞻前，也要顧後。」

回到房間，泰森坐在小書桌前面又翻開嘉藤的檔案。

除了前面，還有後面？

他換個方向翻開，但每頁都只有印正面，反面全都空白。

頭頂上燈管滋滋作響，彷彿也在思考他究竟漏掉什麼——

然後泰森看到了：好幾條黑線滲透到背面。因爲那一頁刪除的內容是某個人拿黑色油性筆手繪。他回想父親還說過什麼。

翻頁重來。

翻過去一看，果然是第三十七頁。

所以父親的意思是要他看第三十七頁背面。檔案其他地方都是在電腦編輯時，直接將不對外透露的部分覆蓋掉，只有這一頁是李克特或某人拿黑色麥克筆親手塗改的。

爲什麼？

裡面藏了什麼訊息？

正面是健康檢查報告，被麥克筆劃掉的部分太多，根本沒剩下多少文字，泰森也找不到有意義的地方。嘉藤的身體出問題了嗎？

還是僅存的文字經過排列組合可以構成新意義？

但字太少了，顯然拼湊不出東西。

泰森閉上眼睛、揉揉眼瞼，專注在父親還給過什麼提示。

翻頁。

串連點和點。

泰森翻到背面，拿筆在一塊塊滲透的墨水漬中間畫出線條。

結果看起來像一張地圖。這些線條是什麼？道路？還是這棟建築物的樓層？

又或者是摩斯電碼？小的點就是點，長條的點當作劃？（注）

到底什麼意思？對他有什麼用？

有人敲門，嚇了他一大跳。

泰森趕快闔上資料夾，門立刻自己開了。

陸戰隊員入內一步。「報告，畢夏博士請您過去開會。」

泰森一聽心跳加速。該不會高研署內部找到密碼了？還是發現父親在洩密給自己？裝置完成了嗎？

「什麼會議？」

「上級沒有告知。」陸戰隊員回答後，又退到走廊。

泰森跟著他搭電梯到樓上時，一直好奇是什麼情況。會不會找到潛入的盟約間諜了？還是鎖定下一個基因組配對者？

陸戰隊員停下腳步推開門，房間和他見到嘉藤的地方差不多，但坐在沙發上的卻是諾菈。

泰森的心思都放在嘉藤檔案，壓根兒忘記了諾菈在路上。

她起身望向門口，臉上寫滿訝異，但很快露出了微笑，笑意越來越濃烈，溫暖得彷彿真的有一股熱度在泰森身體裡漫流，好比冬夜中的一團火焰。

注：摩斯電碼由「點」和「劃」構成。「劃」即為線條，可以較長的電波、音波或光波等形式來表達。

走進房間之後，泰森放慢腳步。該握手？還是該擁抱？十七年沒見面，雖然當時也沒起衝突，但畢竟不是雙方樂見的結束。然而諾菈卻沒有猶豫，立刻將泰森拉過去，給了個大大擁抱，頭還直接靠在他肩膀，鼻息在他脖子上暖呼呼的。

抱緊諾菈的感受很好，出乎他的意料。「泰森，」她低聲問。「究竟怎麼回事？」

泰森聽見房門被人帶上。「嗯……有點複雜。」

42

高研署設施會客室內，泰森找了張廉價扶手椅坐下，諾菈也已經坐在對面破舊的小沙發。

兩人剛開始都沒講話。泰森心想是好跡象，儘管多年不見，彼此相處時並不尷尬，所以不急著說話轉移焦點，就算各想各的心事也無所謂。不過，想必兩人都在思考如何切入、如何翻過堆得像座山的謎團，還有如何面對往事，過去種種也是必須跨越的難關。但至少現在氣氛寧靜、安全，像是千里跋涉後在山谷內稍事休息。

對泰森而言，再看見諾菈勾起了無數記憶和情緒。首先回想到的是高三那年晚春一個午後，兩人最喜歡的就是去國家廣場野餐。

他們鋪了厚墊子在地上躺著曬太陽，籃子裡有三明治、零嘴、水瓶與一些平裝本書籍。右手邊是華盛頓紀念碑、左手邊是國會大廈，中間街道兩旁則是史密森尼藝術博物館，往來遊客絡繹不絕。

即便如此，泰森還是覺得草坪上的地墊成了與世隔絕的一方孤島、甚至是獨立在宇宙之外的一個方塊。小天地裡只有他和諾菈，沒有人能干擾這片時空。

他們常常在週日午後到這裡休息，趴在地上讀小說、彎起雙腳在半空晃蕩，享受背上暖烘烘的陽光，時不時伸手吃點零食喝點水。

好像只有兩人的讀書會一樣，他們喜歡從圖書館借一堆書回來，一本本看完之後和對方討論。所以週日下午另一個活動就是聊書，或者說交換心得，因爲兩個人都積極從書本中學習新知。

回顧過去，畢業前那個春日午後彷彿暴風雨前的寧靜，諾菈的人生即將陷入混亂。那天也是一切變調前最後的快樂時光，泰森多希望當年的自己能提早知道，可惜所謂悲劇本質便是如此——幸福總在好好把握之前就溜走。

人也總是不知道何年何月，會被過去追趕上。

「沒想到會在這兒遇見你，」諾菈先開口。「但仔細想想，其實不意外。」

泰森挑眉不解。

「警察出現在門口接我上飛機，我就知道出大事了。然後我認識的人裡面就屬你最聰明，早該想到和你有關係。」

「妳多認識些人就不會這樣覺得。」

「泰森，我現在在牛津教書喔，但還是沒遇見比你聰明的人。你那顆腦袋太出色了。」

「這幾天蒙了層灰。」泰森身子前傾，手肘撐在膝蓋。「就像妳說的，我們被捲入很大、很複雜的事件，目前我也還沒完全理出頭緒。我來見妳是因爲恐怕妳也無法置身事外，」他搖搖頭。「我還不確定詳情，不過至少應該讓妳有個心理準備。」

接下來三十分鐘，泰森解釋研究發現與後來種種遭遇，也稍微描述了裝置設計、基因組比對和自己認識的嘉藤。

諾菈從以前就擅長傾聽，這是泰森很欣賞她的地方。成長過程中有很多次都是她幫泰森化解情緒，認清自己眞正的感受。諾菈說沒見過比他更聰明的人，對他而言，諾菈則是世界上相處起來最舒服的人。現在兩人共處一室，泰森發現自己還是很喜歡對方。

而且不只如此。

諾菈是他以前的鄰居、摯友，也是高中時代的初戀。

火花仍在，但諾菈之於泰森又有別於潘妮。他和潘妮的關係就好比伸手觸碰暴露的電線，自己也不知道會不會觸電。如今回想起潘妮，他還是有股腎上腺素暴增的悸動，電流鑽進身體、喚醒沉睡在心底的情感——儘管那份情感最初因爲諾菈而誕生。

感受不同或許也是因爲兩人小時候一塊兒長大，談戀愛之前就是好朋友。

諾菈在泰森心中就是溫暖、是關懷，他全心全意信賴對方，也不惜付出一切，因爲諾菈也是這樣對待自己。重逢的這一刻，泰森終於察覺自己期盼這樣的關係，有諾菈在身旁，自己也變得堅強。

他想起以前在書上讀過何謂孤獨：孤獨並非缺乏人際聯繫，而是沒人在乎自己。泰森從切身體驗印證了這點。學術路上看過很多人得到同儕同事的簇擁，卻過著異常孤獨的生活。部分原因是頭腦太好、曲高和寡，別人無法理解他們看見的世界，但更重要的還是沒得到別人的關心。

時間和不可抗力的事件導致泰森和諾菈分開，但今天重新聚首，他很肯定兩個人都仍深深在乎彼此。有她相伴，自己心裡的孤獨感就大大減少。

交代現況之後，泰森補充了想和諾菈分享的另一件事。

「我父親也來了，他有參與『起源計畫』，而且救了我一命，帶我逃出瑞士。」

「你們之前就聯繫上了嗎？」

「沒有，兩天前第一次碰面，中間三十年都沒見過。」

「你心裡應該很亂吧，尤其還出了這麼多事情。」

「是挺矛盾的。他那個人很難預測。」泰森差點提起父親似乎知道很多內情，但想到高研署很可能監聽房間裡的一舉一動，所以將話吞了回去。

「妳呢，後來知道伯父下落了嗎？」

「不知道。雖然還是會試著調查，但就盡量別放在心上，別讓自己難過。」

「可是也不可能徹底放下。我試過了，這麼多年都沒成功。」

泰森知道兩人生命中最痛苦的經驗幾乎重疊，都是父親毫無因由驟然離去。李克特在泰森五歲時離家，諾菈的父親則是在她十八歲那年消失。

當時諾菈受到的衝擊太大，連帶導致她和泰森漸行漸遠。那段日子裡諾菈封閉內心，泰森想為她做點什麼卻無能為力。一方面兩人就讀不同大學，但撇開距離因素，還有諾菈失去父親以後在心中築起的高牆，年輕的泰森不知道如何跨越那樣的阻礙。

「能找到自己爸爸是好事，」她說。「而且你們的關係似乎有進展？」

即使過了這麼多年，諾菈還是輕易看穿自己，泰森總是覺得不可思議。「妳怎麼看出來的？」

「從你提到他的態度就知道了。小時候你提到他的口氣完全不一樣，現在那些怨懟不見了。」

泰森點頭。「我開始懷疑他拋妻棄子是不是有苦衷，或許事情真的比我以為的更複雜。」

「應該是。」諾菈說。「接下來怎麼辦呢？」

「目前只能等。但我認為也不至於等太久。」

43

泰森坐在桌子前面，盯著嘉藤的檔案被墨水滲透的那一頁。有人敲門，他直接取下那頁折起來、塞進口袋，才收好門就被打開，年輕陸戰隊員走進來。

「先生，又有會議通知。」

五分鐘後，泰森進了會議室，崔維斯中校和畢夏站在長桌一側，他的父母坐在另一側。門一關上，畢夏就開口：「找到第四個基因配對了。」

他從崔維斯手中接過資料夾遞向李克特。李克特翻開以後，放在自己與海倫中間，方便兩個人同時讀到摘要。

「名字叫作瑪利亞．尚托斯，」畢夏解釋。「二十四歲，住在納許維爾市遊民之家，是個毒蟲——」

海倫揚起手。「請不要用那種措詞。」

「啊？遊民之家？」

「對方不是『蟲』，她也是個人類。」

畢夏重重嘆息。「尚托斯小姐有藥物濫用紀錄。」他望向海倫的眼神似乎帶著點嘲諷，海倫瞥他一眼不想上鉤，視線回到檔案上。

「可以確認她的職業是歌手。應該說以前是歌手，樂團有過幾首很紅的歌，後來解散，似乎是內部問題，情侶失和之類。」畢夏翻到下一頁。「她單飛之後碰上很多問題。目前只知道這麼多。看上去與另外三人毫無關聯，也和科學研究沾不上邊，我們想破頭還沒想出端倪。」

「沒有你以爲的那麼神祕。」李克特邊讀邊說。

「什麼意思？」

「我想先和她談談。」

沒人反對，李克特就自己站起來。海倫抬頭望向他。「不先看完檔案嗎？」

「沒必要，規律很明顯，問問她心思用在哪兒就知道了。」李克特轉頭對中校說。「有沒有查到雲端？下載了嗎？」

「她沒有。」

「實體著作？」

「只有一本筆記。」

「拿來給我，我看過再去找她。」

「爲什麼？」泰森問。

「我想，她在整件事裡有同樣重要的地位。」李克特的目光落在畢夏身上。「無論她有怎樣的過去，這點不會改變。」

畢夏雙手抱胸。「不知道你什麼時候變成音樂鑑賞大師了呢，葛赫德。」

「正好相反，我是花了一輩子等待這一件作品。」

「有打算告訴我，這句話又是什麼意思嗎？」

「沒有。」

畢夏嗤之以鼻。「你們幾個……夠了，總得有人給我答案。」他伸手指著泰森。「就從你開始。我已經幫你弄到特赦，也讓你見過田中和布朗博士，輪到你了吧？啓動裝置的密碼是什麼？」

感覺房間裡所有視線集中到身上，泰森回答：「圓環上的符號是星群。」

畢夏不耐煩地搖搖頭。「並不是。我們做過模擬了，那些符號不是過去或未來的星座形狀，也不能從太陽系內任何一個行星上看見。我們連相對靠近的幾個恆星周邊的可居住區域都考慮了，模型還沒有跑完但看上去不可能。你在鬼扯。」

「我沒有。」泰森提高了音量。

「證明給我看。」

「沒辦法。」

畢夏攤手。「好極了。」

「我沒辦法告訴你爲什麼我知道，但是我能感覺到答案。就像我之前能判斷基因組是現存人類、裝置是小型對撞機一樣。」

「那密碼到底是什麼？怎麼操作？」

「現在還不知道。」

「說到底，你就是爲了要特赦在胡說八道。」

泰森覺得血液衝上腦袋，心跳好像變得微弱卻又在耳裡特別大聲。「我沒胡說。我說過弄到特赦令我會幫你，現在這就是在幫，我把目前知道的告訴你了。」

「那你最好知道多一點，而且要快。再幾個鐘頭，東西就會做出來。」

「我要先和團隊開會討論。」

畢夏瞇起眼睛。「什麼團隊？」

「嘉藤和諾菈。」

「嘉藤和諾菈？」畢夏幾乎吼起來。「你們什麼時候組了團隊！」

「現在。」

「睜眼說瞎話，團隊是一群人為了可測量的結果互相合作，你們怎麼看都不符合。既沒有合作、也沒有共同目標，其實我們連裝置到底什麼功能、與你們幾個有什麼關係都不知道吧。」

泰森笑了。「所以，不就要成立團隊嗎？」

「我聽不懂你的『所以』是什麼意思。」

「所以，我們四個人要合作，而且越快越好。我們是同一個團隊，同時我們也是解開這個謎團的關鍵。」

⚛

小會議室內，諾菈進來時，泰森起身招呼。

「怎麼回事？」

「等嘉藤來了一起說。」

兩人沒有等很久，一分鐘後，海豹隊員就態度溫和地朝諾菈伸手。「妳好。」

「諾菈，這位是田中嘉藤。嘉藤，這位是諾菈·布朗。我認為你們該先見個面，另外第四個人也已經找到了，名字叫作瑪利亞·尚托斯。她是歌手和創作者，之前生活遇上一些瓶頸，聽起來正在努力克服。」

44

瑪利亞很慌。警察將她從遊民之家帶走之後，幾乎沒再講過話。一開始她上了汽車後座，後來竟搭到華盛頓特區，接著又坐進無窗的廂型車，車內還播放奇怪噪音，似乎是不想讓她聽到外界聲響。

非常詭異的經驗，令人十分不安。

而且那些人沒收了她的包包，〈世界&時間〉筆記本還在裡面。

瑪利亞很想要回來。

她這輩子擁有的不多，但至少還有自己的作品並且引以為傲，所以萬萬不能被奪走。如果只是最後幾頁或許還能想起來，整本筆記的話絕不可能。要是不還給她，就如同從她身體活生生剝下一部分。瑪利亞將自己的靈魂放進那些歌曲。她的痛苦、希望、掙扎、信仰。歌曲反映了她，是她希望分享給世界，或許別人能在音樂中看見自己，明白自己不孤單。對瑪利亞而言，藝術就是有這樣的魔力。

眼下這情況和她的作品無關。至少瑪利亞不認為。可能是當初遊民之家外面那個男人，感覺是他造成的。或許她不該打人家，搞不好對方是警察、臥底還是什麼線民。既然她搭了ＦＢＩ

專機，還被送進這樣一個地方，看來麻煩很大。她看得出來，這不是一般拘留所。

憤怒。她控制不了憤怒，導致現在的窘境。

當年音樂道路能有所斬獲，也是因爲她心中有股熊熊火焰，然而那團火也好比詛咒。如果能像瓦斯爐一樣說熄就熄，該有多好。可是她不知道失去那團火的話，自己會變成什麼樣的人；如果沒有深埋在心中的痛和怨，是否還能創作出好的歌曲。

總而言之，無論自己幹了什麼好事，她被關進了一間會議室，並且懷疑整個建築物都是監獄。雖然被囚禁，但至少能睡在室內，還有人送吃的來，這兩點讓她心裡好過些，卻也因此意識到自己淪落得多慘，居然只要有地方住就會謝天謝地，即使想走也走不了。原來被關進監獄還比之前那段日子來得強，這麼一想感覺像被搧了一巴掌。

房門打開，一個面部乾淨、個頭很高的男人走進來，不動聲色注視著她，彷彿獵人進行觀察。至少瑪利亞被這麼凝視的時候，就覺得自己像獵物。

男人先開口了。

「晚安，尚托斯小姐，我是葛赫德．李克特。」

「聽我說，我沒有打他。」

「請問妳說的是誰？」

「遊民之家外頭那個怪人，是他說話很下流──」

男人舉起手，瑪利亞不敢繼續出聲，心想對方模樣像一尊雕像，看得自己好緊張。

「與妳說的……怪人，沒有關係。」

「沒關係？」

「妳在這裡是爲了更重要的事情。」

「你是警察嗎？」

「不是。至少不是妳認爲的那種警察。但我在這裡的角色也是維護秩序。」

「什麼秩序？」

「萬物的規則。世界與時間的規律。」

「你讀過我的筆記。」

「是的。」

「請還給我。」

「恐怕辦不到。」

「拜託。那是我唯一的財產，對你們有什麼用？」

「尚托斯小姐，如果我沒料錯，事情結束以後，妳不再需要筆記本也會有完整作品。」

「你在說什麼？嗑藥了嗎？這到底是什麼地方？我要找律師。」

「尚托斯小姐，知道時間怎樣影響一棵樹嗎？」

她瞪大了眼睛。

「隨著時間過去，會生出樹枝。樹反覆看著日出日落，這個循環無始無終。樹時而身處光明，時而身處黑暗。」李克特稍微停頓。「現在的妳活在黑暗之中，但前方還有光明，太陽總是會升起。生命的解答在於，我們有沒有勇氣等待黎明。」

45

廁所隔間內，盟約間諜組合衛星電話後，發送簡短訊息。

基因人選到齊，量子無線電一小時內完成，等我訊號就進攻。

46

泰森是被人抓著肩膀搖醒過來的，而且對方喊著他的名字。日光燈管滋滋作響，光線迎面射下，反而讓那人臉孔全都是陰影。

「快起來，孩子。」

泰森瞇著眼睛，看見是父親低著頭看自己。

「醒了。」他迷迷糊糊地說。

「時候到了。」

泰森用右手肘支撐，在床上坐起來。他沒換衣服，而且睡著的時候壓著左手，現在整隻麻了很不靈敏。

「幾點了？」

「機器很快就要完成。」李克特湊近。「你讀過檔案了嗎？」

泰森伸手在臉上揉了揉。「嗯，看到圖了，但我不懂，那到底幹嘛用的？」

「帶在身上就對了。還有我給你的藥？」

泰森探了探口袋，摸到藥罐後點頭。

李克特轉身要走，但泰森左手漸漸正常，本能地伸過去抓住父親手臂。李克特詫異地轉身，顯然非常不習慣有人忽然觸碰自己。不過他的表情很快軟化，而且泰森第一次感受到他放下戒備，身上流露出暖意。

「謝謝。」泰森低聲說。

「謝什麼？」

「在蘇黎世救了我。不然盟約組織大概早就逮到我了。」

「父母都會保護孩子。」

這句話懸在兩人交錯的視線上，短短幾秒卻恍如隔世。

泰森以為李克特會抽手離開，但他一直沒起身。

最後是泰森自己湊過去耳語：「你知道無線電的密碼嗎？」

「不知道。」

他望著李克特的臉，原本以為父親一定有答案。如果這兒碰壁了，泰森也不知如何是好，只知道必須盡快想辦法。

「以前有人跟我說，」李克特。「很久以前一切問題的解答，都寫在星象之中。」

⚛

李克特帶泰森進入一間會議室。他以為會看到母親和畢夏，沒想到是瑪利亞．尚托斯端著一杯咖啡，在長桌前方來回踱步。檔案裡只有她當歌手時的照片，拿著麥克風站在舞臺上還經過很多修飾的宣傳照、線上MV的截圖或者社群媒體的貼文。

此刻見到本人，瑪利亞眼睛裡仍有火光，但眼窩倒是凹陷很多，眼袋也變得明顯，彷彿時間與壓力鑿出了兩個泛黑的坑洞。

「尚托斯小姐，這是我兒子泰。」

「叫我泰森就好。」

「我叫瑪利亞。」她態度有些提防，不斷打量兩人。「這兒究竟怎麼回事？」

李克特轉身離開。「讓泰來和妳解釋。」

門關上以後瑪利亞又說：「你爸好像很不愛把話說清楚。」她聳聳肩。「我說話直了點，你別見怪。」

「不，妳說得很好，我完全能理解妳的感受。」泰森深呼吸。「請妳給我幾分鐘時間，我試著幫妳進入狀況。」

泰森交代了來龍去脈，瑪利亞瞪大眼睛聽完，咖啡杯也空了。

「很誇張。」她低聲說。

「我懂。一下子很難消化。」

「如果我還碰藥，大概會覺得全都是幻覺。」

「嗯，超嗨的對吧。」

瑪利亞眉頭一皺。「你居然講老爹笑話……」（注）

注：美國文化中的刻板印象是當爸爸的人喜歡裝幽默說不好笑的笑話卻自得其樂，將這類以諧音、雙關和老套為主的笑話稱作「老爹笑話」。

「呃……不好意思。」

「你有小孩了嗎？」

「沒、沒有，我還沒當爸爸……就是這樣才糟糕。」

瑪利亞笑了。「沒關係，人總要有缺點。」

房門又被打開，諾菈與嘉藤走進來。泰森起身爲三人做介紹之後，諾菈問：「最新消息是？」

「布朗博士，」畢夏忽然跟著出現在門外。「這個問題我來回答——裝置已經完成了。」

崔維斯中校跟著他一起進來，啓動牆壁上的投影螢幕，影片畫面是無塵室內全身白的三個人圍著金屬桌，量子無線電就在中間。

泰森的爸媽趕到。李克特停在門口讓海倫先入內，泰森感覺兩個人好像已經討論過什麼。

門外出現身著制服的陸戰隊員，手提步槍自電梯湧出，少說也有二十來個待在外面，態勢彷彿要攻堅——或者是抵禦別人入侵。

崔維斯朝會議室外士官下令，士官便帶了四個士兵進來靠牆待命，眼睛盯著泰森、諾菈、嘉藤、瑪利亞，顯然是預防他們身體出現異變、波及旁人。軍方是這樣看待量子無線電的嗎？

螢幕上，無塵室內一個穿著隔離裝的人抬起頭。他隔著玻璃面罩，直接朝著鏡頭說話。「準備封上圓環最後一角。」

崔維斯轉頭看著畢夏，畢夏用力嚥了口口水以後，看著李克特。李克特的頭微微傾斜，坐在隔壁的海倫深呼吸屏息以待。中校按下桌面對講機的按鈕指示。「繼續。」

畫面裡，裝置邊緣冒出啪嚓聲，閃爍了幾下。

泰森感覺好多人看著自己。桌子對面的諾菈就盯著他，眼神充滿疑問。儘管那麼多年沒見面，泰森還是能捕捉到諾菈表情中的訊息：會怎麼樣？

他的頭以極小幅度擺動一下，表示自己也不知道。他只知道所有人很可能要見證歷史。

坐在諾菈旁邊的嘉藤紋風不動好似一棵紅杉樹，心如止水、天塌不驚。

瑪利亞瞇眼凝視螢幕的同時咬著自己指甲。

無塵室那邊的人又報告。「組合完畢。」

「先待命。」崔維斯朝對講機吩咐。

會議室這頭陷入不安沉默，所有人都在等待。泰森清楚感覺到陸戰隊員緊迫盯人，提防四人出現變化。他很懷疑上頭究竟下了什麼指令。

李克特伸手探進口袋。泰森看得到他握住某個物體，手指動來動去。是槍嗎？

畢夏抬頭望向泰森。「我們需要啟動密碼。現在就要。」

「我不知道。」

「那我們只好用猜的。」

「你是認眞的？」李克特說。

畢夏從口袋撈出一張紙以後，啟動對講機。「按第四個符號。」

海倫轉頭朝李克特耳語。「叫他們停下來！」

「老桑，住手。」李克特向前邁出一步，手還是插在外套口袋。

鏡頭聚焦在量子無線電，正面朝上置於金屬桌。一隻手指進入畫面，按了圓環上第四個符號，圖形底下冒出橘黃色光芒，但不到一秒就熄滅。

操作者的聲音傳來。「按鍵短暫發光，按下時輕微震動，推測是觸覺回饋。沒有發現其他異常。」

「為什麼選第四個？」諾菈緊蹙眉心。

「四個基因組。」畢夏看著文件又按下對講機。「試試看『一二三』。」

泰森攤手。「開什麼玩笑？一二三？」

畢夏瞥了他一眼。「是你們四個人的年齡總和。三十五加三十五加二十九加二十四。」

「老桑，」李克特開口。「你連裝置是不是走十進位制都不知道，上面明明有十二個符號。」

鏡頭裡又看見手指快速按下頭三個符號，同樣閃了閃，沒發生任何事情。

畢夏盯著文件，沒回李克特的話。

「老桑，」李克特提高音量。「你這跟玩俄羅斯輪盤沒兩樣。輸入錯誤的話，或許會害死所有人。」

畢夏終於抬頭。「會這樣嗎，葛赫德？你怎麼知道？」他盯著李克特幾秒鐘以後繼續說。「說真的，我覺得你對這裝置知道的太多了，卻從來沒告訴我們。」他雙手一攤。「你像是早就知道需要什麼一樣全都張羅好了，時機成熟就這麼剛好能做出小型對撞機。另外在你的指引下，我們始終比盟約快一步，這又怎麼回事？你怎麼知道這麼多？」

「我現在只知道在不瞭解的前提下操作機器極其危險。」

畢夏搖頭。「但看來想要瞭解這機器，唯一途徑就是實驗——上頭也是這麼吩咐我的，直接來自美國總統的命令。他要看到量子無線電成功運作，不擇手段、不計代價。」

不計代價……

泰森暗自想像輸入錯誤會導致什麼結果。連他父親都流露恐懼，這是重逢以後第一次看見他有的反應。

他忽然有了個主意，一組可能的密碼。儘管沒把握，但至少比畢夏亂猜來得好。得爭取時間仔細斟酌。

「我知道密碼了。」泰森靜靜發聲。

房間裡所有視線集中在他身上，畢夏最先開口。「很好，請說。」

「我必須親自輸入。」

「爲什麼？」

「我認爲有內建安全機制，要求我們四人之一持有裝置進行操作。」

畢夏眼睛微閉。「你是猜的吧。」

「對，是猜的，但不代表我說錯。」

「告訴我密碼。」

「不行，我得自己輸入。」

「這可是個量子裝置，在宇宙任何一個角落都應該能運作。」

「理論上你說得沒錯，但爲什麼對方要附上我們四個的基因組？況且讓我去輸入會構成什麼問題嗎？裝置不過就隔一層樓，要是我們之外的人會觸發什麼安全機制，後果不堪設想，你眞的想冒那麼大的風險？」

畢夏邊搖頭邊望向泰森、泰森的母親，然後是泰森的父親。「會被你們三個整死。」

但他還是朝崔維斯打了手勢，中校又朝陸戰隊員舉起手。士兵散開、走出房間，與部隊同袍一起在電梯前待命。

泰森朝門口起身時，回頭望向諾菈、嘉藤、瑪利亞。「走吧。」

「等等，」畢夏又開口。「他們得留著。」

「他們要一起去。」

「不行，他們必須留著。實驗室空間不夠，而且還要安排兵力預防你們起變化。」

「什麼變化？」諾菈顯得很擔心。

「他在說什麼？」瑪利亞跟著問。

「我們是團隊。」泰森對畢夏說。

畢夏悶哼一聲。「他們可不是你的人。」

「我什麼時候說他們是我的人了，我說我們是團隊，是重要計畫的四根支柱。」

「那房間裝不下你們團隊和護衛。」

「想辦法騰出空間，畢夏。你想要密碼，這是條件。更何況，說不定本來就要四個人都在附近才能夠啟動。」

畢夏思考片刻，搖著頭說：「也罷，你這麼想帶量子村村民一起？隨便你。」

他從口袋掏出行動電話按了按。

「你在做什麼？」李克特問。

「更新進度。」

「對誰？」

「對我們的上級啊，葛赫德。」畢夏指著房門。「走。」

諾菈望向泰森，以眼神詢問：*這樣沒關係嗎？*

他擠出笑容想安撫諾菈，但也很清楚對方一定能看穿。接下來，他將在人類歷史上最關鍵的科學實驗裡擲骰子。

47

泰森、諾菈、嘉藤、瑪利亞離開會議室，外頭那片空間裡滿滿骨牌似的辦公隔間，還有持步槍的陸戰隊員列隊戒備，望向四人的眼神彷彿這是死刑犯的最後一程。泰森心想，說不定眞是這麼回事，心裡不由得恐懼了起來。以他對諾菈的瞭解，她一定也是同樣的感受。

眾人搭電梯下樓。人數太多得分批，首先是海倫、畢夏、李克特、泰森和隨行的四個陸戰隊員。

下層等候區跟上面是格局類似的開放辦公室，同樣有二十多名陸戰隊員守著。看來現在，可能整棟樓都已被軍方接管。

電梯門再次打開，諾菈、嘉藤、瑪利亞、崔維斯中校帶著四個陸戰隊員出來。

會合以後，畢夏帶頭，用手掌和視網膜通過雙開門的身分辨識，後頭出現的狹長走道兩側都是實驗室，可以透過長條大窗看見內部情況。

崔維斯招手，士兵湧入走道不留空隙，之後關上那道雙開門。

巨響猝然而起，整棟建築物震動起來。一次接一次，總共三次爆炸。經過兩秒鐘死寂，自動步槍開火與小型爆炸的聲音傳來。開戰了。

崔維斯按下左耳耳機和衣領上的麥克風。「回報。」

他聽完以後轉頭對畢夏說：「被攻破了。」

「攻破了？」畢夏忍不住拉高音量。「意思是——」

「身分不明的集團從地表發動攻擊，火力比我們強，已經拿下好幾層樓——」

「快通知五角大廈！」畢夏叫著。

「通訊被切斷，」崔維斯朝關上的雙開門比劃。「電梯也停了。我們會設法擋住樓梯間，然後死守這層。」

畢夏指著泰森。「現在就得啓動！」他沿著走道向前跑，停在製造量子無線電的無塵室外。穿著隔離裝備的三人還站在金屬桌周圍等待指示。畢夏直接進行生物識別打開門，氣流竄入時的聲音響亮。

他先要三個操作員卸裝撤離，接著示意要泰森跟上。泰森轉身朝諾菈、嘉藤、瑪利亞招手，李克特、海倫、崔維斯和三名士兵也設法擠進去。

實驗室隨著突如其來的轟隆聲劇烈搖晃，天花板灑下白色粉塵。泰森想起在日內瓦公寓的經歷，躺在樓梯間渾身痠痛喘不過氣的時候，周圍也是一片塵雲。他的意識不由自主模糊，好像要被抽離現實。

忽然有人扣住他手臂，喊著他的名字。「泰森——」

「泰森！」

他抓緊那隻手一直用力，直到聽見低呼。是諾菈，被他抓疼了。

不過她的聲音驅散了泰森的恐慌。

諾菈注視他，眉頭緊皺，刻意放慢速度說：「你還好嗎？」

又一隻手扶著他上臂，堅定但卻不壓迫。是嘉藤。

「我沒事。」他喘了幾口氣，努力保持清醒，想起自己人已經進了實驗室，量子無線電就在金屬桌上，彷彿早就期待此刻到來。

「輸入密碼。」畢夏才說完，槍聲開始逼近。

已經到了雙開門外。

「快！」畢夏大叫的聲音蓋過槍響。

泰森竄到金屬桌邊。

天花板落下更多粉塵，如沙暴覆蓋整個房間，也擋住了圓環表面的十二個符號。

泰森注視裝置。

他伸手拿起，金屬觸感冰涼，厚度僅約兩個硬幣重疊，收在掌中輕而易舉，也很像是能掛在脖子的獎章。

「泰森！」畢夏大吼。「輸、入、密、碼！」

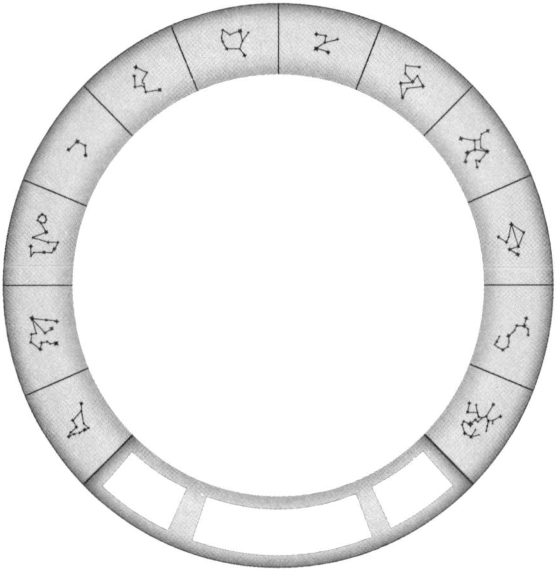

泰森梳理線索。四個基因組配對。每個人都有一項遠大志業。

他，「萬有理論」。

諾菈，《與生俱來的權利》。

嘉藤，《人類的行進》。

瑪利亞，〈世界&時間〉。

貫穿其中的那條主線是什麼？

與生俱來，行進於世界和時間，解釋萬物的理論……

「快啊！」畢夏身後的牆壁隨著他的大叫炸裂。

48

爆炸將泰森彈向後面那個士兵，兩人一起撞上牆壁。他身子一晃，面朝前趴下，不過手裡緊抓量子無線電不放。他心裡有個預感：即使敵軍攻進來見人就殺，這裝置依舊是拯救所有人的關鍵。

耳鳴。

眼花。

瓦礫不停掉落。

他看見諾菈仰躺在前面，閉著眼睛一動也不動。

泰森顧不得地板上一片狼藉扎到手臂有多痛，奮力向前朝著諾菈爬過去。耳朵沒辦法聽清楚爆炸，但震波確確實實傳到皮膚。

諾菈還是沒反應。他眼裡看不見別的人事物。

一塊天花板塌了砸在諾菈左腿。泰森加快爬行動作。

聽力逐漸回復。除了槍林彈雨，就只有哀嚎。

他看見李克特也匍匐前進爬向母親，以自己身軀爲海倫遮擋掉落的瓦礫。之後李克特轉頭往旁邊大叫，音量大得槍戰中仍能聽見。

「停火！別再開槍了。」

泰森這才發現嘉藤站在門口旁邊。門是開著的，陸戰隊傷亡大約一半，都沒了反應。他已從倒下的陸戰隊員身上取來步槍，正對外還擊。

泰森爬到諾菈身旁，用自己身體掩護的同時，伸出拇指按壓頸部查探脈搏，不過她呼出的氣息先到了泰森的臉上。諾菈睜開眼睛以後開心地笑了，只是笑得有點疲憊。

「停火！」李克特蹲在海倫身邊繼續高喊。「不小心的話會打壞裝置！退後！」

無塵室窗戶已經全碎。泰森看見外面走道上有十數個黑色軍服的人影，戴著巴拉克拉瓦頭套遮住面容，步槍槍口依舊對準實驗室這頭。

但是聽見李克特的聲音以後，對方陣形裡靠前的一人忽然大聲下令：「退後。準備撤離。」入侵者退後，嘉藤一個閃身蹲在走廊，步槍指著敵軍。

「上尉，把槍放下。」李克特對他也這麼說。

嘉藤瞥了他一眼以後，有點遲疑。「對方有人數優勢。」

「上尉，你再這麼打下去只會更多人受傷。」李克特又望向倖存三個陸戰隊員。「還有你們也是。到此為止。」

泰森聽了一下子反應不過來。所以他們就這樣輸了。如果對方是盟約成員，會對自己，對諾菈，對嘉藤和瑪利亞做什麼？又會如何處置父母？

嘉藤保持蹲姿，將步槍放在地板，卻又留著槍枝中央部位墊在右腳上。泰森猜想這是有必要的話，他能夠將之踢上半空，加快出手速度。

再看看實驗室內，瑪利亞縮在牆角，緊緊將膝蓋抱在胸前，呼吸急促雙眼圓睜，不過泰森覺得現在人平安就是萬幸。一旁的畢夏動來動去，臉上噴滿別人的血，厚重眼鏡不知掉在什麼地方，他只能一邊眨眼一邊在滿地瓦礫中摸找。

幾英尺外，崔維斯中校倒地不起，脖子扎著幾片碎玻璃。

諾菈伸手掐了掐泰森的上臂。「我沒事，」她低聲說。「有點驚嚇而已。你呢，還好吧？」

他點頭。

天花板不再砸東西下來，原本護著海倫的李克特走到門口，樣子像是在等人。

海倫起身後揉揉後頸。「葛赫德，什麼情況？」

他還沒開口回答，一個腰間有手槍的黑衣人走到門口。另有兩人停在幾步外，槍口朝向地面。

「李克特——」為首的黑衣人叫著。

「裝置已經做好了。」

「拿過來。」

「待會兒。當初說好了，所有人一起出去，等我們安全之後，東西會交給你。」

對方沉吟一陣。「好吧，但是動作快，他們的增援正在接近。」

「到門外等，做好撤離準備。」

黑衣人先是遲疑，後來轉身帶著兩個部下走遠。

還坐在地上的海倫為了離李克特遠一點，開始往旁邊挪動，直到背靠牆壁退無可退。泰森從母親的神情知道她受傷很深。

「叛徒。」她咬牙切齒。

李克特沒望向妻子，反而看著泰森。「東西在你那兒嗎？」

泰森覺得自己像是含了滿口木屑說不出話，只能怔怔望著父親。他心裡同樣很受傷。

「小泰，回答我。」

他點點頭。

畢夏找到眼鏡但已經壞了。他不管三七二十一戴上，好像這樣才有說話的自信。「葛赫德，你到底在幹嘛！」

「老桑，別插嘴。」

海倫起身穿過會議室，擋在兒子與李克特中間。「你背叛我們。」

李克特彎腰從陣亡士兵手裡拿了一把步槍。「之後想怎麼批評我都不要緊，我只請妳等到確定了完整眞相再說。」他的視線飄到海倫身後的兒子。「你們該走了。」

泰森很詫異。「走去哪？」

「翻頁，小泰。」

翻頁。說的是嘉藤檔案，那頁的背面。

泰森明白了：那確實是地圖，是逃生圖。

李克特以墨水僞裝塗改就是爲了利用墨漬滲透繪製路線圖，目的地不明，但多半能離開這棟建築物。實在是高招。

畢夏跳起來。「葛赫德，你怎麼可以！」

「我別無選擇，老桑。」

「爲什麼？」海倫跟著問，泰森聽起來覺得母親連憤怒都被痛楚給淹沒。

「很多年前，盟約組織就已經查到這所設施，」李克特回答。「早就在內部佈下大批暗樁。原本判讀出設計圖內容的時候，他們就要殺進來，現在多多少少拖延了一段時間。」他朝泰森、諾菈、嘉藤、瑪利亞點點頭。「還有逃走的機會。」

李克特走到兒子身前，掐掐他肩膀。「快走，不過走之前先給你媽一個擁抱。」

泰森還有好多想要問的。

李克特提著步槍留意走廊情況。「我會撐到最後，能撐多久是多久。」見泰森呆在原地，李克特伸手將他推向母親。他還想著是不是轉身也抱一下李克特，結果父親已經走去門口，還吩咐嘉藤：「中尉，記得找把槍帶走。」

海倫給兒子的擁抱很結實，抱得他身子骨發疼但又捨不得退開。

「千萬小心。」她低聲囑咐。

諾菈湊近，海倫伸手將她也摟進懷裡。「妳也要照顧自己。」

嘉藤扶起瑪利亞，四人朝反方向沿走道找到盡頭另一扇門。門鎖原本要靠生物識別才能打開，現在燈號都熄了，等於根本沒鎖。

泰森輕輕推開，後面又是一條昏暗走廊。嘉藤打開從陣亡士兵身上取來的手電筒，還多準備一支遞給泰森。四人跨過門檻踏入近乎徹底的黑暗，嘉藤將門掩上，諾菈壓低嗓音。「要去哪兒?」

泰森從口袋掏出拆下對折的檔案頁面攤開，再用手電筒照過去。「我想照著這個大概就能出去。我爸偷偷交給我的。」

「是地圖，」諾菈說。「但這是什麼地方的地圖?這棟建築物嗎?」

嘉藤接過地圖端詳。「除了這裡，還有地下管線。管線穿過特區地底通往海軍工廠，與下水道、維修通路，甚至火車地鐵和廢棄電車隧道都有連接，好比城市正下方有個巨大的迷宮。我和幾個陸戰隊員聊到過，他們會利用地下通道趁夜偷偷轉移部隊和物資。入口在哪，我也打聽到了。」

隔著門，泰森還是聽得見槍響。父親賭上性命為自己爭取逃命機會。他將無線電塞進口袋後，朝嘉藤點頭。「好，走吧。」

49

高研署設施深處幽暗通道內，嘉藤一手持手電筒照明，另一手推門，步槍掛在肩膀上。身後實驗室那頭槍火停歇，傳來朦朧人聲。泰森不免擔心起父母的安危。

嘉藤繼續往裡面走，穿過鍋爐、空氣清淨機、熱水器。

「在這兒。」他低呼後，將光束打在房間後側一扇大鐵門。門板中央有一條橫桿閂著，不讓人從對面進入。泰森認爲很像中世紀城堡抵禦外敵的設計。

嘉藤取下門閂，拉開門扉時嘎嘎作響。後面竟是一條岩壁密道，讓泰森覺得中世紀風味更濃了。

回頭確認機房房門緊閉之後，他跟著嘉藤和兩位女性鑽進洞穴。

裡面潮溼冰冷，當然也很暗。石壁彷彿只吸光不反光，舉目所及如同無底深淵。

「地圖。」嘉藤關閉鐵門時開口。這一側沒辦法上鎖，但泰森發覺嘉藤已將外頭鐵桿帶進來靠在門上，心裡也立刻明白他的用意：雖然無法妨礙敵人卻至少能夠示警。敵人挪動鐵門時，鐵桿就會倒下來，在地上敲出巨響。

泰森將地圖遞給嘉藤。嘉藤的眼睛像早期電動小精靈（注）那樣子上下左右，轉來轉去來來回回，似乎將地形記在腦袋裡了。

之後他沒講話直接前進。諾菈跟上，瑪利亞排第三，泰森殿後。

「妳們有力氣慢跑嗎？」嘉藤壓低嗓音問。

諾菈和瑪利亞直接以起跑回應。泰森緊追在後，步伐很小心免得滑倒。碰上十字路口，嘉藤往右轉。

後方傳來哐啷聲，鐵桿被移動了，不知道追進來的是盟約士兵還是泰森的父母。這麼想的時候，他心裡燃起一線希望，或許大家都能平安脫身。

諾菈伸手拉住嘉藤，要他先停下來。

「該不該先找地方躲起來？」她悄悄問。

嘉藤搖頭。「躲起來遲早被逮。地圖有個終點，我猜能遇上援軍。」他望向泰森。「又或者是個比較安全的地點，我傾向繼續移動。」他停頓兩秒。「而且得保持安靜。」

泰森點頭。「同意。」

「好。」諾菈回答。瑪利亞點頭附和。

下個轉彎以後，洞窟變得狹窄，頂端與岩壁上有管線。泰森看得出來都廢棄了很久，沒溫度沒聲音只有破損痕跡。每隔幾英尺就會看到坑洞，顯見此地年久失修。他有個錯覺，好像自己在某種巨獸體內鑽來鑽去，管線是曾經承載牠生命能量的血管，那些坑洞凹痕之類就是巨獸受的傷。

注：此指Pac-Man，遊戲方式為操作張嘴的黃色球體（即所謂小精靈）吃掉迷宮內的能量球並躲避鬼魂追捕。

嘉藤一邊移動一邊低頭看地圖。他又轉了個彎，前面的管線被塗抹了白色粉末。嘉藤停下腳步轉身對三人解釋。「別碰這些線，都塗了石棉。」

三人來不及回應，他又轉身快步向前。

又轉彎一次以後，嘉藤忽然停了下來，左手手掌張開，伸向後方卻指著上面。泰森心想這多半是軍隊暗號，意思不外乎止步，三個人見狀不再移動。

前面有水聲，也有人聲。

無論洞窟裡是誰，對方正在快速逼近。

50

嘉藤立刻領著泰森、諾菈、瑪利亞循原路折返，在途中發現一處凹洞。洞口架著一道生鏽鐵門。嘉藤拿手電筒查看，有鉸鏈和門閂但沒有鎖頭。他抓住欄杆使勁一推，尖銳聲響好比用鐵釘刮黑板。

泰森嚇得臉皺成一團。這麼大的聲音很可能賠掉四人的命。不過他沒多說什麼，選擇信任嘉藤的判斷。

嘉藤也停手，等聲音消散。

遠方人聲明顯起來，踩水的腳步聲卻停了。嘉藤再次推門，這次動作比較慢，摩擦聲也小了很多。推開一條勉強可以擠過的縫隙後，他就鑽了進去。

光束掃過一片黑暗。泰森發現凹洞其實連接到對面更寬敞的空間，似乎是一條地底鐵軌。隧道中間堆著礫石，頂端鋪平，地面間隔幾英尺就有圓形凹陷，功能大概類似減速帶。泰森猜想原本凹陷處應該有枕木但被拔掉了，或許都是很久以前的事情。

嘉藤走到小洞另一頭以後，不直接亮燈往外照，而是以手電筒抵著身體不讓光束外洩，利用微光觀察隧道一陣子再直接熄燈蹲下，並且示意泰森照做。

一行人在黑暗中等待聆聽。泰森明白了嘉藤的打算：如果追兵沿著同樣路線接近，就從那條隧道逃出去。

聲音越來越近，斷斷續續聽見幾個字詞與岩石上迴蕩的腳步聲

一道、兩道，總共三道光線從小洞外閃過。幽暗中，泰森看見嘉藤先牽起瑪利亞的手，然後示意她抓住諾菈，接著諾菈也抓住泰森。接觸到諾菈的體溫有種安心感，與周圍的冷暗形成強烈對比。

嘉藤開始向前爬，幾秒以後，諾菈牽引泰森跟隨，四人從小路進入隧道，沿著廢棄鐵軌移動。

這裡更暗了。小洞另一頭的搜索光束跟著腳步聲慢慢遠離。

以嘉藤爲首，四人手牽手像船隊在洶湧暗流中探索。

能聽見的只有鞋子滑過礫石堆的聲音。泰森又開始覺得他們彷彿靈魂出竅、在地底漂流，諾菈那隻手是他和現實之間唯一且最後的聯繫。

她忽然向左拐，泰森沒留神腳滑了一下踢開石頭。死寂中，連這點聲音都很刺耳。

「沒事吧？」諾菈低聲問。

「沒事。」

接下來黑暗中的一行人速度放慢，從大隧道彎進另一個小洞，空氣又變得潮溼。

可是嘉藤怎麼知道這裡有個洞？大概是一開始看到之後就預估了大致的步數，接近之後才伸手摸索。

隊伍被領進小洞，泰森聽見微弱的金屬摩擦聲。應該又是一道門，接著他們停下腳步。

嘉藤亮了燈不到一秒，而且光線對準自己，把握時間瞥了來時路就立刻關燈。

「沒有追兵，」他悄悄說。「泰森，你也別開燈。」

諾菈的手動了。一行人繼續在地底移動，周圍安安靜靜的。轉了幾個彎以後，空間又寬敞一些，還有微弱光線從上方落下。泰森覺得這一帶或許是維修通道或安全通道之類，每走一小段就會看見頭頂上有鎖住的鐵架和金屬階梯，通向圓形出口，很可能是人孔蓋。

既然有了微光，行動方便許多，四人又開始小跑步。

前面忽然有光束從側面小洞射出——一組追兵的路線即將與他們交叉。

嘉藤立刻止步，三人躲在他背後。

他往後看看同伴，泰森順著嘉藤視線過去，竟然看到後面也有光線，然後就聽見人聲。對方分成兩組想要前後包抄，而且逐漸逼近。

「快，」嘉藤壓低聲音向前奔竄。「離下一個出口很近。」

可是前面幾道光線進入這條隧道，朝四人掃了過來。

「站住！」對方大吼，但嘉藤繼續跑。

「我們會開槍！」

嘉藤左轉繞進一片空地，石頭階梯在黑暗中向上延伸。泰森想開口問他有什麼計畫，嘉藤卻在像是鐵門的東西前面開了手電筒，然後停住不動。

鎖住了？泰森聽見嘉藤那頭傳出刮擦聲。

後面越來越亮，聲音越來越大。

一聲槍響迴蕩在狹窄隧道。泰森還來不及問清楚情況，嘉藤已經打開鐵門，外頭有月光有街燈，但聽得見遠方有卡車呼嘯而過。

嘉藤提著步槍衝上階梯，三人立刻跟過去。

泰森掃視四周以後非常吃驚！前面竟然就是史密森尼城堡（注），右邊是雄偉的華盛頓紀念碑，左邊是美國國會大廈，全都在夜空下閃閃發亮。

換句話說，他們到了國家廣場。這時間裡頭沒遊客，只有三支武裝隊伍跑過草地，向他們集中過來。

泰森第一反應是國會警察聽見槍聲，所以圍了過來，但仔細一看周圍並非國會警察，身上穿的是軍服，一下子也看不出隸屬什麼單位。他們手中步槍配備了雷射瞄準，光線落在四人身上，好像夜空下冒出一大批紅色螢火蟲。

地底隧道傳出的叫聲變大，手電筒光亮更強。

嘉藤舉起步槍瞄準圍過來的人，不斷切換目標，似乎還沒決定先打誰比較好。

「泰森！」他忽然叫著。「你有什麼想法？」

泰森的大腦全速運轉。他認爲無論被哪一方逮到，結果都是組織高層會嘗試對量子無線電輸入密碼。可是要輸入的話，他寧可自己來，四個人的命運至少得由他來決定，而且經過這段時間思考，他對密碼越來越有把握。

只是不確定輸入後究竟會發生什麼事。

他將手電筒塞進口袋，掏出金屬圓盤。

「泰森！」嘉藤又問了一次，四面八方都是人。

泰森在心裡梳理線索。

與生俱來的權利。

人類歷史的行進。

不同的世界和時間。

解釋萬物的萬有理論。

每個都是線索。

誕生。行進。時間。萬物。

四者構成答案的輪廓。泰森腦海中浮現一個畫面：他拿到了基因組配對者的檔案，資料夾封面有另外三人的照片與生日。

三月、七月、八月，而他則是四月出生。

他在量子無線電上按了第三個符號，符號發出黃色光芒和振動。他又按了第四個、第七個，然後第八個。

視野忽然模糊。

周圍空間消失短短一瞬間又重新回復。但是，他卻看見了不同的世界。

注：英國科學家詹姆斯・史密森是公爵私生子，他將巨額遺產留給侄子，但遺囑表示若侄子沒有繼承人則這些錢留在美國成立史密森尼學會。美國國會於一八四六年通過法案成立學會，一八五五年城堡竣工。學會財產包括博物館、畫廊、動物園等等。

PART II
新世界

51

泰還是站在華盛頓特區的國家廣場，月亮也還是掛在夜空。可是方才自四面八方湧來的士兵都不見了，只剩下蔓生的野草隨風擺動。

隧道裡也沒有任何動靜。追殺他們四個的人同樣不復存在。

應該說舉目所及，沒有別人也沒有聲音。街道空空蕩蕩，連建築物都沒有亮燈。

夜色明亮得前所未見，能分辨星子是白色或黃色、有些帶了一抹紫、藍、綠。泰森以前也看過這樣的光景，但那是在撒哈拉沙漠露營，距離文明世界極其遙遠。

變化的不只是星空。

美國首都重返大自然懷抱，樓房的牆壁窗戶都爬滿了藤蔓，遠遠望去，彷彿蛇群盤踞屍體。馬路與人行道也被雜草淹沒。

聳立前方的史密森尼城堡淪為廢墟，以紅砂岩為外牆，混合歌德與羅馬風格的美麗建築倒了大半，幾座尖塔也都坍塌。

城堡左邊本該是展出藝術和雕塑的赫尚博物館，現在除了樹木高草之外，什麼也沒有。

更左邊的國家航太博物館也不見了。那是泰森成長過程中，特區內他最喜歡的地點。

遠方的國會大廈仍在，只是樣貌也有所不同。

白色建築群彷彿遭到巨人和巨錘的重擊，沒了圓頂，北座與南座剩下斷垣殘壁，乍看是一張朝天空打開的大嘴，而且缺了好幾顆牙，連接不同樓的長廊幾乎都已經傾頹。

泰森繼續往左望，橫跨麥迪遜路和憲法大道的國家藝廊還在，但與國會大廈同樣殘敗，正面的大理石柱斷得亂七八糟。

國家藝廊應該有一片展出雕刻作品的花園，裡頭長滿雜草與小樹。花園左邊，也就是廣場北側、史密森尼城堡對面，則有國立自然史博物館。

那幢佔地廣闊的新古典主義風格建築狀態較佳，儘管左邊也有坍塌但中央主要部位完好無損，大廳的金色圓頂倒是也留了幾個洞。山牆門廊、佈滿凹槽的科林斯圓柱及壁柱還挺立在靜謐黑夜中，像一群英勇戰士承受無數次打擊仍不肯放棄。

再往左，美國歷史博物館與泰森記憶相仿，只是外牆有損傷、窗戶大都碎了。

廣場盡頭的華盛頓紀念碑沒能倖存，高達五百五十呎的白色石碑變回一塊塊大理石、花崗岩和青石片麻岩堆在地面，電梯與階梯的鋼骨纏著紅色電線散落各處。

泰森察覺視線，回頭一看，諾菈正望著自己，國會大廈廢墟就在她背後。諾菈眼神中的疑問非常直接：這裡發生過什麼？

他還沒開口，破空聲擾動夜色。除了噴射引擎呼嘯，還有機炮噠噠噠射出彈幕。

抬頭一看，兩架戰鬥機竟然侵入特區領空，但只有其中之一追著目標開火。

無論哪一架飛機，泰森都認不得機身上的標誌。

炮火命中前方飛機，機翼斷了一截。

下一發直接打在機身，很靠近引擎。最後一發落在尾翼，導致飛機失去垂直及水平穩定。

前方駕駛艙玻璃罩打開，座位向外彈飛。戰鬥機左右搖晃，一個引擎熄火後不斷旋轉，許多碎片射向地面。

「快跑！」嘉藤驚呼之後轉身狂奔，飛機即將撞擊廣場。

泰森退後一步，跟著拔腿逃命，逃不到幾秒鐘，大地震撼，飛機墜毀。

52

飛機接觸地面時的爆炸震聾了泰森，也震得他雙腳離地。熱浪捲過草地，金屬在夜空下扭曲呻吟，機身殘骸伴隨沙土從天而降，燙得像是剛從火焰取出的煤炭。

泰森往前飛撲，雙手護住後腦，但感覺殘骸鋪在背部、雙腿和手臂。他被埋起來了。等待、聆聽，同時繃緊神經，他擔心隨時會有更大塊的東西砸過來壓在頭頂，才剛到這異界就慘遭活埋，死得充滿絕望和無奈。

幸好之後掉落的碎片逐漸減少，除了飛機墜落處烈火熊熊之外，不再有其他聲響。

「諾菈！」他只能朝著地面大叫。

「我在這兒。」

「田中在！」嘉藤叫著。「狀態良好。尚托斯，回報！」

一片靜默。

遠方又傳來噴射引擎呼嘯聲。是方才開火的那架，還是另有其人？

「尚托斯！」嘉藤再次高呼。

瑪利亞打破沉默，但口氣很不耐煩。「不要喊我的姓氏！又不是足球隊什麼的！」

泰森一笑。她聽起來好得很。

他坐起身，視線飄向草地另一頭慘不忍睹的戰鬥機，火舌噴出，照亮了草原。

引擎聲逼近，還在空中盤旋的另一架戰機出現，忽然就噠噠噠地開炮了。

泰森順著機炮聲望向天空，大驚失色——方才彈射逃生的飛行員靠降落傘正要緩緩落地，但敵機瞄準的顯然就是降落傘傘蓋。

嘉藤溜到泰森身旁，一起望著隨風搖曳的降落傘，諾菈和瑪利亞也先後起身會合。四人看著天上驚心動魄的一幕，好像決鬥中的一方已經無力抵抗，另一方卻決定趕盡殺絕。

炮火自降落傘周邊掠過，敵機驟然轉彎對準廣場上的飛機殘骸。又開火了，但這次機炮打在地面，直直朝四人位置掃過來。

「跑！」嘉藤大吼，四人齊聲掉頭，朝著正前方的自然歷史博物館逃竄。

無數彈丸揚起漫天沙塵、留下一排排彈孔，他們感覺腳底下一直震動。

嘉藤好幾度改變方向，及時躲開了彈幕。

博物館大門只剩金屬骨架，玻璃全都不見蹤影，連碎片都無影無蹤。

接近門口時，嘉藤放慢腳步，試試是否上了鎖以後便直接用力推開。

門後大圓廳一片狼藉，月光星光自圓頂破洞流入。

看過不知道多少次的大象仍然矗立在前廳高臺上。泰森對這裡很熟悉，右邊是太古化石館，左邊則是哺乳類展示區。

嘉藤似乎也很清楚博物館平面配置，帶著三人穿過餐廳區與研究區中間的海洋館，再往前是人類起源與非洲介紹展區，但他轉了彎走向階梯。

「等等。」諾菈出聲。

外頭又傳來機炮轟炸與引擎聲。

「要趕快找掩護。」嘉藤提醒。「地下比較安全，還有一個出口通到憲法大道。」

諾菈卻溜回沒玻璃的大門口朝外張望。泰森跟過去，正好看到機炮子彈撕裂降落傘，彈射的飛行員急速下墜。

「得過去救人。」諾菈說。

嘉藤似乎意識到爭執下去沒有結果，索性也圍到大門旁邊。一秒過後，飛行員摔在地面，被廣場上的野草埋沒。

「我去吧。」嘉藤說。

「可能需要醫生。」諾菈回答。

「我受過急救訓練。」嘉藤繼續從金屬框後面窺探情況。

「嘉藤和我一起去，」泰森跟著說。「我們兩個抬人應該——」

「移動傷患可能造成傷勢惡化，」諾菈打斷。「所以才說需要有醫生現場評估。」

嘉藤轉頭吩咐瑪利亞。「妳留下來。」

「才不要，我要跟。」

「爲什麼？」

瑪利亞搖搖頭。「我看過恐怖片。」

嘉藤眉頭緊蹙。「啊？」

「恐怖片裡面和其他人分開就代表一定會死。一定。我才不要當那個傻瓜。」

「這又不是電影。」

泰森雙手一攤。「沒關係，就一起吧。」

戰鬥機聲音遠離，一行人走出博物館踏上廣場草地，躡手躡腳繞過墜機殘骸。

被射破的降落傘整個軟在地上，蓋住一大片草皮，吊線在草裡蜿蜒，指引四人找到飛行員。對方還戴著頭盔，躺在地上動也不動。

嘉藤上前伸手在那人頸部探了脈搏。「還活著。」

他想爲對方拆下頭盔，諾菈出手阻止並要他先退開，親自彎腰檢查那人脖子。泰森猜想這是爲了確認有沒有瘀血和腫塊，但他不確定。

「看來還好。」她低聲說。

嘉藤這才取下頭盔，底下露出一張男性面孔，瘦得很離譜，眼窩也凹陷，似乎很長時間沒有好好睡一覺。他留平頭，頭髮稀疏，閉著眼睛滿身汗，泰森推測是因爲疼痛或先前的衝擊導致。再仔細觀察，他發現這人還不停顫抖，可能發燒了，不知道是否生病、有沒有傳染性。

諾菈檢查的同時，泰森乘機看清楚飛行員制服，胸口縫上名牌大概是名字：詹姆斯，軍階則是少校。他又留意到對方右肩繡了旗幟，紅底上有歐洲與亞洲兩塊大陸。

「聽得見嗎？」諾菈湊近詢問，飛行員沒反應，呼吸淺薄不規律。嘉藤從他的飛行服解下一樣東西。「有個救生包。」

他再拆了一個大包包直接丟掉。

「那是？」泰森文。

「充氣筏。」

諾菈打開救生包看看裡頭有什麼。

「還是得進博物館找掩蔽才安全，」嘉藤警告。

諾菈望過去。「但移動他不妥當。」

「留在這也不妥當，我們是活靶。」

「好吧。」諾菈嘴上答應了，泰森聽得出來她仍有顧慮。其實自己也擔心傷患情況，但同時很清楚嘉藤說得對——留在外面的每一秒都是高風險。

嘉藤爲飛行員卸下降落傘，將手伸到對方身體底下。

「小心，」諾菈提醒。「難保他沒有內傷。」

泰森上前想幫忙，嘉藤卻搖搖頭。「如果要跑，這樣比較好跑。」

他雖然想反駁但找不到理由，不得不承認嘉藤的考量正確，一個人背運傷患總比兩個人抬著要方便。更何況，這重量對嘉藤似乎小菜一碟。

再次穿越草地，泰森豎起耳朵注意天空，擔心隨時會聽見引擎與機炮。

幸好後來一直很平靜。

回到博物館內，嘉藤繞過圓廳裡的大象，雙腳在大理石地板上的沙土留下痕跡。泰森心想這裡真的很久沒人進來過。

到了海洋館入口右邊的樓梯，嘉藤轉頭對他說：「幫我打個燈。」

泰森取出手電筒幫嘉藤照亮往下的路。

下樓梯後，嘉藤先右轉走進禮品商店區。架上除了幾個玩偶之類小東西幾乎空了，還覆蓋厚厚一層灰，空氣凝滯得像墓穴。

嘉藤放下飛行員，掏出自己的手電筒點亮，擱在地板充當座燈。

「我們需要答案。」他開口，但沒特定對象。

諾菈蹲在飛行員旁邊，打開救生包將東西取出。

「那個裝置，」嘉藤繼續。「所謂的……『無線電』，毀滅了世界。」

「我不這樣認爲。」泰森說。
「我看起來覺得像是世界末日。」
「我不覺得是量子無線電造成的。」
「就因果關係來看，」嘉藤分析。「我們啓動裝置，世界就變成這樣，不是嗎？」
「詳細機制，我不確定。」其實泰森有點心虛，即使有點頭緒，但他不想在這時間點發表理論，希望更有把握的時候才提出。
清點繃帶和藥物的諾菈似乎聽出他有顧忌，抬頭起來問：「你有想法。」
「是有個理論。」
「裝置改變了時間線？」她問。
泰森咬著嘴唇。「我認爲這樣描述不精準。」
「廣場周邊少了一些建築物。」諾菈分析。「我們、我是說你和我，過去三十年去過的地點完全消失。」
「或許被炸毀了？」嘉藤說。
「問題是連瓦礫堆都看不到，」諾菈回答。「比較像是從一開始就不存在。」
「有可能被夷平。」嘉藤稍微往外走幾步。「話說回來，我們也不必瞎猜，直接去找答案就好，就在隔壁而已。」
泰森沒聽懂，眼睛瞇了起來。
「旁邊那棟應該會記錄完整經過。」嘉藤解釋。「畢竟那邊是美國歷史博物館。」

53

四人商議之後有了共識：嘉藤和泰森出去確認這個世界的現況，諾菈和瑪利亞留在自然博物館商店區，照看昏迷的飛行員。

走出商店，嘉藤關掉手電筒。他和泰森只靠憲法大道出口那裡滲入的微弱月光判斷方向。門口不遠，繞過暴龍頭骨與一排復活島特有的摩艾石像就是了。

憲法大道這一側大門也早就損壞。嘉藤先出去查探，提著步槍隨時準備出手。

兩人壓低身形走入月光，泰森開始思索量子無線電的效用：看樣子與身體接觸的所有物件都一起轉移了，衣服與工具都還在眞是萬幸。感覺像是四人被一個泡泡包住，確保他們攜帶的東西不會遺失。泰森特地記下這件事，認爲以後會有用。

嘉藤蹲著耳聽八方。泰森猜想他是不是也擔心戰鬥機會折返，不過周圍極度安靜。

「你有看到那個人制服上繡的旗幟嗎？」泰森悄悄問。

「有。很怪。」

嘉藤提著槍往前竄。兩人距離美國歷史博物館入口只剩下幾英尺距離，突然聽見十二號街裂開的人行道那頭傳來咔噠咔噠的聲響。他立刻掉頭，步槍架在肩膀。

泰森的心臟快要蹦出來。

咔噠咔噠的聲音越來越清楚，一群黑影從石灰岩建築物後面跳出來。印象中那邊應該是美國環保局。

結果黑影是一家四口的野鹿，爲首的雄鹿茸角有十叉（注）。牠們發現嘉藤和泰森以後停下來凝視，模樣像是從未見過活生生的人類，也就不知道恐懼。在泰森看來，這也是世界現況的重要線索。

踏入歷史博物館，泰森打開手電筒，嘉藤則備妥步槍以防萬一，但內部毫無人類活動跡象，而且擺設改變了很多。他從小看到大的固定展示品不見了，前幾年回家探望母親和妹妹來看過的東西也消失了。

面前有個巨大招牌，畫著往右的箭頭。

招牌大字寫的是：

盟約戰爭永久展館

注：雄鹿一歲時茸角無分叉，二歲開始第一個分叉，之後每年增加一個。

54

諾菈拉開飛行員外衣拉鏈，用救生包內的剪刀剪開T恤。

男人露出的胸膛和兩肋有不少藍紫色瘀青，恐怕斷了兩根骨頭；肚臍左邊發現一大塊黑色更是令諾菈擔憂，因爲那是內出血跡象，代表需要醫院手術室，而且得快。

她加快動作，從長褲末端剪開，看到雙腿比軀幹還慘烈，無論大腿小腿都有很多瘀青，每個瘀青可能都源於骨折。恐怕飛行員是腿先著地，導致長骨多處斷裂。

伴隨骨折而來的更大風險是栓塞。雖然血管栓塞最常見，但由於傷患腿骨多處斷裂、骨盆或許也有傷，諾菈更怕他脂肪栓塞發作。倘若脂肪微粒流入腦部或心臟，生存率非常低。

諾菈擔任住院醫師時每一科都試過，但專長是精神醫學，博士學位也是實驗心理學，比較熟悉的還是大腦在生物化學與心理層面的機制。如果有時間、有工具，她當然也能照顧好這位飛行員，然而眼下的條件不得不承認自己無能爲力，必須爲他另謀生路。

「所以……妳是醫生？」瑪利亞問。

諾菈這才想起她們兩個還沒機會認識彼此。

「對。」

「救得了他嗎？」

「其實我不是這方面的醫生。」

「那妳是？」

「精神科醫師，而且重點放在研究工作。」

瑪利亞嘆口氣。「太棒了，事情結束之後，我該找個心理醫生好好聊聊。」

諾菈聽了一笑，心頭壓力也減輕了些。雖然有點想糾正心理醫師和精神醫師兩者不同，尤其臨床上差異頗大，但她覺得還是改天比較好。

「大家都一樣吧。」諾菈回答。

「現在怎麼辦？」

「想辦法救他。」

「怎麼救？」

「我也不知道，或許他的裝備裡有無線電或發信機什麼的。」

瑪利亞朝飛行員衣服撇了撇下巴。「他不是美軍，我們能確定他不是敵人嗎？」

「好問題。」

「所以？」

「我不知道，但我覺得救人是義務。」

諾菈動手搜查，每個口袋都掏出來。

全都是空的。

「我知道這句話聽起來有點不識相，」瑪利亞又開口。「但是，我餓了。」她聳肩。「我是一緊張就會餓的人。」

「嗯，我也一樣。」

「雖然剛剛是我自己說不要分散，但我現在想是不是要回去找些吃的。」她朝飛行員一指。「反正我幫不上忙。」

諾菈從救生包找到裝了液體的小管，她看得出這是化學螢光棒，用力折斷後就發出黃中帶綠的光芒，搖晃以後光線更亮。

「拿著這個吧，」諾菈說。「這邊應該沒關係，妳自己要小心。」

瑪利亞起身拿著照明棒揮動，身影漸漸沒入黑暗。諾菈看著她，想起小時候自己也曾經捉過螢火蟲捧在掌心。

連腳步聲也遠離之後，諾菈耳邊只剩飛行員淺薄的呼吸。

她再打開救生包看看有什麼物資，心裡特別記下來以備不時之需。原本她就常常透過整理來穩定思緒，小時候壓力過大的話，她就會把自己關在房間裡一直整理衣櫃，整理到後面就像進入了禪定。

清點物資、一個個拿出來排列整齊，諾菈還是沒找到內心平靜。問題不單是重傷瀕死的飛行員，還有整個環境與嚴重的不確定感，加上泰森不在身邊。她總覺得外頭很危險。

奇怪的感覺湧上心頭，她迅速查看四周，從禮品店入口的玻璃櫥窗向外望。什麼也沒看到。但諾菈覺得自己眞的聽見什麼動靜，或至少有視線盯著自己。

「瑪利亞？」她在微光中喊著。

一片寂靜，連腳步聲也沒有。

諾菈站起來。「有人在嗎？」

她開始緊張起來，下意識抓著手電筒輕輕揮動，彷彿那是把可以保護自己的光劍。

「有人在嗎？」她放大音量，無法隱藏心中恐懼。
腳邊的飛行員忽然動了，露出痛苦表情。
諾菈照亮他，蹲下來抓著他雙肩，免得他亂動。飛行員睜開眼睛以後泛黃泛淚，是黃疸症狀。
「醫官——」他低聲呼喚。
「我在。」諾菈出於本能回應，騰出一隻手握著飛行員手掌。
「還以爲妳被他們抓了。」他繼續說。
諾菈不解其意愣了一下。「我……」
「妳怎麼逃出來的？」飛行員問。
「你以爲我是誰？」諾菈反問。
對方嘴角微微上揚。「醫官，我摔歸摔，腦子沒受傷。妳是諾菈．布朗醫師，『和聯軍』的心理戰部門主任，也是多頭蛇行動的心理戰指揮官。」
他說完閉著眼睛，用力嚥下口水。
諾菈的心跳得很大力，腦袋轉來轉去還沒能理解。
「隊伍其他人呢？」飛行員又開口。
「他們……」
「都死了，是嗎？」
「這個晚點再說。」諾菈開始思考怎樣套出自身處境的情報。「少校，把你記得的部分跟我說一遍。」
對方卻蹙眉。「『少校』？」
諾菈朝他軍服點頭。「你不是詹姆斯少校嗎？」

那人爆出笑聲，隨即五官一皺，可能身體晃動引發肋骨與腹部傷口疼痛。「我從『盟約』飛行員偷來這套衣服就把他扔進大西洋了。」他吸一口氣望向諾菈。「該不會其實妳的腦袋受傷了？」

諾菈遲疑後，試著圓謊。「我不確定你的精神狀態，而且要拼湊現在情況，要聽聽看你記得多少。從頭開始，你的名字是？」

飛行員吞了口口水，閉上眼睛點頭說。「標準報告是嗎……」

「對，照標準做就好。」

他想深呼吸，不過胸腔好像無法完全張開，所以吸夠了就開始說：「馬修，中校，和聯軍特種部隊美國組，分派到多頭蛇行動。」

「行動目標是？」

「確認情報是否正確。」

「什麼的情報？」

「A21。」

「A21？」

飛行員望著她。「怎麼了？程序改了嗎？」

諾菈抓緊機會。「對，我們必須驗證指揮官的身分，別想太多。」

馬修又吞了口水。「不會，小心爲上……畢竟對手是『盟約』。」

諾菈不講話，他就自己說下去。「多頭蛇行動是爲了確認盟約新型火箭A21是否眞實存在。長程火箭A21可以攻擊到位於美洲和澳洲深處最後幾個和聯軍據點。」

馬修開始喘氣。「我們在和聯軍潛艇待了一個月，經過昔得蘭群島並穿越北海，從反抗軍小隊得到無線電情報之後，再趕到波羅的海。」

他連續吸了兩口氣，還沒完全緩過來。「回到水面以後，參與反抗行動的漁民帶我們從佩訥明德附近上岸。」

「你是說德國？」

馬修眉頭一皺。「『德國』？只聽過老一輩的這樣說。」

諾菈覺得自己快要露餡了，解決方法就是糊弄到底。「指揮官請繼續。你們上岸地點是——」

「佩訥明德。」馬修瞇起眼睛。「妳都不記得嗎？」

「這是爲了留紀錄，請你配合。」

「佩訥明德是歐羅巴國境內梅克倫堡—佛波門邦的沿岸市鎮。上岸以後，我們先與當地反抗軍組織聯繫，很快就得以進入佩訥明德陸軍研究中心，並且確認到A21眞有其事，它的遠距離攻擊能力確實對我們的據點構成威脅。糟糕的不止如此。」

馬修胸膛開始起伏，說這麼多話也快到極限了。

「A21採用新型酬載，我們毫無勝算。」

他再用力吸一口氣。「妳做了決定，無論如何要將情報送回和聯軍內部，即使我們因此遭到俘虜甚至喪命也在所不惜。所以我們拚了，除了我之外其他人幾乎都死了。僥倖逃脫以後，我遵照命令來到這裡，卻還是被他們追上。」

「彈頭裝了什麼？」諾菈問。

「一種能夠改變我們、鎖定心智的東西。四天後，他們會在佩訥明德舉行盛大的啓用典禮。」馬修的呼吸越來越困難。「我們之前不知道的是——典禮當天晚上就會發射，直接殲滅我們。七天內，和聯軍就會全滅。」

55

進入美國歷史博物館的泰森和嘉藤，走向標示爲「盟約戰爭」的展場。

泰森拿手電筒照亮前方，後頭則是憲法大道入口流入的朦朧月光。

地面和展品都覆蓋很厚的灰塵，像時光編織的毯子遮蔽了許多痕跡。泰森心想不知道此處廢棄多久，十年？二十年？還是更漫長的歲月？

展區開頭是一系列照片與說明卡，鏡頭底下的人物好幾個泰森都認得，像是史達林、邱吉爾、羅斯福、墨索里尼、希特勒。這裡的文字標題爲「戰爭序曲」，底下敘述很簡短：

盟約戰爭爆發的數年之前，各國曾經結盟。

泰森仔細研究第一張，看到史達林與個子稍高年紀較輕、一頭金髮穿著黑色勁裝的人握手。根據標示，較年輕那位是德國外交部長約阿希姆．馮．里賓特洛甫。這個畫面的說明是：

「大日耳曼─蘇維埃互不侵犯條約」

一九三九年八月二十三日

大日耳曼國納粹政府與蘇維埃社會主義共和國聯盟震驚世界。雙方簽訂互不侵犯條約，後續十年內不對彼此採取軍事行動。條約包括祕密協定，兩大強權在之後戰事中瓜分東歐。

「看來和我們的時間線相同。」嘉藤說。

泰森再看下一張照片與說明：

「復活節協定」

一九三八年四月十六日

不列顛與義大利政府代表在羅馬會晤，同意維持既有世界秩序，因此義大利在後續戰事內不會與德國結盟。一九三九年三月國際聯盟納入此協定。

義大利法西斯獨裁者貝尼托．墨索里尼有不同見解。他認為人口增加的國家注定主導世界，人口衰減的國家則必然遭到征服，於是採用激烈手段讓義大利女性增產報國。墨索里尼推估六千萬人口是義大利在大戰勝出的條件，便以此數字做為目標。他預測出生率下降的法國會滅亡，兩成五人口高於五十歲的不列顛帝國即將走上同樣命運。

接下來是美國總統羅斯福站在似乎是國會前方的講臺，說明寫著：

「一九三〇年代《美國中立法》」

世界大戰後數年間美國國內興起孤立主義與不干涉主義，於是國會在一九三五、三六、三

七、三九陸續通過一系列法案強調維持中立地位，避免美國捲入另一次全球衝突。

「到這邊還是和我們的時間線一樣。」嘉藤說。「我們的世界裡，中立法案或許延長了戰亂。沒有對侵略者和被害者做出區分，所以美國在戰爭初期不會採取行動，錯過提早結束戰火的時機。」

泰森忽然有個很強烈的感受——自己被人盯著看。他立刻轉身，光線掃過戰場射進大廳。嘉藤也抬高槍口，從照片展示櫃前面跳開。

「有人。」泰森壓低音量。

嘉藤二話不說伏低身形，扛著步槍帶頭朝前奔竄。

兩人躲進大廳以後，停在原地仔細聽。

什麼動靜或聲音都捕捉不到。

「難道是我的錯覺？」泰森自言自語。

嘉藤卻盯著天花板。「應該不是，因爲我也感覺到了。但可能是建築物結構不穩定。」

「或許吧。」泰森嘀咕。

顯然兩人都不接受這種解釋。

但是只能回到展場繼續往下看。再來就是重點了，標示牌爲「戰爭開始」。根據圖片和敘述，泰森看到的時間線吻合自己學過的歷史：

一九三七年七月七日：中國與日本開戰。

一九三九年九月一日：德國入侵波蘭。

一九三九年九月三日：法國與大不列顛對德國宣戰。澳大利亞、紐西蘭、南非、加拿大隨後也加入對抗德國的陣營。

一九三九年九月十七日：蘇維埃與日本休戰後入侵波瀾東部。

一九四〇年五月十日：邱吉爾成為大不列顛首相，同一天德國對法國展開攻擊。納粹國防軍奇襲比利時、荷蘭、盧森堡，並穿越法國亞爾丁省崎嶇森林地帶，藉此繞過法德邊境上守備堅實的馬其諾防線。四十六天後對法戰爭結束，德國獲勝，法國投降並遭到佔領。

一九四〇年六月：蘇維埃強佔愛沙尼亞、拉脫維亞、立陶宛與羅馬尼亞數區。

嘉藤指著下一個展示品，黑白照片內是倫敦上空兩架飛機互相射擊。

「終於出現第一個分歧。」他說。泰森趕快讀說明文字：

一九四〇年七月十日：不列顛戰爭開始。第一次以空軍為主的戰事中，英國皇家空軍與艦隊航空隊齊力保護家園，不受納粹德國空軍的侵襲。起初德國空軍未能獲得優勢，但一九四〇年九月十五日德國以大量火箭轟炸倫敦，史稱「火夜」，此後情勢急轉直下。火夜期間德國發射三百八十二枚A4火箭重創倫敦，炸毀國會與市區大半，包含首相邱吉爾在內多數國會成員罹難。皇家空軍基地近乎全數遭到破壞，位於賓利莊園的空軍指揮部未能倖免。一週後，大不列顛淪陷。

「這裡不同了。」嘉藤解釋。「我們的世界裡，英國沒有失守，熬過倫敦大轟炸也取得勝利。一九四〇年九月初，納粹德國空軍居於劣勢，所以德國很想扳回一城才開始轟炸倫敦。一九四〇年九月七日，納粹空軍不分晝夜連續對倫敦丟了五十六天炸彈，戰況非常慘烈。九月十五日是戰況高峰，所以稱爲『不列顚戰役紀念日』，總計約有一千五百架戰鬥機參與其中。希特勒本來以爲能夠逼迫不列顚投降或和談，計畫是擊潰皇家空軍後在十七日以『海獅作戰』登陸英國。」

他思考了一下，繼續說：「我們的世界裡，這個階段德國已經打下西歐北歐大半，只剩下不列顚帝國和美國還有能力抵抗。希特勒多次提出和談條件，都被英國拒絕了。很多人認爲不列顚戰役是近代歷史上最重要的一場仗，英國輸了的話整個世界就會不同。確實直到一九四〇年秋天，英國算是孤軍奮戰，蘇俄與德國結盟，日本偷襲珍珠港是兩年以後，美國民情依舊強烈反戰。但在我們那邊，納粹空軍並沒有打垮皇家空軍或不列顚人民，英國撐到了九月十五，希特勒被迫取消海獅作戰，沒有機會打到英國陸地。」

泰森搖頭。「你怎麼能記得這麼清楚？」

「不就說我喜歡歷史嗎？」嘉藤指著說明卡。「從這邊開始歷史改變了。我們世界的倫敦大轟炸只有戰鬥機丟炸彈，不像這裡的德國居然能用導彈重挫不列顚。」他又指向展示櫃。「這個世界的納粹有A4，而且數量龐大，於是有了所謂的『火夜』事件。在我們的世界裡，A4導彈要在不列顚戰役將近四年之後，也就是一九四四年的九月才投入實戰。」

「我沒有聽過A4。」

「其實一定有，」嘉藤回答。「只是你聽到的名字叫作V2火箭。」

「所以A4就是V2？」

「沒錯。A代表『Aggregat』，也就是『聚合』，是導彈研製時的內部代號。初代A1是華納．馮．布朗於一九三二年設計的。」

「這個人我就清楚了，二戰後，他從德國移民到美國，發明的火箭載阿波羅號登陸月球。」

「對，他在NASA的成果可說是自德國一路以來的心血結晶。馮・布朗，加上瓦爾特・多恩伯格，還有沃爾特・里德爾，他們三個人從一九三〇年代，就在柏林南邊一個叫作庫默斯多夫的地方研究火箭，A1、A2、A3都在那邊開發完成，後來爲了有更寬敞的空間和避免機密遭到竊取，才搬遷到波羅的海沿岸烏瑟多姆島佩訥明德港。佩訥明德第一次試射的就是A3，至於庫默斯多夫則從一九三八年開始轉向核能研究。

「到了佩訥明德以後，火箭開發進展飛快，同時開了好幾條線，甚至有設計上能攻擊到美國本土的A10。早在一九四〇年就傳出德國投入A10，還預估在一九四六年就要打到美國。不過比較有趣的是A5，大部分元件都沿用A4，結果A4卻比A5還晚試射，投入實戰又改了名字叫V2。在我們的世界裡，A4的處女秀是一九四二年三月，飛得不大遠，才一英里左右就栽進水裡。不過到了一九四二年十月三日，A4已經能夠飛行一百二十英里，最高海拔五十二英里。一九四三年開始生產，所以前面說過眞正實戰運用是一九四四年九月。這個世界就不同了，提早了四年，更對戰況走向造成巨大影響。」

嘉藤朝著展示櫃點頭。「無論叫作A4還是V2，這種火箭扭轉了不列顚戰役的結果，德國因此打敗了英國。想必這條時間線的一九三〇年代，有人在庫默斯多夫和佩訥明德特別努力也特別有遠見，明白這種火箭可以決定歷史。」

「又或者，有人提早告訴了他們。」泰森的目光回到展區入口。那兒確實寫著：盟約戰爭。

「意思是？」

「就是這個世界和我們的世界有個重要共通點——歷史不在原始路線上。」

「你在說什麼？」

「想像一下，如果有隻看不見的手在背後操縱、強制科技演變，最後會怎麼樣，我們根本不知道。德國的火箭研究是一個例子。也不是說我肯定了什麼，只是覺得這個世界和我們的世界被一條線串起來，最終都連接到『盟約』。」

56

瑪利亞回去的時候，飛行員再次陷入昏迷。

看到她空手而返，坦白說諾菈心裡是有些失望。

「找不到吃的？」她問。

「什麼也沒有，」瑪利亞回答。「這地方早就被搜刮一空，而且外頭有點怪怪的。」

「怎麼說？」

「我也說不上來。例如路牌用的文字好像很有年代，是黑白電影裡才會看到那種。」

瑪利亞低頭看到救生包內的東西被取出來，一列一列整齊排在地板。

「這怎麼回事？」

「習慣而已。」

「類似咬指甲？」

諾菈笑了。「差不多。」

瑪利亞雙手在褲子上抹了抹，好像突如其來出了手汗十分緊張似的。

「怎麼了嗎？」諾菈問。

「我有些特殊的習慣。」

「什麼類型？」

「不好的那種。」

「每個人都有些壞習慣。」

「不太一樣。」

「我是醫生，告訴我無妨。」

「我要靠美沙酮控制那種欲望……」

「鴉片類藥物。」

「對。」瑪利亞吞吞口水，一下子尷尬了起來。「等我意識到的時候已經來不及了。可能在路上發作。可能穿著高跟鞋站了好幾個鐘頭。痛得受不了。布洛芬、普拿疼什麼的一陣子就沒用了，就算找了一堆醫生，也是被經紀人逼著開一堆東西撐過演出而已。我還心想人家是醫生，聽他們的不會錯。」

「其實妳不必解釋的。」諾菈說。

但瑪利亞自顧自地說下去。「身體的痛還不是最糟糕，心理的痛比較麻煩。做音樂之前之後都有。」

她又嚥口水。「一個作品可能花了好幾個月甚至好幾年才問世，把靈魂放了一片進去。這沒辦法，聽眾能夠分辨出來的，他們知道誰有用心、誰沒有用心。可是一旦投入心力，當然就會在意，在意的東西就是弱點，就是麻煩。不管多少人喜歡，應該說尤其是很多人喜歡的話，總會有人覺得不合口味、過譽了，然後開始攻擊，寫文章將作品酸得一文不值。這也沒什麼，聽眾有權表達好惡，那是言論自由。但接著會有人身攻擊，現在謾罵的人越來越聰明，成群結黨還喜歡設定成公開，這樣才有更多人看到。反過來說，想回應也一定得加入才行，那就會正中下懷，那些人就是想躲在安全的地方傷害妳，一人一句說得妳無地自容。酸民要的是仗勢欺人，靠貶低別人來填補自尊，以否定別人的成就爲樂。他們的發言對或不對根本無關緊要，反正妳沒辦法反駁。只要妳是個藝人，酸民就覺得可以隨便公開羞辱妳、醜化妳，無所不用其極激怒妳、挑釁妳，就是希望妳跳下來捍衛自己的名聲。到時候他們可開心了，像蒼蠅一樣圍過來。認眞就輸了。所以要嘛承受，要嘛反擊——然後發現網路是對方的天下，只等著妳自己送上門。一開始他們貼那些東西就是期待大場面，追根究柢他們想要傷害妳、摧毀妳的形象，好像這麼做能讓他們覺得自己很了不起。其實無論如何贏的都是他們。不反擊的話就認命，一輩子擺脫不了那些標籤。只不過在我長大的環境裡。人家都指名道姓了不能當作沒看到，那樣沒辦法生存、沒辦法出頭。」瑪利亞搖搖頭。「我承認自己沒辦法控制脾氣，藥癮之外那也是問題。但在網路上沉不住氣就會捅樓子，藝人自己跳出來講話會成爲眾矢之的，酸民讓大家討厭妳的話就沒人支持，作品再好也沒用，下臺一鞠躬。」

她安靜下來，諾菈不知道該說什麼好，只能拉起她的手。瑪利亞好像這才意識到身旁還有別人，又說了下去。

「大家都會給那種很沒用的建議，什麼『不要理酸民，專心工作就好』。」

她哼了一聲。「幾個星期以後，宣傳就會寫信來問，爲什麼不在社交平臺跟粉絲互動、這樣怎麼打歌。好好解釋理由，他們又會說什麼酸民和駐唱被人噓是一樣的。」

瑪利亞笑了，眼神卻很冷。「明明就不一樣。完全不一樣。週五晚上在酒吧被幾個醉漢噓下臺沒什麼關係，第一次第二次可能很難過，但可以習慣，甚至還覺得有幫助，因爲那是眞實的回應。噓妳的人隔天早上根本也不記得了，同樣的店妳再上臺表演反而會更進步。」

她自顧自點點頭。「網路就不是這樣。跟那種小店不一樣，整個世界都在看。現在的藝人基本上也不能不用網路。網路酸民不是只想把人噓下臺，而是要毀掉整個演藝事業，然後我們只能站在旁邊看。滑那些文章的時候，就好像一群暴民朝自己丟汽油彈，什麼品牌啦人格啦都是靶子，運氣不好就會燒起來，我們卻只能咬牙吞下去。我辦不到，控制不了脾氣，除非用那些藥。用了以後我終於能夠看歸看，心裡一點感覺也沒有，不在意了。而且還能盡興創作，感覺好棒。幾顆藥丸就讓人生回到正軌，唯一代價是每個星期都要增加用量。等我覺得不對勁時，已經失控。最大的問題不再是酸民，而是藥癮。」

瑪利亞伸手探進口袋。「戒藥是我這輩子最困難的事。還沒成功，但應該快了。」她拿出一個小瓶子。「七顆美沙酮只剩七粒。吃光的話狀態會很糟糕。」

「救生包裡沒有美沙酮，」諾菈靜靜地說。「可以去其他地方找找看。」

瑪利亞咬住嘴唇，盯著救生包。「但裡面有鴉片類的止痛藥，對吧？」

諾菈抬起頭。「有。不過我們可以先想想別的辦法。」

57

嘉藤凝視美國歷史博物館內盟約戰爭展區良久，仔細咀嚼泰森那番說法。

「有股力量干預這個世界，和我們的世界，」他最後嘆道。「在邏輯上是個大跳躍。」

「嗯。」泰森無法否認。「但符合目前情況。」

「先繼續看下去吧。」嘉藤說。

下個展示櫃裡有許多照片，畫面裡都是船，無數人提著塞滿的行李包、鼓脹破舊的行李箱，甚至直接拿床單包東西就要走。

泰森心想，這些人恐怕都是收拾家當以後連夜逃難。

照片上方的牌子標題是「不列顛大流亡」。

說明文字讀了令人心裡難受：

經過四十八小時的「火夜」，不列顛展開世人前所未見的大規模流亡，數百萬人民撤離至冰島，等待加拿大和英國皇家海軍派遣船隻接應。一九四〇年五月，英國侵入冰島後，便控制當地至今。然而對於難民，冰島只是中繼站。

數百萬不列顛與愛爾蘭人民移居鄰接加拿大的英國屬地紐芬蘭。英國在一九三九年以「花衣吹笛手行動」，將幾百萬名幼童與長者送往海外避難；一九四〇年也曾將人民送到加拿大、南非、澳大利亞、紐西蘭與美國。這次，不列顛將政府直接遷徙到原本紐芬蘭的聖約翰斯城，並改名為「新倫敦」。

泰森轉頭問嘉藤：「這裡有多少和我們的時間線重疊？」

「一半一半？」

「哪一半？」

嘉藤重新讀一遍說：「英國確實在一九四〇年五月侵略冰島。」

「眞的？」

「嗯，嚴格定義下叫作侵略，但其實沒發生戰鬥。英國皇家海軍與皇家陸戰隊登陸以後直接接管而已，我沒記錯的話，行動人數還不到八百。最大衝突反而是一些官兵與當地女性曖昧，才引爆男性居民的怒火，可是也只被稱之爲『民情矛盾』罷了。」

「爲什麼會去碰冰島？」

「兩個理由。首先是冰島的位置對於納粹的海空軍太有利，再來是納粹剛拿下丹麥，而丹麥與冰島本來有結盟。」

嘉藤盯著說明卡。「一九三九年花衣吹笛手行動在我們那邊也發生了，幾百萬兒童在歐洲陷入戰火的前一年夏天被送走。」

「紐芬蘭的部分呢？」

「一九四〇年確實隸屬英國，那是《貝爾福宣言》最初的一部分，維持自治很長一段時間，直到一九三〇年代初期才結束。英國政府不得不介入主導。」
「爲什麼？」
「印象中他們破產了，詳細原因不記得。」
「不是說你喜歡歷史嗎？」
「喜歡歸喜歡，一九三〇年代紐芬蘭爲什麼失去自治這種事情，未免也太細了。」
泰森攤手。「鬧你的啦。」他再往下看。

大不列顛殞落，不列顛人集體逃難，德國鞏固了對西歐的控制，唯一例外是位居大陸中央的中立國瑞士。自從對法戰役得勝後，德國便暗地計畫侵攻瑞士。一九四〇年十二月二十四日大規模動員的代號是「聖誕樹行動」，與穿越亞爾丁發動突襲同樣大膽，德國國防軍全力進擊。三天後，也就是一九四〇年十二月二十七日，瑞士聯邦便在伯恩市徹底投降，不過之後一周年各地仍有零星反抗。

瑞士淪陷後德國完整控制歐陸與不列顛群島，鄰近盟友義大利控制地中海，蘇維埃勢力範圍從波蘭延伸到中國，日本帝國則拿下蘇維埃周邊到澳大利亞。德國、蘇維埃、日本三大強權在義大利支持下，幾乎徹底佔據歐亞。德國政府意識到自限於國族主義不利進一步壯大，決定捨棄日耳曼稱呼，將國號從大日耳曼國更改為歐羅巴國，意圖塑造全大陸統一的身分象徵，並容許原本諸國諸邦享有自治權和歐羅巴國國會席次。然而，軸心強權最出人意表的舉動還在後面：他們決定止戰。

這個轉折確實讓泰森看傻了，尤其他認識的華盛頓特區明明變得滿目瘡痍。

下個展示標題是「四十二年和平」。

歐羅巴國、蘇維埃、日本帝國的驚人之舉是聯合提出新的合作模式，稱為「人類盟約」，後來簡稱「盟約」。盟約表面上追求實現人類終極潛能，卻以各種手段掩飾其黑暗目的，其中以持續到一九八二年十月的四十二年和平歲月，最為讓人放鬆戒備。

「真意外。」嘉藤說。「這條時間線上，二次世界大戰在不列顛戰役英國落敗、導致不列顛大流亡以後幾乎整個結束了，德國沒有發動巴巴羅薩行動侵攻蘇聯。在我們那邊，德國在一九四一年六月攻打蘇聯，其實是變相壓迫英國退讓。他們以為兵貴神速，可以迅速拿下蘇聯，只要踹開前門就能長驅直入。但納粹誤判了兩點，第一個是低估蘇聯紅軍的實力，第二個是低估俄羅斯的冬季。這次失誤幾乎導致納粹覆滅。雖然有討論空間，但基本上是珍珠港痛擊等級的大事件。」

他朝展示櫃指過去。「然後這裡根本沒有珍珠港事變。美國民情持續反戰到一九四一年十二月，是日本轟炸珍珠港才大翻盤。我們的時間線上，美國參戰以後，其實多數人都心知肚明結果如何，只是時間問題。有蘇聯、英國和盟友再加上美國，同盟國在數量和工業基礎都已經獲勝。但這個世界就不同了，美國到最後還是沒有參與。」

「確實不可思議。」泰森附和。「一個小轉變就改寫歷史。這個世界的德國在一九三〇年代專注火箭研發是分歧的起點，世界地圖整個不一樣了。」

「嗯。歷史其實不像多數人想像的那麼理所當然。」

泰森繼續往下看。新的展品標題是「大遷徙與新聯盟」，圖像裡出現了他在昏迷飛行員肩膀見過的旗幟。

一九四〇年代起，盟約國針對不受歡迎人口大範圍執行強制驅逐政策，將人留置在非盟約國的海灘。最初盟約所謂的「重新安置人口」被拋棄在非洲，但被驅逐者好幾波試圖跨越地中海返回，於是盟約國將他們放置在美國、加拿大與澳洲，回歸歐亞大陸變得十分困難。美、加、澳開始攔截船隻後，盟約國又將被驅逐者放在印尼、菲律賓、格陵蘭等地，其中格陵蘭因冬季酷寒、生存艱難。

一九四〇年代初期在難民潮危機中度過。一九三九與四〇年接納戰爭難民的國家面對資源緊縮問題。危機中新聯盟誕生，美國、加拿大、英國流亡政府、澳大利亞及初解放的印度、印尼、菲律賓、墨西哥組成人類和平聯盟，之後俗稱「和聯」。後續有中美洲國家、埃及、利比亞、摩洛哥等加入。

和聯國簽署協防與共享資源條約，以對抗國家資源短缺的人道危機問題。

文字下方一張圖片裡，五個男人圍著長桌坐下，其中四人披戴阿拉伯傳統頭巾。

「黑金締結新友誼」

因應和聯誕生、盟約國對歐亞大陸控制收緊，世界又出現了新的組織：伊朗、伊拉克、科威特、沙烏地阿拉伯、委內瑞拉五個石油主要輸出國，成立全球石油聯合，宣佈如有武力衝突將保持中立，不分立場及信念持續供應石油給所有國家。

「我們的石油輸出國組織也是由同樣幾個國家成立，」嘉藤解釋。「不過在我們的時間線上，石油輸出國組織要等到一九六〇年。」

「我還是覺得你都能記住好厲害。」

「我也覺得你能發現把我們傳送到這裡的裝置很厲害。」

「嗯，連我自己都覺得這玩意兒太厲害了。」

他再看下去。

「中立大陸」

全球各國劃分出陣營，南美國家除委內瑞拉也決定組織起來，並以中立為訴求，最初的決定就是在巴拿馬與哥倫比亞之間的達連隘口建造長達九十英里的高牆。南美各國中立地位很快得到盟約國、和聯國與石油國認可，也為自身找到全球舞臺的新定位。阿根廷搖身一變，成為新的世界金融中心，大戰期間自歐洲、尤其是瑞士逃離的銀行家，很快重新嶄露頭角。

此外，巴西掌握農業和礦物出口，其餘南美國家以文化影響力為世人熟知，其音樂、廣播、翻譯小說都暢銷全世界。

下一個展示櫃被打破了，標題還在，是「第二黑暗時代」，可惜說明卡不知去向。

「新的黑暗時代？」嘉藤打量展品。

「或許是天災。」

「也或許是戰火重燃。」嘉藤朝博物館入口方向望過去。「別忘了這個展區叫作『盟約戰爭』。」

「說得對。」

「這兒。」嘉藤指著隔壁展示櫃。

標題是「盟約海牆」，下面一系列照片都是軍艦攔截商船。

一九四〇到五〇年代，盟約國在歐亞大陸全力提升基礎建設，建立高速軌道、通用電話與電視廣播系統，且成立統一海空軍。各成員國維持獨立陸軍，但海空戰力大幅增加。新的海空軍聯合實行「盟約海牆」計畫，在成員國周邊領空及領海設下嚴密防線，杜絕非盟約國將人員及物資送入境內。海牆僅對南美開放，於是南美國家成為和聯國人民進入盟約國的熱門管道。

泰森的餘光掃到一張照片，看得他心臟差點停止。

他趕快走到那座直立展覽架前面看個仔細。玻璃後面的照片裡，講臺上的女性年紀應該三十好幾但未滿四十，講臺下則是一群二十多歲、身材完美的男男女女。

泰森非常肯定——講臺上的是他母親。說明文字也證實這點：

海倫．克萊博士公開其達爾文計畫第一群體。盟約國意圖以達爾文計畫提升人類的身心潛能。

下一張說明卡更是讓他看呆了。

克萊博士與其夫拉斯．雅各一同於歐羅巴國北萊茵—西伐利亞邦的波昂大學，協力發展達爾文計畫。

嘉藤察覺他表情有異。「怎麼了嗎？」

「是我媽。」

嘉藤湊過去看照片。「但旁邊那個人明顯不是你爸。」

「對。」泰森小聲回答。「我不知道這代表什麼，但是那個人，我前幾天才遇見過。」

「對方是什麼身分？」

「他是比利時人，在瑞士當貨車司機，平時愛看哲學。但在這裡，身分完全不同了。」

「令堂也不是美國人了。」

「對啊。在原本世界裡，她其實也出生在西德首都波昂，不過六〇年代就跟著我外公外婆移民美國。」

「這些變化的意義是？」嘉藤問。

「我也還不懂。」泰森引頸張望，發現之後的展示櫃已全碎，照片和說明卡被人取走。

而且他一瞬間又感覺有人在注視自己，猛然轉頭掃視四周卻什麼也找不到，沒有任何聲音或痕跡。

58

在化學螢光棒輕柔的黃綠色光線照耀下，諾菈和瑪利亞坐在禮品商店內耐心等候，耳朵留意著嘉藤和泰森回來的腳步聲。

飛行員馬修指揮官躺在地上休息，呼吸紊亂淺薄，每隔一陣子會稍微扭動，但已經大概一小時沒睜開眼睛。

瑪利亞取出美沙酮藥瓶，一直盯著看。

諾菈知道她在猶豫到底該不該吃。

想必她很難受，在沉重呼吸中扭開了瓶蓋，手指伸進去掏了一顆出來，就這麼吞了。

馬修用力吸氣，身子抽搐，右肩提高。

諾菈伸手輕輕壓住，他不再掙扎，張開眼睛以後，出乎意料竟是對瑪利亞露出微笑。

「瑪利亞——」他低語。

她皺著眉頭望過去。「我們認識？」

馬修喉頭那陣笑意變成乾咳，諾菈覺得應該很痛。

「妳不認識我，」飛行員勉強擠出聲音。「但我認識妳啊。」他用力吞口水。「在十七號營看到妳了。」

「十七號營？」

「妳的〈世界&時間〉巡迴演唱。」

瑪利亞瞪大眼睛。諾菈察覺她的手開始微微顫抖。

馬修又望向諾菈。「是妳聯絡到她？招募她加入？」

「我為什麼要這樣做？」

飛行員瞇著眼睛。「因為她會在七天後的A21啓用典禮表演。這是行動的後手？」

諾菈嚥下口水，努力保持聲音平穩。「無可奉告。」

他點點頭，視線回到瑪利亞。「〈鏡樹〉是我最喜歡的歌，在飛行訓練學校的時候在床上聽了一百萬遍吧。」

瑪利亞眼睛更大身子更僵硬，好像受到太大衝擊無法動彈。

馬修似乎沒察覺女歌手反應不對勁，笑著繼續說：「〈鏡中世界〉也不錯，但我還是喜歡〈鏡樹〉多些。」他吸一口氣，看來沒吸滿就又吐出來，反覆了幾次，原來是想哼歌。

「時間的森林……樹木在生長……天際無窮盡……未來的假象……」唱到後面，馬修閉上眼睛、呼吸遲緩，彷彿心靈得到歌詞慰藉，又能再多休息一會兒。

對瑪利亞的效果正好相反。

她胸口劇烈起伏，身體不住顫抖。諾菈拉起她的前臂，瑪利亞反而像籠子裡的動物遭受電擊那樣往後一縮。諾菈湊過去繼續安撫，直到她呼吸逐漸穩定，但眼睛仍離不開飛行員。

「瑪利亞？」

她總算轉頭望向諾菈。「他怎麼會知道？」

「妳說那首歌？」

「不可能呀。」

「怎麼說？」諾菈問。

瑪利亞閉上眼睛用力搖頭，好似想要甩開一切。

「瑪利亞，到底怎麼了？」

看得出她努力平復情緒，胸口起伏小了些以後才開口：「我從來沒唱過那首歌，連寫下來的機會都沒有，筆記本被他們拿走了。」

「意思是——」

「我從納許維爾搭飛機去華盛頓特區那時候才生出歌詞，雖然想寫下來但一直沒機會。」她緊盯著諾菈。「所以他怎麼會知道？這地方到底怎麼回事啊？」

諾菈覺得自己聽見身後有什麼東西在動，好像還傳來腳步聲，可是回頭一看卻又什麼也找不到……聲音又出現，不太大，但很清楚。「妳先留在這裡。」

瑪利亞伸手抓住她，用力到指甲都嵌進去諾菈手臂裡，眼神很焦躁。「別丟下我。」

「我馬上回來。」

「醫生——」

諾菈溫柔握緊瑪利亞的手，然後挪開。「我保證會回來，一下子就好。」

她打開手電筒，離開馬修、瑪利亞和照明棒範圍，走向通往一樓和大門的階梯，站在下面凝神細聽。那個不知道人還是動物的東西是否潛伏著？

「有人在嗎？」她低呼。

沒得到回應。可是，諾菈明確地感受到視線存在。

59

諾菈站在樓梯下方等待、聆聽，卻什麼也沒再聽見。

別無他法，只好掉頭往禮品店走回去。照明棒光線內，瑪利亞仍坐在飛行員旁邊，雙眼凝視著黑暗，彷彿出了神。

馬修還沒清醒。他的呼吸越來越淺，諾菈懷疑再不送去醫療設施，恐怕就來不及了。

她坐到瑪利亞旁邊伸手摟著，瑪利亞沒什麼反應。諾菈覺得好累好累，卻被壓力和恐懼逼得無法鬆懈。

手機被收走，諾菈也沒有戴錶的習慣，無法確認時間，導致心思更浮躁。不知過了多久，她感覺腳下的地板開始晃動。

禮品店的玻璃櫥窗咔咔作響，圓廳那邊一個巨象模型向前傾以後，滾到下面架子，摔得四分五裂，刺耳破碎聲令人更加心慌。

起初諾菈以爲是地震，後來察覺有方向，顯然附近什麼地方又開始爆炸，而且逐漸接近。震波傳到這棟建築，讓大理石地板、天花板都冒出了裂痕，有些磚瓦砸進圓廳。

瑪利亞挨過來抱著她，她也回摟得更緊。兩個人相依爲命，嚇得渾身亂顫，遠看彷彿在寒風中爲彼此取暖。

搖晃停了以後又是一片死寂，偶有瓦礫散落的碰撞。空氣裡都是灰塵，被螢光照得像是慢動作沙塵暴。

雲霧之外，憲法大道的出口方向，諾菈聽見有腳步聲踩在大理石地板。這次絕對不是錯覺。

她的脈搏加速，瑪利亞抓得更緊。

這番轟炸與搖晃都沒能驚動馬修，可見他狀態極差。

腳步聲接近。是泰森和嘉藤嗎？還是先前感覺到的視線——如果那其實不是錯覺。

她關掉手電筒牢牢抓緊。

一雙腳在禮品店周圍碎玻璃踩出沙沙聲。

「諾菈！」泰森的聲音傳來。

她鬆了口氣叫著：「這裡！」

泰森開了手電筒找到位置，穿過塵埃低頭時，臉上掛著安心的笑容。「妳沒事吧？」

「還好，有點嚇到而已。」

泰森用手電筒上下打光。「我們猜想對方是要把飛機徹底毀掉。盟約不想讓和聯得到技術。」

「『和聯』？」

「說來話長……」

花了半小時，泰森才將自己和嘉藤在美國歷史博物館所見所聞全數交代清楚。

諾菈也轉述馬修中校透露的情報，包括這個世界的「自己」，原本身負摧毀盟約新導彈A21的重責大任。

泰森望向昏迷中的飛行員，諾菈知道他正努力拼湊各種線索。「目前我最想不通的是，」他開口。「巧合未免太多。我們被傳送到這個時間點，飛機墜落在面前，這個世界的諾菈又正好要執行能扭轉歷史的人物……感覺全都互爲因果。」

「可是，背後眞相究竟是什麼？」嘉藤問。

「還無法確定，只能看到大概輪廓。」

「那是？」

「更有把握再說。」

「唔，」嘉藤話鋒一轉。「我倒是很確定另一點：我們四個需要有指揮鏈。」

三人一臉茫然。

「飛機墜落那時候，我們幾乎癱瘓了。」嘉藤解釋。

「大家都嚇壞了。」諾菈淡淡地說。

「對，問題是下一次發生類似狀況就得果斷應對。面對生死關頭、或者發現其他人遭遇生命危險時，我們必須迅速做出決策。」

「你想當隊長？」瑪利亞問得直接。

嘉藤歪著腦袋。「我可沒這樣說。我的意思是，總得有誰做指揮，這是爲所有人著想。」

諾菈深呼吸。「泰森比較合適，他對情況的掌握多過我們三個，也是我所見過最聰明的人。由腦袋最好的來做決定。」

「等等，」泰森回答。「首先，妳太給我面子了。」

「我又沒說錯。」諾菈也很堅持。

「再來呢，即使妳說得對，頭腦好不好不是關鍵，至少以現階段而言並不是。做決定的人要有經驗與專業。」他指著嘉藤。「已經有很多情況需要瞬間應變，譬如之前地底隧道、還有墜機時怎麼閃避。有軍事專長比較理想，所以應該讓嘉藤做判斷。他受過相關訓練，而且累積了多年經驗。」

泰森又指著地上一動不動的飛行員。「需要醫療的情況就交給諾菈。」

他停頓一下繼續說：「至於其他事情，像是調查整件事情幕後眞相，技術相關或制訂行動方針，我很樂意參與討論。」

「這樣不妥。」嘉藤還是搖頭。「要有一個人全權負責才好，我們需要的不是民主制度。」

「但這也不是軍隊。」諾菈說。

「不是軍隊，卻需要軍隊的行動模式。」嘉藤說。「我們等於進入敵陣內還孤立無援，連任務目標都無法確認。」

瑪利亞聳肩。「爲什麼所有事情都得當成任務看？」

「因爲有必要，也因爲想生還。」嘉藤反駁。「我們需要清楚的目標才能隨時進行戰略選項評估。如果連自己想達成什麼都不確定，就不可能判斷下一步該怎麼做。」

「我同意這點。」諾菈說。「到了這個地方以後一直在逃命或收集情報，也該主動出擊了。我們要自己決定方向。」

嘉藤點頭。「方向很明確，就是回家，而且要盡快。」他嘆氣。「我跟家裡還有很多事情要談。」

「你總算說了句我能聽懂的。」瑪利亞附和。「我也得趕快回去，不然……」她瞥了諾菈一眼。「我得看醫生。」

「我們根本不屬於這個時空。」嘉藤繼續說。「不該待在這裡。」他轉頭望向泰森。「我猜你知道怎麼離開？」

泰森遲疑了。「未必。」

「你不是輸入過啓動密碼，」嘉藤問。「再輸入一次試試看。」

「我覺得不會生效。」

「爲什麼？」

「直覺。」

「值得一試？」

「我們並不確定量子無線電——就是那個裝置的實際機制，所以沒辦法保證輸入同樣的代碼，就會回到原本位置。雖然有那種可能性，但也有可能直接傳送到地球不存在的時間線，然後在太空漂流。又或者，那是個距離太陽特別近的地球，地表超高溫、沒有能呼吸的大氣。徹底結凍的地球也很慘，我們撐不了幾分鐘就變成冰棒、心跳停止——」

諾菈舉起手。「總之可能會有嚴重後果。」

「打錯電話從來沒這麼危險。」

諾菈受不了地笑出聲，嘉藤和瑪利亞可沒這麼捧場。感覺泰森說的冷笑話對諾菈特別有效，儘管很多時候她不想承認，例如現在。「還可以。」她忍著笑意。

泰森聳肩。「多元宇宙幽默。按照多世界詮釋，會有某個宇宙欣賞這類笑話的。」

諾菈閉起眼睛。「嗯哼，反正不是這一個。」

「不是就不是吧。」泰森故意裝得很哀怨。

點。

「撇開老爹笑話，」嘉藤說。「我覺得至少該試試看同一組密碼。」

遠方又傳來爆炸聲。這次威力沒有大到震動地面、灑下瓦礫，但時間點特別呼應嘉藤的論點。

「下次飛彈或許就掉在頭上，」他繼續說。「我們眞的要冒這麼大的險？現在就該試試看。」

泰森揉揉眼睛。「重點是，我無法保證裝置功能合乎預期。例如要不要在一模一樣的坐標才能正確運行？代碼會不會和當下所處的世界有關？畢竟它實際上是一個粒子加速器。再來，這個宇宙的物理法則有沒有不同？原本世界就有很多細微的數據要考慮。」

「你說的我都同意。」嘉藤解釋。「但我的重點是炸彈都快到頭頂了，那些風險都算可以接受。就目前所見，這世界可能戰火連天接近毀滅，而我們什麼情報都沒有。」

「這次我得同意咱們特種部隊大英雄的看法，」瑪利亞開口。「就撥號看看到底會怎樣吧。」

「你們的顧慮我能理解，」諾菈也加入。「不過我覺得應該緩一緩。」

「怎麼說？」嘉藤問。

諾菈指著昏迷的飛行員。「我們救了他，他受了重傷有生命危險，需要趕快送醫。萬一密碼輸入眞的有效，變成我們一走了之、見死不救，有種泯滅人性的感覺。」

很長一段沉默之後，嘉藤才開口，語氣多了分思慮。「妳說得很對，我沒考慮到這點。」他遲疑片刻。「因爲直到昨天，我已有很長時間沒見到家人，與他們之間……還有些誤會沒解開，所以滿腦子只想著要回去，別的都沒顧到。」嘉藤轉頭望著諾菈。「沒錯，不能見死不救，先想辦法救他。」

「同意。」瑪利亞附和。「雖然我幫不上什麼忙，但也覺得這樣把人放著不管過分了點。剛才確實忘了他，熟悉的東西都不見了，腦筋一下子轉不過來。」她聳聳肩。

「大家都一樣。」泰森進入下個話題。「不過，要怎麼幫他？」

「現在不能搬動他，」諾菈說。「至少得確定有地方能治療再說。其實一開始說不定就不該亂動。」

「天一亮我就出去偵察。」嘉藤說。「我們需要食物，也應該與和聯政府或任何本地人接觸看看。」

「我跟你一起去。」泰森說。

嘉藤點頭。「只不過我還是傾向分工明確，建立指揮鏈。」

「但我們似乎不是那種團隊。」諾菈回答。

看到嘉藤蹙眉，她攤手解釋。「我的想法是……根據專長分配指揮權。四個人都有自己的專業、背景、知識，例如醫學方面應該交給我，軍事方面則應該讓嘉藤判斷。」

她再指著泰森。「科學或牽涉層面很廣的，像是要不要啓動量子無線電，我認爲就留給泰森做決定。他的直覺救了我們好幾次，而且那些太迂迴曲折的思考可能也是他最合適。至少我個人會委託給他。」

諾菈腦袋裡思考自己對瑪利亞瞭解多少，想找到適合由她出面的項目。

但她還沒想出答案，瑪利亞自己先點破了。

「所以剩下我這個格格不入的。」三人同時看向瑪利亞。「我幫大家說出來吧：我對這個所謂的團隊不但沒有貢獻，反而是累贅。畢竟我只是個過氣歌手，其實一開始還做過化妝師，幫小明星化妝膩了才決定自己闖闖看。小時候還幫我媽遮過黑眼圈和瘀青喔，打賭你們都沒這技術。」

尷尬的沉默擴散開來，泰森試著從另一個角度分析。「現在有太多問題要釐清。爲什麼是我們四個？爲什麼是這個世界？我們在這裡有什麼意義嗎？我認爲一定有，巧合太多就根本不是巧合。而且身爲科學家，我並不認同隨機性，只想尋求規律和因果。我覺得我們四個被傳送到這裡有該做的事情，每個人都有，瑪利亞也不會例外。我們是計畫的四根支柱，只是詳細流程和內容還沒弄明白。但人生就是這樣吧，有時候只能一步一腳印乖乖往前走，既然別無選擇，那方向就是次要問題了。可能我也比較樂觀，我相信走到最後，一定值得。」

瑪利亞搖頭晃腦的，好像認眞思考著泰森這番話。

「在想什麼呢？」諾菈問。

「我覺得他這番長篇大論好像可以寫成一首歌啊。」

諾菈又忍不住笑了，這次瑪利亞也一起笑開。

「能成爲靈感泉源也挺榮幸的呢。」泰森說。

嘉藤拉回正題，諾菈覺得這也是他天生扮演的角色。

「看來大家對工作分配有共識了？」三人點頭，嘉藤就繼續說。「要有人守夜，輪流值哨，每人一班。大家都得睡覺，睡眠是生存關鍵。」

每次聽他強調生存，諾菈就不由得重新意識到前途多舛。

「我第一班，」嘉藤開始安排。「泰森第二班。我們兩個天一亮就出去找補給和求援，出發前要睡飽。第三班瑪利亞，第四班諾菈。如果時間流動和原本世界一樣的話，我們會在第四班結束前動身。」

分派完畢，四人拆開博物館兩間禮品店裡能找到的T恤等衣物充當床墊。他們不刻意分四塊，全部鋪成一長條，讓布料稍微重疊，看上去像是拿舊衣服縫成一條被子。

才躺下不到一分鐘，瑪利亞就已微微打鼾。諾菈睡不太著，卻不覺得瑪利亞能迅速入睡是什麼奇怪的事情，因爲美沙酮副作用之一就是嗜睡。

從氣息聲判斷，泰森好像也睡不著。他背對著諾菈，朝馬修側躺。

「你在想什麼？」她輕聲問，不想被嘉藤聽見。嘉藤已從樓梯口開始繞一大圈檢查四周環境，但很小心都沒踩到玻璃或瓦礫。

泰森一轉身，臉部和諾菈拉近距離。「我在想……上次我們兩個來這裡做了些什麼。」

「我也記得。」

「那天很開心。」

這一瞬間，諾菈的思緒回到當年，他們在草地上鋪了墊子，說起來和現在還挺像的。兩個人吃吃喝喝、有說有笑，看著太陽橫過天空。

也就是那天，諾菈的生命轉了個大彎。她回家以後，一切都變了。

家門開著，家裡櫃子抽屜全被打開亂翻，東西倒在地板上。連床墊都被劃破，床芯像皮納塔（注）裡的東西全部散出來。

而她的父親不見了，連張字條也沒留。

找不到血跡，找不到任何線索。

事發一小時以後，特區警察派了兩個警員和兩個警官來問話。母親坐在廚房中島盯著前方，爲了諾菈和她弟弟狄倫不得不強作鎮定。

父親的失蹤對諾菈造成很大打擊，間接拆散了她和泰森。其實兩人當時正要上大學，相隔遙遠又各自融入新的朋友圈，本來感情也會接受考驗。而家中變故令諾菈陷入憂鬱，她知道那時候

注：內部裝滿玩具和糖果的紙容器，造型多樣，用於節慶或宴會。

自己很封閉，卻無能為力。

泰森似乎看穿了她的心事。即使過了這麼久，兩人默契還是好得很不可思議。

「又在想他了嗎？」

「嗯。」

「失去至親確實難受，」他感嘆。「我明白的。後來總是時不時就想知道究竟發生什麼事。就算再見到面了，還是梗在心上。」

諾菈不知道該說什麼，只好將手放在泰森身上輕輕安撫。

他也伸出左臂搭著諾菈。她也不懂為什麼，竟然就放鬆下來入睡了。

諾菈會醒來是聽見有東西輕輕拍打大理石地板。她本來以為是下雨，圓廳那邊屋頂上可能有破洞。

但眼睛適應昏暗之後，她卻發現聲音並不是雨滴，而是幾條金屬——長方形銀色軀幹底下有六條腿噠噠噠朝著自己爬行過來。那是個小型機器人。

60

泰森感覺有人戳了戳自己肋骨。經過日內瓦公寓和高研署設施兩次爆炸摧殘之後，他的身體好幾處還在痛，就算想動四肢也不聽使喚，連腦袋都變成一團糊。

但他又被掐了一下，痛覺加上湧出的腎上腺素，一下子驅散了腦海上的迷霧。

他用力睜開眼睛。

還在昏暗的博物館裡。

耳邊有股溫熱氣息，溫柔的低語是個熟悉的聲音：諾菈。

「泰森……泰森！快起來。」

轉身一看，諾菈的眼神充滿恐懼，他立刻振作精神。

他坐起身以後，發現有個形似昆蟲的金屬物體正在接近，六條腿末端尖銳，刺在人體上能造成重傷。

他掌膝並用爬起來，拿了手電筒往周圍一照，在飛行員旁邊找到睡前放下的手槍，抓了一個之後轉身要瞄準，卻發現機器人已經不在原位。

泰森只能在禮品店內照來照去。

樓梯那頭傳來腳步聲，引起他的注意，接下來另一道光打在身上。嘉藤跑過來了。

他已經執起步槍做好戰鬥準備，立刻低聲詢問：「什麼情況？」同時觀察四周。

「機器人。」泰森回答。「看見我們了，感覺諾菈沒搖醒我的話，可能會攻擊。」

「巡邏範圍得縮小才行。」嘉藤還在找。

「反正也快輪我了。」泰森說。「我出去找。」

後來幾小時，泰森一直在博物館四處搜索，走得提心吊膽。

一丁點聲音都會讓他很緊張，偏偏廢墟裡怪聲本來就多，牆壁龜裂、瓦礫掉落、風吹過孔縫等等。

每次聽見聲音，他就立刻跑去調查，卻都空手而返。

第一絲晨光自樓梯上方灑落。輪到諾菈値哨，但泰森沒過去叫醒她，只是看了一眼她平靜的睡姿。

他覺得諾菈應該多休息片刻。撇開體力勞動不談，他認識的諾菈現在心裡一定很多憂慮，擔心飛行員能不能熬過去、也擔心四人接下來的安危。諾菈是個心思很細膩的人。

嘉藤睡在旁邊，步槍上保險以後就擺在伸手可及之處。他躺下沒幾秒就睡著了，泰森心想這或許也是海豹部隊的必備技能，要能在戰場之類高壓環境正常睡眠。

慢步巡邏時，泰森的腦袋依舊兜著那幾個問題：爲什麼他們來到了這裡？又要怎麼回去原本的世界？

最理所當然的答案就是用量子無線電。可是他想確認該輸入什麼代碼。

按照計畫，太陽照亮史密森尼城堡時，泰森叫醒了嘉藤。嘉藤一起身就完全清醒，彷彿睡意是條薄毯，一甩就掉。

兩人決定先叫瑪利亞起來，因爲目前她累積的睡眠時數最長。

不過最年輕的她即使醒了也一副頭昏腦脹的模樣。泰森不太確定她這精神狀態是因爲藥物，還是大理石地板隨便鋪幾件衣服睡起來不舒服。

瑪利亞說不必把手槍給她，她沒用過也不覺得自己有那膽子。嘉藤反而表示要找時間教她，她則悶哼一聲回應。

泰森和嘉藤從憲法大道那個出口離開。外面這片市區稱爲聯邦三角，在原本世界有很多重要地點，像國家檔案館、司法部、環境保護局、白宮遊客中心等等，三角外圍則是白宮南側的橢圓草坪。

走著走著，泰森突然察覺自己好餓。

「該去哪兒？」他問嘉藤，而嘉藤已經在憲法大道上往右拐。

「我也在想。得找吃的、找救援，更必須收集情報。」

「所以……？」

「需要制高點，方便掌握周邊地形與情勢，也能看看有沒有居民或其他生命跡象。」

「在華盛頓特區要找高的地方不容易，政府規定建築物不能高於紀念碑還是國會大廈？忘記是哪個。」

嘉藤停下腳步盯著他看。「你沒在開玩笑？」

「啊？」

「你不是在這裡長大的嗎？」

「對啊。」

「那是迷思。」

「什麼迷思？」

「建築物不能高過華盛頓紀念碑或國會大廈這個說法是迷思。高度限制並不是爲了維護紀念碑或國會大廈的景觀視野，單純是市區規劃的結果。一九一〇年《建築物高度法案》的規定適用於特區，但判斷標準是街道寬度。簡單來說就是，街道越寬兩邊建築物就可以越高，太窄的話則不行。高度上限設定爲一百三十英尺，任何建築物都不能超過，唯一例外是賓夕法尼亞大道與西北一號街到十五號街交叉的那一小片區域，就在聯邦三角對面，那一塊地上的建築物可以有一百六十英尺。」

「有趣。」

「因爲有些建築物在法案通過前就蓋好了，像賓夕法尼亞大道與十二號街交叉口的舊郵政局大廈。」

嘉藤朝著街區盡頭一排石灰岩樓房點頭，泰森也認得那邊就是舊郵政局大廈，建築結構無損，比較令人訝異。華盛頓特區很多辦公室或大使館都有共同特徵：外觀像是摩天樓橫著擺。舊郵政局大廈特別之處則是面對賓夕法尼亞大道這一側有方形鐘塔突起，泰森進去過幾次，上面觀景臺視野絕佳，能將市區看得很清楚。

「舊郵政局大廈是這一帶第二高的居住建築，第一名是『聖母無玷始胎國家朝聖所聖殿』，但印象中也只高出十五英尺而已。」

「華盛頓紀念碑不必舊郵政局大廈高嗎？」

「高不少，」嘉藤朝著西北第十二號街邁步時解釋。「但紀念碑不算是永久可居住建築。特區的無線電塔比紀念碑還高，撇開電塔的話冠軍就是紀念碑。」

他往後往左看了看，補上一句：「僅限我們那邊的特區。這裡的紀念碑已經都塌了。」

順著十二號街前進，泰森順便觀察以前只知道是環境保護局的地方。這個世界同樣位置的建築物門牌有ATF字樣，像他這種在特區長大的人，從小就得接觸一大堆縮寫，幸好這條他還記得，雖然才三個字母卻代表了「美國菸酒槍炮及爆裂物管理局」這麼一長串。

泰森輕輕按了嘉藤肩膀提醒。「這裡不是環境保護局。」

「所以我們有年代線索了。」

「怎麼說？」

「在我們的世界，環保局要到九〇年代初才搬遷過來，之前這棟樓都是ATF。其實理所當然，ATF原本叫別的名字，隸屬財政部、更精確地說是國稅局，能收到好幾十億美元稅金。九一一事件後，二〇〇二年通過《國家安全法案》，ATF被轉到司法部底下才改成現在這名字，至於稅務就又成立一個『酒類與菸草稅務貿易局』處理，縮寫TTB。」

泰森停下腳步。「這些細節你又怎麼都記得住？」

「我爸媽的關係。」

「他們在ATF工作？」

嘉藤微笑著說：「不是，但他們非常奉公守法，也非常熱愛美國。我父母是移民，父親日本籍、母親中國籍。」

「所以你其實一半日本血統，一半中國血統？」

「接近。技術上來說應該是四分之三華裔、四分之一日本裔。我祖父是日本兵，戰後四〇年代經營紡織品生意，在北京認識我祖母，獨生子繼承家業繼續做紡織生意，同樣在北京談戀愛結婚。我父母對美國特別憧憬，不顧家裡反對，在七〇年代那時候移民，所以我是在北卡羅萊納州出生長大，只是夏天常常來華盛頓特區逛博物館這些地方……家裡窮，都挑免費或很便宜的地方玩。對他們來說，這裡已經是迪士尼樂園等級了。對我也是。每次過來就急著進來看看。」

他嘆氣。「好笑的是，搭車過來或平常放學回家，我爸媽會一直考我美國歷史，丟一大堆細節給我。我猜他們以為只要我對美國認識比別人多，就沒人能說我不是美國人。」

「我的成長過程有點像呢，」泰森笑著說。「不過被考的不是歷史而是科學。」

他察覺自己與嘉藤像是兩條平行線，有類似但不同軌道的童年經歷。他的軌道是科學，嘉藤的軌道是歷史，之所以有這樣的軌道出現，是因為爸媽失去了生命中重要的事物，於是將希望寄託在孩子身上。泰森的母親失去李克特，也就是他一直渴望卻不可得的父親。嘉藤的父母離鄉背井來到美國，失去了與故土的聯繫。

「從小灌輸的話，確實會變得跟呼吸一樣自然。」

「是啊。」嘉藤附和。「父母那麼關注美國歷史，我大概有樣學樣而已。小孩子就是那樣，能從父母得到獎勵的話表現就會好，所以我也熱愛這個國家，愛到長大以後願意為國捐軀，有時候甚至忘記自己也成了家。」

到達舊郵政局大廈時，陽光已經直曬在泰森臉上。穿過拱廊門廳進入四合院中庭，頭頂上有金屬網格支撐的玻璃頂，周圍則是一層層雕梁畫棟的柱廊。他算了算，總共有十層樓。

「往這兒。」嘉藤走入廊下，原本是間小餐館，但已經沒有食物與人煙。泰森特別留意結帳櫃檯。在他們的世界裡電子收銀機、平板電腦和信用卡掃卡機隨處可見，這裡卻還在用傳統的彈簧抽屜櫃找零，看起來兩邊確實有時代差距。

泰森在裡面想找些報紙，從報紙最容易判斷居民狀態。可惜能找到的都是碎紙程度，被時間或昆蟲啃得無法閱讀。

他跟著嘉藤走出小餐館，從樓梯爬上夾層頂端。玻璃棚上各處泥土髒污經年無人聞問，晨光雖然耀眼，也只能照得中庭明一塊暗一塊。

嘉藤先順著露臺觀察一百英尺底下庭院內擺放的桌椅與大陽傘，接著走進電梯試著操作。其實不必按按鈕兩人也心知肚明，這地方根本沒了電力。之後來到鐘樓樓梯下，嘉藤向上爬，泰森跟在後頭。

爬到國會大鐘所在樓層時，他覺得腿要燒起來了，大口喘息才發現這層空空蕩蕩。

「國會大鐘……」他上氣不接下氣。「不見了。」

「那幾口鐘是某個英國基金會在一九七六年美國獨立兩百年紀念日送的，而且等到一九八三年才掛在這裡。同樣事件放不進這裡的時間線，英國人一九四〇年的時候就被迫流亡。」

嘉藤繼續向上爬，兩人來到了觀景臺。泰森從臺上豎桿之間望向華盛頓特區的北半邊。下面的景象簡單來說就是一片廢土。從小到大看習慣的城市好像被巨大擀麵棍壓過去似的，許多建築物被夷平。

斷垣殘壁間偶爾能找到廢墟壓著的汽車，都是美國製，金屬車身龐大但又有柔和流線造型。泰森覺得似乎是自己世界六〇到七〇年代的產物。車輛上處處彈孔，看來之前有一段時間，特區街道十分危險。

他往左邊走，看到白宮巍然依舊，靠西的林肯紀念堂也還在。泰森認為這多多少少有意義——無論誰在這裡征戰，他們至少試著保存本地的歷史與傳承。

西南方是維吉尼亞州阿靈頓郡，那裡沒有高度限制，原本有很多摩天樓，現在都看不到了。地面佈滿巨大焦黑的坑洞，想必都是炸彈炸出來的。有些土地已經被大自然回收，波多馬克河兩岸的森林非常茂密。

南邊傑佛遜紀念堂在陽光下十分閃亮，後方還能看見喬治梅森大橋和三九五號州際公路。跨河兩條道路已經瓦解，本該堅固的混凝土如塑料那樣扭曲變形。

從橋樑往南，泰森看見比故鄉毀滅更驚人的東西：華盛頓特區上空有一艘巨大飛船，外觀類似二十世紀初的齊柏林，彷彿拉長的橄欖球飄浮在雲海之上。

飛船前側下方的吊艙形狀像是火車車廂，吊艙兩側有窗戶、前面有大型機炮，內部則是船員及旅客居住區。

船身找不到標記。

「看。」嘉藤伸手指著那方向。吊艙底下放出大斜坡，一群人面朝前往外滑。

二十四人都離開之後，飛船才收起坡道。

沒過多久，他們拉扯胸口繫繩，打開降落傘減緩掉落。對方目的地顯然是國家廣場。

東邊傳來尖嘯，泰森轉頭正好看見三枚飛彈飛過來。

飛船以舷炮還擊，十幾發炮火攔截飛彈，雙雙在大西洋上空炸裂。

泰森猜不出飛彈彈頭用了什麼炸藥，只知道爆炸之後的現象很反常：一股波動掃過都市廢墟，同時令他雙腿發軟、頭暈目眩，像是吃了對手一招的拳擊手。

他只能扶著觀景臺欄杆穩住腳步。東邊射出下一波飛彈，飛船也再度以大炮防禦。

飛彈爆炸後的震波簡直像是電流穿透身體。泰森懷疑那種炸藥是否影響時空結構，能夠炸出一塊眞空。

一隻手搭上他的肩膀。

「先走爲妙。」嘉藤將他拖下樓。轉彎時，泰森看到傘兵已經落地，朝著博物館——諾菈和瑪利亞的位置逼近。

61

轟隆炮火和震耳欲聾的爆炸驚醒了諾菈。威力似乎足以穿透大圓廳，順著樓梯滲進她的胸膛甚至心智，彷彿一道重力波將她拍倒在大理石地板。

意識像是溺了水。

昏迷不醒的馬修中校呻吟蠕動，頭歪向一邊。

瑪利亞雖然站著但不停顫抖。

「往這邊轟炸了！」她叫著。「得趕快離開！」

諾菈搖搖晃晃地勉強起身。「不行。」

瑪利亞閉上眼睛用力搖頭。「沒辦法了啊。」

「不能放著他等死。」

泰森幾乎無法控制肢體，差點直接滾下樓梯，爆炸好像造成神經系統短路。

嘉藤的情況好得多，一手提著步槍，另一手勾住泰森的上臂，還能踩著穩健腳步下鐘樓。

回到舊郵政局大廈中庭，他加快腳步，繼續將泰森往下拖，泰森扣著他的手想掰開。

「別管我了。」他喘不過氣。

「我怎麼可能——」

「我快動不了了。你先回去幫諾菈。」

嘉藤反而抓得更緊，用力拽他下樓。

後來泰森的力氣一步一步逐漸回到體內，彷彿神經毒素被抽出血液。問題變成他還緩不過氣，很難跟上嘉藤的速度。

到了地面，站在中庭斑駁光影下，嘉藤也終於停下來調整呼吸，但依舊提著槍搜找敵人蹤影。

片刻後，兩人離開舊郵政局大廈，沿著西北十二號街狂奔回諾菈與瑪利亞身邊。

諾菈聽見沉重腳步聲踏過大圓廳地板。進入博物館的人很熟悉地形，直接從一樓樓梯口下來，朝自己接近。

泰森光是要跟上嘉藤都快跑斷雙腿。傘兵部隊降落得比他預期更早，很快便消失在史密森尼博物館群後方，顯然能夠搶先找到諾菈和瑪利亞，而且人數遠非兩人所能應付。

嘉藤似乎也在思考這點。

他停在十二號街中間。「要重新部署。」

照明棒微光下，諾菈看見十幾個人影。對方衣服是類似鉛板的銀灰色，材質發皺，像是能吸收光線絲毫不反射。他們戴著鋼盔與很大的鏡面眼罩，整個外形彷彿人類大小的昆蟲。

瑪利亞還是不停發抖。知道有人接近，她拿起手電筒往對方一照，但連光束都在抖動。真的看見人了，她卻嚇昏過去直接摔倒。諾菈大驚失色，趕快爬過去伸手檢查她後腦，就怕撞擊之後受傷出血。幸好沒事，大概會有幾塊瘀青，至少生命無恙。

帶隊的人走到諾菈面前，伸手從背包取出兩袋東西放在地面。

頭盔擴音器傳來聲音。「快點著裝。」

諾菈認得這嗓音，但又覺得不可能。她盯著地上的東西，那是折疊整齊、與對方相同的銀灰色防護服。

「諾菈——」那人語氣急迫。「妳沒事吧？聽不聽得懂我說的？快點穿上法拉第防護衣。」

男人摘下頭盔低頭探視，額頭眼角皺紋遍佈，看上去應該六十好幾，而且十分滄桑。即便如此，諾菈還是認得自己的父親。

他走近一步。「諾菈，得趕快撤離，戰術飛船在等了。電磁彈暫時不成問題，但盟約的機器人隨時可能出現，不能拖延。」

叮叮咚咚的聲音引起了泰森注意。

轉頭一看，七個小型金屬機器人從ATF大樓窗戶爬了出來。軀幹是長方形，靠六根尖銳金屬腳移動，與前夜博物館裡出現的是同一類型，差別是這次被發現了也不躲不藏。

七個機器人加速逼近，金屬足尖在地面敲得叮噹響。

嘉藤立刻瞄準開火，它們爬到地面前就折損三隻。機器人忽然正面開啓小圓孔射出飛鏢，命中泰森的雙腿，傷處發出一次被五、六根大針筒插入的劇痛。

痛覺順著腿往上蔓延，勾起一陣暈眩。

他跪倒時看到嘉藤不斷後退瞄準，其實他也被擊中了腳步踉蹌。

眼前全黑之前，泰森聽見機器人踏過地面、爬向自己。

62

兩名士兵爲瑪利亞套上銀灰色防護服，她動也不動倒是好辦得多，還有三個人走向失去意識的馬修中校。

「動作請小心，」諾菈低呼。「他有內出血。」

「妳自己呢？」父親問話時，臉上寫滿關心。「有沒有受傷？」

諾菈望向他，心中千頭萬緒——重逢本該喜悅，但她害怕對方發現自己並非想像中的那個女兒。此時此刻透露眞實身分恐怕很危險，即使對象是父親。畢竟這是戰火連天的世界，有很多規則她尚未理解。

「沒事。」她低聲回答以後開始著裝。

諾菈原本想要求父親原地等待嘉藤和泰森返回會合，但立刻想到此舉不妥。要是這個世界的嘉藤效忠於「盟約」該如何是好？再者說不定兩人已經被擒獲，得靠諾菈去拯救，現在暴露四人的關係，反而會居於劣勢。

這種爾虞我詐的事情，她的腦袋居然一下子轉過來了，連她自己都覺得訝異。心智受到考驗時展現出的彈性眞是令人讚嘆。

穿好防護衣也戴上頭盔了，父親帶隊離開自然歷史博物館，沿著憲法大道過兩個路口，到達白宮南面的橢圓形大草坪。

諾菈印象中整齊美觀的公園已經雜草叢生，還長了幾棵小樹。

更叫她吃驚的是，即將降落的飛船長度不下於白宮，令諾菈聯想到固特異飛艇或是興登堡號（注），但這麼聯想時她就遲疑了，不知該不該繼續跟著父親上前。

飛船落地以後放下登船板，隊伍帶著諾菈、瑪利亞和馬修入內。

不一會兒便再度升空。到了艙內，兩邊有橢圓小窗，諾菈取下頭盔朝外眺望。

士兵將馬修和瑪利亞送到更深處，想必船上有專門的醫務室。

飛船朝向西北，似是隨著波多馬克河穿越馬里蘭州和維吉尼亞州邊境，深入美國內陸。

對諾菈而言，船外的光景十分恐怖——華盛頓特區滿是倒塌樓房和廢棄車輛，化作世界末日般一片焦土。道路被草木覆蓋不復存在，人類文明的痕跡逐漸被時光抹去。

她察覺父親注視著自己。

「怎麼了嗎？」他開口問。

諾菈遲疑幾秒鐘才想通。父親當然會覺得奇怪，這個世界的諾菈對外頭的風景已經麻木才對。所以，那個諾菈現在會是什麼反應？大概是回報任務經過。但這個諾菈做不到，說錯一句就會露出馬腳。而且會露餡的不是只有諾菈，還有瑪利亞。兩人尚未得救，反而危機重重。

更大的問題是沒有泰森或嘉藤的消息。他們人呢？

得先收集情報。

父親似乎有同感。「出了什麼狀況？」

「有點複雜，」諾菈不敢與他視線接觸。「抱歉，我想先休息一會兒。」

他點頭。「也好。」帶著女兒穿過貨艙，裡面走道兩側有許多艙門。第一扇開啓的門後就能看到馬修與瑪利亞被安置在輪床，正被幾個士兵測量生命跡象。走道盡頭另一扇門通往艦橋，幾個官兵在裡面操作飛船。

諾菈的父親停在中間，指著打開的門。「妳準備好了就過來戰情室找我。」

她進去房間，掩上橢圓形金屬門，觀察艙內擺設。小床有個可折疊的上鋪，書桌附帶的圓凳不直接鎖在地板，而是連接著牆壁伸出的活動支架。沒有舷窗，裝飾也只有牆壁上的藍色大旗，諾菈覺得和美國國旗有點像。

她拉了板凳坐在書桌前面翻抽屜，在最底下找到一本精裝書，布面封套是與旗幟相同的藍色，書名燙金印字寫著《和聯：爲人類未來而戰》。

諾菈望向旗幟。根據目前線索推敲，眼前是和聯軍旗、自己登上了和聯軍飛船。

翻開書本，內容夾雜歷史與和聯意識形態。她讀到和聯人民有共同目標，想創造包容體諒的世界，人人享有自由與和平，史料解釋了背後原因。

其中一個章節標題是「第二次黑暗時代」。

> 盟約戰爭歐洲戰線結束後的數年間，和聯因大量移民而面對社會團結問題，同時高速整合的盟約勢力圈實施經濟制裁，情況雪上加霜。
>
> 一九四〇到五〇年代，和聯與盟約處於光譜兩極。和聯是不問出身、人各有志的大熔爐，社

注：與登堡號飛船設計上以載客、貨運、郵務為目的，但曾被迫用於散發納粹傳單，最後在紐澤西州降落途中爆炸燒毀。

會凝聚力不足，但民眾逐漸理解到戰爭只是暫停、並未結束，共識是必須盡快加強軍事能力。

反觀盟約則高度團結，社會體制對公民進行篩選，成員向心力強，表面上追求將人類推向完美。

雙方此時尚未進行傳統戰爭，然而盟約發動新形態作戰，透過經濟封鎖對和聯施壓。其中關鍵是盟約海牆，等同拒斥和聯國家及公民進入盟約國市場，阻斷兩大強權間的自由往來。

自五〇年代末到六〇、七〇年代，盟約加重力道，試圖限制和聯國的軍隊、軍備與科技。戰火一觸即發，雙方持續在各領域互相角力。

武裝使團以「和平視察」名義出入和聯國家成爲常態，他們搜索企業、大學、政府機關及各級實驗室，扼殺可能違反和平協議的科技研發。

長久累積之後，和聯的技術能力遠遠落後於盟約組織。資訊取得也十分困難，盟約各國的新聞與影音也遭到海牆封鎖，不會對外流出。

因此，四十二年和平時期實質意義是和聯的緩慢衰亡，盟約取得科技的強大優勢。

和聯內部年輕世代對缺乏發展機會的不滿終究爆發，和平視察團成爲攻擊目標，盟約因應手段是不再派遣人員，改採自動化偵察，以監控氣球和巡邏無人機在各大都市上空收集情資。

之後局勢更加嚴峻。一九八二年十月，盟約開始以電磁兵器做爲新執行機制，將其搭載於歐羅巴國梅克倫堡——西波美拉尼亞省內佩訥明德研究中心製造的A18長程洲際導彈。盟約政府聲稱某地正在開發違法和約的電子科技時，便直接進行電磁轟炸。

電磁兵器符合和約規定。盟約可在不傷害和聯人民的前提摧毀先進電子裝置。

然而電磁轟炸對和聯各國傷害過大，電子裝置一夜之間功能盡失，儼然進入新黑暗時代。之後電磁轟炸威力與範圍持續成長，和聯各國開始懷疑其效力不侷限於電子裝置，也對人體造成影響。

諾菈將書放下，推開圓凳之後開始，思考這段歷史。這個世界陷入了戰亂，起因一部分是壓迫科技進展。盟約的火箭技術是其中關鍵，一九四〇年對不列顛、後續對美國、澳洲、加拿大等和聯國家都發揮巨大作用。

目前無法確定「盟約國」與原本世界的「盟約組織」是否有關，但看起來不像巧合。

這代表什麼呢？

要是泰森在旁邊就好了。各種意義上。尤其是腦力激盪。但諾菈知道接下來好一段時間恐怕得自立自強，甚至得由她設法解救同伴。這麼一想就覺得肩上擔子很沉重，可是決心也更加堅定。來到這個世界之後一直都處於被動，她無法罔顧人命所以救下了飛行員，然後別無選擇被父親帶上飛船。

她覺得該是採取主動的時候了。掌握情報，營救夥伴，大家一起回家。

思考行動方案時，飛船緩緩轉彎，那股微弱扭力使諾菈想起深海中的潛水艇。仔細想想，飛船確實也是靠浮力航行在雲海之上。

瞭解第二次黑暗時代的來龍去脈，諾菈也就理解爲什麼和聯軍交通工具會是飛船。飛船歷史可以追溯到十九世紀初，遠遠早於先進電子技術。迫於無奈的技術退行恐怕還有很多。

飛船穿越天空，她翻開書繼續研究。

63

泰森醒來時發現自己身在幽暗小房間，想坐起身但是腦袋昏沉，只好躺回小床先觀察環境。

小床是固定在混凝土磚牆上的折疊床，空氣潮溼、帶著霉味，房間裡面沒別的東西。唯一一扇門是生鏽的鋼板，但沒有鏽到破洞。站立高度有塊十二英寸見方、裝上直條欄杆的開口。門板靠近地面也有開一條縫，高度只能用來遞送郵件。

房間裡面沒有光源，欄杆外面有微弱黃光透入。

在這種地方醒過來已經像是惡夢，但泰森更恐慌的是醒來以後身上少了東西。藏在口袋的量子無線電和父親給的藥瓶都已不翼而飛。

沒有那瓶藥，他擔心自己身體狀況會一天天惡化。沒有無線電的問題更嚴重，取走的人亂按會發生什麼事？說不定泰森、諾菈、嘉藤、瑪利亞四人會忽然又被傳送到別的世界？那樣他們會是什麼狀態？像現在一樣分散在不同位置？下一個世界能不能生存？會不會比現在處境更危險？

兩樣東西都得設法取回。當然還要和夥伴會合。

他站起來以後覺得自己像是在踩高蹺，兩條腿沒力氣又不牢靠隨時會倒。他一手扶著牆，慢慢走到門口從小窗欄杆往外望，看見了一條走廊髒兮兮的，兩邊牆壁都是煤渣磚，天花板用黑色電線掛著一排黃色燈泡。

「有人在嗎？」他的聲音聽起來很啞。

幾秒鐘以後金屬互相刮擦的聲音出現，卻沒有人現身。

泰森看了好一會兒，走廊盡頭另一道門上才終於開了個小窗。

男人的低沉嗓音傳來。「你叫什麼名字？」

泰森雖然猜測這世界沒有自己的平行版本，但也明白這種事情猜錯了可能就沒命，所以不敢正面回答。「這是什麼地方？」

「你的名字可眞稀奇。」

「爲什麼囚禁我？」

「需要我教你嗎，傻子。人別關在地底牢房的時候沒有問話資格，聽懂沒？」

泰森張開嘴巴還想問些什麼但先壓了下去，感覺再問下去可能就把好運用光。

對方的聲音再次傳來。「從簡單一點的開始好了——你怎麼來的？潛水艇？還是挖地洞？」

「放我走，」泰森回答。「我保證我和你們的戰爭無關。」

「你的目的是什麼？」對方繼續問。「來帶走馬修？」

「不是。但我們救了他。」

「爲什麼？」

「救人不需要理由。」

「誰派你們來的。」

「沒有誰。」

「你最好識相一點。」

「你的問題，我都沒辦法回答。」

「那等你餓了我們再聊聊。應該也快了。」

⚛

嘉藤醒來時被上了手銬，銀色金屬磨得手腕很痛。他的腳踝也被銬著，兩幅手銬都用鐵鏈繫在昏暗房間的煤渣磚牆壁上，只有鐵門上小格柵流入一點點光線。他倒在地上，渾身痠痛。門打開，留著山羊鬍的魁梧壯漢走進來，眼神充滿憤恨。

「我們可是開了賭局，看看你什麼時候才要醒。」

「『我們』是誰？」嘉藤想坐起來，但是鐵鏈太短沒辦法。

「明知故問。你們這群禽獸不是想著徹底抹煞我們嗎？」

「你認錯人了。」

「聽你鬼扯。而且你害老子輸了，還以爲你們盟約情報員一個個是鐵打的，很快就會醒過來，結果你居然睡得跟個小嬰兒一樣。」

「我不是盟約情報員。」

「哪個情報員會承認身分？」對方冷笑。「彼此心裡有數不是嗎？我們這兒可是很慘的，明明大家窮得都要吃土了，還得湊錢向你們高階軍官買情報。今天好不容易抓到一個，總算有一番新氣象，當然得好好跟你請教。只要能給小孩找到東西吃，用什麼手段讓你開口都無所謂。眼睜睜看著兒子女兒一代接一代變矮變瘦，再縮水下去人都要縮不見了，那種感受你不懂。我們可不想永遠躲著給你們炸。」

男人瞪大眼睛，目露凶光。「所以，只好麻煩你配合，告訴我們該怎麼扭轉局面了。」

64

諾菈坐在飛船艙房書桌前，有人敲了門。她還來不及闔上那本歷史書，門就被推開，父親走了進來。

她不敢再有大動作，免得看上去特別心虛。

父親視線掃到那本書。「《為人類未來而戰》？」

諾菈擔心自己的語氣也會露出馬腳，索性點點頭回應。矛盾非常明顯——這個世界的諾菈親身經歷過書中描述的一切，為什麼還浪費時間繼續讀？要想個說法蒙混過去……

「最近我也常常翻來看。」父親繼續說。「從歷史角度觀察我們這些行動會好過一些。」

他將門掩上，也沒看著諾菈，自顧自說下去。「他們把我們當牲畜。我猜對他們而言，這樣比較簡單吧……按個按鈕就好，之後不會再死人。但其實我們還是一天一天慢慢餓死。」

諾菈的父親吸一口氣沒再出聲，她還是不敢隨便搭話。

「我知道之前沒把話說清楚。」他又說了下去。「我不想，但也無可奈何。」

「沒關係。」她小聲說。

「怎麼會沒關係呢，我知道妳要去那裡進行偵察任務，但不能冒險讓妳被抓，免得走漏風聲。」他打量諾菈。「起初我還以爲自己的使命是挽救地球的海洋，人生眞的難預料，對吧？」父親眼睛微微瞇起。「只是眼看著孫子孫女吃不飽……政府又說自己的技術能變成拯救大家的武器。還能怎麼辦呢？」

諾菈聽了心跳加速。父親的意思是她有小孩？大概也有丈夫？

原本世界裡，諾菈有個弟弟叫狄倫，但弟弟沒結婚也過著隨波逐流的日子。狄倫始終沒找到自己想做的事情、想一起生活的伴侶。不知道這個世界的他會不會過得比較好？

父親身上的謎團更多。原本世界的他叫作勞勃．布朗，是喜歡思考的學者類型，也很照顧家庭。

勞勃對學術有很大熱情，在原本世界研究洋流以及洋流對海洋生物的影響。小時候，諾菈曾跟著父親到世界各地的珊瑚礁、障壁島等地形探險，有些地方非常偏遠甚至沒有正式地名。她很珍惜那些回憶。旅途培養出她對科學的愛好、對自然的好奇。她記憶中的父親以正向積極和求知欲感染大家，對自己的潛移默化尤其強烈。

父親想揭開海洋的神祕面紗，理解地球的生命如何流動、底下還藏著什麼祕密。諾菈則對人類心靈更有興趣。人心之於諾菈，就好比海洋之於她父親，有些流動塑造生活、有些模糊地帶值得探究，人類心底同樣難以觸及卻埋藏許多祕密，或許比大海還要深邃無垠。

後來諾菈也理解了爲什麼十八歲時父親失蹤，她會那麼難以接受。成長過程中，父親對她的世界觀、自我認同都有莫大影響，當時偏偏又是她準備離家進入大學的階段，失去了父親，生命好像變得不再穩固、沒有依附。她花了好幾年時間才重新適應，但那個空缺恐怕無法眞正得到塡補。

這世界的父親與養育她的那個人，至少在一個特質上有很大分別。面前這個人比較抑鬱，或者說籠罩一股悔恨氣息。這或許是大戰在這個勞勃・布朗身上留下的痕跡。

又有人敲門。一個穿著制服的士兵竄進來，對著諾菈的父親耳語。聽完以後，勞勃轉身走出房間，回頭告訴諾菈：「馬修醒了。」

諾菈起身跟上，穿過飛船狹窄通道走向醫務室。馬修躺在輪床與一個軍官對話，另有兩個醫護人員在附近看著，表情有點擔憂。

一進去裡面，諾菈看到瑪利亞也醒了，躺在另一頭床上，眼睛張得很大，一個醫生不斷問她問題。

諾菈迅速晃了下腦袋，示意瑪利亞什麼也別說。瑪利亞看見以後猛然點頭，醫生察覺了轉身望向諾菈，但諾菈則將注意力放回馬修身上。

飛行員看見諾菈以後舉起右手，指了過來，嘴巴越動越快，他說了什麼諾菈聽不清楚，只知道提起了A21這個詞。

守著馬修斯的一個女醫師轉身，高舉雙臂。「人太多、聲音太多了！請大家先出去。」

走出醫務室，諾菈的父親開口：「還好馬修能講話了。接下來妳也得做筆錄，準備好了沒？」

「嗯……再給我幾分鐘。」

諾菈回到自己房間關門以後，靠著門板用力喘息，同時察覺船身扭動，不知道目的地是何處，說不定只是根據風向調整。現在她也必須見風轉舵，卻有種恐慌症要發作的壓迫感。最重要的是，她要弄明白這世界究竟經歷過什麼。

她拉出圓凳坐下，打開那本書繼續讀。

「隕落」

一九八七年十月十一日，和聯採取唯一的生存之道：對盟約聯邦展開反擊。陸海空聯合奇襲在愛爾蘭與蘇格蘭周邊的海牆打出破口，之所以選擇此處，是因爲當地民眾似乎比較同情和聯處境。

同一時間，法屬加拿大也採取類似戰略，派兵登陸法國北部諾曼第，除了建立據點也打算從灘頭陣地發射和聯祕密開發的新型短程飛彈，標的是歐羅巴國境內梅克倫堡——佛波門邦（注）佩訥明德軍事研究設施。和聯軍自認能夠摧毀盟約現有導彈並且癱瘓其産線，以此逼迫盟約進行和談，若戰事持續，雙方武力也會較爲對等。

然而僅僅三天便情勢逆轉，盟約恐怕早已得知奇襲計畫，兩棲船艦接觸陸地同時就遭到A16導彈轟炸。盟約不留活口，總計十四萬七千三百零二名和聯軍人死於前線。

事態尚未見底。十一月十三日，盟約對和聯本土發動反擊，導彈如暴雨落下，目前官方仍未證實任何統計數字，一般認爲在數萬之譜。這次轟炸使用的導彈搭載新燃燒技術，巨大威力不僅夷平都市也摧毀主要州際道路和橋樑，美國心臟地帶原野燃起難以撲滅的熊熊野火。

以美、澳、加爲首，其餘和聯諸國人民只能眼睜睜看著文明破滅。

此後進入無止境的戰亂年代，導彈攻擊成爲常態。文明殞落，每週幾乎都有主要都市受到電磁或火藥轟炸，並且攻擊沒有規律、沒有理由，只能感受到盟約方意圖散佈恐懼。人口驟減，死因除了轟炸還有飢餓，此外許多人失去求生意志。

黑暗時代下，和聯最後倖存者逐漸分散爲類似遊牧民族的小團體。

注：「梅克倫堡—佛波門邦」與「梅克倫堡—西波美拉尼亞省」為同一地區，因時代和翻譯而稱呼不同。

65

飛船走道傳來了叫聲。諾菈在門口聽見醫生護士高聲指揮。

咚一聲推開艙門，正好看見父親也朝醫務室衝了過去。

諾菈趕緊追上，一到現場卻嚇得停步。輪床上的馬修不斷抽搐，醫護拚了命急救。她第一反應覺得是栓塞或心臟病發作。

然後留意到瑪利亞滿臉懼色地望向自己，身後的父親聲音雖小但很清楚。「走吧。」

她瞥了一眼表達困惑，父親卻直接抓起她手臂，力道大得讓她心生警覺——是不是馬修的報告讓船上眾人發現自己假冒身分？

被帶進走道以後，諾菈拉開父親的手。

「爸——」她才開口就哽咽，沒想到自己還有機會喊出這個字，情緒反應的激烈程度超過預期。

「嗯？」他回話的語氣很緊張。

「什麼情況？」

他蹙眉。「不是很明顯嗎？」

諾菈只能搖頭。

「沒猜錯的話，已經有盟約的人混進這艘船，先對馬修下手了，或許再來就是妳。妳知道的情報太重要，他們會拿命來奪取。所以，妳不可以離開我的視線，而且現在就得把得到的消息說出來。」

諾菈用力吞口水。「好，但把瑪利亞也帶來。」

父親瞇著眼睛。「妳說那個歌手？」

「她也有危險。」

勞勃．布朗眉毛一挑，卻還是吩咐剛進來走道的士兵。「帶尚托斯去二號房。」

他將諾菈推進房間關上門，力道正常了些。諾菈在小床坐下，心裡有股奇怪的感受，好像回到青少年時代，自己闖了禍被罰禁閉，直到能夠將事情交代清楚。

艙門打開，瑪利亞走進來。諾菈起身過去輕輕抱著她，也乘機耳語囑咐：「別說話，配合我。」

其實，諾菈自己都不曉得這戲應該怎麼演，只知道接下來幾分鐘會決定兩人的生死。門外三個衛兵持步槍守著，勞勃將門鎖上才回頭，兩女一起坐在小床上。「佩訥明德那邊究竟是什麼情形？」

「馬修怎麼說？」諾菈想先套話並拖延時間。

「A21完成了，還早就大量生產。盟約進度比我們預期超前很多。」勞勃看著諾菈，諾菈不講話，他只好自己補一句。「馬修還說，這次的導彈可以徹底摧毀我們。真的嗎？」

諾菈不確定該說什麼，索性照實招認。「就我所知，是這樣沒錯。」

「馬修說預期七天後就發射。」勞勃歪著頭，等諾菈確認。

「跟我知道的一樣。」她小聲回答。

「那別無選擇了，只好先毀了世界再來重建。」

諾菈心一沉——這句話什麼意思？是自己附和馬修的說法，導致這裡的父親決定不擇手段嗎？如此一來她也有連帶責任。

回過神來，父親正在叫她。

「諾菈？諾菈——」

她抬頭。

「跟她又有什麼關係？」勞勃指著瑪利亞。

「她救了我。」諾菈觀察父親反應，希望這個謊圓得過去。「帶我逃出佩訥明德。」

勞勃微微仰頭，視線在兩人之間來回。諾菈擔心他不信，再補上一點背景。「因為她是南美人，所以能進去盟約的領土。」

「嗯，可是怎麼進去最高機密級別的軍事研究設施？」

「去表演。A21要舉辦啓用典禮，她正好在那邊測試音響。」

勞勃張嘴似乎還想問什麼，再問下去恐怕就要穿幫了。忽然有人用力敲門，暫時化解這次危機。

諾菈的父親打開門，態度顯然很不悅。「怎麼了？」

「報告長官，準備下降了。」

勞勃聽了以後沒再多說什麼便走出去。一起坐在小床上的瑪利亞立刻轉頭。「妳到底是在幹嘛？」

諾菈湊過去悄悄說：「不演戲保不住我們的命。」

66

嘉藤的牢房很小，開門鎖的聲音格外響亮。山羊鬍大個子再次露面，這回手裡拿著文件。

「嗯——」他故意拉長音。「樓上對你說法的反應不太好呢。」

他將文件丟在金屬小桌上。「這是Sicherheitsdienst Sturmbannführer的檔案——」山羊鬍抬頭。「可眞難唸。怎麼親衛突擊隊保安處就算整合到盟約裡頭，還是這麼捨不得自己的階級組織啊？」他的指尖在文件上輕輕點了兩下。「反正重點是裡頭有個人跟你未免長得太像了，像到根本就是同一個人吧。所以我們知道你是誰，ergo——啊，我剛剛才學到這個詞，ergo就是『因此』的意思對吧？ergo，你有我們想要的情報。」山羊鬍兩手一攤。「我們對於想要的東西不太在乎如何取得，要輕鬆還是要辛苦隨你便，這兒可沒人會憐惜盟約的走狗。」

說完他等著。

嘉藤卻不答話。

「唉，如果得用那種不討喜的手法，我得多交很多報告啊。但說眞的，其實我希望你選那邊，報告多寫點是無所謂，反正仔細交代我在這房間裡怎麼處理你、心裡有什麼感受，還滿療癒的。你知道寫字可以當作心理治療吧？」

他雷射般的目光掃過嘉藤身體上下，冰冷無情而且完全沒眨眼。「所以，親衛突擊隊的大爺，你想怎麼辦？」

「我不是你以爲的那個人。」

「眞可惜，我還以爲你們這幫人很擅長說謊，怎麼老來這一套。」拷問官裝出求饒般的聲音。「你們認錯人了～～。我說的都是實話～～」

「我沒有你們想要的答案，也不應該出現在這裡。」

「最後那一句我倒是同意，只好開始剝洋蔥看看底下到底藏了些什麼。」

⚛

昏暗牢房內，泰森又聽見男人的叫聲，已經重複了好幾次。

「餓了吧？快點招，就會給你吃的。開口說話就不必挨餓。」

獄卒返回走道時手裡有個金屬盤，故意擺在牢門外絕對搆不到的距離，讓肉、奶油和香料的氣味飄進房間。

泰森還眞不知道原來給肚子餓的人聞食物可以變成酷刑。但他什麼都不說，因爲說了很可能害死諾菈、嘉藤、瑪利亞，甚至是自己。

只是每回盤子被收走，他的意志又多了個缺口。

67

大艙內的諾菈感覺飛船落地，外頭傳來砰的一聲。幾分鐘後，穿著和聯軍服的士兵推開艙門，招手示意她和瑪利亞跟隨。她們從走道穿過醫務室，馬修的遺體已經蓋上白布。到了貨艙盡頭，船梯下放到地面。

正午太陽眩目，諾菈花了好一會兒才適應。接下來，船外的風景令她屏息。降落地點是座小山，山下許許多多狹窄巷弄匯聚爲市鎮。骯髒街道兩旁小屋小店林立，令她聯想到兩百年前的美國——開墾邊疆的小聚落也是這種風貌。

三名士兵護送諾菈父女和瑪利亞下了山坡、進入市鎮，經過商家時，看到商人們就著一箱箱蔬菜水果與捆好的醃肉討價還價。本地人衣著樸素簡陋，仔細觀察似乎是用剩餘布料縫補拼湊。或許也呼應了這個文明的本質。

人群往路肩散開，前面來了兩匹馬，牠們拖著內部和頂部挖空的汽車殼。車內一人握著方向盤，另一個人手持韁繩。

還能看到巨大水車，諾菈心想，這裡應該還是波多馬克河沿岸。

她觀察環境時，察覺父親注視著自己。

「怎麼回事？」他問。

「什麼怎麼回事？」

「妳怎麼一副沒來過仙納度營區的樣子？」

「唔……只是太累吧。」

「身體沒問題吧？」

「沒事的。」

之後諾菈盡可能面無表情，但也逐漸察覺為什麼自己覺得這個聚落瀰漫著不安定感：因為事實如此。無論住家還是商攤，都是搭了帳篷或頂篷然後再釘木板湊合，後面又停放很多大貨車。車斗空著，也就是塞一塞立刻就能上路。

一行人走到聚落更深處，商人和居民忽然轉頭盯著看來，拿著整籃麵包與水果的人愣在原地，連孩子們足球也踢一半不踢了，球就這麼滾進商店後面。

起初諾菈以為是看到士兵的關係，但察覺到大家視線並不是停在他們身上，而是集中到瑪利亞那邊。想想也是理所當然，這兒的她是全球巨星，出現在這個地方實在太突兀。

瑪利亞自己好像也留意到了，將長髮撥到前面，微微低頭。

走到小鎮中間，同樣是東拼西湊出來的破屋，諾菈的父親推開前門，吩咐隨行士兵先在外頭等候。

屋子內外同樣鄙陋。兩張折疊桌併起來充當餐桌，露營常見的帆布折疊椅排列在燒著木頭的爐子周邊，一條管子順著牆壁往上再繞到後牆外面。

更裡面另一塊空間是臨時廚房，活動烤架用桌子墊高，旁邊水槽連接到室外雨水桶與室內熱水鍋。從結構來看，這裡雖然是住家，但也可以整套拆卸搬走。

一道門打開，竟是諾菈的弟弟敞開雙臂走了出來。

「妳回來了！」

雖然長相一模一樣，但弟弟憔悴了很多、皺紋很深，膚色也曬得黝黑，鬢角已經斑白。

她與對方擁抱時有點尷尬，隨即又有兩個小孩也跑來抱住她。男孩大概四歲，女孩年紀大些。

「諾菈姑姑！」孩子們齊聲叫著。

兩雙小手摟著自己的感覺好不真實。她低頭打量孩子們，感覺到這個世界如此不同，有美好也有心碎。

大家圍著餐桌用午餐，有紅蘿蔔燉鹿肉、糖漿白腰豆與幾片醃豬肉。咬了第一口，諾菈才知道自己有多餓，差點吃到忘我。

姪女叫作艾莉，眼鏡壞了用膠帶黏合。她的好奇心比弟弟懷特多一點，嘴裡東西還沒吞下，就一直問問題。

「諾菈姑姑，妳去哪兒啊？」

「唔，出差。」

「什麼地方？」

「很遠囉。」

「盟約那裡嗎？」

諾菈的父親微微抬手。「別多問。」

艾莉再吃一口豆子，坐在折疊椅上兩條腿還碰不到地，搖來搖去。「爸爸說，妳的工作很重要，可以結束戰爭。」

諾菈察覺父親盯著自己。

「每個人的工作都很重要啊。」她回答得很小心。

艾莉的眉毛揚起。「出差危不危險？」

「好了，」勞勃打斷。「別再問工作的事。」

艾莉倒也不怕。「長大以後我要跟姑姑一樣。也要跟媽媽一樣。」

狄倫本來叉了鹿肉要送入口中，手卻忽然停在半空，眼睛盯著前方呆住很久，後來忽然放下叉子，低頭凝視餐盤。

這份沉默訴說了很多故事，扎在諾菈心上。

她朝從未見過的姪女擠出笑容，感覺艾莉和自己小時候很像。「我希望妳不必和我一樣，最好能在沒有戰爭的世界長大，這樣妳就能做自己喜歡的事情。」

小女孩卻歪著頭，彷彿聽見什麼無法理解的事。諾菈原本以爲方才弟弟的反應已經很糟糕，沒想到還可以更慘——小孩子竟然無法想像沒有戰爭的世界。

幸好狄倫終於肯開口，直接轉移話題。「我很難忍住不問，妳們兩個怎麼會認識？」他看看諾菈再看看瑪利亞，兩手一攤。「沒別的意思啊，只是沒什麼名人會跑來我們這種地方。」

「我們……」諾菈一下子不知道怎麼解釋比較好。

「工作的緣故。」瑪利亞幫她說完。

狄倫臉上總算有了笑意。「做什麼啊？」

「還不能說。」諾菈淡淡地說。

他看著自己姊姊，嘴角還是上揚，諾菈心想沒能蒙混過關。

「好吧。」狄倫說完這句就起身開始收拾。

午餐過後，諾菈與弟弟、姪子姪女道別，隨父親走出破爛小屋沿著巷子前進。瑪利亞跟在後頭東張西望，士兵舉著步槍圍著一圈保護三人。

途中進了打鐵鋪，勞勃低頭鑽過門口以後，輕輕點頭示意。裡頭的壯漢放在鐵砧上敲打的東西看起來像汽車擋泥板，工作區後面是小辦公室，更過去則是沒窗戶的工具間。

進入工具間，一個士兵關好房門，迅速將手推車推到另一邊牆角，接著拉開破舊編織地毯。木地板上裝了一扇掀門，士兵轉動門把後提起，露出下方圓形金屬豎井與木階梯，諾菈覺得像人孔蓋。

然而，說是人孔蓋就忽然覺得古怪了起來。既然整個聚落都能搬遷，爲什麼會有這種埋在地底的永久空間？聚落撤離的時候會特別遮掩嗎？

她父親帶頭下去。衛兵們沒動，諾菈和瑪利亞也不敢亂跟。

勞勃爬沒兩下就往上喊：「快點，要遲到了。」

諾菈還沒問是遲到什麼，勞勃加快動作，一下子消失了。

兩人只好跟著往下爬，很快就看見底部金屬地板被化學螢光棒照亮。下了梯子有個小房間，另一個出口是橢圓形金屬門，令人聯想到太空船，諾菈的心裡有點錯愕。

金屬門把手周圍有七個轉盤式密碼鎖，包含數字與字母，代表每一碼都有三十六種可能性。

勞勃很快輸入完畢拉動金屬門。門後已經站著兩個士兵，兩人手裡有槍、頭盔上有護目鏡。

他沒講話直接前進，帶諾菈與瑪利亞穿過交錯縱橫的金屬通道，三個人腳步聲不停迴響。牆壁是槍鐵色，天花板很低路很窄，只有化學照明棒提供光源。

雖然與飛船有點相似，但這裡的空間更窘迫。

父親忽然停下腳步伸手一推，推的位置只是金屬板縫隙，看上去不像有門，不過金屬板轉動了，後面是條彎彎曲曲的樓梯。

樓梯雖寬但也是金屬材質。走了一會兒，諾菈已感覺迷失方向，自己似乎成了一顆彈珠，在沒有盡頭的螺旋上不停滑動。

許久後，腳步聲回音終於起了變化，樓梯底部另一道艙門也有七重密碼鎖。勞勃操作轉盤，門把發出咔嚓聲之後拉開，後面似乎是氣閘室，諾菈的耳朵花了幾秒才適應氣壓變化，另一側氣密門彈開。

接著看見的地底設施與之前環境截然不同，牆壁不再是槍鐵色，全部漆成純白，乾淨新穎且天花板挑高。

裡面有人。人數不多，幾個穿著灰色羊毛衣褲、手中拿著寫字板的人走動對話，似乎並不覺得這地方有什麼神祕。

諾菈忽然意識到一點：要是自己和瑪利亞被發現是假冒的，她們根本沒機會逃出去。死前最後映入眼簾的會是這座古怪如迷宮的地堡。

她父親一直朝裡面走，最後來到欄杆前，眺望約五十英尺寬、四層樓深的圓形大坑洞。諾菈覺得自己像是走進大型商場，這裡的天花板也有十五英尺遠。不知道這個世界的自己之前是否來過。對她而言這很新鮮？還是已經看膩？

勞勃留意著她的反應。諾菈故意不動聲色，心想這樣最安全。

接下來，她們被帶到大型觀景窗前面。玻璃從地面延伸到天花板，後頭展示了巨大得看不見盡頭的水族箱。諾菈欣賞時正好魚群經過，一溜煙轉彎游走。

勞勃的視線在她和瑪利亞身上來回。「妳們覺得如何？」

「很厲害。」諾菈想也沒想就回答，父親聽了微微仰起頭。

「這裡到底是？」瑪利亞問。

「未來。」他回答。「從現在開始。」

68

勞勃又帶諾菈和瑪利亞走進寬敞明亮的走廊。

地堡這一區看起來像是辦公用，走廊兩邊都是房間。經過一間門沒關，諾菈看到裡頭是開放式空間，但桌子幾乎都空著。她直覺認爲這座地堡是尚未啓用的避難所。最令她吃驚的大概是這區有供電。因爲埋到這麼深就能避開盟約的電磁轟炸嗎？很有可能。諾菈的父親轉了個彎，穿過四名武裝衛兵守住的雙開門。門後有座講堂，她估計階梯式座位能容納百人。

但現場並沒有這麼多聽眾，大概二十人而已。講桌與燈光已經就緒。她想起自己也才剛在牛津大學發表了《與生俱來的權利》。明明沒過幾天，卻覺得像是一百萬年前的事。

「隨便找個位置坐下吧。」勞勃吩咐兩人，自己走向講臺，與一男一女對話後便按了開關，熄滅部分燈光。

講堂後方射出光束，在螢幕上形成影像，黑色背景上寫的是「波賽頓計畫」。

站在講臺中央的勞勃望向聽眾。

室內安靜下來之後，他從講桌拿起遙控器。形狀小而圓，上面只有一個按鈕，底下一條粗電線連接回講桌。諾菈覺得那像有把手的跳繩。

她父親按下按鈕，講堂後方傳來機械窸窸窣窣的聲音，然後投影機就翻到了下一頁。諾菈覺得很不可思議，雖然是反烏托邦風格的黑暗未來，地堡內使用的科技卻停留在一九六〇年代。

勞勃開口，聲音在講廳裡環繞。

「小時候學到的一個知識改變了我的人生。你們聽了之後，應該會覺得我從以前就很怪。」他笑了笑，指著身後的影像。畫面是地球全圖，陸塊是灰色，海岸線是黃色，赤道以淺黃色表示；海洋分為不同深淺的藍，越遠離陸地和赤道，也就是越接近海洋中心則顏色越深。

「那個知識就是，地球大氣裡的氧有五成到七成來自海。原本我一直以為動物呼吸的空氣主要是靠花草樹木來維持，事實上，它們在這顆星球的氧循環裡不是那麼重要的角色。眞正的主角是浮游植物（注1），包括行光合作用的細菌和類似植物的藻類（注2）。多數浮游生物太細小，肉眼無法觀察。它們主要生存在水體表面，利用陽光能量分解水和二氧化碳，製造醣分為自己提供熱量，排出的副產品就是氧氣。浮游生物釋放極其大量的氧氣，它們佔了大約全球一半的光合作用，也就是約一半的氧氣生產，卻只是全球植物生物量的百分之一左右。此外，它們與樹木等等壽命以年甚至百年估計的植物不同，生命週期僅僅幾天而已。」

勞勃稍微停頓後繼續。「小時候的我讀到這件事情很訝異，開始思考原來平常看不到的生物主宰了人類呼吸的空氣，也就是整個世界的命運。儘管它們只能在河水、湖水、海水表面隨水流和氣流移動，卻與我們息息相關。我們理當瞭解浮游植物的生態，並確保它們生長繁衍。我深信海洋是人類未來的關鍵，也因此走上海洋生物學這條學術道路。」

他按了遙控，諾菈看得出來畫面是顯微鏡下載玻片的病毒顆粒。

「生命的轉折有時候會扭曲夢想。從前的我認爲海洋會保護未來的世世代代，現在的我雖然依舊認爲海洋是生存關鍵，但形式卻大不相同了。」

勞勃深呼吸。「再過一星期，盟約將會發射最新型的 A21 導彈。目前不確定上面搭載的彈藥是什麼，只知道它能夠將我們從地表永遠抹除。」

他將遙控器放回講桌，在講臺上踱步。「盟約剝奪我們使用先進電子技術的能力，將我們逼退回石器時代，也因此認爲我們已經無力還擊。可是他們錯了。」勞勃點點頭。「沒錯，我們武器不行、人數也不夠。走到這個節骨眼，盟約可能只當我們是絆腳石罷了。但我們還有最後一個辦法，那就是生物學。生物學不倚靠電力，也不需要先進科技，卻是地球上最強而有力的兵器。」

勞勃指著身後的畫面。「各位現在看到的就是我們存續的關鍵。我眞沒想到自己會參與製造能夠殺死海洋的病原體——這種病毒只要幾天時間，就能消滅地球上幾乎所有浮游植物。我們命名爲『波賽頓』，載體就是大家來到講廳途中那個大水箱裡頭的魚群。」

他搖搖頭。「換個角度的話，我實現了兒時的志向，利用海洋知識拯救人類。然而我卻想不到，代價如此慘烈。」

勞勃走回講桌，拿遙控器切換到下一張投影片。此時的諾菈已經很難專心了，她的胸口起伏不已，耳朵被自己的強烈心跳聲佔據。她不敢相信自己所見所聞，父親居然要讓地球走向如此黑暗的未來。

注 1：浮游植物為生物學界根據希臘文翻譯結果，其中物種已經不被分類到植物界。

注 2：許多「藻」類在生物學上不被劃分到植物界。

「我明白各位現在的疑問。」他的聲音響徹講堂。「殺光浮游植物如何能幫助我們？答案很簡單——地球生態圈其實很脆弱，幾天之後就會到達無法挽回的程度。更精確地說，氧氣生產量大幅衰退，我的估計是降到現在的一半。各位的下一個問題我也預料到了，就是實際影響大氣還需要時間。沒錯，地球大氣層非常遼闊，完整循環將會花去不少時間。但重點在於只要極低的成本，就能將地球變成人類無法居住的行星。」

他指著螢幕，一張人體圖和一份表格，由綠到紅對應不同氧氣量。「我們呼吸的空氣大約百分之七十八是氮，百分之二十點九是氧，剩下百分之一有微量的氬、二氧化碳、氖和氫。人類想要順暢呼吸，空氣中至少要有百分之十九點五的氧。肺部吸入空氣，分離出氧，再由紅血球運送到身體各處，所有細胞都需要氧氣才能正常運作，缺少氧氣時細胞功能就會下降。一旦氧氣濃度低於百分之十九點五，人類的生理和心理都會衰退，變得很容易疲勞。如果氧氣濃度低於百分之十四，思考更加困難，呼吸也無法連貫。假使氧氣濃度低於百分之六，人類將無法存活。」

勞勃抬頭盯著天花板。「浮游植物消失以後，多久會進入這些階段？答案可長可短，短的版本是我們無法確定，推測要好幾年。這裡要注意浮游植物消滅後，影響的不只是氧氣，還有二氧化碳。沒有浮游植物幫忙吸收二氧化碳，大氣溫度會逐漸提升。」

他又長長地吸一口氣。同樣是呼吸，此刻看在諾菈眼中卻有了截然不同的意義。「我不能準確預測時間曲線，也就是無法告訴大家消滅浮游植物以後，人類多久會滅亡，但我很肯定結果不會改變，以及留在地底就可以得救。我們已經在地底建立好生態系統，設置了巨大的氧氣濃縮和過濾裝置，足夠應付需求。當然也有農場，可達成自給自足。」勞勃停頓片刻。「這個機會來自思考模式的轉變，在過去的劣勢中找到優勢。面對全世界窒息死亡的威脅，小人口數避居地底將是優勢。面對無法使用電子科技的困境，主攻生物學成爲存續的關鍵。有了波賽頓計畫，就有了未來的希望。這也是爲何請各位過來投票表決。如果投下反對票，恐怕代表以後再也不會有機會投票。這是最後一次機會，我們可以反擊，可以將地球的未來還給子孫。如果有任何問題，現在請提出。」

講廳內耳語四起。

他望向女兒，但諾菈還來不及平復情緒。僅僅一秒鐘，諾菈知道父親看見了自己的神情，也察覺了蹊蹺。勞勃瞇起眼睛，她明白對方已看穿自己的僞裝，臉上閃過疑惑與痛苦。

諾菈抓住瑪利亞手臂，指了指講堂後面關閉的雙開門。

即使有衛兵守著，也得想辦法衝出去。

可是她再回頭望向講臺的時候，發現勞勃不只緊盯自己，還非常急迫地搖了搖頭，意思再明白不過：別輕舉妄動。

69

仙納度營區地堡內，勞勃解釋完計畫內容之後，眾人陷入了激辯。和平聯盟各區代表或叫或鬧、或哭或求，情緒確實激昂到極點。

爭論核心很簡單：他們是否有資格爲了自身存續而毀滅地球。投票結果是十二比八，答案顯而易見。而且這個決議命名爲《自衛及自保法案》，通過時沒人拍手。之後大會指示代表回去安排人民撤入地堡、進行各種準備工作，並且追加補充條款——勞勃．布朗博士釋放波賽頓病毒之前，務必盡力尋求和平解決方案。

代表們魚貫而出時，勞勃手插口袋大步走向諾菈和瑪利亞，低下頭望著兩人。

「我們該談談。」

諾菈呑了呑口水，深怕現在自己開口連語調都控制不好。面前這人不惜毀滅地球，發現自己不是眞正的女兒又會有什麼反應？兩個勞勃的靈魂是否有重疊之處？

「跟我來。」他轉身往上走出講堂，帶著兩人走向辦公區後方，繞過幾條走廊以後，停在另一扇門前。門上又是密碼鎖，旁邊牌子大大寫著「二五五」這個數字。

勞勃望向諾菈意有所指，但諾菈只能愣著不知所措。

最後，他嘆口氣彷彿聽到噩耗，自己開了鎖，招手要兩人也進去。

諾菈看看小房間內部，中間有張辦公桌，桌面一角堆著書。桌子後面層架上有幾個相框，她走近一看，發現是自己的家族照片。最前面一張裡，狄倫與同齡女子微笑抱著小寶寶，背景那個都市她認不得，看得出有幾棟高樓已經遭到轟炸。第二張照片的狄倫成熟了也憔悴了，一個人站在兩個孩子身旁，沒有人笑得出來。

第三張也是最後一張，拍的就是諾菈——另一個諾菈，這個世界的諾菈。她穿著緊身褲、拉鏈連帽衣、頭上又戴了棒球帽，與父親並肩而立，互相摟著。地點是一道懸崖，腳下岩石灰白相間，遠方山林蒼翠霧氣瀰漫。

兩人同樣沒有笑容。

兩個世界的諾菈乍看一模一樣，卻有個關鍵差異：眼神。照片裡的諾菈雙眼毫無情緒，只剩無法熄滅的熊熊怒火。

瑪利亞看看諾菈，又看看勞勃。

勞勃走到辦公室角落靜靜觀察，神情之中除了迷惘，另一種情緒恐怕是哀傷，又或者是懼怕接下來事情會如何轉折。

父女目光交會，他朝桌上的書指了指，意思似乎是要她自己拿去讀。

書籍封面竟是《與生俱來的權利：人類如何在沒有太陽的環境維持身心存續》，作者爲「諾菈·布朗醫師」。

她無法抗拒，翻開看了序文。

人類未來燦爛，過去卻黑暗慘澹。我們犯了一個錯誤：以爲隨著文明演進，社會必然脫離黑暗，劣根性不復存在。這個愚蠢觀念使人類萬劫不復。

然而若有足夠勇氣，願意面對現實、擁抱眞正科學，未來依舊可期，不過必須先度過人類歷史上最黑暗的一章，才能看見光明；接受地底黑暗的淬煉，才有回到地表的資格。

和聯在地表已經戰敗了。我們無法正面擊潰敵人，但能針對他們的弱點，也可以選擇躲藏。只要我們堅強、忍耐、活到最後——地球會回到我們手中。這是我們與生俱來的權利。

諾菈本以爲父親剛才提出的計畫就是谷底。但她錯了。桌上這份書稿顚覆了她的認知——這個世界的自己不是內心驚恐但無能爲力的旁觀者，而是波賽頓計畫的共犯。儘管種種跡象顯示勞勃並沒有事先將計畫細節告知女兒，但她清楚知道最終目的是毀滅地表世界。之所以不讓她知道太多，其實是爲間諜行動事跡敗露時預做保險而已。

原來自己心中也有這種黑暗面。諾菈不免渾身膽寒起來。

再抬頭時，陌生的父親雙手扣在腰後，從房間一角靜靜望過來。

「問妳幾個問題，」他淡淡地說。「希望妳好好回答。我並不想讓場面太難看。」

「你怎麼發現的？」諾菈先問。

勞勃的視線飄向瑪利亞。「一開始我以爲妳裝傻是爲了她，有什麼後續計畫，或者準備去南美洲設置地底社區給民眾避難之類。」他笑了笑。「只不過帶妳下來的時候，妳那表情……我女兒是很厲害的間諜，但演不出那種情緒。明明來過很多次了，爲什麼那麼吃驚？明明知道我們準備對盟約發動最後手段，只是沒聽過細節罷了，但妳在講堂的反應大得離譜。再加上還有另外兩個男人，我們派出的機器人看到過妳和其中一個對話，妳卻完全沒有提起。而且根據我們的情報，有一個是盟約軍官。其餘的就更不必說了，妳連自己的辦公室都打不開。」

「嗯，我的確不是你以爲的那個女兒。」

「她人呢？」

「我不知道。」

「說謊。」

「我說的是實話。根據馬修中校的說法，她恐怕沒離開歐羅巴國，還在佩訥明德的機率很高，行動過程中就已經被抓走。」

「既然如此，妳是誰？」

「我……是她可以成爲的另一個人。」

70

勞勃思考了諾菈的說法。「妳是她可以成爲的另一個人……前提是什麼?」

「那是成千上萬不同的情境。」

「什麼樣的情境?」

「最主要應該是軸心國會在盟約戰爭輸掉。我們那裡不叫盟約戰爭，叫第二次世界大戰。在我的世界裡，不列顚並沒有因爲大轟炸而流亡，戰後興起的強權是美國，而且也眞的締造了長期和平，世界上根本沒有『盟約』這個東西。」

「妳究竟在說什麼?妳從哪兒來的?」

「一個很不同的世界。我們那裡比較和平，雖然也有自己的問題得處理。」

「這種話能信嗎?就算我信好了，妳來這裡做什麼?」

諾菈忍不住苦笑搖頭。「其實連我自己都不知道。」

「那妳怎麼來的?」

「這故事說起來會更不可思議。」

「妳有什麼目的?」

「今天早上，我只想著怎麼拯救自己面前的傷患，再來就是想回家。現在的我也想回家，可是已經開始懷疑自己來到這裡或許另有理由，是被安排好的。我另一位朋友也覺得我們被帶到這個世界應該不是偶然，之前我還不太相信，但聽過你們的計畫以後，我有了同感。」

「所以，現在妳的想法是？」

諾菈望向勞勃，她在這瀕臨崩潰的黑暗世界裡的另一個父親。氣氛非常凝重，她知道自己接下來的回答，很可能永遠改變這個世界的命運。

思索如何開口時，她不僅好奇和聯軍怎麼處理泰森和嘉藤，他們該不會死了吧？

勞勃知道自己和瑪利亞不是這世界的人了，又會有什麼反應？

同時，諾菈意識到畢生所學或許就是爲了這個瞬間。她從來沒將心理學當成工具，但此時此刻卻下意識開始建立勞勃．布朗的性格側寫，分析從什麼角度最能打動對方。這是她駕輕就熟的領域，因此回話時多了分信心。她要善用能力保住自己和瑪利亞，解救泰森和嘉藤，甚至治癒這個傷痕累累的世界。她清楚看見了自己在當下整個事件中扮演什麼角色。

「你可能認爲我們不認識彼此，也不能說這想法不對，但其實我很熟悉另外一邊的你。陪我長大的父親在我十八歲時失蹤了，我卻從你身上一直看見他的影子。如果我沒猜錯，你內心深處並不是眞的想要將病原體釋入大海。我認識的勞勃．布朗不會願意殺害他深愛的事物，更何況無數生命依賴海洋，其中包含幾十億無辜的人類，每個人都有父母兒女。」

「妳是盟約間諜，來動搖我們的信念。」

「你應該已經察覺那不是事實。」

「妳到底有什麼目的？」

「我也是剛剛才清楚意識到——我想幫助你們。我想將你的女兒，你認識的那個女兒，帶回你身邊。我想拯救狄倫、艾莉、懷特。」

「怎麼做？」

「現在還沒完全確定，但我開始同意我那位朋友的想法了。我們之所以來到這個世界、這個時代一定有什麼意義。我有我該扮演的角色。實際怎麼做目前我不知道，可是此時此刻，我跟你來到這個房間就是個起點。你需要我的協助，我也需要你的協助。」

「協助什麼？」

「我得與朋友會合。他叫作泰森，我們被帶來的時候，他就在附近。還有另一位叫作田中嘉藤，你剛剛提過。」

勞勃看著諾菈。「對，他們被蜘蛛型戰鬥機器人蟄了帶回來。」

「帶回來以後呢？」

勞勃抽了一口氣。「那個『泰森』不在我們檔案上。田中是歐羅巴國情報單位的人，原本駐紮佩訥明德。」

「你們抓到的人與歐羅巴國或盟約完全沒有關聯。他昨天之前根本沒聽過這兩個名詞。這個田中嘉藤和我一樣是……外來訪客。」

「胡言亂語。」

「我覺得你內心深處知道這全都是眞的，否則我們也不應該進來辦公室，而是直接去牢房。」

「妳們之所以還沒進牢房，」他慢慢回答。「是因爲妳確實跟她有所不同。」

「怎樣的不同呢？」

勞勃看著地板，搖了搖頭。

「差別是？」諾菈追問。

「她比妳鐵石心腸多了。」

諾菈察覺這就是破綻。「所以我才會出現在這裡。其實你不希望女兒的心就此死去。見到我以後，你意識到你的女兒、你的孫子孫女，或許還有機會得到救贖。」

71

泰森躺在薄床墊上，思索著如何逃出監獄。

就像拉斯貨車的櫃子一樣，這裡沒有時鐘、看不到陽光，所以無法判斷時間，只能從自己飢餓與疲累的程度來推測，不知道究竟關了多久。

走廊傳來腳步聲，牢門向內打開。之前只有小窗流入微光，現在一下子燈火通明，令他幾乎睜不開眼睛，想起身也因爲太久沒活動而站得不太穩。

他瞇著眼睛，在光影中看到有人走進來。雖然五官不清楚，但從輪廓就能認出。那是諾菈。

諾菈也看見他了，立刻跑上前緊緊擁抱。她的體溫、兩人重聚帶來的慰藉非常巨大，一時間，泰森甚至忘記了自己又餓又渴。

接著諾菈高聲下令，嚴厲得連泰森也嚇一跳。「快鬆綁！」

她雙手捧著泰森的臉，像雨刷那樣拂去他臉頰上的髒污。

兩人嘴唇相距不過幾英寸。諾菈小聲問：「沒受傷吧？」

「沒事。」

一個衛兵進來解開手銬。獲釋之後，他揉揉手腕，心情輕鬆不少。

「什麼情況？」他問。

諾菈瞥了外頭衛兵。「這兒不適合。先出來。」

她牽起泰森，泰森用力握緊，感受那份溫柔，心裡希望自己永遠不必放手。

瑪利亞雙手抱胸在外頭走廊上等待，原本她板著臉，看見泰森之後才放鬆戒備露出淺笑。

旁邊那個男人已經十七年沒見過。「布朗博士——」泰森低呼。

「我們認識？」

泰森搖頭。「唔，應該不認識。」

「走吧。」勞勃．布朗帶著眾人轉了兩個彎，這裡的牢房配置明顯不同，看來是用於拷問。

進入第二間後，嘉藤已坐在桌子前面，雙手被鐵鏈綁在房間中央的鐵環上，還有固定在地板的腳鐐。他整個人向前趴在桌上，閉著眼睛面朝門口，臉頰瘀血嚴重，頭髮全溼透。泰森猜想那應該都是他冒的汗，不由得心一沉、停下腳步，擔心嘉藤該不會斷了氣。

也真的都沒看到任何反應。

諾菈毫不遲疑衝了過去，兩指按住頸部探脈搏，同時轉頭大叫：「快放人！拿水和醫藥包過來！」

被她這麼一碰，嘉藤忽然搖晃了起來。泰森一直屏著呼吸，連自己都沒發現，直到這時才敢喘息。嘉藤另一邊面孔的狀況沒有比較好，而且虛弱得幾乎睜不開眼瞼。他勉強抬頭看了諾菈一眼，沾血的嘴角微乎其微地上揚。

72

泰森坐在單人沙發整理思緒，面前的咖啡桌上堆滿了空杯空盤，簡直像個小垃圾場，畢竟肚子餓的不是只有他。

來到小休息室以後，他和嘉藤都狼吞虎嚥不休，諾菈和瑪利亞在旁邊看著，吃相優雅許多。大家完食之後在自己位置上休息，似乎也都在思考所處的困境。泰森不得不承認，自己遭遇了前所未有的挑戰。

吃飽喝足，腦袋也靈活起來。他認爲現況其實就像拼圖得一塊塊湊起來，所以心裡開始清點手中有的圖片是什麼。還有些地方對不攏。

盟約。

他母親。

諾菈的父親。

不知爲何，在這個世界沒有對應人物的是……泰森的父親。他很肯定李克特與整件事情密不可分。但會不會是自己希望與父親產生聯繫，於是過於一廂情願了？那是多年來他內心空缺的一塊，先前在高研署的祕密基地內才短暫得到了塡補。

不過李克特並非當務之急。泰森感覺得到自己沒眞正弄明白的關鍵點。

他望向瑪利亞。曾經的女歌手獨自一個坐在布沙發上，望著休息室角落。

現在的關鍵，空白的一塊，其實是瑪利亞。但她如何放進這個拼圖呢？

諾菈起身，走向嘉藤一個人坐著的那張長椅。他的十指相觸，兩手架在鼻子嘴唇前面。

「感覺如何？」

嘉藤沒抬頭。「還好。」

「要不要再來一顆止痛藥？」

「不必。」

「會痛吧？」

「以前也被打過臉。」

忽然一陣沉默，嘉藤這才意識到這樣說話會讓人不自在。

他抬起頭。「謝謝，醫生，不過我想保持清醒。」嘉藤與泰森視線交會。「應該要決定下一步了。思緒清晰比較重要，這點痛我還忍得住。」

「好吧。不過當作幫我個忙吧？以後叫我諾菈就好。」

嘉藤點點頭。

頭頂上通風口的一陣低沉嗡嗡聲送出熱氣。泰森覺得最神奇的就是這個設施竟然有電力，按照他讀到的歷史發展再加上用餐期間諾菈的補充，和聯諸國應該早已喪失使用電子裝置的能力。看來在這地底是例外。地底應該就是關鍵。他猜想，這應該是遺留在華盛頓特區裡頭的舊政府建築，連家具都和之前在高研署祕密據點看到的差不多。又或者，是因爲他在兩個地點都感受到進退兩難。

「我先起頭吧，從最明顯的問題開始。」嘉藤繼續說。「怎麼離開這裡？怎麼回家？」

瑪利亞的眼神依舊沒有聚焦。「我也想知道。」

「那從最明顯的事實進行分析。」泰森開口。「量子無線電還在和聯手中。」他轉頭望向諾菈。「妳有提起這件事情嗎？」

「有。當初在你們身上的東西，包括槍枝和無線電在內，都被沒收了。」

「必須把無線電討回來。」嘉藤說。

「他們不會答應的。」諾菈的視線射向門口，意思很明顯：對方在聽。

泰森想過這情況，但有人提醒總是好事，也能確保嘉藤和瑪利亞都知道。

「人家還是有疑慮，」諾菈繼續說。「擔心我們是盟約的間諜。」

「很明顯不是。」嘉藤說。

「嗯，可惜這個世界的情報流通速度是飛船，想證明變得很困難。」

嘉藤緩緩點頭。「只好想別的辦法討回東西。」

「其實拿回來也沒用，」泰森低著頭。「一開始東西是在我們手上，癥結點沒解決，我們不知道該輸入什麼密碼。」

「問題是，」嘉藤說。「看來這裡也不會有人知道，不如把東西拿回來冒個險。」

「這個險我覺得太大。」泰森又問諾菈。「還有另一個風險要注意，就是他們也可以拿起來撥號。妳覺得他們會這樣做嗎？」

「我覺得不大可能。之前說過，他們覺得那是盟約的技術，不是炸彈就是監控，也可能是更可怕的東西。隨便實驗然後不小心觸發是他們最不想看到的結果。」諾菈的十指交扣。「我覺得現在不應該把重點放在無線電上。離開這世界等於接受世界末日，波賽頓病毒是真的可以消滅地表所有生命。雖然不是明天或下個月就會發生，但也用不了幾年時間。」

聽諾菈轉述計畫內容以後，泰森就一直在思考。他知道地球歷史上最大的轉折之一是好幾十億年前，藍綠菌開始釋放大量氧氣，學者稱之爲「大氧化事件」。之前的大氣很可能以二氮和二氧化碳爲主。

勞勃．布朗的計畫就是引發大規模脫氧事件，等於逼迫地球演化倒退，後果確實不堪設想。

「但這不是我們的問題。」嘉藤說。「我宣誓支持與保護美國憲法，這裡不是美國，美國根本不存在了。」

「我們還有更高的價值，」諾菈說。「就是守護人性尊嚴。」

瑪利亞微微揚起雙手。「先退一步如何？」

沒人打斷，她就繼續說：「如果無線電拿回來，卻起不了作用怎麼辦？」

還是沒人講話，她逼問下去：「怎麼辦呢？我們要留在和聯領土嗎？與他們一起住進地底？」

「似乎是唯一選擇。」諾菈說。

「我做不到。」嘉藤回答。

瑪利亞聲音變小，語氣遲疑。「我猜他們應該沒辦法治療……藥物成癮。」

「確實沒有。」諾菈輕聲說。「但可以試試自然療法。」

瑪利亞閉上眼睛搖頭。「那些東西沒用的，」她望向門口好似提醒自己。「還有別條路的話，我都願意試試。」

「目前知道的是，」泰森說。「這個世界會在一週內滅亡。不是盟約的飛彈就是和聯的波賽頓病毒，甚至兩個一起來。而我到現在才發覺——原來我們，這房間裡面的四個人，有能力阻止慘劇。我認爲我們被傳送過來，就是爲了這件事。」

73

「什麼意思？」諾菈問。

「首先，我們有一張牌可以阻止盟約發射導彈。」泰森指著嘉藤。「這個世界的田中嘉藤是歐羅巴國情報員，工作地點還正好是佩訥明德武器研究所。」

「這有幫助嗎？」嘉藤問。「他還在那裡，我要怎麼混進去？一露臉大家就會知道我是假貨。」

「那你就先不要露臉。」泰森轉頭看著瑪利亞。「之前妳正好提到過去經歷，小時候幫妳母親遮掩過瘀青，當歌手之前也做相關行業。」

「嗯，我一開始是化妝師。」瑪利亞開始觀察嘉藤臉上的瘀青紅腫。「可以，幫他改頭換面不難。」

諾菈蹙眉。「問題是，歐羅巴國爲什麼要讓我們入境？」

「還是同一個答案。」泰森解釋。「要靠瑪利亞，她就是拼圖上缺了的一角。因爲她要去佩訥明德的 A21啓用典禮表演。」

瑪利亞張大了眼睛。「呃，是那個瑪利亞，不是我。」

「別人分不出差異。」

嘉藤起身。「有機會。」

「別發神經了。」瑪利亞低呼。

「我也還有顧慮，」諾菈說。「但你們繼續說。」

「這個世界的瑪利亞住在什麼地方？」嘉藤問。

「阿根廷。」諾菈回答。

「中立國。」嘉藤開始踱步。「和聯應該在阿根廷有大使館吧？」

「要問問我父親，但應該會有。你是什麼想法？」

「以大使館爲據點，綁架這個世界的瑪利亞．尚托斯，將她留在大使館。如果規則與我們的世界相同，使館會被視爲和聯領土。用我們的瑪利亞替換，所以沒人會報警，也就是沒人會察覺眞的瑪利亞．尚托斯失蹤了。」

「下一步呢？」泰森雖然大致猜得到，但想聽嘉藤詳細說明。

「再來就是這個行動最困難的部分。」

嘉藤指著諾菈和泰森。「我們假扮瑪利亞的工作人員，一起飛到佩訥明德參加啓用典禮。進入研究機構之後，每個人各有任務。瑪利亞除了帶我們入場，還得幫我們爭取移動範圍。我是歌手聘請的私人護衛，泰森是燈光音效技師，諾菈自稱做妝髮就好。」

他沉吟幾秒鐘。「最麻煩的是怎麼找到這個世界的嘉藤……而且必須制伏他，我才有機會頂替。」

「頂替他的意義是？」諾菈問。

「沒猜錯的話，那個田中嘉藤可以在研究機構隨意進出。頂替了他，我就能找到導彈，加以摧毀。」

「有個更好的辦法。」泰森說。「歐羅巴國應該也知道要保護導彈，要直接摧毀不太容易。」

「沒錯，」嘉藤說。「有什麼好辦法？」

「不要直接摧毀，」泰森回答。「你和我找到控制臺，修改導彈瞄準坐標。」

「新坐標要放在哪裡？」諾菈問。

嘉藤伸手。「有兩個選項。想當好人的話，就瞄準沒人居住的地區，例如格陵蘭北部。再不然就直接瞄準盟約據點，特別是導彈工廠、海牆與軍事基地。」

「那會死很多人。」諾菈小聲說。

「的確。」嘉藤附和。「好處是能夠永久改變這個世界的武力平衡，和聯能得到休養生息的空檔。兩邊勢均力敵，才能談未來。」

「我們先假設導彈換了目標就好。」諾菈望向泰森。「接下來呢？」

「逃走。導彈故障這種事情，沒人會懷疑到歌手和她的隨行人員身上。」泰森解釋。「回到和聯以後，請他們歸還無線電，再決定下一步。可以先花點時間研究，而且盟約的資料庫或許會有相關情報，到了佩訥明德就有機會調查。」

泰森又覺得房間裡還有別人。他猛然轉頭卻只看到折疊桌椅，剛才還有本地工作人員用餐，但現在全都出去了。

「怎麼了？」諾菈問。

「沒事，」他揉揉太陽穴。「沒什麼。剛才說到哪兒？啊，對，我們回到這裡以後取回無線電再說，之後才有時間思考，不必擔心遭到轟炸，而且也取得和聯的信任。」

「好像漏掉了一點。」諾菈開口。「另一個諾菈或許還在佩訥明德，我們得想辦法把她和她的隊員救出來。」

「任務條件會變難。」嘉藤分析。

房門打開，勞勃．布朗進來以後，又立刻掩上。

「必須將她救回來，否則就別談了。」

「果然一直監聽。」泰森嘆氣。

「對，每個字都聽見了。要嘛你們瘋了，不然就是我瘋了。話說回來，整件事本來就有那麼一點點神經病，應該直接把你們關進地表的牢房才對。問題是你們那個神經病計畫，好像真的有機會得手。」

他又看看四人。「我們已經很多年沒有改變勢力平衡的機會——除非用上波賽頓這種玉石俱焚的手段。」

「願意幫我們嗎？」諾菈問。

「可以送你們去阿根廷，給你們外交郵袋（注）叫使館裡的特務協助尋找尚托斯。」勞勃停頓幾秒。「但還有一個條件。」

泰森知道他會說什麼，偷偷瞅了諾菈一眼，不知道她是什麼感受。

「我們會列出清單，你們得用導彈攻擊特定的盟約軍事設施。這一點無法妥協，你們拒絕、或者導彈沒有打在我們指定的位置，就別想再看到你們心心念念的那個……什麼無線電。」

注：各國政府在國外使用的郵袋，基於機密性質而受到國際公約和各國國內法保護，包括海關在內任何外人不得檢閱。

74

飛船穿過天空，儘管逆風而行卻從未改道。

泰森和諾菈去了用餐艙，一起坐在舷窗邊鳥瞰佛羅里達州。碧海藍天與美麗沙灘猶在，但海灘杳無人煙，空虛感令人五味雜陳，彷彿這片土地回到史前時代。

事前已通知航程約需六十小時。泰森算了算，飛船時速在九十英里左右，的確與興登堡號或其他同年代飛船差不多。

計畫裡最大隱憂在於，他們抵達時樂壇天后瑪利亞·尚托斯是否還在阿根廷。和聯無法掌握這項情報。如果歌手已離開，例如提早前往歐羅巴國，行動會變得難如登天，泰森根本不願想像後果如何。

畢竟走到這一步已經無法回頭。六十小時的航程已經過了十四小時，糾結無法控制的因素毫無助益，還不如沉澱心靈、享受旅程，久違地好好放鬆。

泰森也覺得自己是該好好休息一番，人生中最緊繃的幾天才剛過去。

用過早餐，侍者從鋪著白布的桌面收走碗盤，還送上一壺茶和一盒撲克牌。諾菈瞟了一眼，露出笑容。

「要不要玩拉密（注）？」

泰森故意囂張地說：「妳從來沒贏過我吧。小時候沒什麼煩惱的妳都贏不了了，現在哪來的信心覺得自己有機會？」

諾菈也跟著演起來，斜著眼睛、食指抵住下巴說：「沒記錯的話，你才是關在黑漆漆地牢裡頭、被救出來的那一位吧？不知道誰比較像是策略大師呢？」

泰森笑著拿起紙牌。「好啊，來試試。」

之後兩人有說有笑，偶爾一起看著窗外佛羅里達海岸線漸漸遠離。海平線上浮出的古巴輪廓很快經過飛船底下，然後消失無蹤。

一天的陽光角度經常改變。早餐時從角落窗戶射入，午餐時在頭頂上，晚餐時迎面而來——泰森拉上窗戶擋板，整個空間更有私密感。

飛船提供的食物還不錯，但對泰森而言，能夠與諾菈相處更開心。這趟航程彷彿帶他回到十八歲，那天兩人一起躺在國家廣場的草地，只可惜後來諾菈的父親就失蹤了。時間能夠改變很多，卻無法改變對另一個人的感受。他覺得情感或許烙印在心靈深處，沒辦法輕易改寫。

與諾菈相處自然不費力，也能給他此刻最需要的安寧和冷靜。

晚餐之後兩人都沒要咖啡，但諾菈沒有起身。她拉起窗遮，夕陽的照耀分隔了大西洋與太平洋的那條土地，南北美之間的橋樑。

她開口時聲音變得很輕。「見到他感覺好奇怪。」

「妳父親？」

注：Rummy，又稱為拉密數字牌或魔力橋的紙牌遊戲。

「嗯。」

「我懂。」泰森說。「說不定也只有我能懂。隔了這麼多年，重新見到自己父親……非常突兀，有種天翻地覆的感覺。」

「雖然他與記憶中很像，但又有很多地方不同了。環境對人的影響好大。」

「不過他最後還是肯幫忙。」

「但是代價很大。」諾菈又凝視窗外。「用導彈攻擊盟約，會死多少人？」

「如果不那樣做，又會死多少人？」

「不會死人吧，打向格陵蘭的話。」

「只是今天不死人而已，往後呢？盟約的軍力一樣壯盛，還是能夠摧毀和聯。」

兩人稍微沉默。諾菈後來說：「我去看看嘉藤的狀況。」

泰森跟了過去一起穿過走道，木紋隔板牆壁上掛了不少繪畫。

這艘飛船與先前所見的和聯格格不入，有如空中皇宮般豪華。泰森明白這大概僅供達官貴人乘用，恐怕是和聯諸國所剩不多的奢侈品。給他們搭乘當然是為了掩蔽身分，但他還是覺得自己很幸運。

諾菈敲了嘉藤房門，嘉藤立刻回應。「請進。」

房間收拾很乾淨，小床也鋪得整整齊齊，唯一談得上亂的是門旁餐車，沒吃完的碗盤都堆在上面。

嘉藤還是嚴守紀律，盤腿坐在地板，即使眼睛浮腫充血卻依舊平靜銳利。

「來看看你的傷勢。」諾菈解釋。

「不嚴重。」

「有什麼需要，我就在對面。」

雖然嘉藤的嘴角上揚幅度微乎其微，卻能感受到眞誠。「謝謝。」他的語調也實實在在傳達出感激。

再來是瑪利亞，但敲門後沒反應。

諾菈又敲一次，神情開始擔憂。

幾秒鐘之後，她直接推開房門查看。瑪利亞躺在靠窗小床，被子拉到頸部卻瞪大眼睛，同時額頭冒汗、渾身顫抖。

諾菈跪在床邊。「瑪利亞，能聽到我說話嗎？」

她轉頭過來，用了眨了眼點點頭。

「妳得吃藥。」

瑪利亞卻搖頭。「剩下不多了……要省著點用。」

「我能幫什麼忙嗎？」泰森開口。

「不必，」諾菈回答。「你先出去吧。」

⚛

回到自己艙房，泰森躺在床上，眼睛盯著天花板，耳朵聽著飛船引擎嗡嗡作響，心思飄來飄去，最終落在母親身上。她應該也在佩訥明德。嚴格說起來不是他的母親，只是容貌相同的另一位女性。就像諾菈在和聯遇見的父親一樣，屬於另一個世界、做了不同的選擇。

有人輕輕敲門，一聽就知道是諾菈。

泰森露出笑容。「請進。」

她推門進來，微微苦著臉。「剛剛是不是口氣不太好？抱歉。」
「不會，我明白的。」泰森坐起身。「她沒事吧？」
「很害怕。在博物館的時候就開始了。我們要她上臺，但她連要唱什麼歌都不知道，加上戒毒的生理反應也讓她很苦惱。」
泰森看得出來諾菈爲了嘉藤和瑪利亞的身心狀態承受很大壓力。他挪了挪身子，拍拍隔壁空位。
「喘口氣吧。」
他靠著牆壁，諾菈躺在旁邊，兩人一起盯著天花板。
「應付三個人很忙吧。」泰森說。
「從警察到牛津敲我家門開始就好累。不過其實也很高興，能照顧你們三個……有種教書找不到的滿足感。也不是不喜歡學生，只是有種我就該出現在這裡的感覺。」
兩人聽著外頭推車來來回回，飛船引擎轟隆作響，船身三不五時被風吹得左搖右晃。
諾菈再開口時語調很輕，像是陷入沉吟。「泰森，之後會怎麼樣？」
「我也不知道。」
「你眞的覺得幕後還有看不見的力量？一切都是安排好的？」
「對。」
泰森本想指出兩個世界都有盟約組織就是目前無法解釋的關鍵，但還沒開口，便有個輕柔觸感傳來。他掌心朝下將手隨意擱在床上，諾菈伸手過去輕輕貼著。
「你覺得，爲什麼會有我們兩個？」
「妳是說……」

「四個人裡，只有我們早就認識。」

「這我也不懂，但應該有什麼意義。」

諾菈稍微握緊他的手。「我爸失蹤的時候，我真的很迷惘，不知道怎麼辦，感覺心碎成片片。」

「我也是。」

「但我覺得……」諾菈緩緩說。「我覺得好像開始癒合了。」

「我有同感。」

75

嘉藤醒來時渾身是汗。昨夜的夢境在腦海揮之不去，像是嘴裡有股噁心氣味，怎麼漱口都洗不掉。

他翻身下小床，腳步蹣跚走進浴室，轉開水龍頭，用兩手接滿冷水朝著還很疼的臉上潑去。他挺起身子端詳鏡中倒影，雙頰依舊紅腫，瘀血消退之處冒出淡淡青色。到達佩訥明德的時候，只要配合瑪利亞的化妝術應該很難看出來。

和聯士兵的拷問毆打並非軍旅生涯裡最慘痛的經驗，但加上與家人相隔在不同世界，就造成很大心理壓力。他意識到自己心神如此不寧的原因是什麼：原本以爲只差一步就能挽回瓊安與曉仁，結果家裡的問題還沒解決就被傳送到這個世界。因此他急著回去，不擇手段、不計代價。

不計代價？

就是這個念頭很不妥。一旦好人這麼想，就有可能幹壞事。

他明白此時此刻自己最需要的就是轉移焦點，做些有生產能量的事情。剛好有這麼個機會不只可以穩定情緒，還能爲之後的行動做準備。

嘉藤將臉擦乾，走出去找到瑪利亞的房間敲門。他沒看時間，但走道另一頭餐廳大窗外的晨光耀眼。

房門打開，瑪利亞探頭出來。她的眼袋很重，好像都沒睡，額頭還覆蓋一層汗。

「妳還好嗎？」嘉藤問。

她嘴角上揚，稍微笑出聲。「不算很好。你呢？」

「差不多。」

「有什麼事？」

「聽起來可能有點莫名其妙——」

瑪利亞揮揮手。「唉，全部都莫名其妙到極點的時候，就沒有什麼事情還會莫名其妙了。所以別擔心，莫名其妙就是我們四個的特權。」

嘉藤也笑了。「說得好。」

瑪利亞推開門。「進來吧。」

等她將門關上，嘉藤繼續說：「出發之前，他們有給妳之後易容需要的工具吧？」

瑪利亞指著角落一個行李箱。「對啊。」

「妳打算怎麼幫我改頭換面？」

「唔，另一個你髮型差不多，都是很短的軍人平頭。你要假扮成明星的私人保鏢，所以讓你戴長假髮，打粉底讓膚色白一點，不過也不能太白，免得和手掌搭不起來。臉上再加個胎記，搭配眼鏡，還要用隱形眼鏡改變瞳孔顏色。如果有牙科器具，我連你的笑容和聲音都能微調，但手邊沒合適的能用。」

嘉藤聽了很訝異。「聽起來超過一般妝髮設計的範圍。」

「我接過不少古怪的工作，像是替私家偵探變裝之類，還滿好賺的。」她看看嘉藤。「你問這個是怎麼了？」

「只是在想……妳要不要練習看看，現在就為我換個造型。」

瑪利亞點頭。「好啊，但我們做個交易。」

嘉藤等她說下去。

「待會兒你也幫我打理一下，這幾天照鏡子看得很難過。」

聽她這麼說，嘉藤忽然覺得沒那麼孤單了。

76

泰森醒過來的時候窗戶外面太陽正烈，像炸彈照進房間裡，即使放下窗簾還是覺得好刺眼。諾菈的手擱在他胸口的觸感柔軟，呼吸輕輕掠過他耳邊。

昨天什麼時候睡著的，他都不記得了，只記得自己說了什麼、諾菈說了什麼，還有兩人話語裡的含義。

回想那段對話，他的心跳不由得變快。

諾菈動了動，彷彿將他的呼吸頻率當作鬧鐘。

夜裡根本沒聊到她要不要回自己房間，或者說根本沒聊到是否該上床休息，就只是聊到一半不知道誰先睡著了。可能是他，也可能是諾菈，泰森記不清楚。

昨夜彷彿裹上一層薄紗朦朦朧朧，穿越夜色來到光輝璀燦的此刻。諾菈睜開眼睛，雙唇漾出笑意。泰森很久沒看到這麼美麗的畫面。

諾菈沒出聲。泰森也沒講話。

兩人躺著靜聽船外傳來的風聲和引擎聲。

後來她先動了，手臂伸到泰森身上，停在他胸口，輕輕拍了一下才坐起。

「餓不餓？」她轉頭問。
「嗯，妳可以再躺會兒，我去拿東西進來吃。」
「不了，我也該起床，換個衣服之後去看看嘉藤和瑪利亞。」
換好衣服一起到了嘉藤房間門口，泰森敲了三次都沒人應門。他轉動門把探頭進去，發現嘉藤不在裡頭。
去餐廳那邊也沒找到嘉藤或瑪利亞。
結果是在瑪利亞房門口聽到異聲，才敲門就聽見她大叫：「來啦！」
泰森推開門嚇了一跳，有個長髮男子站在瑪利亞身旁。他看了幾秒才驚覺那就是嘉藤，樣貌變化幅度非常之大。
「她確實有兩把刷子。」嘉藤笑著說。
瑪利亞容光煥發，顯然也覺得自己表現非常出色，又或許因爲有工作可以專注，總算能暫時放下難以逃避的心魔。
泰森發現這趟空中旅行格外有意義，如熔爐淬鍊四人、去蕪存菁。現在的他們更有默契，也能夠互相扶持，超越那些獨自一人無法跨過的坎。
「也替我上妝試試！」諾菈開口。
泰森走到外頭。「我去拿吃的。」

等到晚餐時間，瑪利亞已經設計好四個人的僞裝造型。
嘉藤和瑪利亞留在自己房間，泰森和諾菈又去了用餐區靠窗座位。

吃過晚餐，他向侍者要了紙牌想玩，但諾菈只是笑了笑。

「回房間玩吧。」

他忍不住覺得這句話有弦外之音。應該說，他希望對方的感受和自己一樣但又沒有把握——直到諾菈牽起他的手一起走出餐廳，泰森心裡終於踏實了。

回到艙房，他將紙牌放在窗邊小桌，但諾菈並沒有坐下，只站在原地注視他，臉上浮現神祕笑容，彷彿剛得知一個小祕密，因爲太精彩了她無法悶在心裡。

泰森湊過去。

諾菈沒有閃開，繼續望著他。

泰森再靠近一步，諾菈笑得更甜了。

他整個人靠過去。

諾菈閉起眼睛，泰森用雙唇貼上，拉她入懷緊緊擁抱。

時間凝結，世界翻覆。啓動量子無線電的時候，他並沒有料到這種發展。

他不知道那個吻持續了多久。一秒？一小時？一年？彷彿時間與空間不復存在，進入只有兩人彼此相依的新宇宙。十七年的渴望、十七年未竟的愛，所有的遺憾與曾經認爲不可能重燃的情感，全部濃縮在一個吻裡。

結束時，泰森的胸口不停起伏，諾菈也是。

他吞了吞口水，心中湧出恐懼。跟隨直覺和欲望走到這一步，但終究得回歸理性。

「好像不應該這樣。」他低聲說。

諾菈嘆氣。「對啊，不應該。我是醫生你是病人，這種關係還可能妨礙之後的行動，眞是不負責任。」

「太自私了。」

「對，」諾菈附和。「眞的不應該這樣。」

但她向前一步又吻上去，泰森覺得自己整個人麻了。

諾菈伸手捧著他後腦，手指滑進頭髮。起初很溫柔，後來卻用力將泰森朝前推，直到兩人的舌尖接觸。

都喘不過氣的時候，他們的嘴唇才分開。「諾菈，」泰森說得上氣不接下氣。「我很想，可是——」

「別『可是』了。」淡黃色光芒下，她的雙眸閃閃發亮。「泰森，我們唯一能肯定的就是接下來會如何，誰也不知道。說不定在阿根廷就結束了，又或許在佩訥明德，可以有千千萬萬種不同的結局。但在這艘船上、這個房間裡面，我們擁有現在。」諾菈用力嚥下口水。「我很想你。之前那樣結束我一直很後悔。那時候我沒辦法處理家裡狀況，連帶也將你拒於門外。我連自己是誰都不認識了，只怕一直拖延會耽誤你。」

他心跳很快，每個字都聽得清清楚楚，反覆在心裡咀嚼。

「但我已經找回自己了，泰森。雖然生命起了更大的風浪，我跟那時候一樣非常害怕，不知道將來有什麼在等待，可是我不想重蹈覆轍、犯一樣的錯。這次，我不會再對你闔上心門，因爲我覺得，兩個人一起面對會更堅強。」

77

翌日清晨，泰森醒了以後躺在床上，望向諾菈的睡臉。她挨著泰森的肩頸，輕微幾近無聲的氣息拂過被子底下他的皮膚。夜裡有點涼，所以被子拉得特別高（飛船的冷暖氣效果不夠好，但累了的時候算不上問題）。

兩人沒放下窗遮，泰森知道一會兒諾菈就會被陽光曬醒，但心想能睡就讓她多睡會兒，下次好好休息不知道又是什麼時候的事。

過沒多久，諾菈果然睜開眼睛望向他。「你沒叫我。」

「嗯。」

「每次就算壓在你身上還是卡著你手臂，你都不叫我。」

「沒關係啊，我喜歡。」

她手一撐下了床，順便拉起床單披在身上。

泰森也起身先進浴室，出來時圍著浴巾。諾菈已坐在小桌邊穿衣服。

一如往常，早上他通常覺得身體疼痛疲累，而且和聯監獄的壓力似乎使症狀惡化了。藥瓶放在床邊。他想吃一粒，卻又不想在諾菈面前吃藥。

出乎意料的是，諾菈好像讀清了他的心思，拿起藥瓶就轉開，斜著倒出一粒遞過去。「你該吃藥了吧？」

泰森端起放在床頭的水杯，喝下一口吞了藥丸。

「沒關係的，」諾菈說。「不必避諱在我面前吃藥。」

「總覺得不想讓妳看到缺陷。」

諾菈站起來，捧著他的臉。「這算什麼缺陷呢。」

泰森笑著說：「不是缺陷是什麼？」

「世界上最自然的事情。人只要還活著，就會想辦法維持健康。」諾菈朝著床邊的藥瓶點頭。「你爲了維持健康固定吃這種藥，就像瑪利亞有她自己的藥。我以前也有一陣子按時服藥。」

泰森眉頭一蹙想開口問，但被諾菈揮手打斷。「別問，現在不想說，因爲我們談的是你。」

他苦笑。

「畢竟現在我也是你的醫生。」諾菈繼續說。「身體有狀況就得告訴我，整個小隊都還需要你。」

「好吧。只是我不喜歡吃藥。」

諾菈笑了。「這很正常。照顧身體是一回事，不代表我們要喜歡照顧身體的方法。」

「至少這點我們有共識。」

「那這位愛惜身體但不愛吃藥的先生，這幾天的感覺還好嗎？」

泰森轉過身。「說眞的，好很多。」他指著藥瓶。「我不知道這玩意兒到底是什麼，但確實有效，比我以前自己配藥有效得多。現在反而擔心藥吃完了怎麼辦，我爸沒解釋成分或配方。」

「擔心藥吃完的不只是你。」

「還有瑪利亞。」

「嗯，不過得等我們從佩訥明德回來，再幫她想想辦法。」

泰森聳肩。「如果回得來的話。」

諾菈掐著他下巴輕輕抬高，給了個微笑。「喂，不可以悲觀，先對自己有信心，事情才能夠順利。」

有人敲門，泰森拉緊圍在腰上的浴巾過去開門。穿著制服的年輕侍者站在外面，看他沒穿衣服的眼神有點驚嚇。

「先生，目的地快到了，大約兩小時以後降落。」

「謝謝。」泰森關上門。

諾菈神色嚴肅起來。「準備好了嗎？」

泰森點點頭。「準備好了。」但他立刻聳聳肩。「可是現在要侵入平行宇宙的納粹軍事基地，我也不知道怎樣才算準備好。」

「你知道我是什麼感覺嗎？」

「什麼感覺？」

「像搭雲霄飛車。被甩來甩去的時候不會想太多，慢慢翻過最後一個上坡，反而覺得即將失控非常恐怖，那種緊張感揮之不去。」

泰森笑了笑。「嗯，我有同感。」

「我還有個感覺，你猜猜看？」

他瞇著眼睛。「不確定我們昨天——」

「嗯哼，錯，那是我活到現在最肯定的一件事。」她笑著說。「現在另一個感覺是……我餓了，快去吃早餐。」

⚛

幾小時過後，泰森、諾菈、嘉藤、瑪利亞進入大使辦公室，使館位於阿根廷首都布宜諾斯艾利斯。

一個特務站在大紅木桌旁邊，翻閱勞勃準備的文件。他瞇著眼睛邊讀邊搖頭，最後抬起頭盯著四人。

「這是開玩笑嗎？」

「不是。」泰森回答。

「要我們把一個檔案上並非盟約間諜的南美國家公民從她家裡綁過來、關在大使館裡面，等你們點頭才能釋放，然後這個人正好是風靡全球的音樂天后？」

「少校的敘述完全正確，」嘉藤開口。「有疑問嗎？」

對方重重嘆息。

「採用什麼手段我們不管。」嘉藤繼續解釋。「布宜諾斯艾利斯是你們的地盤，相信你們自有辦法。不過我建議今天晚上就行動，而且千萬小心，別讓她知道幕後是和聯。當然，帶走正牌之後一小時內，就要將我們的瑪利亞送過去，才能製造瑪利亞．尚托斯平安無事的假象。」

一切談定、等其他人都離開辦公室以後，諾菈關上房門，轉身望向大使。她的一頭白髮盤高，眼鏡壓低得快碰到鼻尖，外觀看上去應該六十多歲。

「這次任務還需要一樣東西，」諾菈說。「沒有寫在報告書裡頭。」

「請說。」大使回答。

「妳聽過一種叫作『美沙酮』的藥物嗎?」

「沒有。」

「或許在你們這裡名字不一樣。」

「成分是?」

「鴉片類的藥物。」

從對方反應,諾菈知道大使聽得懂,但對方卻忽然皺著眉頭,認眞打量自己。在飛船上,瑪利亞花了一個鐘頭爲諾菈化妝、剪髮與染髮,還搭配了一副沒度數的眼睛。然而此刻大使的神情顯然是認得眼前的臉孔,難道她認識這個世界的諾菈?

「雖然和海洛因、鴉片屬於同一個類別,」諾菈繼續解釋。「但美沙酮可以治療藥物成癮,阻斷其他鴉片類藥物造成的快感,卻不會讓病人難受,緩解癮頭和戒斷症狀。」

「是那個歌手要用,還是妳要用?」

「這不能說。」

「爲什麼不能?」

「工作規則。」

大使又端詳一陣。「妳和勞勃·布朗是親戚嗎?」

諾菈吸了口氣。「遠親。」

「你們這個計畫、這次任務實在奇怪,我看不太懂。但是我知道,和聯快滅亡了,要是沒有什麼重大轉變,大概就會從地圖消失。我會幫妳找找看,只是如果找不到那種藥怎麼辦?」

「我待會列出幾個替代品,像是舒倍生、納曲酮之類。非常感謝妳願意幫忙,或許能挽回寶貴的人命。」

⚛

六小時後，諾菈坐在大使館地下室盯著監視螢幕。這個世界的瑪利亞・尚托斯在拘留室內來回踱步，不斷朝天花板吼叫：「你們到底想幹嘛！」

終結戰亂與阻止世界末日的任務，正式開始。

78

瑪利亞在豪宅內走動，感覺這裡像個博物館。

門廳後頭是藝廊，展示的藝術品十分高級。牆壁底下擺滿小沙發，客人走累了隨時可以坐下休息。

大廳像是酒店一樓那樣寬敞開闊，從窗前到壁爐桌椅成群，有些看起來竟像是沒沾到地板、飄浮在半空。她不禁想像如果在這裡舉辦派對，能夠容納好幾百人。

登上彎曲階梯，在二樓還有個休息廳。她在這兒聽見諾菈、泰森、嘉藤分頭搜查。自己也算是在搜查才對，但不得不承認心裡受到這裡的氣派震懾。

她回到大廳，進入旁邊走廊，盥洗室的公用空間廣闊到能放三個洗手臺，後面有四個隔間。明明是廁所，卻比遊民之家任何一間臥房都更大。

主臥室看得她差點忘記呼吸，根本是雜誌才會有的畫面。除了家具精緻典雅，懸掛的布簾也極美，像是紡織界的大師傑作，顏色花紋都令人沉醉。

然而她最訝異的是床邊那張照片——瑪利亞與母親戴著軟布帽，一起站在海灘吹風。鏡頭底下這個瑪利亞・尚托斯幸福又健康，住在難以想像的奢華宅邸裡，而她這輩子第一次踏進這種地方。

兩個人屬於截然不同的世界。但明明有同樣的父母、同樣的DNA，是同一個人。抉擇。

是抉擇與環境造成了分歧。

她察覺房裡有人看著自己，嚇了一跳趕快轉身。

嘉藤頂著妝容和假髮站在後面，幾乎成了另一個人。好像很久沒有眞正做些有創意的事，但瑪利亞不知爲何有點自豪。

「地下室查完了。」他說。

「找到什麼？」

「錄音室，但是沒有筆記或其他紀錄；然後是電影院、以心肺器材爲主的健身房，還有酒窖——」

瑪利亞笑出聲。「這才像我住的地方。」

嘉藤卻注視著她。「妳還好嗎？」

「大家都沒事，不是嗎？」

笑意從她臉上褪去，嘉藤的目光沒有轉開。

瑪利亞壓低聲音。「沒事，只是看到她能住在這樣的房子裡……就更清楚意識到我把自己的人生搞砸了。」

「也不到搞砸——」

「差不多了。」瑪利亞垂下頭。

「但還沒結束。」

「原本差一點點就走投無路。」

「妳知道我是怎麼想的嗎？」

「我知道的本來就不多了，你怎麼想的我更不知道。」

「我開始覺得，這整件事就是給我們重新面對自己的機會。」

瑪利亞抬起頭望過去。「為什麼這樣說？」

「我也說不清楚。就是個感覺。」

「感覺不能當飯吃。」

「我在戰場上可是靠直覺，死裡逃生過一百萬次。」

瑪利亞想了想，吐露出心底最大的恐懼。「我不是她。」

「妳也不需要成為她。」

「這個你可能不懂。同一首歌，歌手可能表演過一百次了。換成我上臺去唱，觀眾會察覺不對勁。」

「就說妳感冒。」

瑪利亞閉上眼睛。「沒那麼簡單，不只是音色好不好，還有臺風、與觀眾互動。她做得到。我以前做得到。現在……我不確定。」

「也不必完美無瑕。」嘉藤靠近一步。「妳只需要盡力而為。我們大家都一樣。」

泰森也來到主臥房門口。「什麼情況？」

「調查一下這房間。」嘉藤的口吻忽然公事公辦起來。「沒找到什麼。」

泰森轉身。「我們倒是有些發現。」

79

瑪利亞抓著不鏽鋼欄杆爬上富麗堂皇的大理石階梯，頭頂上吊著華貴水晶燈，腳步聲不停迴盪。

上樓以後一個入口後頭又是個客廳，還附帶小酒吧，落地窗外是修剪整齊照明充足的後院，右手邊有游泳池，池水隨風蕩漾，映著月亮與周圍高牆的燈光。

泰森說了句「往這兒」，瑪利亞才意識到自己看呆了。

他順著走廊過去，嘉藤跟在後面。兩人進入這棟豪宅似乎沒受到什麼震撼，瑪利亞覺得自己和三個夥伴還是有很大分別。

諾菈待在一間辦公室，裡面有開放式桌腳的簡單白色書桌，桌子前面擺了兩張單人沙發，旁邊還有長沙發、咖啡桌與放在角落的休閒椅。

桌上有一臺筆記型電腦，背面品牌寫的是西門子（注）。

「看看這個，」泰森將螢幕轉過來，面朝瑪利亞和嘉藤。「作業系統居然叫作LinOS，」他指著畫面裡的標誌，那是個頭髮略長、帶著淺笑的男人面孔。「這大概是林納斯．托瓦茲。是不是很誇張？」

瑪利亞看看另外兩人，一樣困惑。

「我不太懂你在說什麼。」諾菈開口。

「林納斯．托瓦茲啊，Linux作業系統的作者。你們沒有用過紅帽版Linux那些嗎？」

沉默就是給他的答案。

嘉藤試著將話題拉回來。「我對作業系統沒那麼熟悉。重點是登入系統有漏洞可用嗎？你能不能駭進去？」

泰森搖搖頭。「只是覺得很有趣，感覺這個世界是不是根本沒有比爾．蓋茲呢？Linux和後續版本居然變成消費電腦的主流，我猜，現在的世界首富就是林納斯．托瓦茲吧。」

「你認識？」嘉藤問。

他又搖頭。「怎麼可能，只是覺得太巧了。咱們辦正事吧。」泰森轉頭問瑪利亞。「妳覺得自己會用什麼密碼？」

「Valentina。」她幾乎想也不想就回答。

泰森敲鍵盤輸入。「不對，還有嗎？」

之後幾個小時瑪利亞一直猜、泰森一直輸入，諾菈和嘉藤只能晾在旁邊，後來嘉藤忍不住走出去。「我去檢查一下保全系統。」

瑪利亞心想他應該是覺得在這邊猜猜看太無聊了。確實如此。

「我去廚房找吃的，」諾菈說。「你們要什麼？」

她拿了些三明治回來，泰森和瑪利亞還沒猜到。

注：SIEMENS，西門子為德國企業，曾與納粹有密切關係。

兩人一籌莫展，用過瑪利亞的生日、喜歡的顏色、父親的名字（只是提起這人她都忍不住生氣）。繞來繞去瑪利亞總覺得就是Valentina，那是她母親的名字。

嘉藤捧著一疊皺皺的紙張進來擺在桌上。「工作室裡找到的，也只有這些文件。」最上面一頁是尚未完成的歌曲。

歌名是打字列印，歌詞卻用鉛筆手寫，每行中間與旁邊空白都有注解。

瑪利亞拿起來看。

〈給新世界的讚歌〉

她屏著呼吸往下讀。

當世界陷入黑暗
當戰火連綿不斷
浩劫、混亂、與破壞
倒數計時，到此為止

讓光明驅散黑暗
讓天地不再黯淡
苦痛、失落、與悲哀
倒數計時，到此為止

她的雞皮疙瘩都起來了。確實是自己的口吻、自己的節奏，像是她會寫出來的詞，彷彿明明寫過這條歌卻失憶般一直沒能想起來。

泰森讀完將稿子遞給諾菈。「挺灰暗的。」

「看樣子，」嘉藤分析。「這世界的瑪利亞．尚托斯其實知道A21搭載什麼武器，盟約有什麼計畫。」

三人聽了一愣。

「有個辦法，」嘉藤繼續說。「就是讓和聯特務審問她。理論上不必太激烈就能讓她招供——」

「等等，」瑪利亞閉著眼睛低呼。「別那麼做。」她感覺大家視線集中到自己身上。「不知道該怎麼解釋，但別傷害她、別給她留下心理陰影。我知道行動結束之前不能放人，但……我不希望自己做的事導致她的人生脫軌。」

嘉藤伸手拍拍她的背。「抱歉，我剛剛沒想太多，職業反應罷了。」

「我懂。這對大家都是……第一次。我也明白的。其實我根本不認識她，她也不是我自己，但是……就不知道爲什麼，我眞的不希望她受傷。」

嘉藤忽然撇了撇頭，耳機裡有訊息傳來。「外面監控組說有人接近，穿著制服、走人行道，女性、拉美裔，年齡在五十前後。」

停頓幾秒後，他繼續報告。「到門口了，而且她有鑰匙！」嘉藤立刻吩咐瑪利亞。「妳快點下去門口。」

「要怎麼說？」

「隨便，趕走就對了。」

瑪利亞衝出辦公室，抓著扶手準備跳下弧形階梯回門廳，卻忽然停下腳步。

她知道自己和這世界的瑪利亞・尚托斯長得可說一模一樣，但有幾個小地方例外：她略微憔悴、皺紋和日曬多了些。這些只要化妝都可以遮掩。然而眼神沒辦法。她必須承認，鏡子裡的自己有種受傷、戒備的神情。也是理所當然。問題是他們已在這宮殿般的豪宅內看過了照片，這個世界的瑪利亞不僅眼神明亮還有種赤子之心，是隨時會跟世界乾杯然後對月長嗥的人。

幾年前她也是那種性子，但現在不同了，熟人或親戚很可能察覺狀況不對。

所以她決定留在階梯中間的平臺，靠距離和光線誤導對方。

大門打開，一個骨架很大的女人進來以後，立刻轉身關門。看衣著應該是女傭，頭髮也高高盤起。

「嗨。」瑪利亞從高處打招呼。

女傭大吃一驚，轉身靠著大門，手按在胸口用西班牙語說：「是小姐啊……嚇死我了。」

瑪利亞揮揮手之後跟著用西班牙語回答：「抱歉啊！」

女傭看看她。「您還好嗎？」

瑪利亞雙手一攤，心想自己隨興演會不會演過頭。「嗯，很好啊。」

女傭緩緩點頭。「這樣啊。」

「妳來幹嘛呢？」

「小姐意思是？」

「我是說……妳今天工作怎麼安排的？」

「洗衣服，然後要爲您做早餐。」她又打量瑪利亞。「您是不是因爲要出國睡不好？需不需要爲您換個菜單?」

「唔，不必沒關係。我還沒忙完。」

「調整情緒是嗎?」

「對啊，要進入狀態，不然沒辦法上臺。」

「還是今天出發?」

瑪利亞聽了心跳加速。「嗯，時間沒改。其實我現在比較想專心，不如妳今天就休假吧?我一個人比較好沉澱思緒。」

女傭點點頭。「這樣啊，好吧。那尚托斯小姐請加油，一路順風。」

等她離去關門後，瑪利亞大呼一口氣，差點兒沒暈倒。

回到辦公室，她正要告訴大家，嘉藤先開了口。「都聽見了，今天出發。」他轉身望向泰森。「再不破解密碼不行了。」

80

泰森咬著嘴唇。「我有個想法。」

諾菈長嘆。「你這樣說，我反而會緊張。」

「別擔心，」泰森說。「不是那麼瘋的主意。」他笑了笑。「我要發瘋的時候一定會大聲叫你們看過來。」

諾菈閉起眼睛搖搖頭，忍住不肯笑。

泰森又對著電腦輸入密碼，然後板著臉。

「沒用啊。」諾菈說。

泰森繼續輸入，專心思考下個組合。「還沒結束，」卻又失敗了。他繼續在心裡排列，剩下的可能性已經不多。

結果這一次登入畫面消失。「進去了。」

「怎麼進的？」諾菈繞過桌子盯著螢幕。

「瑪利亞一開始就沒猜錯，密碼的確是Valentina。」

「那先前怎麼都進不去？」嘉藤問。

「直覺雖然可靠但是需要做些修飾，我之前只是照著字母打，或者稍微調整大小寫就放棄。其實應該要朝這個方向繼續發展才對。」

「安全強度。」諾菈忽然想明白了。

「沒錯，」泰森解釋。「密碼是Valentina，V要大寫，小寫L改成數字1，小寫T用＋號代換；大寫、小寫、數字、特殊符號組合起來，才是高強度密碼，同時瑪利亞又能記得住。我猜每次系統要求她更新密碼，她就會找數字或特殊符號取代字母，像小寫A也可以改成@符號。」

泰森用觸控板瀏覽硬碟，宅男魂又燃燒起來了。

「郵件軟體，」他說。「居然叫作GotMail，名字取得不賴嘛。」

一行人翻看電腦上的郵件與文件直到天亮，取得不少有用也機密的情報。

郵箱裡有很多天后尚托斯與盟約政府的往來紀錄，都放在名爲帝國網的加密網路，必須啓動虛擬私人網路VPN才能進入。需要的資訊都在裡頭。

這位樂壇天后要上臺演出，但只唱一首歌，而且不是已經發表過的作品。盟約政府請她寫一首原創，從工作內容的解釋中，泰森隱隱約約理解了盟約的計畫。

螢幕上是海倫·克萊博士發送的私人訊息。只是母親的名字而已，但泰森看見時，仍舊心頭一凜。不想面對，但也不能逃避。他正想著母親是不是也在佩訥明德，結果信裡就有答案。

Sehr geehrte（親愛的）尚托斯小姐，

再次爲妳應允新世界典禮表演一事說聲Vielen Dank（感謝）。觀眾或許沒有妳平時商演那樣多，但我保證，這將是妳演藝事業最值得紀念的時刻，可以名垂青史、傳頌後世。現在妳可能覺得我說得太誇張，但時候到了，妳自然明白。

關於本次工作流程，我方希望妳能在典禮前一天的早晨抵達，方便排演與器材檢查。旅行事宜妳可自行安排，也可交給歐羅巴國防軍，我方沒有意見，但請盡快告知決定。

除了尚托斯小姐之外，隨行與工作人員最多四位，請注意若是和聯國人士，依法不得進入盟約國領土，歐羅巴國自然不例外。包含尚托斯小姐在內的南美國家公民，我們竭誠歡迎。團隊所有成員需備妥南美國家身分證件並接受查核，這是盟約國軍事設施的標準程序規定。

另一點需要注意的是，佩訥明德基地不允許外來電子裝置，行動電話、智慧手錶、智慧腕帶都包括在內。若攜帶這類裝置，將會在機場檢查哨暫時沒收，返回時歸還。

此外所有成員抵達時需接受搜身。相信各位有所耳聞，盟約國嚴格禁止各類毒品，若無合格處方箋持有違禁藥物的最低罰則亦相當嚴重。提醒這點並非指控，而是希望避免不必要的誤會。

典禮前一天晚上，麻煩妳進行綵排並測試影音設備。佩訥明德基地有百年歷史，經過多次改裝擴建。新世界典禮地點原本是發電廠，後來轉爲聚合導彈研究計畫的行政大樓和會議中心，表演地點在舊輪機房進行，希望音響效果不至於令妳失望。

說完時間和場地安排，接下來則要談談表演內容。我們發自內心誠摯邀約，請妳爲這個大日子，譜寫新的經典作品。

我們想像的是以一首歌紀念人類歷史轉捩點，爲數十年戰亂畫下休止符、迎來永恆和平，同時也讚頌科技演進，慶祝新時代的黎明。

調性自然是沉重的。新世界決定了人類命運，但代價相當慘烈，是生命、血淚、光陰和逝去的未來，熬過重重戰火終於盼來這一刻。希望歌詞能傳達這種精神，描繪人類停止仇恨的努力、承擔結果的勇氣，經過千錘百煉後走向團結一致、不可分割的共同體社會。

尚托斯小姐之前的〈世界&時間〉專輯已經涵蓋這次活動相當多主題，好幾首歌都訴說了我們的掙扎和願景，因此籌備委員會認爲妳是最合適的人選。希望這樣簡單的介紹足以提供靈感，十分期待與妳本人見面。

祝一切順利

海倫．克萊敬上

泰森前後讀了兩、三遍，試圖理解這個世界的母親。原本是他少年時黑暗中的燈塔、生命中唯一不變的歸宿，沒想到易時易地之後如此陌生，價值觀截然不同。這條鴻溝是否無法跨越？有沒有可能與這裡的海倫．克萊產生共鳴？

他很快就能知道。辦公室裡的四人開始各自準備。

嘉藤聯絡守在外面的和聯特務，請他們向大使館轉達需求。當務之急是盜用三個南美公民身分，外表還得神似泰森、諾菈、嘉藤。

再來是運輸。天后瑪利亞．尚托斯有四人飛機，但停泊與維修、機師和機組員則委託空美集團代爲處理。

瑪利亞打電話到那間公司，表示這次機組員和駕駛都會自備，對方沒多說什麼就同意了。合約只針對維修與管理，機上人員是附加服務。

接著查到了原本會一起登機的名單。泰森看得出來瑪利亞與工作人員通電話時戰戰兢兢，不過她準備了很難拆穿的謊言：聲稱歐羅巴國維安單位堅持介入，只接受他們指定的隨行團隊。歐羅巴國是什麼作風，大家早有耳聞，聽了都乖乖認栽。

門鈴大響，整個屋子都能聽見。泰森從筆電打開叫作「中央管家」的軟體，可以控制屋內所有擴音器、自動窗、電燈、溫度計、攝影機等等。

監控影像顯示安地斯快遞的送貨員已經轉頭離開，有個包裹擱在地墊上。

「應該是大使館送來的。」嘉藤說完就出去。一會兒以後，他走入鏡頭取走包裹。

紙箱裡面裝了任務所需的工具：有一份指示說明如何前往瑪利亞私人飛機停放處，諾菈、泰森、嘉藤僞裝用的南美身分證明，還有佩訥明德基地的空拍圖。

泰森心知這地圖得來不易，恐怕在個體戶間諜或盟約高層花了天價才購得。和聯政府已認清這次行動決定未來存續，決定不惜代價全力相助。

此外還有盟約領土內軍事據點空拍圖，共計十二處，各個規模都很大，高牆包圍了訓練場、軍營與機場，根本就是小型都市。從比例尺計算，單一據點就足以容納數百萬人。泰森猜想這幾個地方加起來就有兩千到五千萬的兵力。

「太離譜了。」嘉藤說。「他們爲什麼需要這種人數的軍隊？」

「尤其，」諾菈附和。「他們靠導彈就能摧毀敵人，沒有地面作戰的必要，兵力卻幾乎是和聯殘存人口的一半。」

「再考慮到，」嘉藤接著說。「盟約國只有和聯這麼一個敵人，養兵千日要用在何時呢？」

泰森指著十二張圖片。「可以肯定和聯希望我們用導彈攻擊這幾個地方。我猜當初讓這個世界的諾菈潛入佩訥明德，其實就是同一個任務。和聯知道傳統戰爭己方寡不敵眾、毫無勝算，現在給我們看照片也算是把話說清楚，單純毀掉導彈或丟在無人區沒有意義，只要盟約國保有這麼巨大的軍力，就代表和聯沒有活路。」

諾菈閉上眼睛。「但是有點過頭了。用導彈攻擊這些基地的話……」

「我們目前別無選擇。」嘉藤說。「這是戰爭，很多時候逼不得已。」

「任務過程中應該盡量尋找其他解決辦法。」諾菈回應。

「我同意，」嘉藤附和。「只是眼前似乎沒有替代方案。」

日出之後陽光從窗戶照進辦公室內，四人開始研究佩納明德研究中心的照片與地形圖。基地坐落於半島，伸進波羅的海，接近原本世界裡德國和波蘭的邊境。

泰森覺得配置看來像軍事據點與NASA發射坪的結合。沿著海岸有巨大發射場，陸地盡頭則是機庫、停機坪、兩條很長的飛機跑道。中央有一塊區域類似小都市，道路呈棋盤狀，樓房大概是商店、公寓或倉庫。

軌道如縫線般分佈各處，大部分終點站是大型工業建築，泰森推測是工廠。島的左側有條窄窄的海峽將基地與大陸隔開，能找到兩處港口，一個靠近舊電廠，也就是這次典禮的舞臺。

從空中鳥瞰的佩納明德活像個迷宮。也許事實上它就是。一行人馬上就得努力尋找正確路線，目標是位於深處的控制中心，到了那裡就能摧毀或重設導彈。做不到的話，這世界有很多種方式走向滅亡。

81

到了私人機場，泰森問嘉藤：「你確定你能飛這東西？」

嘉藤立刻回答：「我什麼都能飛。」

雖然心裡並不真的那麼有把握，田中嘉藤認爲駕駛員最高原則是：別墜機，再來就是：永遠別讓乘客懷疑自己的技術。他認爲這兩條原則無論到哪個宇宙都適用。

他進入駕駛艙觀察儀表板，起初有點疑惑，但很快發現設計上與自己世界裡巴西航空工業的機型相同，只是飛行距離延長很多。

升到巡航高度，嘉藤開啓自動駕駛模式又觀察片刻，總擔心是不是會出什麼問題，但最後看來一切正常。於是他回去客艙找了座位坐下，開始冥想，專注於呼吸和氣息拂過肌膚的觸感。

一會兒以後眼皮沉重，睡意襲來。他知道自己確實該休息，自動駕駛是最好的時機。

只不過思緒總是繞回任務目的地。

此生最強的敵手等著他——他自己。而且是發揮出黑暗面的自己。

嘉藤從軍以來總是前往危機四伏、一不小心就會喪命的惡劣環境。路上擦肩而過的人、付錢找來的幫手、情報販子，飲水、食物、叢林裡的毒蛇。更別說還有躲在暗處動刀動槍，或是從背後偷襲的小人。

但這個世界是另一種等級，比以前去過的任何地方都來得更危險。原因很簡單：無法預期的因素最可怕。就嘉藤的經驗，不管特工多出色，遇上難以預料的情境便很容易賠掉性命。看不見或者看見也不知道該提防的人事物能在自己反應過來之前就得手。

現在他已經察覺到這樣一個潛在威脅。

在阿根廷豪宅時，嘉藤想過拷問這個世界的瑪利亞。對他而言是合理作法，但自己人裡的瑪利亞無法接受。當時他有點錯愕，後來很快想通爲什麼瑪利亞不願意平行宇宙的自己受到折磨、或許留下心理創傷。

每個人的情感或多或少都受過傷，這是人生的必然。然而情感的創傷會留下疤痕，有些疤很淺，有的卻結出厚厚一層痂，往後幾乎失去感覺。更深的傷痕則會永久改變一個人。

瑪利亞應該有過那種經歷，所以不捨得讓另一個自己步上後塵。

瑪利亞開口懇求不要傷害另一個她，當下嘉藤意識到自己也得做出抉擇：他願意傷害另一個自己到什麼程度？雖然答案很明確——不惜代價。當然如果可以，癱瘓對方就好。只是若有必要，他會痛下殺手。如果這樣做才能保護飛機上的三個同伴，才能拯救和聯境內連肚子都塡不飽的難民。他做得到。儘管和聯曾經囚禁他、虐待他，那是政府的作爲，不必遷怒到無辜人民。更重要的是，如果必須那麼做才能再見到妻兒，那他便別無選擇。

不知道在佩納明德等待自己的是怎樣一個田中嘉藤？是否將內心黑暗開發得更徹底，能夠控制得更好？會不會力量更大、速度更快、鍛煉更勤奮？

他更好奇與另一個田中嘉藤交手會對自己產生什麼影響，是否會令控制這麼久的內心黑暗潰堤而出。

82

飛機背著太陽、穿過夜空，朝向大西洋另一頭歐羅巴國中心地帶航行。

諾菈忍不住時時留意泰森的狀況。起飛以後，他就一直窩在座位低頭盯著幾張紙——他們把海倫．克萊寫的郵件列印了出來。

想必他對於可能要與母親面對面十分焦慮。有些事情或許無可奈何。

諾菈覺得自己與泰森彷彿命中注定，無論兩人分隔多遠，都被串在一起。彼此的聯繫沒有因為時間衰退，只是遭到掩藏，如今逐漸復甦。她希望這份情感不會再被埋沒。

與泰森的連結並不只是飛船上共度一夜那麼膚淺。兩個人小時候一起長大，培養出深厚默契，雖然她也是現在才清楚意識到這點。

她和泰森就像兩個身軀共用一個靈魂，與他相處有著別人難以取代的安全和自在，文字難以形容。

被際遇拆散，因命運重逢，現在她想牢牢抓緊，不再讓泰森離開。

儘管他們被捲進這麼瘋狂的事情，諾菈卻覺得只要有他相伴，一切都無所謂。她從泰森身上找到自己生命缺失的最後一片拼圖。

諾菈的思緒離開重新回到自己生命的泰森．克萊，接下來是彷彿站在地平線上等待的另一個自己。她被囚禁在佩訥明德嗎？這個世界的諾菈成長在戰亂與仇恨的世界，性格似乎與她互爲表裡。不知道她究竟是怎樣的人，見到另一個自己會有什麼反應？

再過幾個鐘頭就知道了。

目前諾菈心裡更重要的任務是顧好飛機上的三個人。這份信念激發出一股力量，沿著脊椎湧出，使她更堅強更專注。她從來不知道自己體內還藏著這種潛能。

此外她也明白，自己的性命同樣得託付給同伴——泰森的心智、嘉藤的反應、瑪利亞的歌喉。

泰森說得沒錯，他們四個人要共同撐起這次任務。大家還不知道任務背後的眞相，但她相信自己會見證改變這個世界的奇蹟。

83

嘉藤從駕駛艙進入走道。諾菈坐在一張單人沙發上沉思，瑪利亞躲在客艙最後面對著桌子塗塗寫寫，想盡快完成詞曲。

泰森坐在另一頭凝望窗外。嘉藤過去坐在他對面。

「你不覺得很像嗎？」

泰森挑眉。「像什麼？」

「拆掉納粹大炮的不可能任務，成敗會改寫歷史，卻只能依靠一隊烏合之眾。」

「你想說的是……？」

「有一部二戰背景的電影，故事重點是一道不可能爬上去的牆。」

泰森聽了用力點頭。「這麼說我就懂了！」他想了想。「片名叫作《納瓦隆大炮》對吧？」

嘉藤靠著椅背，表情裝得很誇張。「恭喜答對！獎品是一百次老爹笑話額度。」

「知道我這大炮多厲害了吧。」

「剩九十九次。」

「值得。」泰森自言自語。

諾菈從沙發靠過去。「你們兩個剛才在聊二次世界大戰的電影？」

「可不是隨隨便便一部片，」泰森說。「《納瓦隆大炮》，有葛雷哥萊・畢克。」

「爲什麼男人都那麼喜歡二戰電影？」

「妳自己看看，」泰森回答。「就明白了。」

「眞的嗎？」

「好吧，活著回去的話，我找給妳看。」

諾菈笑著說：「好啊，那就這麼說定了。」

⚛

機艙後方，瑪利亞盯著幾張紙。〈給新世界的讚歌〉還是一堆散亂的句子和筆記，像是被撕開的藏寶圖。

這個世界的瑪利亞・尙托斯還沒唱過這首歌。得知這點以後，雖然讓她稍微鬆口氣，但很快又面對下一個難關：這首歌根本還沒寫完，而她馬上就要上臺獻唱。

再幾個鐘頭飛機就要降落，必須趕快完成詞曲。飛機上沒人能代替她做這件事，夥伴們能不能活命就看她了。

這已經不叫作期限，根本是大限。

瑪利亞很擔心自己承受不住會崩潰到腦袋空白。

結果卻恰巧相反。她感受到一股鮮活的生命力，不僅僅是會被遊民之家趕走那種急迫，還有對歌曲主題發自內心的深刻體悟。

她對世界變化匆匆這點再熟悉不過，一轉眼就人事全非。

瑪利亞牢牢抓住那感受的核心，靈感泉湧而出，筆下飛快勾勒出正歌、副歌、橋段，詞曲填滿行與行、頁與頁之間的空白。

完成草稿以後，她看了看，連自己都訝異讚嘆，不知道怎麼能夠寫出來的。藝術奇妙就在於創作者事前也無法預期結果，所以才是超越性的體驗。許多藝術家嘗過一次以後便陷入終生的追逐。

瑪利亞忽然有了感觸。現在她不只上過那條階梯，也知道階梯能爬到多高，因爲她看到另一個自己走了多遠、成就多大、創作能量多豐富。

她做得到。

如果每個人都知道自己有多少潛力，又能夠實現多少？

從前她埋怨命運，認爲自己注定無法成功，爆紅只是曇花一現，再怎麼努力也沒有好結局。此刻自心底流瀉的詞曲卻述說了另一個故事。她生來就是耀眼的星星，自己都迫不及待想聽聽這首歌。

同時，她也有點心慌。興奮與恐懼的交織——久違的感受。沒想到的是，原來她必須在這種情緒中才能找到自我。更棒的是，創作過程中，什麼藥不藥的，她一次也沒想起來。

諾菈、嘉藤、瑪利亞一個接著一個睡了。輪到泰森守哨，他又把這個世界的海倫寫的信拿出來重新讀起。

語氣口吻確實惟妙惟肖，彷彿出自他母親的手，但內容完全不是那麼回事，所以泰森才覺得那麼不踏實。一如諾菈在失而復得的父親身上所見，這裡的海倫原本應該也很善良，但被殘酷的世界推往另一個方向。

諾菈想救贖勞勃，泰森也思索有沒有可能挽回海倫。兩人看似是戰爭中的宿敵，實際上卻又扮演同樣角色：她們都是科學家，想利用自己的專業知識結束爭鬥，以科技徹底將世界改造爲自己陣營想像中的樣貌。

有沒有什麼辦法讓兩邊都滿意？

飛機在夜空不停前進，時間一分一秒流逝，泰森始終沒想出答案。

他反而又意識到別的問題，追根究柢，眞正的癥結是量子無線電。就算任務完美達成，和聯將東西交還，下一步到底怎麼做？

即使拯救了這個世界，四人的處境與剛到這世界的自然歷史博物館時相差無幾，依舊迷失在浩瀚無邊的多元宇宙，找不到回家的路。

84

降落前一小時，瑪利亞為大家易容。

儘管三人與假身分的照片多少有點差距，但泰森覺得已經非常接近了，也慶幸這個世界的南美洲與他們世界的美國一樣是民族熔爐。若當地沒有大量亞裔和白人，要找到相像的人恐怕會很困難。

化妝完畢，四人都到了客艙。瑪利亞和諾菈坐在靠牆的長沙發，泰森和嘉藤坐在對面的方桌邊。

「複習一下計畫。」泰森說。

「總之別死。」瑪利亞開口。

泰森伸出手指。「那是第一步，後面就開始複雜了。」

「習慣就好。」嘉藤附和。

「我從最基本的部分說起，」泰森解釋。「我想，偵察工作就盡量由我來，截至目前還沒聽說這個世界有泰森·克萊。瑪利亞應該很忙，加上妳的身分想闖進管制區域太顯眼。嘉藤和諾菈都有平行版本，而且恐怕都在佩納明德，所以你們要保持低調、降低風險。」

「同意。」嘉藤說。「不過最後我還是得行動，找機會取代掉歐羅巴國的嘉藤。取代之前最好有機會稍微觀察，模仿一下他的言行舉止。」

「有道理，」泰森說。「但要先釐清優先順序。第一優先還是要找到A21導彈控制中心，更改目標。」

「說得容易——」嘉藤咕噥。

「做起來難。」泰森說完下半句。「確實。但用這裡的田中嘉藤身分應該能自由出入才對。」

「我覺得眞正的難關，」嘉藤說。「還是時間。能夠假扮他不被發現的時間有限，我不熟悉歐羅巴國的軍方制度和他的實際業務，拖久了一定會有人起疑。」

「沒錯。」泰森跟著說。「所以一開始稍微偵察之後，就要等待時機，太早修改導彈目標反而會被發現。」

瑪利亞抽了口涼氣，看得出她有些緊張。「我能問個可能有點傻的問題嗎？」

泰森雙手一攤。「在多元宇宙裡沒有傻問題。」

「我不會德語。」她說。「西班牙語我行，葡語還能湊合，但看起來在佩訥明德都不通用。」

「我考慮過這點。」泰森回答。「德語我還可以，偶爾有點尷尬而已。」

「說眞的，」諾菈聽了說。「你講英語也一樣。」

泰森笑了笑。「說得也是。不過我的英語不會進步，德語倒是這幾年變好了。日內瓦說法語的人最多，核子研究組織裡頭說德語的卻不少。你們兩個呢？」

「以前在美軍的德國據點待過，」嘉藤說。「學了一些，應付普通對話可以，但當然和這裡的田中嘉藤不能比，這點最容易露出馬腳。中文、日文或者阿拉伯文的話，我就沒問題了。我還會點波斯語，沒有很流利就是。」

泰森望向諾菈，諾菈笑著回了句。「Nur ein bisschen（會一點）。」

「唔，」他想了想。「既然歐羅巴國寫信給這個世界的瑪利亞也是用英文，我想應該不必過分擔心，盟約國在多語言背景的場合可能還是以英語交流居多。反過來想，如果不是這樣的話，任務恐怕很快就會走進死胡同。」

「先假設一切順利，」諾菈說。「我們得決定導彈究竟該朝什麼地方發射。」

「我也想了很多次。」嘉藤回答。「這是戰爭沒錯，但並不是我們的戰爭。我認爲還是該瞄準無人居住的區域。」

客艙陷入了沉默，泰森覺得大家已經達成共識。

「這麼做有個風險，」嘉藤補充。「就是事成之後，和聯不會歸還量子無線電。但這個風險我們只能承受。」

「我同意。」泰森說。「祈禱我們能改變現況吧。」

⚛

泰森聽見嘉藤在駕駛艙呼叫佩訥明德機場，緊接著飛機機輪在跑道上刮出刺耳吱吱聲，最後停在塔臺陰影底下。

機庫伸出階梯，輕輕靠在機身。

泰森站在門口從小窗往外張望。十二人代表團從航站走向飛機，等對方就定位，他推開艙門，走入來自波羅的海的清涼微風，然後看清楚來接機的都是什麼人。

帶頭的是拉斯．雅各。這個世界的他不是貨車司機，看起來好像年輕了十歲，眼神積極充滿自信。

在他身旁是海倫．克萊。與泰森的母親就外觀而言眞的一模一樣，差異只在眼神。這裡的海倫目光冰冷銳利，像是隨時會撲過來的猛獸，反而令泰森想起了李克特。

但接下來看到的畫面讓泰森腦袋一片空白。海倫脖子上掛著一個小而圓的金屬物體，中間有空洞、外環刻有十二個類似星座的符號。

毫無疑問的，這個世界的海倫．克萊，隨身佩戴量子無線電。

85

歐羅巴國代表團在機場跑道上等候，佩訥明德機場的塔臺和航站矗立在一旁。最先走下階梯的是泰森，然後是嘉藤。代表團眾人對兩人不屑一顧，眼睛繼續盯著機艙門。他們只在乎瑪利亞．尚托斯。

但是泰森忍不住多看了母親幾眼。她站得筆直，全力專注在飛機那頭。海倫見到自己沒有反應是很奇怪的感受，泰森也因此清楚認知到這個人並不眞的是他的母親，無論有多少相似處都沒意義——她不認得自己。

瑪利亞走出艙門，站在階梯頂端，來接機的人的神情同時亮起來，有如體育館燈光一一點亮。海倫．克萊上前迎接，瑪利亞走到泰森和嘉藤前面。都這個距離了，海倫對泰森還是毫無反應，只顧著朝瑪利亞堆起笑臉。「尚托斯小姐，很高興終於和妳本人見面，歡迎來到佩訥明德。」

忽然一陣大風吹過跑道，蓋過瑪利亞本來就顫抖且微弱的聲音。

「謝謝，」她吞口口水。「是我的榮幸。」

泰森知道瑪利亞被這麼多人圍著很不自在。雖然認識時間不長，也大概能猜到她此時此刻的心境。泰森感覺守在旁邊的諾菈一定很想伸手拍拍瑪利亞的背，替她打氣。

嘉藤已經如獵鷹開始觀察航站周邊，確認是否有威脅。

四人短時間內就習慣了互助合作彷彿早有默契且持續發酵，令泰森覺得非常不可思議。

「先帶你們去休息的地方。」海倫轉身指著遠處。代表團開始移動，沒人搭理泰森、嘉藤、諾菈。

他之前以爲被親近信任的人背叛就糟得不能再糟，此刻才明白被自己牽掛的人視若無睹，感受更加惡劣。泰森知道這個世界的海倫．克萊根本不知道自己是誰，沒反應是理所當然的，但心裡依舊很不是滋味。只是現在也只能乖乖跟在後頭，吹著海風獨自消化複雜情緒。

忽然他覺得左邊好像有人站在跑道上，轉頭過去卻什麼也沒看到。

諾菈走到他旁邊。「怎麼了？」

「剛才好像……」泰森望向空地，再過去也只有土丘和海灣。「沒事。」他繼續朝著機場航站邁步。

機場不大，歐羅巴國安全人員先對他們四人搜身，做得滴水不漏，背包也沒有放過。安檢站後方牆壁掛了四幅照片。首先是阿道夫．希特勒，再來是萊因哈德．海德里希。最後兩人泰森不認識，推測是歐羅巴國後來的領袖。航警看了泰森的南美洲身分證，放在櫃檯對著有「西門子」字樣的工作站輸入資料，結束後歸還文件，揮揮手讓他通過。

一行人搭上電車，從機場前往舊電廠。下車時，泰森又碰上了驚喜——

潘妮．紐曼站在電廠大門，一手把文件按在胸口上，臉上的笑容還是能照亮半個世界。

86

潘妮上前伸手，說話的德國口音比泰森認識的那個她要濃了很多。

「尙托斯小姐！我是妳的歌迷，眞的很高興能見到妳！」

瑪利亞走下電車時，潘妮忽然將手抽回去，似乎覺得自己這樣不妥，又或者是擔心瑪利亞不能隨便與人握手。她緊緊抓住筆記板，指節都白了。

「我也很高興能來到這裡。」瑪利亞聽起來還是有點緊張。

潘妮轉身指引大家前進，另一批工作人員將電車內的行李搬出來。

舊電廠是紅磚建築，外牆到處有鐵窗，輪廓線條銳利，大小在泰森看來恰到好處，壯觀卻不過分。內部像是從倉庫改裝爲工業風公寓套房，隨處可見暴露的紅磚、或直或橫的鋼筋，以及玻璃大窗和天窗。

潘妮帶大家稍微參觀了一下才正式入住。泰森覺得自己彷彿走進了舒適但不鋪張的精品旅店。他和嘉藤一間，諾菈自己一間，兩個房間以一扇門連起來。

瑪利亞自己則住進靠角落的豪華客房，外有休息區和半套衛浴，內有特大雙人床與全套衛浴。

到了瑪利亞住處的客廳，潘妮笑容滿面。「那就讓各位先休息。提醒一句，四個小時之後就要綵排囉。」

泰森留意到瑪利亞臉色發白，但她努力保持鎮定，一直到潘妮走出房間關上門爲止。

「那，」嘉藤忽然操著極度客氣到可謂做作的語調開口。「尚托斯小姐，我想您也需要休息。我們出去之前要爲您準備什麼嗎？」

看起來瑪利亞懂他的意思——房間裡可能有竊聽器。

「不必了，謝謝。」

回去自己房間之後，泰森一屁股坐上床就開始思考當下局勢。首先需要情報，最重要的是打聽出導彈控制系統所在位置。

潘妮。她應該是這次的關鍵。

泰森必須找機會與她對話。他認識潘妮，至少認識另一個版本的她，所以算是有些優勢。當初潘妮受情勢所逼利用了自己，這一回，泰森也不得不利用她。

這個轉折很奇妙。泰森覺得自己好像理解了當初潘妮的爲難和抉擇，也出乎意料徹底解開了心結。他更訝異的是，原來放下和原諒以後可以這麼輕鬆。

泰森一隻腳被拉了幾下。翻身睜眼他才意識到自己不知何時在床上打瞌睡了，連衣服都沒有換。其實在飛機上沒能好好休息，結果在旅館房間才睡這麼一會兒，感覺更累。

嘉藤站在床邊看著他。

「怎麼了嗎？」他啞著嗓子問。

嘉藤走到窗戶前面，指著電廠大門的方向。

隔著玻璃，泰森也立刻會意過來——另一個田中嘉藤剛下電車，一身黑色制服掛了很多徽章、軍銜和泰森不認得的裝飾。他的雙眼直視前方，一舉一動煞氣騰騰，走路速度特別快。

「我出去活動活動。」嘉藤溜出房間。

雖然有假髮與化妝掩護，泰森還是不免擔心這個世界的嘉藤會不會識破偽裝。

這次計畫最大的挑戰，現在才要開始。

87

嘉藤站在輪機廳內等待目標。對方帶著幾個階級較低的親衛隊保安處軍官，一進來就掃視全場。被那樣瞪著，連嘉藤也有點緊繃，一邊提醒自己要自然、一邊慢慢走向裡頭牆角，裝作檢查窗戶上不存在的安全漏洞。

另一個他也越走越裡面，操著德語對下屬問話。這世界的田中嘉藤說話聲音不一樣，不僅僅是語言不同，節奏也更乾淨俐落。說好聽是高效率，說難聽就是暴躁苛刻，好像隨時會破口大罵。

又一個保安處軍官進來，伸直手臂行禮高呼。「Sieg Heil！」（注）聽到這句話本就不太自在，結果另一個他跟著行禮大喊「Sieg Heil」，令嘉藤雞皮疙瘩都起來了，很想趕快結束一切。

保安處眾人討論了會場出入動線與觀禮人數，下一個話題似乎是反偵察，但另一個他卻忽然打斷對話，做了嘉藤最擔心的事情——朝著自己走過來。

注：伸直手臂的動作是納粹禮，口號為「勝利萬歲！」

館場空曠寬廣，腳步聲在磚牆與玻璃間不斷環繞。嘉藤不敢有任何反應，繼續裝作檢查窗戶，走向下一扇。

「Was machen Sie hier?（你在這裡做什麼？）」另一個他口氣很衝。

嘉藤不必演也能表現出緊張，但故意拉高音調回答。「Es tut mir Leid, Herr Sturmbannführer, aber mein Deutsch ist nicht so（抱歉，親衛隊的長官，我德語不是很好——）」

另一個他重重嘆氣以後立刻揮手，接著一個字一個字像跟小孩子講話那樣。「你、在、這、裡、做、什、麼？」

「安全檢查。」

對方嗤之以鼻，嘴角浮現一抹冷笑。

嘉藤補充。「我是瑪利亞．尚托斯小姐的私人保全。」

「尚托斯小姐在我們這裡絕對安全，你是在浪費時間。你的，和我的。趕快離開。」

嘉藤有點遲疑，但立刻改變態度，因爲被這麼一說就跑了，反而看起來更可疑。

「我是有收錢的，」他回答。「雇主給了指令，就得好好完成。」

這句話似乎打動了另一個他。或許兩個嘉藤的共通點就是忠誠，也尊重忠誠的人，即使不贊成對方的行爲。「好吧，那你一個鐘頭以後再過來，現在先讓我們做事，懂嗎？」

嘉藤點點頭。

另一個他轉頭朝門口走，沒再多理會嘉藤。

就在嘉藤即將抽身前，卻被另一個他忽然喊住：「等等！」

嘉藤不敢妄動，慢慢轉身，看到另一個他雙目微瞇的神情。

「你叫什麼名字？」

嘉藤報上假冒的南美人姓名。

「我們見過嗎？」

「沒有吧，」嘉藤回答。「不太可能。」

「你一直住在南美？」

「是。」

然而每次回答之後，另一個他的表情就越來越僵硬。嘉藤感覺額頭的毛孔擴張不停出汗，雖然沒嚴重到一滴一滴滑下來，但被空調一吹得特別冰涼。

他心裡很想用力吞口水，保持語氣鎮定，或者伸手擦掉臉上的汗免得露餡，但就是這種情況才更需要裝作若無其事。嘉藤控制視線，朝著另一個他看去但稍微偏右，避免兩人四目相交。

「退下吧。」對方將這句話說得好像嘴裡有什麼噁心東西。

嘉藤離開時一直感覺對方注視著自己，恐怕已經起疑，不知道會不會深入調查四人背景或者派人監視？

換作他自己，一定會。

距離導彈發射還有二十六小時，嘉藤擔心無法趕上時限。

88

瑪利亞不停冒手汗，一直抹在白色禮服上，幸好沒有留下明顯痕跡。

她已經坐在舊電廠輪機廳舞臺的折疊椅上。臺下觀眾席坐滿一半，至少兩百人，絕大多數是工作人員如侍者、警衛、伴奏、接待等等。

大廳後方，泰森、嘉藤、諾菈站在雙開門旁邊，望向舞臺。瑪利亞看見他們，心裡踏實一些，彷彿大風大浪時遠方仍有燈塔。

但能把船擊沉的一道巨浪就在身旁——這個世界的田中嘉藤穿著歐羅巴國軍服現身，瑪利亞見了不太習慣。被他凝視時更是不舒服，好似打開冷凍櫃那樣寒風撲面而來。

海倫．克萊走到講桌前面，清了清喉嚨。「歡迎貴賓們來到佩訥明德。各位工作人員，你們辛苦了，我知道短時間內舉辦這樣一個活動讓大家勞心勞力，不過別害怕，撐到明天晚上就可以解脫。」

臺下一片苦笑。

「今天是簡單的排練。我先上臺致詞，接著特別來賓瑪利亞．尚托斯會演唱她專門爲這個重要日子所寫的新歌。」

海倫轉頭朝瑪利亞微笑，瑪利亞擠出笑容回應。她覺得自己看起來大概很尷尬，但海倫沒注意那麼多，繼續朝著臺下說話。

「開始之前先談一下安全問題，藉此機會感謝佩訥明德基地的安全人員，也特別謝謝保安處協助反間諜工作，確保這次活動不會受到阻擾。或許有些人已經聽說，前幾天和聯曾經派人侵入。他們掌握了多少情報，我們不得而知，但想必還會有更多破壞行動。我在這裡講話的同時，他們也一定潛伏在暗處。這次活動對盟約、對全人類都是歷史性的一刻，然而不做好保密防諜可能就會功虧一簣，因此請各位特別提高警覺，尤其接下來二十四小時千萬別大意，發現任何異常人事物就立刻通報，別錯過一丁點的可能性。」

瑪利亞發現親衛隊嘉藤環視全場，目光在他們的嘉藤身上停留幾秒才回到講桌。海倫・克萊取出幾張講稿，放在面前。

「好了，那就進入致詞的部分。大家放心，我已盡量寫得短一點了。」

臺下又是一陣忍俊不住的低沉笑聲。

海倫提高音量，語氣正式起來。「如何結束戰爭？我們的『達爾文計畫』決定面對這個難題。身爲重視理性的科學家，最初我們認爲談判與協商是必經過程。然而如各位所見，這條路走不通。過去幾十年，我們對和聯的態度很簡單，相信只要持續以不會致死的手段阻止他們開發高殺傷性兵器，對方總有一天會回復理智、願意和談。結果和聯始終沒醒悟，即使我們不願爭鬥，他們卻不肯收手。我們以海牆將他們阻擋在外，他們卻不擇手段鑽漏洞，以潛水艇、飛機，甚至在船上設密室將特務送進我們的土地，只求能在戰況裡取得一點優勢。到底爲什麼呢？他們十分清楚自己沒有勝算。難道經過文明隔閡的這些年，雙方已漸行漸遠到無法理解彼此了嗎？那麼，我們還算不算是同樣的『人類』？」

她稍微停頓，醞釀氣氛。

「軍方提出另一個結束戰爭的直接手段，也就是透過強勢武力攻佔對方領土並進而同化。然而這個作法不僅代價巨大也有實務困難，首先必須犧牲盟約官兵的性命，再者也會消耗大量資源。原本這些時間金錢可以興建更多的學校和醫院，也可以建設高速鐵路讓社會大眾更方便安全與家人團聚。另一個必須考慮的問題是：假如以傳統方式進行戰爭，要打到什麼程度，或者說和聯究竟有什麼東西是我們想要的？不知幸或不幸，答案是沒有。我們不需要和聯的人民，他們沒有科技可言，盟約也不缺自然資源。明明我們只希望不受打擾，他們卻不願善罷甘休，寧願虛耗在這場贏不了的仗。我們迫不得已，必須尋求新的對策。」

海倫翻了一頁。

「因此，回到一開始的提問。面對為打而打、明知沒勝算卻不懂收手的敵人，如何結束戰爭？於是只有一個辦法，就是改變他們的思考，讓他們放棄戰鬥。這也就是我們今晚的目標。想必很多人的疑問是：怎麼做？答案正是科學，而且正好是結束上一次戰爭的科學。」

她再翻一頁。

「一九四〇年，德意志對不列顛帝國發射大量A4導彈，不僅結束了歐洲的戰火，也促成了歐羅巴國的統一。我們終結戰亂靠的不是衝鋒陷陣，而是運用科學。所以今晚，我們要再度透過科學實現和平，為可怕的戰爭畫下句點。這次同樣採用佩訥明德開發的火箭，然而不再以摧毀基地或都市為目標。我們進步了，阻止戰爭的同時將不會奪走任何一條生命。這是我們最後一次對和聯發射飛彈，而和聯戰爭也會以唯一可行的形式成為歷史——改變對方思考，雙方和平共處，攜手邁向新世界。為此，我們特別邀請到瑪利亞．尚托斯，以音樂見證新時代到來。」

海倫望向瑪利亞，笑著伸出手。

瑪利亞起身，深呼吸之後走向講桌左側的麥克風架。身後管弦樂團開始演奏，她唱出〈給新世界的讚歌〉第一段：

當世界陷入黑暗
當戰火連綿不斷
浩劫、混亂、與破壞
倒數計時，到此為止

89

排練過後，泰森開門走進隔壁諾菈房間。擔心有人竊聽，兩人繼續以音響技師和妝髮造型師身分閒聊幾句。一陣子之後，他們躺在床上靠著彼此耳鬢說話，希望音量壓低之後不會傳進竊聽裝置。

「看見另一個母親，」諾菈問。「感覺怎麼樣？」

「很奇怪。」

「眞的很不習慣。」

一陣沉默，泰森感覺諾菈的溫暖呼吸吹過耳朵。

「還有個意外是，我沒想到潘妮也在這兒。」

「和你認識的潘妮像嗎？」

「還不太肯定。外表與舉止都一樣，但性格不好判斷。只是現在需要情報，尤其必須探聽另一個妳和導彈控制的位置。我覺得潘妮是最好的切入點。」

「我以為讓嘉藤假冒自己才是最好的作法？」

泰森起身故意用力皺眉，又湊到她旁邊耳語。「妳就這麼不相信我的情報員功力？」

「誰叫你是我認識的人裡頭，最老實的那一個。」

泰森又躺下。「但我覺得我得試試看，也算是爲嘉藤失敗的情況做備案。」

「你要小心。」

⚛

翌日清晨泰森很早就起床，下樓去到鍋爐室改建的咖啡廳，點了咖啡和司康後坐在角落，望著鐵窗外的日出。許多工作人員已經忙進忙出，看得他十分訝異，不知情的話會以爲已經中午了。

在泰森思考著萬一潘妮不露面怎麼辦的時候，她就進來了。與日內瓦那個潘妮一樣，她的眼睛在早上會有點浮腫，頭髮緊紮成馬尾。

潘妮點了咖啡和藍莓馬芬，在櫃檯盡頭轉身找位置。泰森立刻站起來揮手。

她蹙起眉頭，起初有點困惑，但一下子就認出來了。

「嗨。」她走過去說。

「嗨，我們昨天見過。我幫瑪利亞．尙托斯處理設備。」

「我記得，剛才一下子沒想起來而已。」

「不知道會不會打擾，但如果妳方便，可以跟我聊個天嗎？」

她聳肩。「好啊。」

等潘妮坐下，泰森繼續說：「我第一次到盟約國家，有些事情不太瞭解。」

潘妮拿叉子切下一片馬芬，送進嘴裡小口小口地嚼。「你想知道什麼呢？」

泰森盡量裝得隨興。「也沒有特定主題啦。」他不知道自己的演技能不能過關。

「唔，」潘妮邊吃邊說。「這是歐羅巴國的軍事研究設施，和盟約領土其他地區其實差別滿大的。」

「所以這裡比較特別。」

「對，」潘妮回答。「不過事情順利的話，以後就不需要這種地方，也不需要軍隊了。」

泰森明顯感覺到突破口就在眼前，只是腦袋轉了幾圈，還是轉不出適合的切入方式。他太緊張，比當初在日內瓦舊城區兩人初遇時還緊張。

因爲這次牽扯的不只是自己。

想不出怎麼延續話題，泰森話鋒一轉。「妳是學生嗎？」

他自己都覺得表現很差勁。

潘妮抬頭。「剛在海德堡大學拿到碩士，有在想要不要申請日內瓦大學的國際關係博士班，但先應徵了這邊的工作，沒想到就這樣應徵上了。我對推動國際和平的工作有興趣，來這裡或許也算吧，只是內容和一開始以爲的差很多。世事難料。」

泰森啜飲一口咖啡。「說得好。妳等會兒有什麼安排？」

「打算邊散步邊練習今天接待用的導覽介紹。」

「那我能一起嗎？我想透透氣，還可以當妳的實驗品。」

她挑眉。「好啊。」

走出舊電廠，兩人背對太陽沿著人行道前進，後面有飛機降落的聲音。

「妳在德國長大？」泰森開口問。

潘妮一臉不解。

他立刻反應過來。說錯話了。「哦，我是說歐羅巴國。」

「對啊。」她淡淡地說。

兩人右手邊出現一層樓高、長條狀、屋頂斜度不大的建築物，裡頭冒出很重的味道。泰森正愁沒話講，立刻指著問：「這是什麼地方？爲什麼有怪味？」

潘妮苦笑。「是靈長類研究所。」

「『靈長類』研究所？」

「嗯，也是歐羅巴國比較基因組研究計畫的實驗據點之一。」

泰森臉上寫滿疑惑。

「不然，」潘妮轉彎朝向那棟建築物。「我帶你過去看看，反正今天也要帶科學家參訪。」

進去裡面以後，泰森覺得很像馬廄。入口旁邊是辦公室，裡頭有個表情倦怠的男子正在喝咖啡，穿著不是軍服的制服。他按了個按鈕，門吱吱嘎嘎打開，然後他又揮揮手示意潘妮進去。

主樓部分中間一條走道，左右飼養靈長類，動物居住的隔間很大。泰森看到有黑猩猩、大猩猩、紅毛猩猩和長臂猿德國等。

「用來實驗嗎？」

潘妮點頭。

「什麼實驗？」

「我不確定詳情，只知道是達爾文計畫一部分。剛才說過主題是比較基因組研究，探索爲什麼人類和其他靈長類DNA大部分相同卻又差異這麼多。」

離開靈長類研究所，兩人順著步道前進，泰森陷入長考：靈長類研究是正好出現在這裡的獨立研究，還是其實與A21導彈有關？

走到幾棟五、六層樓高的建築物前面，泰森又問：「這裡是？」

「營房。最右邊那棟是親衛隊保安處在佩訥明德的支部，負責一部分波羅的海地區的業務。」泰森點點頭，幾乎可以篤定這個世界的諾菈就被關在那裡。

「導彈會從這裡發射，對不對？」泰森問。

「是的。」潘妮又回到人行道。

「所以這裡有專門控制和指揮火箭的地方？」

潘妮看了他幾秒，再開口時，聲音顯得緊繃。「那不屬於我負責的範圍。」

90

泰森急急忙忙跑回自己房間找嘉藤，但人不在。去了哪兒？

他握拳敲了敲鄰房那扇門，聽見諾菈啪嗒啪嗒的腳步聲。門開了一條縫，露出她的蒼白倦容，看來還沒起床，而且像是生病了似的。

「妳沒事吧？」

她點頭，眼睛沒完全睜開。「感覺時差開始了，加上壓力大吧。」

泰森推開門抱抱她，悄悄問了句：「嘉藤人呢？」

「我不清楚。」

「找到了，我大概知道另一個妳被關在什麼地方。」

諾菈一聽似乎立刻清醒過來，張大眼睛看著他。

「得告訴嘉藤，」他低聲囑咐。「要快。」

⚛

瑪利亞坐在自己房間的絨毛沙發上，望著窗戶外頭太陽如同斷頭臺的刀刃升起。刀刃落下就是她必須上臺表演的時刻。

她知道自己顧慮太多反而可能會壞事，張弛有度才好，所以該轉移一下注意力。

不過連續練習三次〈給新世界的讚歌〉還是平靜不下來。

瑪利亞知道問題癥結在哪裡：藥。但是藥瓶藏在飛機上了，帶在身上如果被海關發現，會引發很多問題。例如怎麼會有田納西州納許維爾市醫生能夠開美沙酮處方箋，尤其這個世界的田納西州納許維爾市早就已經不能住人。當然她可以說自己忘了東西得上飛機拿，乘機趕快吞一顆就是了。之前與諾菈討論，兩個人想出了這個萬不得已時的備案。

好誘人的選擇。吃藥就能舒服、就能冷靜，至少暫時如此。

問題是也會造成她倦怠嗜睡。在舞臺上沒有活力的話，或許會有人懷疑她根本不是眞正的瑪利亞．尙托斯。

被拆穿眞實身分也是她坐立難安的原因之一。幾乎跟上臺表演同樣令她緊張萬分。

另一個恐懼來自於自己出事也就罷了，還會波及三個同伴。她不想讓同伴們失望，同時也很害怕自己撐不到最後。這是她的心魔。

一顆藥就能化解恐懼與渴望。甚至半顆也行。這是個好辦法。

不對。

正確解答是半顆也不必。

因爲她和以前不同了。現在她有別的方法得到安寧與自信。

瑪利亞出去找到諾菈房間，敲了敲門等待。

諾菈開門時身上還是睡衣。泰森也在那兒，守著窗戶不知道在找什麼東西還是什麼人。

瑪利亞走進房間，示意諾菈陪她到浴室。關上門以後，她打開蓮蓬頭用水聲做掩護，不必擔心被竊聽。

「我剛剛好想上飛機拿藥。」

諾菈觀察她的情況。「需要的話就吃半顆，到晚上應該藥效就退了。」

瑪利亞搖頭。「我不想冒險，尤其不想連累你們。只要……有人陪我講講話就好。」

⚛

舊電廠門廳外那條走廊上，嘉藤看著另一個自己走進去。兩個祕密警察在裡面等著，看見人來了就甚至手臂高呼「勝利萬歲！」

那個嘉藤回禮後，三人又在建築物各處巡邏，這次似乎將重點放在今天各個時段的不同活動上。

感覺得到兩個祕密警察與保安處之間的氣氛不睦，大概是面子問題，而且雙方算是有點競爭關係。

雖然嘉藤不確定歐羅巴國的軍隊編制，但至少原本世界裡，納粹祕密警察和保安處都是「親衛隊」旗下單位。親衛隊前身是納粹黨內自願者組成的「會堂警備隊」，然而到了一九三〇年代，會堂警備隊接手安排會議地點，之後逐步發展爲準軍事組織並整合到德意志軍方內。

眼前雙方衝突或許源於祕密警察負責場地，保安處負責反間諜，和聯才剛侵入過，所以他們嚴加戒備。

嘉藤耐心等候著。三人從附近經過，談話氣氛很緊繃，他聽不懂一些詞語，或許是佩訥明德的設施或建築物。他心想，這次能活著離開的話絕對要學好德語。

對方不斷提到「Bunkier」，翻譯過來應該是地堡。導彈控制臺在那裡嗎？地堡本身又從何處進入？接著又聽他們說到小教堂、氧氣工廠、防空洞。

那三人忽然掉頭往反方向走。嘉藤不敢驟然改變方向，只能硬著頭皮前進。他也不敢刻意別過臉，但盡量不去引起另一個自己的注意。

不過人家的苗頭還是對準了他。

這世界的田中嘉藤揚手。「站住。」

他停在原地但保持距離，做好開打的心理準備。

「你在跟蹤我？」

「我在做自己的工作。」嘉藤回答。直接說「沒有」感覺反而心虛或挑釁。

「保安，」對方語氣凶狠。「我們來就夠了。」

「現在開始，請你留在公共區域或自己房間，聽明白了嗎？」

嘉藤只能點點頭。

「嗯。」

「快滾。」

嘉藤轉身離去時，還是感受到對方視線。

穿幫了。可以肯定保安處嘉藤更懷疑自己身分。行動受限之後就更難找到出手機會，必須等對方主動進入公共區域。說不定對方根本沒空去。

但是頂替身分這件事再不做就來不及了。現在是下午，對方又對自己警戒，已經沒多少時間。

他回到鍋爐室咖啡廳坐下，眼睛盯著門廳，希望另一個自己再次經過。

不久後，餘光瞥見目標鑽進鍋爐室外的走廊，朝舊電廠深處移動，兩名祕密警察依舊尾隨。

一對三，勝算很低，尤其其中一個還是自己的翻版。

但嘉藤覺得這應該是最後一次機會。

他看著目標帶人拐彎，應該是要繞進後面另一條路，沒想到卻又忽然停下腳步，轉頭過來與自己四目相交。不到一秒，對方神情驟變、提高警覺。看來對方察覺了，知道咖啡館裡的人並不簡單。關鍵在眼神。之前嘉藤一直保持眼神溫和、不具威脅性，現在卻讓對方看到自己如猛獸掠食的模樣——就像照鏡子一樣。

再也瞞不下去。

91

很長一段時間裡，兩個嘉藤都沒動，只停在原位凝視對方。

目標背後一個祕密警察開口說話，距離太遠聽不見。

另一個他吼了什麼回應。

嘉藤以爲他們會衝過來，沒料到反而掉頭離開。

他起身跑過去追，反正也沒什麼好遮遮掩掩的了，必須以最快速度搶到對方的身分，否則只是坐以待斃。

看三人又轉彎，嘉藤加快腳步。但他轉過去以後，只看到兩個祕密警察背靠牆壁、站在右側，另一個自己不見蹤影。

陷阱？

他放慢腳步，腦袋裡彷彿響起警鐘。

兩個祕密警察並沒有朝這頭張望，一直看著前面，不過腰上有槍。

嘉藤留意到左手邊有廁所的標誌，下意識推開門，結果立刻聽到另一個自己出聲喊叫。聲音其實壓得有點低，但聽得出來是命令。

他立刻關上廁所外門並上鎖。

聽見咔嚓聲，另一個他不再出聲。

嘉藤心跳加速，撲通聲傳進耳朵不受控制。

他握緊拳頭做好準備，一個閃身竄入廁所的開放空間。

另一個他就站在裡面，對著嘴巴的小型無線電還沒放下，揚起冷笑解釋。「我已經通報了，立刻會有維安小隊來支援。」

嘉藤嚥下口水。這兒不是開打的好地點，增援即將抵達，祕密警察守在門外，是個前有狼後有虎的困境。他的腦袋用力轉了起來。

「其實你猜對了，我一直在跟蹤你。」

另一個他微微仰起頭，但沒開口回應。

「我想找機會和你講話。」

「爲什麼？」

「有情報要給你們。」

「什麼情報？」

「與和聯、A21發射有關。我要交換盟約國的公民權。」

「我可不是移民官。」

「你是情報單位的高階軍官，你們覺得情報有那個價值的話，一定有辦法處理。我的情報就有那個價值。」

「說吧。」

「不行，要直接給你看。我藏起來了，有照片和檔案。」

「胡扯。」

「是嗎？我知道和聯之前派人潛入，想要摧毀A21，但被你們阻止了，還抓走一個叫作諾菈·布朗的女人。然而你們不知道和聯的計畫還沒結束，會有下一次攻擊，而且就在今天。我知道他們的計畫，而你需要我的情報。」

另一個他認眞打量了嘉藤，好像尋思這個故事什麼地方有破綻——又或者正在懷疑兩個人爲什麼很神似。

嘉藤慶幸這間廁所光線不強，不會一下子被看出臉上有妝和戴了假髮。

「看看對你也沒損失吧？」他繼續勸誘。「東西就在我房間。」嘉藤指著廁所門口。「何況你都帶著兩個人了，還需要怕一個普通保鏢？」

另一個他悶哼說：「好吧，那就走一趟。不過——直接到你房間後，外頭兩個祕密警察搜過我才會進去。」

「沒問題。」嘉藤又指著無線電。「但你別把事情鬧大，倒戈這種事我並不想被人知道。」

對方瞪了他一會兒，才拿無線電說了幾句德語，之後朝外門點頭。「走吧。動作快。」

92

嘉藤帶頭，另一個他走中間，兩個祕密警察殿後。

四人沿著走廊上了階梯，回到房門口，他有些遲疑。在這裡走錯一步萬劫不復，如果泰森在房裡而且沒易容，身爲保安處高官應該馬上就會發現不對勁。換成諾菈也一樣。

「等。」另一個他朝祕密警察比手勢，其中一個上前刷卡，權限應該能打開所有感應門，進去以後也沒把門帶上。

還好裡面空無一人。

兩個祕密警察掃視各處，打開浴室和衣櫃查看，最後朝這世界的田中嘉藤點頭示意。

祕密警察退到房外，目標進去以後，嘉藤尾隨並關上門。

「門打開。」

嘉藤猶豫後說：「這情報非常敏感。」他故意回頭瞟了祕密警察。「只能給你看。」

對方大大嘆了口氣。「好吧。」

他趕快將門關牢。

保安處軍官朝房間內側退後、拉開距離，雙眼鎖定嘉藤，不放過他一舉一動，整個人如毒蛇蜷曲身子，隨時能出手。

「我可沒看到什麼情報。」

「敵人還有一個小隊在佩訥明德。」

「鬼話連篇。」

嘉藤知道自己只有一次機會，如果不能先發制人就會全盤皆輸。此外他需要武器，目前手邊沒有，也不方便去拿，遠水救不了近火。

唯一能善用的就是偷襲了，但同樣很困難。目標已經背靠牆壁，擺出作戰架勢。

「東西呢？」

「在硬碟？」

「硬碟又在哪兒？」

嘉藤指著頭頂——他的金色假髮。「在這兒。」

對方瞇起眼睛。「什麼？」

他稍微低頭，但沒低到看不見對手動作。保安處嘉藤爲了看明白就必須稍微往前挪步，重心起了變化。

嘉藤手指伸進長髮裡，彷彿要從裡面掏東西，抓扯幾秒之後，驟然將整頂假髮朝前丟出去。

這麼做自然有戰術意義——另一個他本能伸手要接，神情非常困惑。

嘉藤一個箭步上前，將對方推向後方磚牆，指望的是直接敲暈對方、避免他呼救。

可是另一個他的反應同樣快速，還沒撞上牆壁就腳底一滑、閃到旁邊，扣住嘉藤的肩膀往床上一摔。

腦袋瓜觸碰到床墊的同時，嘉藤察覺敵人高舉右臂、飛撲過來。他的重心不穩，而且來不及閃躲，對方的拳頭像大錘重擊在頭頂。

嘉藤手肘用力往床上一戳，藉反作用力翻滾。

對手攻勢如狂風暴雨，雙拳朝他頭顱和軀幹猛轟。

嘉藤知道對手很強、很快——比自己更強壯更敏捷。僅僅幾招就能看出誰的體能佔上風。何況他還遭到對方壓制逃不開。

情況越來越不利，再這樣下去輸的必然是自己，他心裡十分清楚這點。

嘉藤繼續掙扎滾動，好不容易翻身趴著，立刻想撐起身體，利用上升的動作將對方撞開。

但就在這時，最脆弱的後頸根部結結實實挨了一拳。霎時彷彿一陣電流竄過全身，肢體麻木後失去控制。他癱在床上，再也動彈不了。

93

趴下的嘉藤臉擺向側面，看見另一個他起身睥睨，眼神充滿憤恨，嘴角卻笑得猙獰。

感覺一秒一秒回復，方才脊椎受到的衝擊逐漸淡去。

對方仔細觀察嘉藤以後張大了眼睛。假髮掉了才看出來被打倒的人就像自己的分身。另一個他嚥下口水、失去笑意。「你究竟是什麼鬼玩意兒？」

通往諾菈房間那扇門忽然打開，泰森走了進來。他先看見同伴嘉藤趴在床上還在掙扎，然後留意到長相一樣的人，手探向腰際已準備拔槍。

泰森的動作讓嘉藤大吃一驚——他朝保安處軍官撲了過去，千鈞一髮沒讓對方摸到槍。也正因爲軍官一手無法反應，泰森抓到破綻成功推倒他，兩個人摔在木地板，發出巨響。

但以泰森的實力也就到此爲止了。

對方索性不拔槍了，輕而易舉擺脫泰森之後，抽回手臂就要出拳痛擊。嘉藤正好起身，眼見身爲夥伴也是朋友的泰森有危險，潛藏在身體裡的力氣瞬間爆發。

他身子一轉，單臂鎖喉、雙腿夾腹、施展擒拿術鉗制對方左手，在地板上如螃蟹般將獵物的生命慢慢榨乾。

另一個他吸不到空氣奮力蠕動，但是嘉藤不鬆手。敵人還有一隻手能動，朝他身上捶了又捶，前兩下就很痛，第三下震得他差點放手。到了第四下，儘管嘉藤努力堅持但也挺不住了，壓制開始出現空隙。

對手實在太強壯。

兩人扭打成坐姿，另一個他開始前後搖擺上半身，意圖把嘉藤的後腦甩出去撞上地板。

嘉藤將臉靠在對方身上免得中招，鎖喉那條手臂繼續用力，已經逼出乾嘔聲。

敵人又舉起手臂，想朝後出拳直擊嘉藤的臉，這回是泰森衝了過去，將那條手臂扣在自己胸前，緊貼對方被箍住的腹部。泰森抱住那隻手把全身重量壓上去——即使這個世界的嘉藤非常厲害，力氣也沒有大到足夠掙脫兩人。

嘉藤繼續對他的頸部與腹部施加壓力並箝制左手。

對方越來越衰弱，已經喘不過氣。

就在這時隔壁房間傳出腳步聲，抬頭一看，瑪利亞與諾菈滿臉驚駭地看著一切。

嘉藤繼續施力。他感覺得到另一個自己撐不了太久。

做這種事情實在噁心。但他不能畏縮，沒有別的選擇。

壓制對方一條手的泰森呼吸很沉重。他抬起頭望向嘉藤，無言中傳達出猶豫：真的要這樣做？

嘉藤咬牙，下手更大力，直到另一個自己再也沒有任何反應。那具身體變得毫無生氣，鬆手時，他感受前所未有的空虛。坐在地上看著是自己又不是自己的那個人，嘉藤覺得有股黑暗在心中悄悄發芽。不是悔恨、不是憤怒、也不是恐懼，只是一大片濃得化不開的陰霾。

沒人動作，沒人出聲，直到有人敲門，破壞了死寂。

94

又敲了一次。

嘉藤坐著沒動，死去的另一個自己還在懷中。

泰森起身快步過去，從窺孔看看情況。

竟然是潘妮站在門外，時不時回頭望向站在一旁的祕密警察。那兩人拿著無線電講話，泰森聽不到內容，該不會聽見裡面的打鬥聲了？但潘妮又爲什麼會出現？

他轉身問嘉藤：「該應門嗎？」

「不要。」

他從窺孔看著潘妮再次敲門。

幾秒鐘後，祕密警察過來對她講了一、兩句。泰森猜測是要她走，而她也眞的走了幾步。雖然泰森沒猜錯，但是潘妮又停下腳步遲疑了。

她再走到諾菈房間前面敲門。

泰森轉頭一看，嘉藤還低頭盯著另一個自己，情緒似乎尚未平復。

「她跑去諾菈那邊了。」泰森低聲提醒。

嘉藤搖頭。「就……先想辦法趕走，或者你把她騙走。」

泰森趕快從內門跑到諾菈房間，然後關起內門。

他開了房門一條縫，剛好可以看到那兩個祕密警察還在走廊，其中一個看見泰森以後還歪著頭。

「嗨。」潘妮有點緊張。

「嗨。」

她稍微往右邊移動，好像是想看看室內情況。「有打擾到你嗎？」

「沒有。」泰森急急忙忙回答顯得尷尬。「一點也沒有。」

潘妮咬了一下嘴唇。「我打算再去散個步，所以想說……你要不要一起來？再幾個小時，典禮就要開始了，之後可能沒時間休息。」

泰森點頭。「好啊。」

他一走出房間就趕快關上門。

一個祕密警察瞇眼睛看他。泰森擔心對方會過來盤問，但潘妮已朝另一個方向大步離去，他就趕緊跟上。他又怕那警察會叫住自己，幸好沒有。

泰森在心裡盤算該問些什麼。必須趕快找到導彈控制臺，快沒機會了。

「要去哪兒呢？」走下一條寬敞金屬階梯時，他開口問。

潘妮似乎有點緊張。「我想，我們應該再去看看那些靈長類動物。」

嘉藤將死去的自己放在地上。

「瑪利亞，」他低聲說。「把我打扮得和他一模一樣。立刻。」

瑪利亞眨眨眼，似乎這才回過神。「化妝品在諾菈房間，我去拿。」

嘉藤又吩咐諾菈：「幫我扒他的衣服。」

他自己卸下遺體腰帶，從褲耳抽出並收走手槍，諾菈趕快解開制服鈕扣。

又有人敲門，這次力道很重，不像潘妮那樣溫和。

嘉藤將軍服往旁邊一丟，走到門口用窺孔觀察。一個祕密警察站在外面，也想從窺孔看見裡頭情況。

嘉藤用拇指遮住窺孔，清了清喉嚨，回想另一個自己的說話方式，開始試著模仿。但他知道自己的德語不夠道地，所以不能說太多話。

「幹嘛？」他故意暴躁低吼。

「沒事吧？」

「沒事！」他暗自祈禱能靠惡劣態度逼退外頭那人。

嘉藤再次透過窺孔偷看，門外的祕密警察遲疑片刻，轉頭望著同事又聳聳肩，兩人嘀咕一陣，內容從房間裡聽不清楚。只見那人從門口走到同事那兒繼續小聲聊天。

他趕緊回去將衣物扒光換到自己身上，將遺體塞進衣櫃，接著靠瑪利亞的化妝術蓋住臉上那條疤和剛才打架打出的新瘀青。完工之後，瑪利亞視線在遺體和他之間來回好幾遍。

「有個小問題。」

「什麼？」

「你的頭髮略長一些。」

嘉藤摘了死者的帽子戴起來。「差不多就好。」

「下一步呢？」諾菈問。

「我得去找到另一個妳。」

「泰森早上和潘妮出去的時候，問到附近有親衛隊據點，應該是在那裡，就算猜錯或許能找到檔案。」諾菈從床邊桌拿便條紙畫了一張簡單地圖。「這樣走。」

嘉藤點頭。「嗯，好。還能有多糟呢。」

泰森看得出潘妮不對勁，和早上態度不同，當時她還樂觀正向，現在卻顯得提防而猶豫。

「沒事吧？」他在路上開口。

「嗯。」潘妮答得太快了。

太陽西下，被身後的舊電廠紅磚建築吞沒。佩訥明德基地內軌道交錯綜合、隨處可見，有載人載貨的火車，也有專門護送貴賓的電車。

「是我早上說錯了什麼嗎？」

潘妮加快腳步。「沒有的事。」

「那爲什麼要回去靈長類研究所？」

她沒放慢速度也不肯看著泰森。「我以爲你喜歡。」

「我是喜歡。」

她吞了吞口水。「那就好。」

直覺告訴泰森應該盡快抽身，但現在離開會顯得自己很可疑。有別的辦法嗎？

潘妮推開研究所的門，朝他伸出手。

泰森走得步步爲營，但裡面看起來沒什麼變化，連門口警衛都是同一個人，一樣喝著咖啡、百無聊賴的臉。兩人進去時他也只是揮揮手，抬頭看一眼都懶。

潘妮再打開獸欄那邊的門，泰森走進去觀察隔間，並沒有發現異狀。

「不准動。」男人聲音傳來，說的是英語，但有德國腔。

泰森站在原地，又聽見身後那扇門關上。

潘妮從他身旁繞開保持距離，淚水在眼眶打轉。

祕密警察從另一側走到他面前，目光凶狠，手槍槍口瞄準他。

「進去獸欄，別輕舉妄動，否則就吃子彈。」

泰森慢慢朝裡面走。「你認錯人了吧。」

「別裝蒜，我們查過身分了，你假扮的人已經被帶到盟約國的巴西使館。」祕密警察轉頭對潘妮下令。「去通知克萊博士，告訴她有間諜侵入，然後也和尙托斯小姐說一聲。派人搜她房間。」

95

嘉藤最後一次檢查儀容，換上親衛隊制服後的模樣問題不大，麻煩的是德語不行，必須盡量少說話，一個字詞發音錯誤都可能導致行動失敗。

他迅速開門進入走廊以後又迅速關門。

站比較近的祕密警察轉身。「是什麼——」

「我有事要向上級報告。」

祕密警察蹙眉。「要守住這扇門嗎？」

嘉藤心想這樣正好，立刻點頭。「嗯，任何人不許進出。」祕密警察聞言點頭，他立刻補一句。「包括你們兩個在內。」

對方來不及回話，他轉身大步離去，腳步聲在木地板迴響。

十分鐘後，他到了親衛隊做爲據點那棟樓，在門口掃描另一個自己留下的腕帶。他進去以後直視前方、面無表情，彷彿來過無數次。

經過警衛櫃檯時，旁邊牆壁其實有觸控面板路線圖，但嘉藤不敢停下來操作，怕被人察覺他不知道自己該往哪兒走。靠餘光看了看，他找到最有可能的地下二樓「觀察區」，趕緊走進電梯按了「U2」。按鍵沒亮，電梯沒動，他趕快對著面板刷一下腕帶，再重新按樓層，這回總算有反應開始下降。

電梯開門以後只見是混凝土牆與整排圓形電燈泡，以落地式玻璃隔絕閒雜人等，另一頭有好幾個配槍的親衛隊士兵守住。看見嘉藤走出電梯，他們依舊沒反應。

嘉藤走到大玻璃前面找到感應器，深呼吸一口氣以後用腕帶掃描。玻璃門開啓，嘉藤穿過這群守衛，進了一扇沒上鎖的門，裡面的小接待區放了一張寬木桌。坐在這兒的親衛隊士兵身材圓胖，盯著螢幕傻笑，不知道的話還以爲他在看電影。留意到嘉藤站在面前後，他趕快拔了耳機、站直身子行禮。

「勝利萬歲！」

嘉藤回禮。「勝利萬歲。我要見和聯間諜諾菈．布朗。」

對方低頭在螢幕查找。「可是突擊隊大隊長你不在名單上。」

熱愛軍事史的嘉藤對納粹做過不少研究，知道納粹第三帝國有迷戀權威的文化，大家幾乎不敢質疑來自高層的命令。他打算利用這點，畢竟這次任務風險太大，階級是他唯一賴以保命的優勢。

「小隊長，你聽好——名單是我們大隊長訂的。」他伸手指向另一扇門。「快點帶路。」

對方面色發白，趕快繞過桌子掃描腕帶開門，差點跌進後頭那條走廊。

小隊長開了牢房門還逗留不走，嘉藤怒斥：「解散！」

進了牢房，嘉藤第一眼確實覺得那人和諾菈是同一個模子印出來的。

她站在十呎見方小房間中央，旁邊有小床、金屬馬桶和水槽，床邊有一疊書本。他認識的諾菈眼神清澈友善，這女人的雙眼卻像是要噴出火焰。

起初嘉藤擔心對方會朝自己撲過來，姿態動作都讓人聯想到準備攻擊的野獸。但她開口了，聲音比他們的諾菈要粗啞一點。

「處刑還要勞駕大隊長出馬？」

嘉藤雖然說德語，還是有美國人口音。「只是問幾個問題。」

「你們親衛隊問問題的手段我還不懂嗎？不如直接處決吧。」

「情況和妳以為的不同。」

「說謊跟呼吸一樣的人。」

「妳得跟我走，情勢緊急，不能浪費時間。」嘉藤湊過去低聲解釋。「妳不喜歡地底吧？無論在這裡……還是在家裡卻一輩子見不到太陽。現在還有轉圜餘地。」

她眼睛閃過驚訝，很快又掩飾好情緒。

嘉藤走出牢房伸手。「不打算在這裡談，跟我走。」

女人咬牙跟隨。

回到前面櫃檯，圓胖男子跳起來。「大隊長，你——」

「要換個地方審訊。」

男人想拿電話。

「給我住手！」聽見嘉藤斥責，男人像是被抽了一鞭子似的。「這是緊急任務，要抓緊時間嚴格保密。」

「但需要授權……」

「我就是授權人。別再讓我提醒你自己的身分了，小隊長，聽明白了沒？」

「明白了，大隊長。」

「手銬和鑰匙拿來。」

嘉藤給另一個諾菈上銬，但又拿鏈子繫在自己左手另一副手銬上。鏈子有三呎長，或許會引人注意，但現在也沒有更好的辦法。

搭電梯與出大門的一路上，嘉藤如履薄冰，隨時可能被攔下來質疑他根本沒有權限，但兩人竟然很順利地走到了外頭。

人行道上，另一個諾菈開口問：「要帶我去哪？」

「能說話的地方。」

「說什麼？」

「現在不方便。」

「爲什麼？」

「待會兒妳就懂了，到時候也請妳不要張揚，懂嗎？」

「本來跟你們就沒什麼好說的。」

回到舊電廠，兩人確實遭到不少側目，但依舊不受阻攔。畢竟看上去是親衛隊高階軍官押送穿著便服的人犯，不會非常突兀。

兩名祕密警察還靠牆守著門口，看到嘉藤回來立刻挺直身子，可是發現他帶著諾菈又不禁皺起眉頭。

「大隊長——」

「我要在裡面審問，你們守好，不准任何人進出。」

對方來不及提問，他便刷了腕帶開鎖進門，然後把門重重甩上。

往隔壁房間的門開著，諾菈站在門口，正好摘下假髮也洗過臉。沒有造型的話，兩個諾菈看上去毫無分別。

這個世界的她瞠目結舌好一會兒，才退到最遠處，鐵鏈都被拉直了。

「搞什麼……你們找人假扮我？」

嘉藤也不裝德國腔了，回復自然口音。「不是妳以爲的那樣。」然後轉身問同伴。「瑪利亞呢？」

「時間快到了，她得回房準備。」諾菈張望。「在這裡直接講沒問題嗎？」

「嗯。」嘉藤回答。「從剛才的情況、我們提過的事情來判斷，其實這兩個房間沒有遭到監視或竊聽。可能是維護訪客隱私權之類的安排，要是被抓到監控ＶＩＰ住房會是很大的醜聞。」

「合理。」諾菈附和。

「你們到底想幹嘛？」另一個她聲音顫抖。

「泰森呢？」嘉藤問。

「和潘妮出去了還沒回來。」

嘉藤打開櫃子，翻開一大堆床單，露出藏在裡頭的遺體，膚色慘白而且只穿著內衣褲。

這世界的諾菈見狀更加畏縮，眼睛在兩個嘉藤和另一個自己之間轉來轉去。

「這是什麼？親衛隊的新把戲？」

「我們需要妳協助。」嘉藤說。

「協助什麼？」

「阻止導彈發射。」

「你們到底是誰？」

「我明白聽起來很難接受。」嘉藤解釋。「但我們來自另外一個地球，多元宇宙中的另一個世界。」

她聽得五官全皺了起來，嘉藤原本以爲接下來她要哈哈大笑，沒想到她的雙唇和肢體劇烈顫抖，還翻起白眼。

嘉藤伸手扶她，卻發現她全身都軟了。

「該不會癲癇發作？」他問。

「我也不知道。」諾菈回答。

另一個她倒在地上、身子前傾，將胃裡的東西全吐了出來。

96

做好妝髮的瑪利亞站在浴室，覺得鏡中的倒影非常陌生。那個人閃閃發光，是無數不同選擇下的另一個自己。如果她夠堅強，或許也能變成這樣。但前提是離開這個詭異世界，回到家鄉。她很好奇觀眾眼中的自己又是什麼模樣。會覺得她就是這個世界的巨星瑪利亞・尚托斯？還是粉底、眼影、遮瑕膏、髮膠不足以掩藏真相？而且看起來像是還不夠，必須用歌聲說服大家。

忽然有人敲門，嚇了她一跳。

瑪利亞走到門口從窺孔偷看，海倫・克萊站在外面，帶了兩個祕密警察隨身保護。

她用力嚥下口水，心想或許只是來帶她去典禮場地。不過看了看時鐘，時間還太早。

她輕輕將門推開一點。

「尚托斯小姐，」海倫說。「我們能進去嗎？」

她只能開門，注視著三人走進房間。祕密警察立刻散開，明顯是想搜索，但還不敢隨便開內門或行李。

海倫輕輕關上房門，雙手擱在背後。「尚托斯小姐，我們遇上了間諜入侵事件。」

瑪利亞不由自主抽了涼氣。「哦？」她只敢簡短回應，怕多說話會被聽出端倪。

「妳的隨行人員裡有人是假身分。」

「怎麼會呢？」

「身分證上的南美公民是眞的，但不是妳帶來的人。本人還在巴西沒出國，我們已經抓到冒名的犯人了。」

「這樣啊。」

一個祕密警察清嗓子以後開口說：「眞正的問題在於，妳怎麼會沒發現那個人是冒牌貨？」

嘉藤將另一個諾菈扶到床上。她雖然能坐著，但身體晃來晃去無法平靜。看來嘉藤和諾菈的眞實身分衝擊過大，她像是被人狠狠揍了一記的拳擊手。

「專注，」嘉藤說。「我們還需要妳幫忙。」

她睜開充血泛淚、迷惘恐懼的眼睛。「幫什麼？」

「導彈控制室在什麼地方？」

她用力搖頭，似乎很抗拒。

「妳想想，」嘉藤低聲說。「如果我眞的是親衛隊，何必問妳導彈控制室位置這種事？能查到的方法多的是。我們沒說謊，而且是來幫和聯的。」

諾菈也彎腰貼近另一個自己。「告訴他吧，說出來對妳沒有任何損失啊？不是嗎？」

「好吧……導彈控制室跟電廠控制室在同一個地堡。上次大戰被當作防空洞，牆壁有兩米厚，天花板是強化混凝土。」

嘉藤二話不說解開手銬，將床單蓋回遺體身上，自行走出房間。

兩個祕密警察神情緊繃，其中一人正拿著手持無線電通話。

「大隊長，有狀況。」

「現在沒空。」

「事態緊急，抓到入侵者了。」

嘉藤轉身，心想機不可失，必須好好把握。「你們以爲我不知道？不然我來這兒還帶個囚犯做什麼？你們總是慢一步！所以別再耽擱我。」他指著房門。「守好門口，別亂講話，照我吩咐辦事，否則後果自負。」

他不給對方回應機會，穿過走廊轉彎之後，才吐出憋了很久的一口氣。

瑪利亞用力嚥下口水。

染上毒癮讓她人生脫序，失去了很多寶貴事物，卻在此時此刻才意識到自己因此獲得能在這種場合活下來的特殊技能——說謊。上癮夠久的人，最後都學會如何說謊。

「他是別人推薦來的，我之前沒見過，當然不知道是假冒的呀。我的工作人員一直更換，因爲……之前有過信任的熟人，結果卻被出賣了。詳情我不想解釋太多，反正總有一天會被媒體挖出來，但這祕密能藏多久是多久。」

祕密警察轉頭望向海倫，海倫則瞇著眼睛望向瑪利亞。「妳知道其他人在哪裡嗎？」

「不確定，剛才去過化妝師那邊，化完妝就走了。她應該還在房間，外面走廊還有兩個軍人站崗。」

海倫打量她一陣之後說：「從現在起，必須拘留妳的團隊成員。」

瑪利亞點頭。「我明白。」

「請妳在祕密警察陪同下，前往輪機廳進行演出，結束之後就立刻出境，瞭解嗎？」

「嗯。」

說完之後海倫就離開。一個祕密警察跟著她，另一個留在房間裡冷眼等著瑪利亞。

「走吧，尚托斯小姐。」

***

穿梭在走廊上的嘉藤正好看見瑪利亞的房門打開，海倫·克萊帶著一個祕密警察走了出來。

對方視線掃過他的臉，沒有多說什麼。

嘉藤找到樓梯，抓著扶手一次三、四級往下跳，腳步聲在樓梯間內非常響亮。

快到一樓時他才放慢速度，裝作若無其事，朝著導彈控制室繼續前進。

97

諾菈化妝完畢戴上假髮，坐在床上摟著另一個自己安慰對方。她不知道該說什麼好，另一個她似乎也無言以對，只能沉默。

沒想到遇見另一個自己會有這麼複雜的感受。

但這個世界的諾菈·布朗更不好過。得知另一個宇宙有另一個自己，對她而言震撼過度，遲遲無法冷靜下來。

諾菈思索著如何互動時，聽見自己那一側房門被人用力踹開。她趕緊起身從內門偷看，發現高大的祕密警察手中持槍闖進房間，跟在後面的兩個士兵同樣提著槍四處瞄準。帶頭那個人看見她了，槍口一指喝道：「別動！」

一個士兵拿槍推開浴室門衝進去，另一個則走到泰森和嘉藤的房間搜查，對於同時出現的兩個女人並沒有特殊反應。暫時還能靠假髮與妝容蒙混，但諾菈擔心拖不了多少時間。

祕密警察走到衣櫃前了，她忍不住深呼吸。

對方一手拿槍，另一手掀開櫃門。諾菈祈禱他別翻開那堆皺床單。不看到屍體，自己或許能全身而退，表面上她沒違反什麼規定。

可惜祕密警察終究抓著床單一角往外翻，暴露出靠牆倒臥的親衛隊大隊長。他的膚色發青、四肢鬆垂，身上只有白色內衣褲。

祕密警察轉身瞄準諾菈，掏出無線電吼了幾個命令之後，朝門外大叫。

海倫・克萊走了進來，望向屍體時露出認識的表情，接著轉頭瞪向諾菈。

「妳是誰？」

諾菈望向那張熟悉面孔。明明模樣是好友的母親、住在隔壁的阿姨，像自己第二個媽媽那樣親近的人。這個世界的海倫長相沒變，氣質卻大不相同，諾菈能感受那種筆墨無法形容的微妙差異。她不知道怎麼回答，海倫也沒再多問，湊近觀察之後，卻出手拉掉她的假髮。

嘉藤沿著走廊找到地堡入口，兩片大鐵板堵在面前，彷彿象徵此處的堅不可破。

他在門邊機器刷了腕帶，機器亮起紅燈。看來大隊長也沒有進去的權限。

這樣豈不是死路一條。

眞希望泰森有跟著來，要是他的話，或許能想得出怎麼進去。

既然泰森不在，嘉藤這顆腎上腺素滿溢的腦子也不管用，他做出最直接的反應——一拳打在石板上。結果聽見機器移動的窸窣聲，抬頭一看，有架攝影機對準自己。

「你在這裡做什麼？」擴音器後頭的人這樣問。

「我得進去。」

「進來做什麼？」

短短幾秒鐘，嘉藤已經察覺狀況不妙，對方沒有用軍階稱呼，而且背景聽得到有人高聲喊叫。遵循本能的話，他一定掉頭就走，可是事到如今，沒有別的機會能夠阻止導彈發射，無論如何得試一試。即使活下來，錯過這個機會，還是會遺憾終生。

「有情報要給你們。」

「什麼方面？」

「跟導彈有關係。快開門。」

沒想到背後走廊傳來許多腳步聲，他自然而然轉身張望。

擴音器裡的聲音開始講英文，只是德國腔很濃。「取出手槍放在地上，不照做的話，我們會開火。」

追兵圍過來了。這種距離槍法再神準也衝不出去。

嘉藤只能抽出手槍放在腳邊。

「踢遠。」

下一秒，手槍滑過混凝土地板撞上牆壁。

十多個親衛隊員提著衝鋒槍，從走廊轉角衝出來同時瞄準他。

大鐵門緩緩往兩側牆壁分開，控制室內部空間極其開闊，至少十個工作站前面有許多人操作電腦。嘉藤數了數，一進門就有八個親衛隊員拿著手槍嚴陣以待。

這麼一來他已束手無策，自始至終就毫無可能潛入控制室。即使剛才打開這扇門又如何？過不了裡面的身分查驗，也無法在眾目睽睽下修改導彈落點。

注定失敗的任務。

絕望中，一個人上前來，軍階是旗隊領袖，比「田中嘉藤」還高一級。對方冷笑。「無論你是誰，殺害歐羅巴國親衛隊大隊長是重罪，你要付出的代價不僅僅巨大，還會持續很久很久。」

98

瑪利亞坐在輪機廳舞臺，思緒亂成一團，心臟彷彿要蹦出來。

穿著白色西裝的人上臺致詞，說的是德語，她一句也聽不懂。

送她過來的祕密警察坐在前排，神情藏不住鄙視。

他不相信自己的身分。

瑪利亞擔心唱完歌之後，自己會有什麼下場。

被關在靈長類研究所的泰森盯著潘妮。「妳誤會了。」

她嗤之以鼻。「我確實是誤會了。把你刺探消息的事情呈報上去，馬上就聽說你根本是個冒充別人的騙子。」

「事情沒這麼簡單，潘妮。」

「這世界本來就不簡單。」

「妳聽我解釋——」

「解釋什麼?解釋你們挑起戰爭嗎?」

「我是來阻止戰爭的。」

「撒謊不打草稿。」

「我需要妳幫忙。」

「抱歉，我無能爲力。」潘妮吞吞口水，聲音帶著恐懼。「更何況我也不相信你。」

泰森忽然有個很奇怪的感覺：這情境似曾相識，但曾經朦朧的道理，如今清晰可辨。

他走過去抓住鐵欄杆。

「我認爲妳心裡其實明白的，潘妮。只是妳很害怕，所以不敢信任我。我不知道接下來會怎樣，但我相信妳的內心其實很堅強。只要妳願意，連妳自己也會嚇一跳。千萬不要忘記眞正的自己是什麼模樣。」

守在一旁的祕密警察搖頭叫著：「夠了吧！」他指著潘妮說。「會客時間到此爲止。Vielen Dank für Ihre Hilfe, Frau Neumann. Gehen Sie, bitte（多謝妳的配合，紐曼小姐，妳可以回去了。）」

潘妮離開，祕密警察朝泰森露出獰笑。「上次潛入的那群人殺掉了我們七個兄弟，大家正愁沒機會算帳，誰知道你們膽大包天這麼快又想找麻煩，自己送上門來，我們當然不會白白浪費這麼好的機會。」

海倫看了假髮一眼就丟在地上，然後仔細觀察起兩個長相相同的女子。

「和聯的複製技術這麼完美?」

「不是複製。」諾菈說。

海倫嘆息。「就別裝傻了，你們複製的田中大隊長也在導彈控制室外面被捕。如果只是和聯的人有可能是孿生，連盟約公民、而且還是我們歐羅巴軍方高官都有的話，除了複製沒辦法解釋。」

「還有別的可能性，比妳以為的更不可思議。其實妳多多少少也該察覺到了？所以才願意站在這裡跟我講話。妳心知肚明有很重要的事件即將發生，而妳身為科學家，當然想要知道眞相。」

海倫凝視諾菈好一會兒，才別過臉去。「待會兒過後，這些都不重要了。我們已經抓到尚托斯小姐帶來的器材技師，也知道他是假扮的，說不定同樣是複製人，之後會調查清楚。」

諾菈聞言心一沉。泰森也被俘擄了，而瑪利亞此刻無法離開輪機廳，任務已經走進死胡同。在這黑暗時刻，諾菈卻看見一絲希望。當初在仙納度地堡裡，被這個世界的父親逼到走投無路時，她也有這種感受。

泰森。

海倫。

他們母子是關鍵。

「妳眞的想知道這是怎麼回事嗎？」諾菈低聲問。

「當然。」

「那我說一個我不應該知道的事如何？妳掛在脖子的那個東西，是量子無線電。」

海倫的眼睛立刻瞪得又圓又大，踉蹌後退了一步，彷彿被誰打了巴掌。

「它可以在不同世界之間傳送訊息。」

「妳怎麼知道？」

「我還知道量子無線電改變了這個世界的歷史走向，所以我剛剛說的也是眞話——我們並不是複製人。」

「那你們到底是什麼？」

「妳眞的想知道？」

「想。」

「去問問那個僞裝成技師的人。他叫作泰，全名泰森・克萊。和他的對話有可能拯救妳自己和所有妳認識的人，所以妳最好動作快些。」

99

渦輪廳內，臺上那人從德語改成英語。

「很遺憾克萊博士今晚還有公務纏身，無法親自來到會場。她是這次的大功臣，聽她談話一定比聽我胡說八道有趣得多。」

臺下觀眾哄堂大笑。男人轉頭望向瑪利亞。

「不過精彩的在後頭。壓軸的特別嘉賓相信不必多做介紹，很榮幸邀請到樂壇天后瑪利亞·尚托斯！她特別爲這歷史性的一刻創作新單曲〈給新世界的讚歌〉。現在，就讓我們在尚托斯小姐的歌聲中，見證發射程序正式開始！」

歡聲雷動，瑪利亞卻只聽見自己的心跳聲，身體不受控制地站起來，走向麥克風。

腋下、額頭都冒汗了。

背後的樂團開始演奏。

樂音悠揚，她望向觀眾。

相隔多年，瑪利亞終於再次開口演唱。

當世界陷入黑暗
當戰火連綿不斷
浩劫、混亂、與破壞
倒數計時，到此為止

唱出第一段後，不可思議的力量開始籠罩了她的全身，所有恐懼與雜念消失於無形，燈光和視線穿透身體，彷彿她脫離了這個時間、這個空間，獨自享受著超脫一切的喜樂。瑪利亞．尚托斯很久沒有這樣美好的感受，而且居然不是靠藥物。

靈長類研究所內，祕密警察探員在中央走道來來回回，看得泰森更是心煩。其他動物似乎有同感，很多隻都開始大呼小叫起來。

一個訓練師進來試圖安撫，效果不是很好。外門開啓，出乎意料竟然是海倫．克萊，手裡還拿著平板電腦。她對祕密警察吩咐了幾句，聲音很小，泰森聽不出內容，但看到祕密警察回話之後，被海倫嚴詞駁斥，神情就像被人摑了耳光。要是能知道他們談話內容該多好？無論如何，祕密警察最後悻悻然離去。

海倫看向泰森的時候，臉上沒有笑意，只是認眞觀察。他猜得到是怎麼回事：海倫一定發現兩人的容貌很神似，大家都說他比較像母親。

海倫微微蹙眉地開了口：「我要答案。」

「妳確實應該知道。」

「你是誰？」

「我不擅長上臺演講，」泰森站起來。「小時候在學校特別害怕上臺報告，怕到寧可裝病。」

他自顧自噗哧一笑。「可是我媽一眼就看穿了。她也很瞭解我這個兒子有什麼缺點，會幫我面對和改進。我不敢上臺講話，她就透過科學解釋爲什麼人會有這種反應。我媽說人類是因爲演化才害怕別人的眼睛盯著自己看，狩獵採集年代的人類祖先如果被眼睛盯著太久，恐怕就會被吃掉，即使經過漫長演化，依舊沒有忘記那種體驗，所以只要有很多眼睛盯著自己就會想戰鬥或想逃跑。人類進入了文明社會，可以靠理智壓抑那種本能反應，但是需要練習，所以她教我一個訣竅：利用善意來沖淡恐懼。她眞的很瞭解科學，能用科學解釋這世界上所有事情給我聽。我不是很乖巧懂事的孩子，能擁有這樣的母親就好像中樂透一樣。」

海倫的胸口不停起伏。

泰森伸手抓抓頭。「剛剛說了，我的口才不是很好，所以就用科學解決問題吧。相信科學也是妳最熟悉的語言，免得說再多妳也不信。」

他將手伸出牢門鐵條。「既然這裡的研究主題是比較基因組，一定能做ＤＮＡ定序吧？」

海倫點頭。

「那妳要的答案就在眼前。檢查我的基因組，和妳自己的比對看看。」

100

走廊上，捆住嘉藤手腳的鐵鏈哐啷作響，除此之外什麼也聽不見。他的思緒隨那聲音起起落落，一個又一個疑問湧上心頭。

自己還能見到妻兒嗎？或是會留在平行宇宙直到死去？幾天前，他無法想像自己的歸宿竟是另一個世界。

他失蹤了，親人會尋找嗎？

會有人告訴他們眞相嗎？

兒子再也無法得到父親的陪伴了嗎？

輪機廳裡，瑪利亞在伴奏中吟唱了〈給新世界的讚歌〉第二段。

儘管歌唱是如此美妙的體驗，但她知道每唱一句，世界末日就逼近一分。

讓光明驅散黑暗

讓天地不再黯淡
苦痛、失落、與悲哀
倒數計時，到此為止

⚛

靈長類研究所裡，海倫拿了泰森的頭髮離開片刻，回來時神色鎮定不少。

「一、兩分鐘就會有結果。現在，我還有些問題。」

泰森點頭。「可想而知。」

「你到底是什麼身分？」

「男性和女性有很多差異，其中很重要的一點是女性不會不知道自己懷孕。當然也有取卵子這種技術，但一般而言當事人還是會清楚才對。問題來了：如果DNA檢驗說妳有個三十五歲的兒子，究竟代表什麼？」

「對，究竟代表什麼呢？」

「代表眼前的兒子是另一個宇宙裡和妳幾乎一模一樣的海倫．克萊生的。」

「怎麼可能。」

「DNA定序結果會證明這件事。」

「怎麼做到的？你們怎麼會、又爲什麼出現在這裡？」

泰森指著海倫掛在頸間的量子無線電。「我在我自己的世界裡發現了一個現象：有量子數據被發送到我們的宇宙，數據可以轉譯成量子無線電藍圖，做出來跟妳脖子上那個非常相似。我和三個同伴透過那個裝置，來到了這個世界。」

海倫聽得張口結舌。

泰森繼續說：「原本的世界裡，我在美國華盛頓特區長大。母親一個人帶大我和哥哥與妹妹。她很投入工作，在喬治城大學當教授，教的是演化生物學。那裡的海倫．克萊在家裡有很多規矩，最重要的有兩項：首先是己所欲施於人，再來是做錯事要負責、看到別人做錯事不糾正或阻止的話也要負責。我猜妳應該也有類似的座右銘，沒有的話，這個世界的未來很值得擔心。價值觀是救贖我們的唯一希望。」

他笑了笑。「妳剛才問我爲什麼要過來這世界。其實幾分鐘之前，我也不確定爲什麼量子無線電把我們傳送過來，雖然總覺得該有個理由，但又說不清楚。然而現在我懂了。」

「懂了什麼？」

「我知道怎麼挽救這個世界。」

「我的世界並沒有遭遇危機。」

「有。妳以爲A21能消弭戰爭，但妳錯了。和聯也開發了自己的殺手鐧，是一種生物兵器，而且他們亦準備好隨時釋放。時間不多了，導彈或軍隊無法阻止。其實有時間也未必阻止得了。」

「你們有什麼計畫？」

「剛剛說過，我母親的教育是知道別人做錯事，我有責任出面糾正或制止。之前我不懂，現在想通了。我會來到這裡就是因爲妳。沒猜錯的話，這世界只有妳可以改變現狀。而我們四個的任務是促成此時此刻，在無可挽回之前，讓我與妳面對面，由妳來矯正那個錯誤。」

輪機廳裡，瑪利亞望向如癡如醉的觀眾，哼唱出下一段歌詞：

燦爛星光，指向家鄉
放下過去，走出悲傷
昔日世界，沉淪停滯
倒數計時，到此為止

101

海倫．克萊的平板電腦響了一聲。她低頭查看，隨即嘴角微微上揚。

「DNA鑑定結果？」泰森開口。「證實了我是妳的兒子，其實妳不需要檢驗報告也已經心裡有數。」

她望向周圍獸欄，附近有兩隻黑猩猩像是在聊天。

她又指著平板。「我關掉監控了，所以開誠布公地聊吧。你說詳細一點，希望我怎麼做？」

泰森覺得自己必須解釋來龍去脈比較好，直接切入主題可能引發不必要的戒備。現在需要爭取海倫的信任，儘管時間所剩不多。

「幾天前，有人想要暗殺我，寄了一個炸彈到我的公寓。我僥倖脫身了，但對方不肯收手，又派殺手追蹤我。我眞的很幸運，兩次都因爲一個在乎我的人得救。」

泰森在牢房裡踱步，眼睛盯著地板。「我從這段經歷得知幕後是個叫作『盟約』的組織。在我的世界，盟約都是暗中行動，之前我根本沒聽說過。結果我到了這裡，忽然發現盟約控制了整個舊大陸，妳應該可以想像那種錯愕感。究竟怎麼回事？」

「你認爲兩邊的盟約是同一個組織？」

「奧坎剃刀（注1）。」

「通常最簡單的解釋就是正確解釋。」海倫說。「不過，這是最簡單的解釋嗎？」

「另一個解釋是巧合，兩個世界的兩個不同組織正好採用同一個名稱。我也是科學家，不怎麼欣賞所謂的巧合。」

「意思是？」

「意思是我覺得兩個世界的事件其實彼此相關，所以盟約要置我於死地。我想請妳多信任我一些，回答我幾個簡單的問題。」

海倫吸了口氣才點頭。

「你們怎麼開發出量子無線電的？是什麼時候的事情？」

「二十世紀，第一次大戰之後動蕩的年代，威瑪共和國時期（注2），有個包裹送到我祖父那兒。他是慕尼黑大學教授。那時候量子力學剛剛誕生，慕尼黑大學在這門學術貢獻良多，例如一九一八年得到諾貝爾獎的量子理論創始者馬克斯·普朗克，就是慕尼黑大學畢業的校友。量子力學研究先驅維爾納·海森堡和沃夫岡·包立也都與慕尼黑大學有很深的淵源。」

海倫伸手輕輕拂過脖子上如獎章般的量子無線電。「除了裝置本身，我祖父還收到一套解碼金鑰，可以將裝置上的十二個符號兩兩一組，轉譯爲字母或數字。他拆開包裹之後不久，裝置開始收到訊號，圓環上的符號發光，他便抄寫下來翻譯出內容。」

她笑了笑。「起初他還認爲是個惡作劇，或許是別的物理教授設計了磁鐵遙控裝置。但他讀過訊息內容就笑不出來了，因爲那些都是未來預測，而且每一次都正確。」

「後來對方提出要求了，是嗎？」泰森問。

「沒有，是建議。一開始也沒人照做——但，就只是一開始。有幾次照著建議行事以後，瀕臨崩潰的國家竟然一步步復興。」

「我想想……其中一個建議應該是三〇年代要專注在火箭研發。」

「沒錯。」

「我的世界裡，德國輸掉第二次世界大戰，在這裡你們稱作——」

「和聯戰爭。」

「無論叫什麼，重點是盟約改變了歷史軌跡。」泰森說。「妳覺得是爲什麼？」

「研究團隊最常提出的爭議就是誰製作出量子無線電、爲什麼要交給我們。」

「對方從來沒解釋？」

「沒有。盟約只表示他們沒有惡意，目標是守護我們的未來。看上去也確實如此，所以目前主流想法是將盟約視爲未來的我們，發送訊息回到過去，就是要改變歷史的錯誤。又或者，他們是外星物種，有能力觀測我們的未來。」

「我倒不認爲這兩種說法解釋得通。」

「不然你認爲是？」海倫問。

「我不確定，現在還沒有定論。但我想更值得探討的是：他們的目的是什麼？」

「我們不知道。」

「那，他們有什麼要求……」泰森改口。「應該說，他們有什麼建議？」

「例如，比較基因組計畫。」

注1：Ockham's Razor，意為「簡約法則」，簡言之為越簡單往往越接近真相。

注2：指一九一八年至一九三三年之間採用共和憲政政體的德國。

「這計畫到底是什麼內容？」

海倫走向旁邊，獸籠內兩隻黑猩猩挨著彼此，好像小聲對話著。

「是科學上最大的謎題。」

「是什麼使人類與牠們不同。」泰森說。

海倫猛然回頭注視他。

「我媽也對這個特別有興趣。那你們找到答案了嗎？」

「找到了。有很小一群基因控制了智能——人類水準的智能。」

「這個知識對盟約有幫助嗎？」

海倫走回來。「盟約透過無線電表示，這個知識能幫我們結束戰爭。這論點背後的假設其實就是我們過去七十年的努力方向——無法作戰的敵人就不構成威脅。」

「聽起來妳還沒說完。導彈搭載的東西是什麼？」

「命運捉弄人。我們要用的也是生物兵器。」

「妳的講稿裡提到『改變他們的思考』。」

「對。A21搭載的不是炸藥，而是作用於表觀遺傳層級的生物兵器，可以關閉那一小群控制智能的基因。這種轉變不會殺死和聯任何一個人，只會讓他們的智力退化，程度大概就是這籠子裡的黑猩猩。」

⚛

瑪利亞的嘹亮歌聲如炸彈震撼全場。

點亮星星的代價
永恆和平的想像
無邊無際，光芒萬丈
倒數計時，新的方向

我們付出的代價
流汗流淚受過傷
脈搏心跳，垂死掙扎
倒數計時，新的方向

102

泰森搖搖頭。「妳並不想那樣做。妳不會願意奪走別人的人性。」

「我有選擇嗎？是他們要打仗，是他們不願意罷手。」

「他們會的。」

「你憑什麼斷定？」

「因爲我親眼見證過。在我的世界，歐洲亞洲與所謂的和聯國家和平共處已經長達七十五年，所以絕非不可能。」泰森邊說邊點頭。「當然中間也有關係緊張的時候，一段漫長的冷戰。大家擔心世界隨時可能滅亡，兩邊都擁有足以徹底毀滅另一邊的武器，就像現在的你們與和聯。可是在那個世界，這種彼此制衡的關係反而導致雙方都不會輕舉妄動。我認爲，這才是和平的關鍵。或許你們還沒察覺，但其實所有人想要的就在眼前——這是和平的契機，因爲不選擇和平就只剩末日。你們只是缺了一點信心，不相信對方也想要看到子孫能好好長大。但對目前的和聯而言，子孫已經沒有未來，他們覺得一無所有，自然沒什麼好退讓。只要你們再深入一點觀察，會發現雙方的差異並沒有那麼大。」

「所以你的主張是？」

「和平。我們出現在這個世界，正是爲了保住你們兩邊的未來。」

「和聯願意嗎？」

「和聯知道你們有巨大的軍事基地，總計好幾百萬的兵力。」

見海倫不講話，泰森就繼續說下去。「我想，那些基地和軍隊都是盟約的建議吧？」

「你想說什麼，或者你究竟希望我做什麼？」

「和聯希望我們能更改A21的攻擊地點，摧毀那些巨型軍事基地，同時除掉導彈和軍隊的威脅。」

「想都別想。軍人也是盟約公民，同樣有父母子女和兄弟姊妹。」

泰森的雙手拍了拍空氣。「我只是轉述他們說法，讓妳理解對方的擔憂。」

「我不可能對自己的人民做那種事。」

「正好，我們四個也不想那樣做，所以本來計畫是讓導彈落在格陵蘭之類沒人會受害的地點，能避開這次危機就好。問題是，即使沒有導彈，你們還有那樣龐大的軍隊，和聯終究無法安心。」泰森停頓一下。「何況，這麼巨大的兵力是整件事裡頭很懸疑的一點，妳沒發現嗎？」

海倫又不講話，他就自己解釋。「妳倒是說說看，既然你們最後會靠導彈來達成終極和平，盟約爲什麼會指示你們組織這種規模的軍隊？」

海倫別過臉開始踱步。「我們一直認爲是針對導彈不成功所做的備案。」

「但這說不通吧？」

「的確說不通。」她淡淡地說。

「他們都掌握未來走向了，怎麼不知道你們能成功開發生物兵器？那你們又爲什麼需要幾百萬甚至幾億人的軍隊？」

甚至這個世界的死活。」

「我認爲那才是盟約眞正的目的，而且從一開始就是。他們根本不在乎什麼和聯、歐羅巴國

「……確實。」

「就算你說得對，我也不可能拿武器對付自己人。」

「沒這個必要，還有別的辦法。」

「是什麼？」

「盟約國與和聯國雙方都提心吊膽，像是隔海對峙的兩頭猛獸，看到對方的眼睛就害怕。你們受到本能驅使，覺得只有戰鬥或逃跑兩種選擇，但事實並非如此。克服恐懼的訣竅是善意，這是妳教我的——另一個世界的妳。」

「理想很美好，但善意會成爲弱點。現實非常殘酷，只靠善意無法存活。」

「結果或許會出乎妳意料。我想請妳試試看，詢問對方是否也願意釋出善意。雙方都懷抱善意，世界就有機會邁向光明未來。」

海倫瞇起眼睛看他。「即使你這麼說，我也不知從何下手、跟和聯的誰對話。」

「附近就有個合適的對象。」

海倫蹙眉，還沒反應過來。

「諾菈．布朗博士，」泰森解釋。「她父親在和聯的地位很高，也是主導他們生物兵器的科學家，可以說和妳站在對等地位上。你們都能按個按鈕就毀滅世界，但同時你們兩位其實都不希望那樣做。所以，和諾菈．布朗達成共識就好。用打的怎麼得到和平？用講的就有可能了。」

海倫沉默思考了半晌，最後按了平板，說了幾句德語。

「這是做什麼？」泰森問。

「把她和其他人犯全都帶來。」

「太好了。」

兩人在等候時安靜無話，泰森在心裡分析還有什麼說法能打動對方，畢竟時間越來越急迫。

「你的世界裡，」但海倫先開了口。「戰爭結束之後，發生了些什麼事？」

「一開始德國被劃分成四個佔領區，由美、蘇、英、法四個國家管理。首都柏林也因此一分爲二。後來美國英國法國將他們的佔領區合併，美國發起『馬歇爾計畫』，挹注好幾十億，也花了很長時間協助歐洲復興，直到現在，德國境內還有規模很大的美軍基地。」

「挺有趣的。」

「我希望妳能取消導彈發射。因爲無論之後怎麼做，今天將導彈射出去而且命中和聯領土的話，就再也沒有轉圜餘地，這個世界一定會滅亡。」

海倫凝視著他沒講話。

門開了，八個祕密警察分成四前四後，持槍將人押進來，兩個諾菈與嘉藤都在場。

海倫指著泰森的隔間。「替他們三個解開手銬，關在一起。」

四個人都關進去、牢房門也鎖緊，海倫要士兵都退下。

她先好好觀察兩個諾菈，成功認出了誰屬於這個世界。

「聽說和聯製造出超級兵器。」

這世界的諾菈狠狠盯著海倫。「你們不留活路，那大家就一起死。」

「她是想幫妳。」泰森打岔。

「誰信？」

海倫朝牢門走近。「除了A21導彈，我們還有接近三億人的軍隊。」

這世界的諾菈眼睛都沒眨半下。「你們軍隊再多，也沒辦法應付我們的武器。」

「妳誤會了。」海倫解釋。「現在的情況是我們都拿著刀架在彼此咽喉上，誰先動手的下場都是同歸於盡。我希望用其他方式化解紛爭——武器都留著無妨，但我們會讓軍隊撤出基地，派遣到和聯領土去協助重建，往後進入雙邊合作的年代。」

這世界的諾菈嗤之以鼻。「不就是換個名字的侵略嗎！」

「並不是。」海倫說。「不是侵略，也不是佔領，而是人道救援，」她轉頭凝望泰森。「也是我們釋出的善意。派遣過去的軍隊不會配備武器，一開始人數也不必太多，以工程師、土木技師、顧問團爲主。如果雙方能夠相互信賴，我們就逐步提高派遣人數。若是過去的人想定居也好，能夠促進雙邊融合，同時我們將開放和聯居民申請盟約國的公民身分。」

「話說得眞是動聽，倒是證明給我看看，妳眞的會做到。」

海倫拿起平板按了幾下。「我取消導彈發射了。然後我會將各位和尙托斯小姐都送回你們搭乘的飛機。」

「妳有什麼要求？」

「只有一點：請將我的提案轉達給和聯。」

「我們怎麼知道妳有沒有這麼大的權力？」

海倫伸手輕觸頸間的量子無線電，嘴角泛起一絲笑意。「將近一百年來，盟約政府仰賴我這個部門告訴他們如何確保未來繁榮，對我們的指示毫無保留地接受，已經成爲習慣。說得更直白一點，只要我說那樣做對未來有好處，他們就會照著做。」

她又轉頭望向泰森。「你說得沒錯，確實只有我能夠做到。巧的是——也只有你有可能說服我。」

海倫拿起量子無線電端詳。「我家先人原本對這個東西頗爲顧慮，但發現那些預言全部應驗，也因此能過上更好的生活，後來就全心信任不再提出質疑。不過到此爲止了，從今天起，我們必須自己思考，自己創造未來。」

她回頭看著這個世界的諾菈。「妳同意嗎，願不願意將我的想法傳達給妳的同胞？」

「……好。」

103

輪機廳裡，瑪利亞站在麥克風前，朝觀眾露出笑容，吟唱出〈給新世界的讚歌〉最後一段：

追隨星光
追尋夢想
追進新世界

熬過黑夜
迎向陽光
和平新世界
不再受傷，不再絕望

音樂停了，但最後一個音符還繚繞迴蕩。
全場起立鼓掌，熱烈迴響如海浪一波波拍向瑪利亞。

表演結束之後，氣氛像夕陽餘暉般美好。曾經，驕傲和自信被過去那些錯誤的選擇剝奪，今日她已全部尋回，肯定了自己的價值。這份體悟深入內心深處，治癒靈魂上的傷痛。

瑪利亞眼角瞥見海倫．克萊走上舞臺。她也在拍手。

等現場稍微安靜了些，海倫．克萊站到講桌前，說話嗓音非常清亮。

「尚托斯小姐今天晚上的表演帶來超乎想像的感動，讓我們再次給她熱烈的掌聲！」

不間斷的喝彩，令瑪利亞心花怒放。

再次等到會場平靜一些，海倫又開口。「典禮過程要做一點小小更動，發射觀禮的部分取消了，所以不勞駕大家到外面，直接進入酒會的部分。不必擔心，我們確實邁入了『新世界』，雖然和原本預期有些不同，但我保證會比想像的更棒。」

會場響起比較克制的掌聲。

觀眾席前排的祕密警察起身朝瑪利亞招手，指了指右手邊出口。

她掃視會場，卻找不到嘉藤、諾菈、泰森任何一個，只能心情沉重地走下舞臺。另一個祕密警察帶她登上電車，連行李都替她收拾好擺在後面。

三個同伴依舊不見蹤影。

電車駛過夜色朝著機場前進。瑪利亞絞盡腦汁想辦法要救同伴、救朋友，但連他們三個在哪兒都不知道，根本無計可施。最奇怪的是導彈並沒有發射。這很重要，但又代表什麼呢？

到了機場，祕密警察又帶她走向已經待命的飛機。她自己拎著行李上了階梯。

一走進機艙，竟然看見嘉藤和泰森已經同桌打牌，諾菈在旁邊沙發休息，隔壁坐了一個與她長相如出一轍的女子，但神情滄桑中帶著驚恐，有如才剛獲救的小動物。

泰森放下紙牌站起來。「大家注意！有大明星上飛機啦！」

瑪利亞歪起嘴角。「哈哈，好笑嗎？」

「演出還順利嗎？」

「順利，但怎麼覺得主秀不在我那兒呢。你們是什麼情況？」

泰森聳聳肩。「事情沒按照計畫發展。」

「眞是輕描淡寫。」嘉藤嘀咕之後，起身將艙門關好。

「應該說，」泰森解釋。「雖然不如預期，結果卻比預期更好。」他笑了起來。「妳也是其中一員，感覺如何？」

「很久沒這麼舒服了。」

PART III
魔鏡

104

航程終點是布宜諾斯艾利斯。

泰森坐在絨毛沙發上望著窗外沉思。

他抬頭時，正好看到諾菈在對面坐下。另一個她躺在長沙發，睡得微微打鼾。瑪利亞也在一張單人沙發休息。嘉藤進去駕駛艙以後把門關上，似乎想要獨處片刻。

「去了佩訥明德以後，這還是我們第一次有機會好好聊天。」諾菈說。

「對啊，幸好有驚無險。」

「你在想什麼呢？」

「有些問題還沒得到答案。」

諾菈笑著追問：「像是？」

「滿多的。最主要在於，是誰把我們傳送到這裡、來到這個世界？」

「一定要有某個人嗎？會不會是隨機的？」

「身爲科學家的我不太相信隨機或巧合這種事情。感覺有內情，但我仍沒有答案。」

飛機降落時，布宜諾斯艾利斯已經入夜。

跑道上颳著強風，泰森帶頭走出機艙下階梯，三個同伴跟上，這個世界的諾菈殿後。踏上地面以後，那個諾菈馬上丟下他們，一個人朝著航站衝了過去。泰森明白她很著急，想趕快將佩訥明德那邊的事情經過與盟約的提議告知和聯高層。

有月亮、有機場探照燈，再加上地面的球形燈泡，跑道像是遭到光線轟炸一樣。泰森又覺得右邊好像有東西，轉身望去跑道空無一物。來到這世界以後，好幾次有類似感覺，他決定停下腳步，好好觀察造成異樣感的位置。

嘉藤走到他身旁問：「怎麼了？」

兩人注視的那一點上，空氣似乎起了漣漪。

「我不確定。」泰森回答。

諾菈和瑪利亞折返與兩人會合。

「你們在做什麼？」諾菈問。

光線扭曲了，似乎被什麼東西吸走。

「最好快點離開。」嘉藤的語氣警戒起來。

可是泰森很確定就算跑也跑不走，索性吸了口氣站在原地等待。

瑪利亞的聲音發抖。「看來很不妙。」

泰森發現諾菈握住自己的手掐了掐。

跑道上那團空氣漣漪中，冒出了四個人影，一身寬鬆黑衣的材質完全不反光，而且全身上下沒露出任何部分。他們戴著頭盔，面罩做了鏡面處理將臉孔整個遮住。泰森覺得看起來像是裝備比較輕巧的太空人。

對方衣服上沒有文字、旗幟、圖案等等足以辨識的線索。不過每個人胸前都有個金屬環——那是量子無線電，連符號都與泰森用過的那枚一模一樣。

爲首那人在金屬環迅速按了四下。

才一眨眼，布宜諾斯艾利斯不見了。

泰森、諾菈、嘉藤、瑪利亞忽然站在狂風吹拂的懸崖邊緣。前面一道道紅色褐色的山脈，延伸至視野盡頭。

那四個人影動也不動地原地注視，好像在等他們適應新環境。

泰森猜想這裡大概也是多元宇宙裡的某個地球。時間是夜晚，明月高掛天空，十分明亮，照得地面一片斑駁。空氣清新，涼而不寒，乾淨得像是這世界從未有過人造物。

除了風聲什麼也聽不見，夜空中滿是各種顏色的星星，美得令人屏息。

泰森以爲對方會先開口，但他們只是隔著鏡面，注視著四人觀察周遭。

「你們是什麼人？」泰森的聲音在風中斷斷續續。

對方的回答聽起來像是經過變聲的人類。「泰森，你應該已經知道了。」

「你們躲在旁邊很久了，從國家廣場的博物館就開始，我有感覺到。」

「沒錯。」

「爲什麼？」

「觀察你們。」

「又是爲什麼？」

「你知道的，泰森。」

諾菈的手握得更緊。

「你們究竟是誰？」冷風中，他的聲音也微微顫抖。

「你知道的，泰森。」

「我找到的量子訊號來自你們。裡面有我們的基因組資料和量子無線電製作圖。」

「正確。」

105

懸崖上，清風吹過泰森的頭髮、撩撥他的衣服。他緊盯著那四個人影。

「爲什麼發送那些訊號？」

「你已經知道了，泰森。」

「需要我們幫助。」

對方微乎其微地點頭。

泰森繼續說：「需要我們到那個世界阻止盟約的計畫。」

「同樣正確。」

「爲什麼不自己處理？你們的科技水準遠在我們之上。」

之前幾個問題對方都立刻回答，但這次他們卻沉默下來，只有夜風在山壁上呼嘯。

四個人影的背後空氣扭曲、化爲漣漪又凝聚。

第五個身影出現，同樣遮蔽全身、戴著鏡面頭盔，但衣服材質是灰色。

帶他們過來的四人之一立刻朝胸前的量子無線電按了幾下。

周圍世界又忽然消失。下一秒，泰森發現自己站在森林裡，周圍樹木特別巨大。雖然樹皮、葉子、錐果都一樣，卻比他看過的紅杉都更高更粗。

這裡不像剛才的懸崖颳著風，只能聽見樹枝掉落的啪嚓聲，除此之外安安靜靜。霧氣在樹木間飄蕩，有如一群幽靈。

遠處傳來低吼，地面隨之震動。

四個黑衣人站在一顆巨木下。泰森感覺到諾菈還抓著自己的手，餘光也能看到嘉藤留意四面八方，想必是在搜尋可能的威脅。

瑪利亞的呼吸急促，諾菈拉起她的手試著安撫。

「剛才是怎麼回事？」泰森開口問。

「盟約幹員。」最接近他們的黑衣人回答。

「在追捕我們？」

「是的，我們已經處理了，不過還有可能需要更換停留點。」

「『停留點』？」

「類似這個世界。沒有人類存在，但大氣可以呼吸的地球。這裡沒有危害你們安全的事物。」

「除了盟約。」

「如果被找到的話。」

「回到剛才說的，」泰森繼續問。「你們到底是什麼身分？」

「姑且稱作量子編史員。」

泰森瞇起眼睛，有點不知道怎麼問下去。「你們來自什麼地方？」

「和你們一樣。」

「地球。」

「正確。不過我們演化的地球與你們的地球不同。差異並不極端，卻足以造成很大的分歧。我們的文明在一個重要層面上比你們先進，因爲你們的世界致力研究原子彈的時期，我們已開始實驗量子技術。我們的世界很和平，有統一的全球社會與共同目標，就是透過科學解開人類存在之謎。我們在次原子層級發現解謎線索，卻沒察覺其中隱藏的危機。」

遠處又轟隆巨響，而且逐漸逼近。

黑衣人沒理會。

「我們發現粒子對撞能將分割世界的膜撞出開孔，一開始嘗試將其他次原子粒子送入洞內。」

「就像對我們的世界那樣，」泰森說。「進行量子訊號廣播。」

「沒錯。我們利用你們稱之爲纏結的技術，將纏結的一方送進孔洞、在宇宙間穿梭，另一方留在我們的世界。我們操作擁有的粒子時會改變另一端的狀態，儘管過程需要龐大的計算資源和能量，但確實有效。」

地面又晃了起來。泰森、諾菈、嘉藤、瑪利亞轉頭張望，卻只見草木間那層霧氣。

「請別在意，」黑衣人說。「對我們不構成威脅。」

「那什麼會構成威脅？」泰森問。「爲什麼要躲在所謂的停留點？」

「你們親眼見過了。在A21世界和你們自己的世界，以及剛才。」

「盟約？」

「正確。」

「他們又是誰，或者是什麼？」

「盟約與你我差異並不大。我們會發現他們純屬意外。先前提到，我們的世界利用量子纏結實驗探索多元宇宙，但這個作法很快碰上瓶頸，能得到的答案不夠深入。我們想對多元宇宙有更多的理解、觀察、探索，重點在於當初我們無懼於未知。就科學和智力水準而言，我們沒有對手，可是在另一點上卻有嚴重缺陷。」

「太天眞。」

「程度非常極端。」

說話的黑衣人稍微停頓，似乎聆聽什麼，轉頭望向另一人以後愣住不動。

泰森猜想是透過頭盔進行無線通訊，而且可能有爭執。

爲首那人轉頭回來繼續說話，生硬的合成語音與森林的寧靜很不搭調。「不久後，我們發現調整對撞模式和粒子，可以將宇宙間的孔隙擴大到足以傳送物質，然而派遣的斥候折損嚴重，於是我們發現多元宇宙中地球生命是例外而不是常態，能供人類呼吸的大氣也很罕見。但堅持不懈之下，我們整理出類似多元宇宙地圖的資料，標記出人類能夠居住、生存的坐標。符合條件的地球不多，其中也偶爾才眞的有人類存在。」

對方停頓片刻。「乍聽之下，你們會以爲能居住的地球很少，但請注意數學的無限概念。由於宇宙數量無限大，即使僅有一小部分適於人居，也等於無限多。其中一些地球特殊到各位難以想像，也有一些與各位的地球極其相似，需要窮盡一生詳細研究，才能找出微乎其微的差異。」

黑衣人朝森林深處的霧氣邁出一步。「探索多元宇宙過程中，我們尋找到自己存在的意義與適合扮演的角色，那便是爲量子領域留下紀錄。自始至終，我們都是科學家，因此決定以科學方式進行觀測和建立文獻，整理出所有人類可以居住的地球，以及這些地球上既存的人類。參與計畫的人數越來越多，成員利用同型量子無線電來往於尚未探勘的世界。之後我們確立行動準則，禁止穿梭多元宇宙的量子編史員干預目標，必須保持旁觀。對我們而言，這是理所當然的事。」

霧氣飄來擋在雙方中間。黑衣人等霧飄走後才繼續說明。

「許多年裡，我們以爲只有自己發現了宇宙之間的門戶。曾經找到某些地球在特定領域的科技超過我們，有的世界專精醫療，有的世界鑽研奈米科技，抑或是太空探索、人工智慧、長生不死、心靈感應與念動力等等。大家各有所長，只是我們可以透過自己的科技拜訪別人。事實上，有一部分世界令我們驚爲天人，技術強大得難以企及，這部分不詳細敘述是爲了你們好。但無論多先進、差異多大，我們遲遲沒遇見另一個在量子科學上能夠相提並論的人類社會。」

量子編史員又停了幾秒才繼續。「因此我們一直以爲自己是唯一能夠穿梭多元宇宙的人類，也從未有其他世界偵測到我們的存在。這種情況維持很久，直到某一次，我們的研究者小隊找到尼安德塔人發展出先進社會的世界。尼安德塔人並沒有開發出足以發現我們的科技，但小隊很快察覺那個地球上還有另外一群人正在觀測，使用的技術也與我們十分類似。我們一度懷疑是分發系統錯誤，派了兩個小隊到同一地點，然而取得聯絡以後就立刻察覺眞相——對方根本不是我們世界的人。換句話說，我們終於找到同樣能夠在多元宇宙裡旅行和觀測的文明，那是非常重大的突破。」

泰森吞了吞口水。「我猜，另一邊就是盟約吧。」

黑衣人輕輕點頭。「是的。我們自稱編史員，他們卻自稱量子幹員。表面上雙方目的一致，皆爲多元宇宙製作地圖，記錄人類各種可能性。最初我們以爲盟約和己方意氣相投，期待能夠攜手前行，共享探索樂趣。」

泰森又感覺到地面震動，然後聽見三次低鳴，一次比一次接近。他一方面想知道聲音來源是什麼，另一方面又想聽完黑衣人的故事。

「我們甚至前往盟約的世界拜訪了。簡直像是我們世界的鏡中倒影。我們萬分欣喜，難得有值得我們學習效法的對象，所以雙方積極交流。只可惜，我們並不知道自己爲此要付出什麼慘痛代價。」

「代價是？」泰森問。

「最殘酷的代價。」黑衣人回答。「人命，也很有可能賠上我們社會的未來。」

「發生了什麼事？」

「剛才說過，我們一廂情願將盟約視爲同志。雙方在量子技術不相上下，也都熱衷探索和知識，於是一起在多元宇宙中移動和觀察，將發現帶回給社會大眾、滿足好奇心。我們和盟約分享各種資料，彷彿各自擁有半份藏寶圖的朋友，在無垠宇宙裡並肩冒險。當時沒察覺的是，盟約與我們有一個細微卻關鍵的分別。」

背後的轟隆聲更大了。之前一度中斷，現在距離持續接近、音量越來越清楚，地面劇烈搖晃。

諾菈緊抓他的手。

兩人同時轉身，雲霧正好消散，高聳樹木左右擺蕩，一頭巨獸出現在眼前。

牠的四條腿像樹幹一樣又圓又粗，看起來非常沉重，身體覆蓋一層褐色皮膚，長度至少三百英尺，其中三分之一是尾巴、六分之一是脖子。頭部很小，轉過來看了林地上八個人一眼，動作懶洋洋的。

泰森看傻了眼。

因爲這是恐龍。就他所知應當是雷龍，但他猜想這裡的恐龍與自己世界的古代物種，可能並不完全相同。

龐然大物瞅了他們一下就走開，似乎只當這群人是蟲子。牠一口口咬著植物走遠，每一步都造成地震。

量子編史員再度開口，四人注意力回到他身上。

「我們不知道盟約對多元宇宙有不同的想法。之前說過，我們很天真，而且最初雙方的歧異並不明顯，我們也不知道如何判斷。對我們而言，大家都是量子大海上的小船，一起製作航海圖、共享旅程中的發現。但只有我們認爲不可以干預海上的島嶼、海裡的魚群或其他動物。盟約在這一點與我們有根本上的想法差異，直到盟約世界經歷了我們稱爲『災變』的事件以後，才顯現出來。」

編史員揚起雙手。「災變過後，盟約不再自詡爲探險家。他們視多元宇宙爲資源，將剝削各個世界當作解救故鄉的唯一手段。於是他們不只是觀察，還造成改變——改造別的世界，利用別人對抗災變。」

「所以，盟約滲透了我們的世界。」泰森說。

「是的。」

「還有我們傳送到的那個世界。」

「同樣正確。盟約準備要收成。」

「收成什麼？」

「在每個世界都不同。而且他們在某些世界的目的，連我們也無法掌握。先前你們去過的那個世界裡，目的應該很明顯。」

「軍隊。」

「正確。他們打造規模龐大的軍隊，我們推測將會用於和別的世界作戰，但如今已經被你們阻止了。」

雷龍走遠了，腳步造成的巨響與震動也逐漸模糊。幾次聲音過後，泰森提出一直沒想通的部分。「這樣會回到一開始的問題，你們爲什麼不自己動手？看起來你們有足夠抗衡的科技，何況還探索了無數不同世界，怎麼說都比我們四個更容易阻止世界大戰。」

「我們能夠穿梭多元宇宙，也能夠小範圍操作纏結粒子，但這些都不足以抵抗盟約。」

「怎麼說？」

「首先，反制盟約需要能理解他們的動機。除此之外，影響宏觀層級的現象需要進行直接介入。」

泰森笑著說：「你們看起來有那個能耐。」

「生理上和科學上或許如此。」

嘉藤忽然開口：「你們不想髒了自己的手，或者說不敢碰血。」

「那不是我們會使用的詞彙。」對方回答。

「但是事實，沒錯吧？」嘉藤逼問。

他們沉默了。泰森只好當作默認。

「爲什麼把我們送到A21世界？」他問。「明明可以透過訊息求援？」

「泰森，你稍微思考就有答案。」

「測試我們。」

「是的。剛剛離開的A21世界算是測試四位的能力，但更重要的則是測試各位的道德觀。我們想瞭解若有個將死之人倒在各位面前，你們會如何處理？若你們發現自己能夠拯救世界，卻並非自己的所屬世界，又會做何反應？願意爲那個世界、爲陌生人賭上自己性命嗎？你們原本可以嘗試以量子無線電回到自己的世界，但你們並沒有那樣做，反而是互助合作、在危機中保護素昧平生的人，也阻絕了盟約繼續操縱那個世界。」

「還是沒有解釋你們爲什麼不自己動手。」嘉藤說。

「我們奉行和平主義太久，從自己的世界招募量子干預實行人員，違反了我們社會的核心信念。」

「卻不影響我們。」泰森說。「我們的世界裡，暴力與和平同時存在。你們需要我們，因爲有些事情你們自己做不出來，像是用比較極端的手段去阻止盟約。也可以說，我們介於你們和盟約之間，像他們一樣不害怕改變別人的世界，卻又像你們一樣願意拯救別人的世界，所以才會被你們找上。」

黑衣人還沒回答，他們身旁的巨木開始扭曲，周圍空氣朝向一點集中。盟約幹員現身同時，整座森林消失了。

106

森林消失，取而代之的是蔓延到地平線上的冰層，唯一的突起物是美國國會大廈的圓頂。天空中的太陽異常暗淡。

泰森吐了口氣，都是白煙。

場景又變了，忽然間，他就站在大型貨船的金屬貨櫃上，四面都是海洋。前方海面中間突起的東西他也認得，那是艾菲爾鐵塔頂端。

再次跳躍之後，泰森站在某太空站隔著巨大玻璃鳥瞰地球，看得他目眩神迷。上太空一直是他的夢想，只不過眨了下眼睛，居然就此成真。一連幾個停留點向他展示了多元宇宙各種奇景的一小部分，來去都只是一轉眼。這個停留點也會忽然消失嗎？他希望不要，他還想多看看外頭的景色與內部的構造。泰森忽然意識到自己和量子編史員很像，將多元宇宙視爲終極邊疆，科學、歷史和人類潛能的無窮可能性。然而，也有A21那樣充滿苦痛掙扎的世界。

嘉藤觀察周圍金屬牆和離開房間的艙門。四個黑衣人站在玻璃旁邊。

他開口問：「太空站裡的人不會發現我們嗎？」

對方的合成語音在這裡顯得特別大聲。「這個設施很久以前就遭到棄置，不過環境系統運作正常，暫時還算安全。」

他轉頭望向地球，倒影浮現在面罩上。「剛抵達 A21 那時候，你們所有人都表達了回家的意願。其實，你們隨時能回到離開時的位置，現在也一樣。」

黑衣人從褲子口袋取出和他們胸前相同的量子無線電，拋向嘉藤。「與出發時的順序一樣，輸入三、四、七、八就能回到原本世界。此時此刻是最後機會。」

嘉藤低頭看著裝置。

「不過，」黑衣人繼續說。「我們有個提議。這能挽救你們的世界不受盟約影響，所以希望你們多待一會兒聽完。」

好一陣子沒人講話，最後泰森打破沉默。「我們都還在。」

黑衣人從觀景窗走向太空站內部，裡頭房間窗戶邊有幾張板凳，再過去有沙發，看起來像休息室。

對方轉頭望向四人，擴音器傳出的聲音在房間裡很響亮。「盟約每分每秒都在壯大勢力，征服更多世界、招募更多士兵。他們有個優勢是曾經與我們一起製作多元宇宙地圖，所以掌握很多可居住世界位置。就我們所知，盟約已經在數百個世界進行實驗或大規模行動，就像各位在 A21 所見。必須阻止他們，但我們需要幫手，或者說需要有個團隊如同你們在 A21 那樣執行任務，也就是擔任我們這方的量子幹員。說得更簡單一些，需要你們穿梭在多元宇宙間，妨礙盟約實行計畫。」

「我們爲什麼要參與呢？」嘉藤問。

「對你們自己有好處。」對方回答。

「我好不好應該由我自己決定。」嘉藤反駁。「在決定之前我想先回家看看家人。」

「當然可以，不過我們談話同時，你們的世界持續受到盟約操弄，對時間線造成的影響也衝擊到四位各自的生活。相信你們心裡有數，知道自己應有的人生會有什麼不同。我們的提議很簡單，就是與四位做交換。只要你們願意前往如 A21這種處境更糟糕的世界、阻止盟約行動，我們也會協助你們回去原本世界、排除盟約影響。」

「實際機制是什麼？」泰森問。「人生變調就變調了，我們總不能……改寫歷史？」

黑衣人稍微仰著頭卻沒有直接回答。

短暫空白中，泰森想通了。「等等，量子無線電不只能對別的宇宙廣播，還能跨越時間，是嗎？應該沒錯，它能帶我們回到過去。」

「時間與空間是一體兩面，你們的世界也快要發現這個原理了。我們的提議如你所言，就是改寫你們世界的歷史，矯正過去的錯誤，排除盟約造成的扭曲。改變完成以後，你們會進入眞正的世界，代號『魔鏡』。那個世界已知多元宇宙的存在，瞭解伴隨而來的危機和轉機，也會正視你們爲拯救世界付出的努力。」

泰森感覺腦袋裡冒出幾百萬幾千萬個問題，但嘉藤先開了口。

「證明給我們看。」他的聲音非常洪亮。

泰森、諾菈、瑪利亞轉頭望向他。嘉藤又說了一次。「證明給我們看，證明那個世界眞的存在，否則我就拒絕。」

「我們已預期到你們會有這個要求，提前做了準備。接下來，你們會看到魔鏡世界的片段，也就是這趟旅程的最終目的地。」

107

魔鏡世界裡，諾菈提著購物袋行走著。人行道上以及家家戶戶前院裡幼童們遊戲嬉鬧，大一些的孩子在成年人陪伴下乘著單車或踏板車，來回於馬路兩側的專用道。

到家以後，諾菈推開院子白色木門，踏過青石步道走向房子。門廊地墊上有個小包裹，拾起來夾在右手腋下，站到正門前，通過面部辨識，門發出咔嚓聲自行打開。

她把購物袋先擱在廚房中島，然後撕開包裹。

裡面是作者校樣本，她自己的著作——《與生俱來的權利：一千個世界累積的生命課程》。

諾菈用手指感受書的形體。花了這麼久時間的心血結晶化作實體是非常很特別的經驗，人生又進入了新的階段。她相信這本書能夠觸動許多人。

第一頁是自己寫下的序言。

幸福、健康是每個人與生俱來的權利，卻並非所有人都能實現。

我認為這是人類社會最大的憾事，也是本書希望改變的現象。透過這本書，讀者可以瞭解自己與其他人的心靈運作。唯有瞭解自己與自己所處的世界，才能進一步掌握自身命運。

可能有些人還無法接受，但事實上有另一個你，正在極其相似的世界過著極其相似的生活。這個你與那個你的差別就是，他們已經認知到與生俱來的權利是什麼，或者說他們掌握了心靈，明白每個抉擇如何影響生命軌跡與周遭人事物。這就像呼吸空氣一樣，對生命而言不可或缺。

我認為生命是日復一日的積累，彷彿一本有頁數的書，我們透過各種抉擇在每一頁寫下自己的故事。這些抉擇導向截然不同的結果，交織出多元宇宙。每個抉擇串連起來，就是我們現在的狀態，決定了我們幸福與否。

推動抉擇的是心靈。問題在於沒有人為心靈畫下地圖或寫下說明書，於是多數人大半輩子感到迷茫，不確定自己是否走在正確路線上。

這本書會幫大家找到方向，告訴大家心靈如何運作、前方道路如何分歧，陪伴各位實現與生俱來的權利，一起找到幸福與健康。

上路吧。

諾菈放下書以後望向冰箱，數位白板上娟秀字跡列出購物單，旁邊一週行程裡出現許多生命中重要的名字。她忍不住露出微笑。

泰森站在講廳裡。與記憶中歐洲核子研究組織的講廳差不多，但空間大一些、椅子舒服一些，牆壁裝上木質飾板，多了一分貴氣，核子研究組織的風格比較樸素。

臺下的聽眾也不同。大約五十個年輕男女在階梯型坐席上安安靜靜的，幾乎都是大學在學或稍長一、兩歲剛畢業的年紀。

螢幕上，投影片以藍底白字寫著：歡迎加入QDA。

他站上講臺，眼睛掃過聽眾，心裡有些訝異。不是因爲場景，而是因爲感受。以前上臺講話的緊張焦慮消失了，心中一片寧靜祥和，充滿自信，開口以後聲音也非常清朗。

「歡迎各位。今天是你們在量子防衛局（Quantum Defense Agency）的第一天，以後要與數萬名同袍攜手合作，一齊保護這個世界不遭受外來量子干預。雖然敵人與我們一樣是血肉之軀，卻會透過次原子管道行動，因此無影無蹤。看不見不代表不存在，這點毋庸置疑。此時此刻，他們恐怕也還在嘗試侵入並改變這個世界。」

泰森停頓片刻。「量子干預造成的危害難以估計，嚴重程度只受到各位的想像力，或者說只受到敵方的想像力限制。舉例而言，想想看如果二次世界大戰裡英國輸了，美國沒有參戰，後來每天遭到轟炸，那會是怎樣的地獄光景？再想想，如果地球被冰層覆蓋，或是陸地完全沉入海洋，又或者恐龍沒有滅絕持續捕食人類，尼安德塔人與智人連年征戰呢？聽起來不可思議，但這種世界確實存在。」

他望向臺下眾人。「然而，我以過來人的經驗提醒各位，剛才說的都還好。最令我恐懼的世界與我們現在的世界極其相似，但文明的沉淪持續太久，那裡的居民已經放棄抵抗。想像一下，如果仇恨在網路和現實中蔓延得無所不在，如果政治人物勾心鬥角爭權奪利，如果飢餓疾病已經能成爲社會常態，只有很少一部分人努力想解決這些問題呢？」

等新成員消化這番話以後，他繼續說：「那種世界確實存在，因爲我和各位不同，正是在那裡長大的。量子防衛局打的是人類歷史上最重要的一場仗，我們捍衛自己開拓的世界，維護這個宇宙的時間線與量子結構完整性不被扭曲、損壞。我們保護的是未來，是過去，也是活在此時此刻的每一條生命。所以我們不能輸，每天都得獲勝，失敗的代價是失去一切。」

他笑著說：「是不是很簡單？」

講廳後側那扇門悄悄打開，泰森的雙胞胎哥哥湯瑪斯鑽了進來。現在的阿湯神清氣爽，沒有監獄生涯留下的憔悴衰老，所以兩個人更難分辨了。他脖子上掛著QDA的工作證。

講完之後，新成員離開講臺，阿湯走向講臺，朝弟弟露出微笑。

「還是『歡迎來到QDA，搞砸了就世界末日』那一套啊？」

「按部就班嘛。」

「可眞有創意。」

「今天情況如何？」

「量子通訊很低，四十八小時內沒有執行過攔截任務。」

「我就喜歡這樣。」

「其實我過來是跟你說，這幾天你找時間強制休假吧。AI管理系統覺得你的工時快超過了，今天或明天趕快放自己半天假。系統分析過，建議你今天就放半天。」

幾分鐘過後，泰森已坐進自動車後面。華盛頓特區的乾淨街道掠過窗外，路上看不到無家可歸的人，也沒有誰在街頭或政府機關前面高舉牌子吶喊抗議。這是個和諧的城市。

前座椅背的螢幕亮起，訊息顯示：「海倫．李克特來電。」

泰森按下接聽，母親出現在畫面，她站在廚房，後面鍋子冒煙冒得好像火山爆發。

海倫將臉湊到鏡頭前。「兒子啊。」

「媽。」

「想問你要不要一起晚餐？阿湯和莎菈也會來。」

「我確認一下。應該可以。」

他父親探頭到鏡頭裡面。「別像上次那樣大遲到。」

約好時間以後，泰森問要不要帶點東西過去，母親一如往常總是說不必。

電話掛斷，車子駛入泰森居住的那條街，兩旁的老樹林蔭蔽天。

車庫門自動升起，等車子進去了又自己關好。

他下車穿過雜物間的時候聽到有人在廚房，然後就傳來女子聲音。

「泰森，是你嗎？」

泰森走進廚房。「不是我還能是誰？」他聳肩。「好吧，理論上多元宇宙裡有千千萬萬個泰森・李克特——」

她伸手抵住泰森的嘴唇。「你怎麼這時間回來？」

「ＡＩ大王說不要我加班，把我趕了出來，我就直接回家……我以爲妳看到我會高興啊。」

「嗯，是挺高興的。」

嘉藤在大床上醒來，身旁女子的手臂摟著他腹部、頭枕在他胸口。低頭一看，妻子瓊安睡得正甜。

右邊紗簾外透進晨光。

他轉動脖子想將房間陳設看清楚些。瓊安吸了口氣翻身，沒被壓住的嘉藤起床走動。

窗戶玻璃隱約映出自己的臉，鬍子刮得很乾淨，疤痕與額頭上的細紋都不存在。

然而，外觀並不是最大的變化，感受才是。嘉藤望向太陽，心靈溫暖而平靜。這的確是他一直期盼的生活，不再覺得心裡有一股黑暗需要忍耐壓抑，否則隨時會爆發。他終於能扮演好自己夢想中的角色：好父親，好丈夫。

隔著窗戶，他看見雪花飄落。

鞦韆在風中微微晃動。

臥房外面小腳踩出的聲音越來越近。

門把轉開，曉仁跑了進來，後面還有個小他幾歲的女孩。

兩個人齊聲大叫：「爹地！爹地！」

「你來看，聖誕老公公有給我禮物！」曉仁轉身跑出房間，小女孩追了出去。嘉藤也想多看看兒子、多看看自己還不認識的女兒，不過瓊安也被吵醒了，望向窗外揉了揉惺忪睡眼。

沉默蔓延彷彿無邊無際。嘉藤站在原地等待，他不知道在所謂的魔鏡世界裡，自己與妻子的關係如何，對方開口第一句話會是什麼。

瓊安笑了，暖得彷彿能融化方圓好幾哩的雪。

「嗨。」她打個呵欠。

嘉藤到現在才敢呼吸，怯生生答了一個字。「嗨。」

妻子又閉上眼。「也給我個聖誕禮物吧？」

「想要什麼？」

「再睡一小時。」她又打呵欠。「幫我陪他們兩個一下？」

嘉藤眼眶泛淚，吞了吞口水。「嗯，我來吧，多久都沒關係。」

⚛

瑪利亞坐在後臺更衣間，鏡子周圍鑲滿燈泡，檯面擺滿了各種妝髮產品，刷子擱在圓形粉底腮紅盤上。

鏡中的自己美得前所未見。即使是在更衣間，她的閃耀光芒依舊讓燈光黯然失色。外頭傳來陣陣歡呼，大家合唱開場暖身曲。音樂結束以後，他們高呼瑪利亞的名字。她最驚訝的不是自己有多美、粉絲有多瘋狂，而是內心竟然如此鎮定，只是坐在更衣間也充滿以往沒體驗過的喜樂安寧。身體裡那顆看不見的太陽一度因爲種種錯誤抉擇幾近熄滅，此刻卻熊熊燃燒、熱力四射。

身穿黃色休閒衫的女性工作人員開門過來說：「準備好就上臺囉！」

瑪利亞起身，保全尾隨她穿過走廊，體育館與會展的工作人員守在左右。每雙眼睛都停在她身上，每張臉蛋見了她都漾起笑容。有幾個人忍不住鼓掌，但掌聲被外頭觀眾越來越大的歡呼聲給蓋過。

即將登上舞臺，燈光亮得刺眼。瑪利亞停下腳步讓瞳孔適應，幾秒鐘後看清楚了大螢幕上那行字。

瑪利亞．尚托斯——世界&時間巡迴演唱會

歡呼聲越來越熱烈，她胸中的節奏比心跳更大聲。

一級一級踏上階梯，觀眾終於看見巨星身影，還沒佩戴擴增實境眼鏡的人，紛紛將東西掛到頭上，準備沉浸在重新定義音樂表演的精彩演出之中。

歡聲雷動無比震撼瑪利亞內心，如燎原野火勢不可擋，與身體裡那顆隱形太陽相互輝映，產生出她自己都沒想像過的巨大能量。

她姿態優雅，走到舞臺中央，拿起架上的無線麥克風，左右來回接受大家歡呼，等待現場氣氛緩和。有些藝人喜歡用耳麥，瑪利亞則一直偏愛手持麥克風，因爲她是從酒吧駐唱開始這條路，拿著麥克風會更清楚體認到自己走了多遠。再來就是，手上不拿東西總是不知道擺哪兒好。

觀眾聲音稍微平息，她的清澈嗓音傳遍整座體育館。「謝謝大家，謝謝。今天晚上我想以一首特別有意義的歌做爲開場。這首歌是寫給我在宇宙裡最要好的幾個朋友，也是想告訴大家，一定要認識自己、克服生命中的各種難關，學會愛和信任，在需要的時候全力以赴、贏得勝利。」

瑪利亞深呼吸時觀眾又鼓譟起來。「這首歌叫作〈一千個世界的英雄們〉，是眞實故事改編。」

108

泰森回神時又站在太空站的觀景臺，面前的落地窗鳥瞰著地球。

魔鏡世界已經消失，但他的心卻離不開。他太喜歡那裡了，尤其是那種歸屬感。

不知道其他人怎麼想，回頭望向諾菈、嘉藤、瑪利亞也看不出端倪。三人都陷入了沉思。

四名量子編史員朝著唯一一扇門移動，其中一個轉頭表示：「請各位花點時間考慮。」

頭盔鏡面上映出他站在夥伴前方點頭的身影。

四個黑衣人離開，嘉藤走到大家前面說：「從簡單的部分開始。我喜歡我看到的情況，非常喜歡。」

「我也是。」瑪利亞附和。

「我也一樣。」諾菈靜靜回答。

「再加一個。」泰森說。

「但，那是眞的嗎？」瑪利亞望向他。「我是說，他們眞的做得到？還是……騙人的把戲？」

泰森轉頭凝視地球。「是眞的。」

「你怎麼能肯定？」嘉藤問。

「因爲我剛剛想起來，有個原本說不通的環節，現在得到解釋了。」

諾菈打量他以後說。「你父親？」

「沒錯。」泰森回答。「他知道我們的世界受到外力操縱，所以在幕後策劃整個過程……詳細手法我還不懂就是了。」

「能信任這些人嗎？」嘉藤又問。

「我也不知道。」泰森回答。「但我們眼見爲憑，量子編史員這個團體確實試圖拯救各個世界。盟約想毀滅世界，或者說在利用其他世界的時候不計代價。既然雙方起了衝突，我很肯定自己會站在哪一邊，而且我認爲是能賭上自己性命去努力的事情。」

泰森沿著觀景玻璃走了幾步，思索接下來應該怎麼表達。「我在歐洲核子研究組織發現量子無線電訊號的時候，以爲找到了改變世界的契機，能夠解開宇宙和人類存在的謎團。」

他朝地球那邊點點頭。「現在看來，確實如此。與一開始以爲的不同，但其實更加厲害。可以解答科學上的不解之謎，甚至探索我根本還沒想像到的領域，衝著這點我就不會放棄了，那個好結局算是加分吧。不過，我們四個人都要自己做決定。」

「我還不能回家。」嘉藤淡淡地說。「原本以爲準備好了，有時間仔細考慮才發現時機尚未成熟，自己這種狀態不適合。在佩訥明德那些事情……造成一些不好的影響。我還需要減壓和正念一段時間。至於魔鏡世界——那就是我想要的生活，如果在多元宇宙出勤一段時間就能達到的話，我加入。」

諾菈望向泰森。「我也願意。無論路途多曲折，終點都在等著我。」

「我也是。」瑪利亞跟著說。「剛才看到的不管到底是什麼……都很棒。」她瞥了嘉藤一眼。「對我來說，接下來就跟巡迴演唱一樣。和我上次的表演差不多，要去很多不同地方、接觸不同的人、面對不同挑戰。只希望我別像之前那樣很快走岔了。有件事應該先開誠布公告訴你們，我有個跨不過去的坎，生氣起來沒辦法克制，所以之前才會碰毒品，但完全是反效果。」

她深呼吸。「遇見你們之前，我快戒毒成功了。至少我以爲是。可是後來那些冒險的事情壓力太大，我差點熬不過去。如果你們不想帶上我，我能夠理解。不能讓你們被蒙在鼓裡。」

「每個人都有自己的課題，」諾菈說。「或大或小。」

「我們都跑到太空站裡頭了，」泰森說。「既然那些編史員能帶我們到這種地方，或許就有辦法處理我們的問題。所以瑪利亞，我們把這個列入交換條件就好。」

「同意。」嘉藤附和。

諾菈也點頭。「我也同意。」

泰森望向嘉藤。「你的狀態應該也能改善。」

嘉藤凝視窗外無垠深空，微乎其微地點了點頭。

「我想，」諾菈的語氣很小心。「可以直接請對方先幫我們解決各種生理和心理問題，再讓我們出發去……執行任務。」她的目光朝泰森掃過去。

「沒錯，」泰森懂她意思。「有沒有要補充的？」

大家都沉默，諾菈先開口：「誰代表大家？」

「我不行。」嘉藤說。「我跟人談判不是拿槍就是出拳，感覺不太合適。」

「我也不行，」瑪利亞跟著說。「我的腦袋沒那麼靈光。」

「讓泰森去吧。」諾菈說。

「我？」泰森笑了。「我可是那種連買二手車都不會殺價的人。」

諾菈也笑了。「對，不過現在也不是要討價還價的事。更何況，我想你應該有些問題想要問他們。」

「幫我問件事，他們穿那些裝備是在幹嘛？」嘉藤忽然開口。「從布宜諾斯艾利斯一見面，我就想知道了。」

「好，」泰森說。「還有嗎？」

諾菈過去拍拍他的背。「你放輕鬆就好，不會有問題的。」

109

泰森走出太空站觀景臺，進入了外面的走廊。路有點窄，最多四人並肩，牆壁空空如也。他原本期待會有指示牌，卻一個也沒看到。

這裡與觀景臺一樣有人工重力，這種技術與太空站結構都令泰森嘖嘖稱奇。從小他就夢想有一天能進入國際太空站看看，但相比之下，國際太空站只是樹屋，這裡則是太空豪宅，寬敞華麗氣派。

他很想每個地方都好好參觀，甚至希望自己出來以後走錯路，這樣才能多繞幾圈。

走廊微微彎曲，一會兒以後，左手邊有個像是咖啡廳的房間，桌子固定在地板，後面有個吧檯。外頭走道牆壁都是淺灰色，這裡則是一片淨白，光線也更明亮。四個量子編史員站在中央，面對彼此。

泰森進入以後，他們同時轉身。

「討論完了。」

四個頭盔鏡面朝他望去，但他只能看見自己的倒影。對方都不講話，氣氛有點不自在。

泰森繼續說：「我們願意。不過，有一些條件。」

「請說。」

「首先，我們都需要一些醫療處置。」

「請解釋。」

「瑪利亞原本在戒除藥物成癮問題，她需要幫忙。」

「用太空站醫療艙處理可以快速度過戒斷反應期，然而心理部分無法解決，那比生理層面困難許多。」

泰森點頭。「嘉藤也需要協助。他在佩訥明德的經歷造成一些問題。」

「同樣道理，生理上的傷勢可以痊癒，精神層面需要時間，我們沒有對應的技術。」

「意思是沒辦法幫他？」

「我們沒辦法，但布朗醫師可以。你們四人尋求的某些答案位在不同的時間，或者多元宇宙的某一處。」

泰森思考著這段話。

「有其他要求嗎？」編史員問。

「前往A21之前，我父親給了一種藥，能維持我的正常體能。我猜你們知道我的身體狀況？」

「是的。」

「藥只有他給我的量，我又不知道成分。看你們是給我更多藥，還是直接把我治好？」

「兩者都做不到。」

「怎麼會？」

「因爲我們尚未完全理解你的身體狀態。那是量子層級的病症，對我們而言，同樣是新現象。正在進行研究，恐怕需要不少時間。」

「居然有這種事？」

編史員輕輕仰起頭。「你應該有別的問題。」

泰森往咖啡廳裡面再走了一步。「離開原本世界之前，很明顯我父親知道其他內情卻沒有透露，甚至能給我那種藥。他知道盟約的存在，也知道之後會發生什麼。這是怎麼回事？」

「有些事情不知道其實比較好。我們給你撤回問題的機會。」

「我想知道。你們干預了我們的世界？策劃了後面一連串事件？」

「我們之前已達成決議，若走到這一步，就由你父親親自回答。」

這句話懸在半空揮之不去。

泰森眨了眨眼，試著理解現況。「我要見他。」

「如你所願。」

110

太空站咖啡廳的一長條白色牆面忽然出現投影畫面。

泰森的父親坐在三個窗戶前面，窗外草地修剪整齊。他還年輕，比現在的泰森年輕些，應該還不到三十。

「這是？」泰森問。

「很久以前你父親留下的錄影片段，用於對你提出解釋。」

泰森走過去好好觀察畫面。「錄了什麼內容？」

「讓他自己告訴你。你準備好了嗎？」

「可能沒有，但繼續吧。」

投影畫面內，葛赫德．李克特坐在椅子上，有點侷促。「繼續？就這樣講話嗎？」

「是的。」泰森試著辨認這個聲音，但就兩個字線索太少了。

「兩天前，」李克特說。「一男一女到了我在西德的住處，提出非常驚人的說法。他們聲稱這個世界的歷史不正確，時間線遭到外力扭曲。說老實話，我和部分人早就懷疑過，但始終認為那是一廂情願的陰謀論，只是大家不想將世界墮落怪罪在先人頭上的自我安慰。」

他似乎斟酌著該怎樣敘述。「所以我覺得，那兩個人大概只是想騙錢之類，就送客出門了。本以爲到此爲止，但當天晚上就收到一封信，信上寫了隔天會發生的十二個事件。」

李克特望向窗外正色說：「之所以會有這段錄影，是因爲那些事件全部命中。他們後來做了別的預測，同樣實現了。」

他用力吸了口氣。「爲了避免誤會，我要強調他們預測的事件內容在當時看來機率極低。然後，後續預測事關重大，只要有一絲機率會成眞，就必須提早防範。」

李克特翹起腿。「今天是一九八三年元旦。兩位訪客說這個日子很重要，因爲美國國防部底下名爲高等研究計畫署的單位採用新制度，所有連接到內部網路(注)的電腦筆觸放棄NCP，改用TCP/IP做爲新的傳輸協定。他們說TCP/IP，也就是『網際網路協議套組』，最後會成爲所有電腦彼此通訊的基準，當時看似微小的變動會從漣漪化作海嘯、席捲世界。目前沒有人意識得到電腦長距離互聯的重要性，能掌握趨勢進行投資的人，就會得到無法估計的巨大報酬。」

他發出一聲哼笑。「換作兩天前，我是不會相信的。但剛剛說過，兩位訪客一再證明自己能夠預測未來。既然短期預測完美無誤……忽視他們的長期預測，明顯不智。」

李克特深呼吸。「他們還提出幾項社會未來趨勢，如果照著投資而且都實現的話，我會變得非常富有。說完預測以後，他們提出一項要求，而我拒絕了。任何預言都不值得那麼大的代價。」

他咬緊下顎，呼出一口氣。「他們說，這個世界受到外力干預，排除外力的計畫之中，我就是關鍵。然後他們預測我和妻子很快會移民美國，她能在華盛頓特區喬治城大學找到教職，還會生下一對雙胞胎兒子，過幾年再添個女兒。雙胞胎其中之一在未來會有突破性發現，研究成果足以矯正這個世界的扭曲、拯救無數人、終結這個星球上種種苦難。」

李克特遲疑片刻。「問題是，他們說這個計畫有代價。應該說犧牲。我兒子達成研究突破的前提是，我必須在他五歲生日那天離家出走。生命經驗中父親角色的空白會對他造成深刻影響。他自然而然變得好奇，想知道父親爲什麼離開，爲什麼不願意陪他長大，這種筆墨無法形容的空虛感會變成動力，激發他……證明自己的價值。同時他會因此對存在、對宇宙這些深奧的謎題深感興趣，好奇心和塡補空白的渴望會支撐起他的偉大成就。」

泰森聽得頭暈目眩，彷彿父親的話語、事情的眞相在太空站鑿出一個洞，氧氣全被吸進眞空。

他跌跌撞撞地從投影畫面退開，雙腿越來越發軟，最後地板逼近到他面前。

注：高等計畫研究署的內部網路是全球網際網路的前身。

111

一雙穩健的手接住了泰森，沒讓他真的跌倒。

量子編史員將他扶到椅子上。對方呈蹲姿時，頭盔鏡面就在泰森眼前，映出自己扭曲的模樣，與此時此刻心境太過重合。對他而言彷彿穿過鏡屋，生平所見的一切都扭曲不實，直到看完影片，才像回到陽光下看清真相，終於明白自己的家庭史究竟是怎麼回事。

思緒穩定以後，他擠出第一句話。「你們說謊。」

合成語音在咖啡廳裡迴蕩。「什麼部分？」

「之前你們聲稱沒有干預過任何世界，保持旁觀身分。」

「沒有說謊。」

「你們不是已經干預我們的世界了嗎？我的家庭，我的人生。」

「拜訪你父親的不是我們。」

泰森瞇起眼睛。「盟約？」

「也不是。」

「我不懂。」

「你會明白的。」對方的動作似是隔著頭盔凝視他。「影片還沒結束，想看完嗎？」

「不想，但是不能不看。我必須知道事情經過。繼續吧。」

牆壁又出現畫面，葛赫德．李克特坐在椅子上又開始說話。

「我不願意拋妻棄子，拒絕了他們的要求。後果無所謂，如果守護未來就不能照顧自己的家人，那未來就不關我的事。」

李卡特沉吟半晌。「可是，他們說即將會發生一些事情，使我回心轉意。我不相信，怎麼可能？我自己在殘破世界裡的單親家庭長大，不想讓自己的孩子活得同樣辛苦。我希望他們過得比自己好。」

影片中，李克特盯著正前方。「這樣夠嗎？」他問。

「說些細節。」鏡頭外的聲音吩咐。

泰森還是聽不出這個人的身分。

李克特嘆息。「好吧。整件事情本來就莫名其妙，想聽我就說，誰知道將來是不是眞的會用到。」

他抿著下唇想了一會兒才繼續。

「剛才說到那兩位訪客的提議，我自己體驗過。我兒子失去父親以後會……有某種上進的動力，積極想要證明自己，最終導致他發現次原子粒子和量子科技。他們希望我扮演的角色除了拋妻棄子之外，還有以投資形式支援相關科學研究。眞的很荒謬。他們要我和之前提到的美國單位合作，美國國防部底下的高等研究計畫署，一起發展量子技術。我聽著覺得像是做白日夢，而且其實我還得問他們『量子』到底是什麼意思，好像就是把極微小換個方式說出來而已。我也不在乎，反正時候到了就會知道。」

李克特在此沉默下來。

「多些細節。」鏡頭外的聲音又吩咐。

他吐了口氣。「訪客說，我兒子的發現會催生關乎人類未來命運的裝置。詳細情況我聽過也不懂，總之對方強調裝置做好的時候，一定要想辦法交到兒子手上，不能給別人。再來是，我要幫助兒子逃出美國的某個機構。」

李克特盯著鏡頭。「這樣夠了嗎？我有點膩了。」

牆壁上的投影消失。

泰森轉頭望向黑衣人。「之後呢？」

「影片到這裡結束。」

「後來發生什麼事？」

「之後的事情你都知道了。」

「他說他不想拋妻棄子，但還是做了。」

「影片之後的事件促使他改變立場。」

「什麼事件？」

「不是適合談這個的時間點。」

「擇日不如撞日。」

「時間是自然的一部分，沒有人能夠控制。」

泰森伸手指在太陽穴揉揉按按，想要讓思路清晰些，從這麼多複雜資訊整理出頭緒。

「然後呢？我知道你們還隱瞞著某些事情。」

「能說的都說了。」

「意思就是眞的有隱瞞。」

量子編史員一動也不動，頭盔鏡面映出他的臉。「泰森，牽扯到許多世界與時間線，這個節點上我們能說的到此爲止。現在，我們需要答案。你們願意嗎？」

「他們說好。」泰森回答。「我也可以。」

「很好。」編史員說。「尙托斯小姐的治療需要幾小時，會在醫療艙進行。你們三位可以在站內隨意參觀，我想你應該很有興趣。」

「確實非常有興趣，但還有件小事想請你們幫忙，雖然有點怪。」

「多元宇宙中沒有怪事，也沒有不可能的事。」

「我們的世界有一部一九六〇年代、講二次世界大戰的電影，片名是《納瓦隆大炮》，你們知道嗎？」

「有這部影片的資料。」

「那可以播放給我和諾菈看嗎？」

短暫停頓後，編史員點了頭。「在觀景臺說出語音指令『播放影片』，就會在內側牆壁上投影。」

「啊，還有一件事，」泰森連忙說。「嘉藤想知道爲什麼你們要穿這套裝備。」

「時候到了他就會知道。」

泰森歪著頭。「早就有預感你們會這樣回答。」

112

太空站醫療艙中，瑪利亞坐好，等待兩個量子編史員操作旁邊面板。明明沒身體接觸，她卻慢慢地昏睡過去。

醒來時沒有特別感覺。應該說，居然沒有感覺了。

對藥物的渴求感不見了

她的頭腦非常清楚。很久很久沒有這樣清楚了。

⚛

嘉藤在太空站裡走動，看過機房、艦橋、實驗室，最後來到了居住區。他走近時房門自動開啓，左右靠牆有幾張小床，裡面角落是書桌，上方開了小窗。

而且鋪了地毯。可能是爲了進出時腳步聲不會太擾人。

他盤腿坐在地板開始冥想，在沉默與靜滯中，心思集中在出入鼻腔的氣息。冥想好比涉水，那股黑暗一直試著將他拉進水底。

他曾經到過對岸。冥想能堅定心志，但專注於呼吸時，嘉藤不免好奇自己能將腦袋保持在水面上多長時間。

⚛

泰森和諾菈一起窩在觀景臺的沙發上，從落地窗可以看到整個地球。

她笑著搖頭。「這——實在很瘋狂。」

泰森聳肩。「多元宇宙，什麼東西都瘋狂。」

「不過是好的那種。」

「嗯，對。」泰森靠著椅背，摟住諾菈。「『播放影片』。」

另一側牆壁上出現六十年前老電影的開場。

接下來兩小時半，泰森和諾菈都專心看電影，一時之間放下了整個世界——或者很多個世界——的煩惱。泰森很難得能讓腦袋放空什麼都不管，沉浸在故事中看著主角們憑藉直覺、技能和友誼，跋涉在飽受戰火摧殘的土地上。

電影結束，泰森轉頭問她：「覺得如何？」

「嗯……還不錯。」

「真的？」

「是還可以，但應該是你和嘉藤比較喜歡這類型。」她笑著說。「不過有你陪我看就很高興了。」

「我也是。」

諾菈的笑意褪去一些。「有件事情想跟你說。」

這種語氣讓泰森有點遲疑，感覺像是什麼壞消息。「說吧。」他試著做好心理準備。

「如果是在原本的世界，我很想知道我們兩個人之間會怎麼發展，大概滿腦子只有這件事情吧。」

泰森緊張地吞口水，無法預測這段對話會朝什麼方向發展，也不敢隨便開口。

「在A21世界，」諾菈繼續說。「你們和那裡的嘉藤打起來，我……一下子腦袋關機了。因為我很害怕，怕會失去你。那個念頭……」

「妳覺得無法承受。」泰森幫她說完。

「對。以前沒有這種經驗，除了……」她深吸了口氣。

泰森又一次幫她說出心事。「妳爸那一次。」

「嗯，那時候也是這樣，整個人嚇呆、癱瘓了。我覺得我後來好像一直有這種恐懼，覺得自己全心交給一個人以後會失去對方。原本以為過了那麼多年，已經克服這層心理障礙，又可以全心全意接受別人。但事到臨頭，意識到你可能真的會死，我才發現……」

「其實那個陰影還在。」

諾菈閉上眼睛。「對不起。」

泰森牽起她的手。「不怪妳，我懂的。」

「我只是覺得，接下來要在多元宇宙冒險，這樣下去會有很多問題。輕則干擾我們兩個的判斷，重則危害到任務，甚至是嘉藤和瑪利亞的安全。我們應該……」

「我知道。」泰森說。「妳的考慮沒有錯，只是我不希望就這樣斷了。」

「我也不希望。」諾菈回答。「所以這不是拒絕，不是否定，只是覺得時機還沒到。」

「這樣一來，我對未來還能保有些期待。」

「我也是。」

113

看完電影，兩個人就坐在觀景臺休息區聊了好一陣子。

泰森又回想起多年前少男少女在國家廣場度過的午後時光。

沒有聊什麼特定主題，想到什麼就說什麼，但他覺得輕鬆自在。如果可以，想將時間停在此時此刻，永遠與諾菈待在安全的太空站裡，只看著地球思考大事小事。

可惜他們終究得動身。

瑪利亞先回來，差異非常明顯，她整個人神采奕奕，有種來自內心深處的寧靜與自信。

後來出現的嘉藤在泰森眼裡恰成對比，外表非常鎮定，卻感覺得到他努力克制著心裡某種黑暗面。

四名量子編史員也進入觀景臺，站在他們面前，四人頭盔上，泰森、諾菈、嘉藤、瑪利亞的映像彎彎曲曲的。

「正式進行第一次量子任務之前，有個禮物給各位。」

四個黑衣人同時向前一步，掌心朝上伸出手。

泰森遲疑片刻之後，用左手掌心朝下握住對方。諾菈、嘉藤、瑪利亞見狀也照著做。

一股麻癢從指尖傳入手掌，最後停在前臂，彷彿一群螞蟻從皮膚下面鑽過去。

他顫抖了幾秒，對方鬆開手。

低頭一看，皮膚上竟然浮現出圖像，類似電腦的操作介面。

泰森轉頭一看，三個夥伴前臂上也出現了「完形」（Gestalt）選單。

「這個『完形』是什麼？」他開口問。

「進入多元宇宙之後，」編史員解釋。「我們能提供的支援就非常有限。如各位所見，盟約幹員四處搜捕編史員，我們現身會吸引對方，但我們通訊也會被對方察覺。所幸我們還可以提供『完形』，這是我們世界的科技基底，自青春期開始，所有人都會運用。對你們而言就類似……網際網路經過演化的形態。『完形』能藉由DNA儲存資料，也能進行遠距離通訊。各位手上的『完形』已經預載你們世界的完整資料庫，包括歷史、科學等等，隨時可以搜尋檢閱。此外還有一套翻譯函式庫，涵蓋截至目前我們在多元宇宙搜集到的所有語言，不僅能幫助你們理解，也可以直接轉換成口語，不過請注意，說話時語調會不帶情緒。」

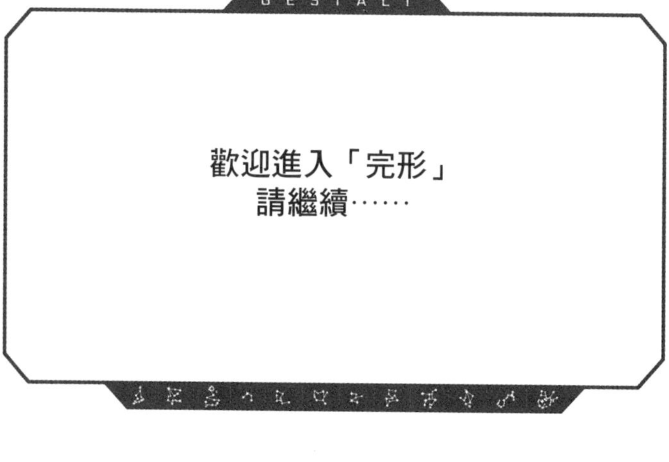

「很有用。」泰森都忘了多元宇宙有語言不通的問題。

「現在示範操作方法。」編史員上前抬高泰森的左臂，再拉他的右手過去，用拇指按壓左掌掌根。

完形選單消失，泰森的皮膚上什麼也沒了。

「完形透過開關進行指紋辨識，避免他人誤觸。拇指按壓兩秒就能啟動。」

編史員領著泰森的右手再按一次，重新叫出完形選單。

「我們還特別找到了四位尚未完成的重要作品放進個人儲存區。尚托斯小姐的是〈世界&時間〉，筆記本內容完整收錄其中。布朗小姐的是《與生俱來的權利》草稿及研究筆記。田中先生的是《人類的行進》文檔。克萊先生的是量子科技資料。」

「非常感謝，」泰森回答。「不過要怎樣編輯？」

「直接朝完形介面書寫即可，以上蓋的筆或手指都能判讀，實際用過就會習慣。」

瑪利亞已經開始操作，叫出自己的詞曲檔案做實驗。她低聲說：「嗯，是需要一陣子來習慣。」

「完形的另一個重要功能，」編史員繼續說明。「是數據收集與發送。各位在多元宇宙活動時，完形系統會主動收集訊息，你們觀察與學習的一切都將收錄其中。方才提過，進行通訊有可能遭到追蹤，因此數據不會即時送回。任務期間，完形系統以離線模式運作，只能收集與檢閱，沒有進一步功能。」

「那什麼時候回傳？」泰森詢問。

「任務完成時。」

「系統怎樣判定？」

「完形系統會針對每個世界收到加密的任務概述與預期結果。」

「智慧型合約。」泰森說。

編史員微微抬頭。「簡化但合理的比喻。」

「這應該是讚美？」泰森說。「謝謝？」

「經由各位的觀察及資訊收集，完形系統會判斷任務是否完成，滿足條件時執行脫離程序。首先，各位在該世界取得的資料、作品更新與筆記會上傳。接著有三條訊息，第一條訊息經過加密，是下個任務世界的傳送碼。第二條訊息是新任務的目標提示。第三條訊息是預期任務結果。」

「等等，」泰森問。「任務只有提示而已？」

「我們不能冒險以文字清楚敘述任務內容，否則可能會被盟約攔截。」

「任務目標就可以用加密智慧型合約？」泰森追問。

「不解密就能保障安全性，盟約無法破譯內容。然而，我們必須假設對方能夠破譯標準數據，因此無法言明任務目標，僅能提供暗示。如果被盟約掌握任務目標，可能排遣幹員阻撓，進而危及各位生命安全。」

「前提是，盟約知道我們這群人在多元宇宙中行動。」

編史員遲疑後回答：「雖然有道理，但由於你們在A21的行動，對方很快就會察覺。」

「然後就會追殺我們，」泰森說。「就像追殺你們一樣。」

「是的。」

編史員隔著面罩掃視四人。「最關鍵的階段是下一步。完形判斷任務成功時，會披露下個世界的傳送碼，請各位以最快速度輸入。由於此時會進行數據上傳，暴露各位在多元宇宙的位置，引起盟約警覺，對方極有可能派幹員前往，或透過該世界的傀儡進行攻擊。」

眾人沉默了很長一段時間。

「有其他問題嗎？」編史員問。

「就一個。」諾菈拿起量子無線電。「在A21的時候，你說只要輸入我們生日月份就能回到原本世界，以後也能那樣做嗎？」

「不行，現在開始那條代碼不再生效。還有一點請各位注意，除了我們提供的傳送碼，輸入其他組合有可能進入人類無法存活的世界並且立刻喪命。」

「好吧，你醜話都說前頭了。」泰森嘀咕。

「準備好了嗎？」

泰森深呼吸。「嗯。」

前臂的完形介面啟動後，圖形中央出現一組符號。

諾菈拿起裝置。「我來按嗎？」

「這次大家一起吧，」泰森說。「女士優先。」

諾菈左手拿好量子無線電，右手按下第一個符號。

瑪利亞按下第二個。

嘉藤看了泰森一眼，點點頭，上前按了第三個。

泰森往手臂瞟一眼，按了第四個符號，就會進入

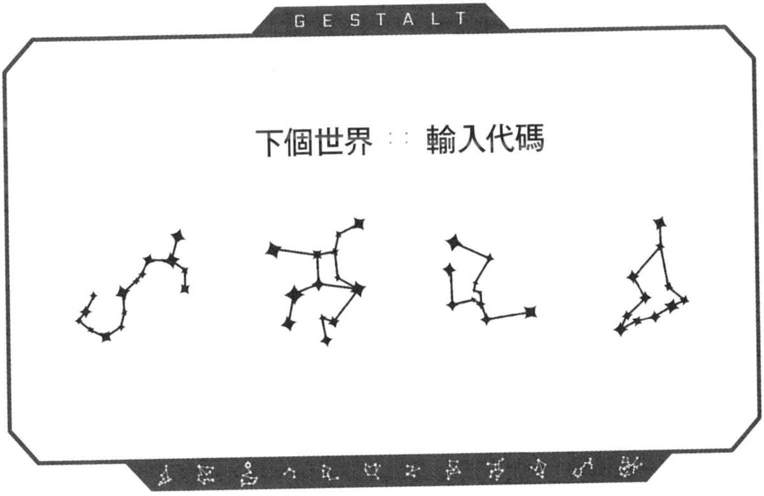

多元宇宙中另一個世界。

他朝著量子無線電伸手，但手指停在半空。

「最後一個問題，」他望向編史員。「我們成功回家的機率有多高？」

「只要團結合作，對自己有信心，沒有你們無法克服的難關。但若做不到，我們也無能爲力。」

泰森點點頭。

編史員忽然朝他走近，原本顆粒感強烈的合成語音，忽然變得輕柔起來。

「但我可以說的是，有時候你會覺得自己只是繞圈圈而已。」

泰森忽然回到半年前日內瓦舊城區的小咖啡館。與潘妮同桌的那天，自己確實說過這句話：有時候會覺得自己只是繞圈圈而已。

他朝編史員微笑。不出所料。

泰森按下最後一個符號，周圍的世界瞬間消失。

（全書完）

後記

感謝各位讀完《量子未來》。

這是我比較長篇的作品（僅次於《大滅絕三部曲》），結構也相對複雜（考慮到之前作品的故事內容，應該是眞的很複雜）。

我自己對這個故事充滿了熱情，疫情期間撰寫初稿來逃避現實。的確，對我而言，小說就是逃離現實的管道，可以進入其他世界，即使看起來與現實很像，卻會有截然不同的結果。在小說的世界裡，什麼事情都有可能（好事壞事皆然），也能容得下科學與歷史的不同想像，所以一直吸引我（然後促使我動筆）。

《量子未來》講述一群人想要改變未來，但對未來卻有不同的想像，也對促成未來可以接受的犧牲有不同標準。相隔一年半重新閱讀初稿，不免意識到故事內容與現實情境息息相關，希望我也提供給大家一個脫離現實同時又省思現實的機會。

同時，《量子未來》也描述了分開之後又尋回彼此的親情與友情。其實《量子未來》比另一本書《Lost in Time》更早完成，但兩個故事主題有些重疊（當然也與我那個時期的人生體悟有關）。

許多讀者可能已經知道，我無論身爲讀者或作者，對於小說的口味很廣泛。我寫的某些故事跨界幅度比較大，《量子未來》應該是涵蓋文類最多的一部，以科學和歷史爲底，又加入了虛構歷史和愛情（而且分爲兩線）、家庭劇（有三或四條線），以及比起以往更偏向奇幻的元素。

我個人期待多種元素能夠交織出新穎、精彩的成果，但很久以前就體認到，不可能每本書都符合每一個讀者的期待，因此嘗試在故事結尾稍微透露每條伏線如何發展，如此一來，讀者覺得滿足的話依舊有個完整收尾（或許下個系列或獨立故事會更適合你）。原因很簡單，維護我和各位讀者的關係才是優先考量。

目前無法預測這個系列會持續多久。故事很長，根據過去紀錄，我不擅長推測頁數或集數，但希望大家拭目以待，後面還會有驚喜。我也希望之後的情節能刺激大家的想像力與好奇心，更能看到現在這個世界的美好之處。

藉此機會感謝這本書的幾位幕後功臣：Head of Zues 出版社的 Sophie Whitehead、Ben Prior、Nic Cheetham，經紀人 Danny Baror 與 eather Baror、Gray Tan（譚光磊）以及 Brian Lipson。我妻子 Anna（她的帽子多到我無法用文字描述），以及妻子那邊許多幫忙過我們的親朋好友。這年頭寫小說需要全村動員，我很榮幸也是其中一份子。

最後最重要的，還是必須感謝各位讀者一路陪我走到現在。沒有你們，我無法堅持寫作下去。

多元宇宙見

傑瑞

中英名詞對照表

A

Ajit　阿吉特
Akito　曉仁
Allie　艾莉

B

Beethovenstrasse　貝多芬路
Briggs　布里格斯

C

CERN　歐洲核子研究組織
Covenant　盟約

D

Dreikönigstrasse　三王路
Dylan　狄倫

G

General-Wille Strasse　威爾將軍路
Gerhard Richter　葛赫德・李克特

H

Halogen Group　鹵素燈集團
Heinrich　海因里希
Helen Klein　海倫・克萊

I

Ilse　伊爾莎
Indra Tandon　尹德菈・譚敦

J

James　詹姆斯
Joan　瓊安

K

Kato Tanaka　田中嘉藤

L

Lars Jacobs　拉斯・雅各

M

Maria Santos　瑪利亞・尚托斯
Mary　瑪莉
Matthews　馬修

N

Nathan Ross　納森・羅斯
Nora Brown　諾菈・布朗

O

Origian Plan　起源計畫

P

Pax　和聯軍

Penelope Howard Neumann
　　潘妮洛普・霍華・紐曼

Penny Neumann　潘妮・紐曼

Q

Quantum Defense Agency
　　量子防衛局

Quantum Radio　量子無限電

R

Ramesh　拉梅什

Reich Netz　帝國網

Robert　勞勃・布朗

S

Sanford Bishop　桑佛德・畢夏

Sarah　莎拉

Sergei Evanoff　謝爾蓋・伊萬諾夫

T

Theory of Everything　萬有理論

Thomas（Tom）　湯瑪斯（阿湯）

Travis　崔維斯

Tyson Klein（Ty）
　　泰森・克萊（泰）

V

Valentina　瓦倫蒂娜

W

Whitcomb　惠康

Wyatt　懷特

國家圖書館出版品預行編目資料

量子未來 / 傑瑞．李鐸 (A. G. Riddle) 作 ; 陳岳辰譯 . -- 初版 . -- 臺北市 : 奇幻基地出版 , 城邦文化事業股份有限公司出版 : 英屬蓋曼群島商家庭傳媒股份有限公司城邦分公司發行 , 2024.02
面 ; 公分 . -（Best 嚴選 ; 152）
譯自 : Quantum radio
ISBN 978-626-7436-01-1 (平裝).
874.57 112022307

ISBN 978-626-7436-01-1
Printed in Taiwan.

城邦讀書花園
www.cite.com.tw

BEST 嚴選 152

量子未來

原著書名／Quantum Radio
作　　者／傑瑞．李鐸（A. G. Riddle）
譯　　者／陳岳辰
企畫選書人／王雪莉
責任編輯／王雪莉
版權行政暨數位業務專員／陳玉鈴
資深版權專員／許儀盈
行銷企畫主任／陳姿億
業務協理／范光杰
總　編　輯／王雪莉
發　行　人／何飛鵬
法律顧問／元禾法律事務所　王子文律師
出版／奇幻基地出版
　城邦文化事業股份有限公司
　臺北市 115 南港區昆陽街 16 號 4 樓
　電話：(02)25007008　傳眞：(02)25027676
　網址：www.ffoundation.com.tw
　e-mail：ffoundation@cite.com.tw
發行／英屬蓋曼群島商家庭傳媒股份有限公司城邦分公司
　臺北市 115 南港區昆陽街 16 號 8 樓
　書虫客服服務專線：(02)25007718．(02)25007719
　24 小時傳眞服務：(02)25170999．(02)25001991
　服務時間：週一至週五 09:30-12:00．13:30-17:00
　郵撥帳號：19863813　戶名：書虫股份有限公司
　讀者服務信箱 e-mail：service@readingclub.com.tw
　歡迎光臨城邦讀書花園　網址：www.cite.com.tw
香港發行所／城邦（香港）出版集團有限公司
　電話：(852) 2508-6231　傳眞：(852) 2578-9337
　e-mail：hkcite@biznetvigator.com
馬新發行所／城邦（馬新）出版集團
　【Cite(M)Sdn. Bhd】
　41, Jalan Radin Anum, Bandar Baru Sri Petaling,
　57000 Kuala Lumpur, Malaysia.
　Tel: (603) 90578822　Fax:(603) 90576622

封面設計 / 朱陳毅
排　　版 / 芯澤有限公司
印　　刷 / 高典印刷有限公司
■ 2024 年 2 月 27 日初版

售價 / 499 元

廣	告	回	函
北區郵政管理登記證			
台北廣字第000791號			
郵資已付，免貼郵票			

115臺北市南港區昆陽街16號8樓

英屬蓋曼群島商家庭傳媒股份有限公司城邦分公司 收

請沿虛線對摺，謝謝

奇幻基地

每個人都有一本奇幻文學的啓蒙書

奇幻基地粉絲團：http://www.facebook.com/ffoundation

書號：**1HB152**　　書名：量子未來

| 奇幻基地・2024山德森之年回函活動 |

好禮雙重送！入手奇幻大神布蘭登・山德森新書可獲2024限量燙金藏書票！
集滿回函點數或購書證明寄回即抽山神祕密好禮、Dragonsteel龍鋼萬元官方商品！

【2024山德森之年計畫啟動！】購買2024年布蘭登・山德森新書《白沙》、《祕密計畫》系列（共七本），各單書隨書附贈限量燙金「山德森之年」藏書票一張！購買奇幻基地作品（不限年份）**五本以上，即可獲得限量隱藏版「山德森之年」燙金藏書票；購買十本以上還可抽總值萬元進口龍鋼公司官方商品！**

好禮雙重送！「山德森之年」限量燙金隱藏版藏書票＆抽萬元龍鋼官方商品

活動時間：2024年1月1日起至2024年10月30日前（以郵戳為憑）

抽獎日：2024年11月15日。

參加辦法與集點兌換說明：2024年度購買奇幻基地任一紙書作品（**不限出版年份，限2024年購入**），於活動期間將回函卡右下角點數寄回奇幻基地，或於指定連結上傳2024年購買作品之紙本發票照片／載具證明／雲端發票／網路書店購買明細（以上擇一，前述證明需顯示購買時間，連結請見奇幻基地粉專公告），寄回五點或五份證明可獲限量隱藏版「山德森之年」燙金藏書票，寄回十點或十份證明可抽總值萬元進口龍鋼公司官方商品！

活動獎項說明

■ 山神祕密耶誕好禮＋「寰宇粉絲組」（共2個名額）

布蘭登的奇幻宇宙正在如火如荼地擴張中。趕快找到離您最近的垂裂點，和我們一起躍界旅行吧！

組合內含：1. 躍界者洗漱包 2. 躍界者行李吊牌 3. 寰宇世界明信片 4. 寰宇角色克里絲別針。

■ 山神祕密耶誕好禮＋「天防者粉絲組」（共2個名額）

衝入天際，遨遊星辰，撼動宇宙！飛上天際，摘下那些星星！組合內含：1. 天防者飛船模型 2. 毀滅蛞蝓矽膠模具 3. 毀滅蛞蝓撲克牌 4. 寰宇角色史特芮絲別針。

特別說明

1. 活動限台澎金馬。本活動有不可抗力原因無法執行時，主辦單位有權決定取消、中止、修改或暫停本活動。
2. 請以正楷書寫回函卡資料，若字跡潦草無法辨識，視同棄權。
3. 活動中獎人需依集團規定簽屬領取獎項相關文件、提供個人資料以利財會申報作業，開獎後將再發信請得獎者填妥資訊。若中獎人未於時間內提供資料，主辦單位有權取消得獎資格。
4. **本活動限定購買紙書參與，懇請多多支持。**

個人資料：

姓名：＿＿＿＿＿＿＿＿　性別：　　　　年齡：＿＿＿＿　職業：＿＿＿＿＿　電話：＿＿＿＿＿＿

地址：＿＿＿＿＿＿＿＿＿＿＿＿＿＿＿＿　Email：＿＿＿＿＿＿＿＿＿　☐ 訂閱奇幻基地電子報

想對奇幻基地說的話或是建議：＿＿＿＿＿＿＿＿＿＿＿＿＿＿＿＿＿＿＿＿＿＿＿＿

奇幻基地

請剪下右邊點數，集滿十點寄回奇幻基地即可參加抽獎，影印無效。

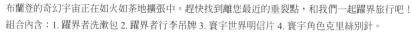

QUANTUM
RADIO